COLLECTION FOLIO

Ludmila Oulitskaïa

Médée et ses enfants

Traduit du russe
par Sophie Benech

Gallimard

Titre original :
медея и её дети

Ludmila Oulitskaïa vit à Moscou. Généticienne de formation, elle a écrit plusieurs pièces de théâtre et des scénarios de films. Depuis les années quatre-vingt, elle se consacre exclusivement à l'écriture. Elle est aujourd'hui considérée comme l'autrice russe contemporaine la plus importante. Traduite dans le monde entier, son œuvre est publiée en français aux Éditions Gallimard. Dans son recueil de textes autobiographiques, *À conserver précieusement* (2017), elle endosse une nouvelle fois son rôle de critique résolue du gouvernement russe actuel. Depuis *Sonietchka* (prix Médicis étranger 1996), *De joyeuses funérailles* (1999) ou encore son grand roman *Le chapiteau vert* (2014), elle a conquis un large lectorat en France grâce à son regard plein d'humanité et à son immense talent de narratrice.

TABLEAU GÉNÉALOGIQUE

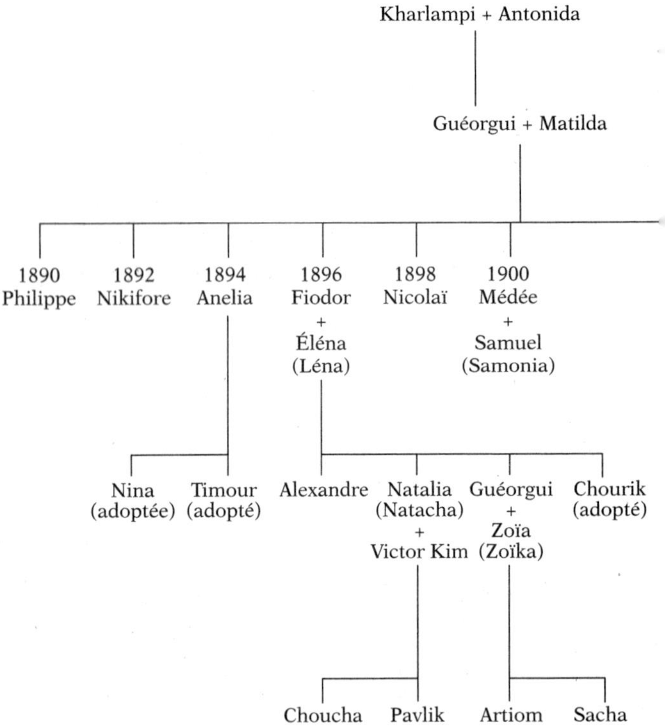
Kharlampi + Antonida
Guéorgui + Matilda
1890 Philippe
1892 Nikifore
1894 Anelia
1896 Fiodor + Éléna (Léna)
1898 Nicolaï
1900 Médée + Samuel (Samonia)
Nina (adoptée)
Timour (adopté)
Alexandre
Natalia (Natacha) + Victor Kim
Guéorgui + Zoïa (Zoïka)
Chourik (adopté)
Choucha
Pavlik
Artiom
Sacha

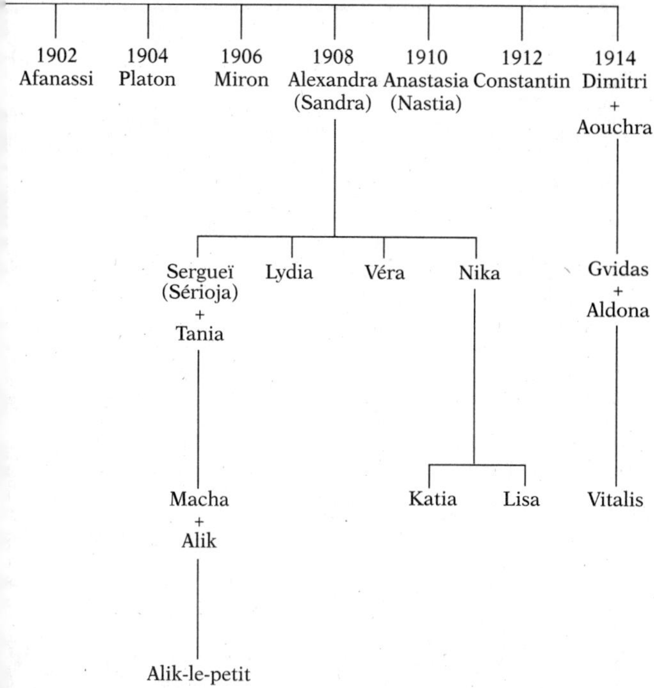
1902
Afanassi
1904
Platon
1906
Miron
1908
Alexandra
(Sandra)
1910
Anastasia
(Nastia)
1912
Constantin
1914
Dimitri
+
Aouchra
Sergueï
(Sérioja)
+
Tania
Lydia
Véra
Nika
Gvidas
+
Aldona
Macha
+
Alik
Katia
Lisa
Vitalis
Alik-le-petit

I

Si l'on ne tenait pas compte de sa sœur cadette Alexandra, qui avait déménagé à Moscou à la fin des années vingt, Médée Mendès, née Sinopli, était la dernière Grecque de sang pur d'une famille installée en des temps immémoriaux sur les rives d'une Tauride apparentée à l'Hellade. Elle était également la dernière de la famille à avoir conservé une langue proche du grec, séparée du grec moderne par la même distance millénaire que le grec ancien l'est de ce parler moyenâgeux du royaume du Pont, qui ne s'est maintenu que dans les colonies de Tauride.

Depuis bien longtemps, elle n'avait plus personne avec qui parler cette langue usée et mélodieuse qui a engendré la plupart des termes philosophiques et religieux, et a su garder aux mots un sens littéral et originel qui nous émerveille : aujourd'hui encore, dans cette langue, blanchisserie se dit catharsis, transport – métaphore, et table – trapèze.

Les Grecs de Tauride de la génération de Médée étaient tous morts ou avaient été déportés, ellemême n'était restée en Crimée que par la grâce de

Dieu, estimait-elle, mais en partie aussi à cause du nom espagnol que lui avait légué son défunt mari, un Juif-dentiste au caractère enjoué, un homme aux défauts anodins, mais flagrants, et aux qualités immenses, mais profondément cachées.

Elle avait perdu son mari depuis longtemps, mais ne s'était pas remariée, restant fidèle au personnage de la veuve en noir qui lui allait très bien.

Les dix premières années, elle avait porté exclusivement du noir, puis elle s'était permis de légères mouchetures blanches ou de minuscules pois, toujours sur fond noir. Elle s'enveloppait la tête d'un châle noir, mais pas à la façon des femmes russes ou des paysannes, il était noué par deux longs nœuds dont l'un reposait sur sa tempe droite. La pointe la plus longue était drapée sur ses épaules en petits plis antiques et couvrait son cou ridé. Ses yeux étaient marron clair, secs, et la peau brune de son visage était elle aussi toute fripée de menus plis secs.

Lorsque, vêtue de sa blouse blanche d'infirmière boutonnée dans le dos, elle s'inscrivait dans le cadre peint du guichet d'enregistrement de l'hôpital du village, elle ressemblait tout à fait à un portrait de Goya jamais peint.

Elle tenait les registres de l'hôpital d'une écriture large et ample, aussi large et aussi ample que le pas dont elle arpentait les environs, et il ne lui en coûtait guère de se lever le dimanche avant l'aube, de couvrir les cinq lieues jusqu'à Féodossia, d'assister debout à la liturgie, et de rentrer chez elle vers le soir.

Pour les habitants de la région, Médée Mendès faisait depuis longtemps partie du paysage. Si elle n'était pas assise sur son tabouret dans le cadre blanc du guichet, sa silhouette sombre se profilait à coup sûr soit sur les collines de l'est, soit sur les coteaux rocailleux à l'ouest du Hameau.

Elle ne se promenait pas le nez au vent, c'était une cueilleuse de sauge, de thym, de menthe sauvage, d'épine-vinette, de champignons et d'airelles, mais elle ne négligeait pas non plus les cornalines, les éclats stratifiés de cristal de roche et les pièces de monnaie anciennes et foncées, dont la terre pâle de cette modeste scène de l'histoire mondiale est remplie.

Tous les environs, proches et lointains, lui étaient aussi familiers que le contenu de son propre buffet. Non seulement elle se souvenait où et quand on pouvait cueillir les plantes dont on avait besoin, mais elle notait en son for intérieur les lentes transformations du manteau de verdure au fil des décennies : la menthe sauvage envahissait les ravines creusées au printemps sur le flanc est du mont Kian, l'épine-vinette se mourait d'un mal corrosif qui rongeait ses branches basses, tandis que la chicorée, en revanche, menait une offensive souterraine, et ses racines rampantes étranglaient les légères fleurs printanières.

La terre de Crimée s'était toujours montrée généreuse envers Médée, elle lui offrait ses raretés. En retour, Médée se souvenait avec gratitude de chacune de ses trouvailles, ainsi que des détails les plus insignifiants concernant le temps, le lieu, et toutes les nuances de l'émotion éprouvée alors, à commencer par ce 1er juillet 1906, quand, petite fille, elle avait découvert au beau milieu d'une route abandonnée menant à la mosquée d'Ak un « anneau de sorcière » formé de dix-neuf petits champignons de taille parfaitement identique avec des chapeaux vert pâle, une variété locale de cèpes. Mais le clou de ses découvertes dénuées de valeur nutritive avait été une bague en or plate avec une aigue-marine ternie, jetée à ses pieds par la mer après une tempête, sur une petite plage près de Koktebel, le 20 août 1916, jour de ses seize ans. Elle portait encore aujourd'hui cette bague qui s'était profondément incrustée dans son doigt et ne s'enlevait plus depuis treize ans.

Elle ressentait par la plante de ses pieds la bienveillance de ces lieux. Elle n'aurait échangé pour aucune autre contrée cette terre en déclin, et n'avait quitté la Crimée que deux fois dans sa vie, pour une durée de six semaines en tout.

Elle était née à Féodossia, ou plutôt dans une immense maison aux proportions jadis harmonieuses de la colonie grecque, rattachée depuis longtemps aux faubourgs de Féodossia. À l'époque de sa naissance, la maison avait perdu ses belles proportions originelles, proliférant en ailes, terrasses et vérandas, et répondant par cette croissance à l'augmentation tumultueuse de la famille, survenue durant la première décennie d'un siècle qui débutait si allégrement.

Cet accroissement tumultueux de la famille était allé de pair avec la ruine progressive du grand-père Kharlampi Sinopli, un riche négociant, propriétaire de quatre navires de commerce immatriculés dans le port, tout nouveau à l'époque, de Féodossia. Le vieux Kharlampi, qui avait perdu avec l'âge sa rapacité ardente et insatiable, n'en revenait pas que le destin, après l'avoir éprouvé pendant de nombreuses années par l'attente interminable d'un héritier, six naissances d'enfants mort-nés, et les innombrables fausses couches de ses deux épouses, prodiguât si généreusement des descendants à son fils unique Guéorgui, qu'il était parvenu à extraire de ses flancs au bout de treize années d'efforts. Mais le mérite en revenait peut-être à sa seconde femme Antonida qui, à la suite d'un vœu, était allée à pied jusqu'à Kiev, puis, après avoir mis au monde son fils et l'avoir nourri, avait en remerciement jeûné jusqu'à sa mort. À moins que la fécondité de son fils n'eût tenu à Matilda, l'épouse rousse et décharnée qu'il avait ramenée de Batoum, entrée dans la famille scandaleusement pleine, et qui avait dès lors donné naissance tous les deux ans, à la fin de l'été, avec une régularité cosmique inimaginable, à un petit bébé à tête ronde.

Au fur et à mesure que lui naissaient des petits-enfants, le vieux Kharlampi déclinait et se bonifiait, et vers la fin de sa vie, il avait perdu, avec sa fortune, jusqu'à son allure de marchand autoritaire, cruel et talentueux. Mais son sang s'était avéré puissant, il ne s'était pas dilué dans d'autres flux, et ceux de ses descendants qui ne furent pas broyés par l'époque sanguinaire avaient hérité de lui tant la vigueur de sa constitution que ses dons, tandis que sa fameuse cupidité se manifestait dans la lignée masculine par une grande énergie et la passion de construire, et chez les femmes, comme chez Médée, s'était muée en goût de l'épargne, en soin extrême pour les objets, et en sens pratique plein de débrouillardise.

Cette famille bénie par les dieux était si nombreuse qu'elle aurait fourni un superbe sujet d'études à un généticien s'intéressant à la diffusion des caractères héréditaires. Si aucun généticien ne s'était présenté, Médée, en revanche, avec ce penchant qui lui était propre à tout mettre en ordre et en système, depuis les cuillères à café sur la table jusqu'aux nuages dans le ciel, s'amusa plus d'une fois dans sa vie à aligner ses frères et sœurs en rang selon l'intensité de leur rousseur – en imagination, cela va de soi, car elle n'avait pas souvenir que la famille se fût un jour retrouvée au complet. Il y avait toujours un des frères aînés qui manquait... Chez tous, la nuance cuivrée de leur mère se manifestait d'une façon ou d'une autre, mais seule Médée et le plus jeune de ses frères, Dimitri, étaient franchement roux. Les cheveux d'Alexandra, Sandra dans l'intimité, avaient la teinte complexe de l'acajou, et même ses flamboiements.

Il arrivait parfois que resurgissent l'auriculaire tronqué du grand-père dont, Dieu sait pourquoi, seuls les garçons héritaient, le lobe de l'oreille anormalement développé de la grand-mère, et son extraordinaire faculté de voir la nuit, que possédait notamment Médée. Toutes ces particularités héréditaires, ainsi que quelques autres moins flagrantes, jouaient dans la descendance de Kharlampi.

Même la fécondité familiale s'était dissociée en deux lignes : les uns, comme Kharlampi, restaient des années sans pouvoir produire le moindre bébé, tandis que les autres, au contraire, essaimaient le monde de petits rouquins sans y accorder grande importance. Quant à Kharlampi, il reposait depuis 1910 dans le cimetière grec de Féodossia, en son point le plus élevé, avec vue sur le golfe, où croisèrent jusqu'à la Seconde Guerre mondiale les deux derniers de ses navires immatriculés comme jadis dans le port de Féodossia.

Bien des années plus tard, Médée, qui n'avait pas eu d'enfants, rassemblait dans sa maison de Crimée ses innombrables neveux et petits-neveux, et se livrait sur eux à de silencieuses observations empiriques. On estimait qu'elle les aimait tous beaucoup. Il est difficile de dire quelle sorte d'amour ressentent pour les enfants les femmes qui n'en ont pas eu, mais elle éprouvait pour eux un vif intérêt, qui allait même croissant avec l'âge.

Ces afflux saisonniers de parents ne pesaient pas à Médée, de même que ne lui pesait pas sa solitude de l'automne et de l'hiver. Les premiers neveux arrivaient d'ordinaire fin avril, quand le printemps de Crimée, après les giboulées de février et les vents de mars, émergeait de la terre en une floraison de glycines mauves, de tamaris roses et de genêts jaune chinois.

Les premières visites étaient généralement brèves, juste quelques jours pour les fêtes de mai, certains s'attardaient jusqu'au 9. Il y avait ensuite une courte pause et, vers le 20 mai, c'étaient les petites qui arrivaient – les jeunes mères avec des enfants d'âge préscolaire.

Comme les neveux étaient près d'une trentaine, le calendrier était fixé dès l'hiver, la maison de quatre pièces ne pouvant contenir plus de vingt personnes.

Les chauffeurs de Féodossia et de Simféropol qui faisaient commerce du transport des estivants connaissaient bien la maison de Médée, ils accordaient parfois de petites ristournes à sa famille, mais spécifiaient que par temps de pluie, ils ne montaient pas jusqu'en haut et les débarquaient dans le Hameau du Bas.

Médée ne croyait pas au hasard, bien que sa vie

fût pleine de rencontres significatives, de coïncidences étranges et d'imprévus qui semblaient prémédités. Un homme rencontré jadis revenait bien des années plus tard pour dévier le destin, des fils se tendaient, se mêlaient, se nouaient, et formaient un dessin qui se précisait avec les années.

Un jour, à la mi-avril, alors que le beau temps semblait définitivement installé, il y eut une journée maussade, le froid revint, et il se mit à tomber une pluie sombre menaçant de tourner à la neige.

Une fois les rideaux tirés, Médée alluma la lumière assez tôt et, après avoir jeté une poignée d'aiguilles de pin et deux bûches dans son petit poêle intelligent qui prenait peu de bois, mais donnait beaucoup de chaleur, elle étala sur la table un drap usé en se demandant si elle allait le découper pour en faire des torchons, ou bien enlever le milieu déchiré et coudre des draps d'enfant.

À ce moment-là, on frappa vigoureusement à la porte. Elle ouvrit. Sur le seuil se tenait un jeune homme en imperméable mouillé, coiffé d'une chapka en fourrure.

Médée le prit pour un de ses neveux qu'elle voyait rarement et le fit entrer.

— Vous êtes Médée Guéorguievna Sinopli ? – demanda le jeune homme, et Médée comprit qu'il n'était pas de la famille.

— Oui, c'est moi, bien que je porte un autre nom depuis quarante ans, répondit-elle en souriant.

Le jeune homme avait un physique agréable, avec des yeux clairs et une petite moustache noire, clairsemée et tombante.

— Enlevez votre manteau...

— Excusez-moi, je débarque comme ça, sans

prévenir… – Il secoua la neige fondue de sa chapka humide. – Ravil Ioussoupov, de Karaganda…

Tout ce qui se passa ensuite durant cette soirée et cette nuit-là a été raconté par Médée dans une lettre écrite sans doute le lendemain, mais qui ne fut jamais envoyée.

Bien des années plus tard, elle tomba entre les mains de son neveu Guéorgui, et lui expliqua le mystère du testament totalement inattendu qu'il avait trouvé dans la même liasse de papiers, daté du 11 avril 1976. La lettre était la suivante :

« Ma chère petite Léna ! Bien que je t'aie envoyé une lettre il y a seulement une semaine, il s'est produit un événement qui sort vraiment de l'ordinaire, et c'est de cela que je veux te parler. C'est une de ces histoires dont le début remonte à très, très loin. Tu te souviens, bien sûr, du cocher Ioussime, qui vous avait amenées à Féodossia, Armik Tigranovna et toi, en décembre 1918 ? Figure-toi que son petit-fils m'a retrouvée grâce à des amis de Féodossia. C'est incroyable que, jusqu'à aujourd'hui, on puisse retrouver quelqu'un dans une grande ville sans aucun annuaire ! L'histoire est assez banale pour nos contrées : ils ont été déportés d'Alouchta après la guerre, alors que Ioussime n'était déjà plus de ce monde. La mère de Ravil a été expédiée à Karaganda et ce, alors que le père des petits était mort sur le front. Le garçon connaît cette histoire depuis son plus jeune âge – je veux parler de votre évacuation – et il se souvient même de la bague en saphir que tu avais donnée à l'époque à Ioussime pour le remercier… La mère de Ravil l'a portée pendant des années, et l'a troquée contre quelques kilos de farine pendant les pires années de famine. Mais ce n'était là que le préambule d'une conversation qui, je te le dis franchement, m'a profondément émue. Me sont revenus en mémoire des souvenirs que nous n'aimons guère évoquer : les errances de ces années-là. Ensuite, Ravil m'a révélé qu'il était membre d'un mouvement pour le retour des Tatars en Crimée, et qu'ils avaient entamé depuis longtemps des démarches, officielles et non officielles.

« Il m'a interrogée avec avidité sur l'ancienne Crimée tatare, il a même sorti un magnétophone et m'a enregistrée afin que ses Tatars ouzbeks et kazakhs puissent entendre mes récits. Je lui ai raconté ce dont je me souvenais, je lui ai parlé de mes anciens voisins du Hameau, de Galia, de Mustafa, du vieil Ahmed-des-aryks[1] qui, de l'aube au crépuscule, curait les canaux de la région, il en retirait le moindre grain de poussière, comme si c'était la prunelle de ses yeux ; je lui ai raconté comment on avait déporté les Tatars de la région, en deux heures, sans même les laisser faire leurs bagages, je lui ai parlé de Choura Gorodovikova, la responsable du Parti, qui les avait expulsés elle-même, elle les avait aidés à rassembler leurs affaires en pleurant comme une fontaine, et le lendemain, elle a eu une attaque ; elle a cessé d'être responsable du Parti, et pendant dix ans, elle a boitillé dans son jardin, avec sa figure de travers et ses paroles décousues. Même sous les Allemands – il est vrai que nous n'avons pas eu d'Allemands ici, c'était les Roumains – nous n'avions jamais rien connu de pareil. Je sais bien qu'on prenait les Juifs, mais pas chez nous.

1. *Aryk* : canal. *(Toutes les notes sont de la traductrice.)*

« Je lui ai aussi raconté qu'en 1947, à la mi-août, on avait reçu l'ordre d'abattre les noyers de la région plantés par les Tatars. On a eu beau les supplier, ils sont venus, ces malfaisants, ils ont abattu des arbres superbes, sans même nous laisser faire la récolte. Les arbres assassinés gisaient là, le long de la route, avec leurs branches couvertes de fruits verts. Ensuite, on nous a ordonné de les brûler. Tacha Lavinskaïa, de Kertch, était en visite chez moi à l'époque, et nous étions là, assises, à pleurer en regardant ce bûcher barbare.

« Dieu merci, j'ai encore une bonne mémoire qui garde tout, et nous avons parlé jusqu'à plus de minuit, nous avons même bu un verre. Les anciens Tatars, tu te souviens, ne touchaient pas au vin. Nous sommes convenus que, le lendemain, je lui ferais visiter la région, que je lui montrerais tout. Et là, il m'a avoué qu'il avait une prière secrète à me faire : lui acheter une maison en Crimée, mais à mon nom, car à ce qu'il paraît, on ne vend pas de maison aux Tatars, il y a là-dessus un oukase spécial datant de l'époque stalinienne.

« Tu te souviens, ma petite Léna, de la Crimée orientale du temps des Tatars ? Et de la Crimée centrale ? Quels jardins il y avait à Bakhtchissaraï ! Et maintenant, sur la route de Bakhtchissaraï, il n'y a plus un seul arbre : on a tout anéanti, tout détruit... Je venais de faire le lit pour Ravil dans la chambre de Samonia[1], quand j'ai entendu une voiture approcher de la maison. Une minute plus tard, on frappait. Alors il m'a regardée d'un air triste : "C'est moi qu'on vient chercher, Médée Guéorguievna."

1. Diminutif de Samuel.

« Son visage est devenu immensément las… Et j'ai compris qu'il n'était pas si jeune que ça, plus de trente ans, ma foi. Il a sorti la bande du magnétophone et l'a jetée dans le poêle. “Vous allez avoir des ennuis, pardonnez-moi ! Je leur dirai que je suis venu uniquement passer la nuit, c'est tout…” Cette bande, tout mon long récit, a flambé en un clin d'œil.

« Je suis allée ouvrir. Ils étaient deux. L'un d'eux était Pietka Chevtchouk, le fils d'Ivan Gavrilovitch, un pêcheur d'ici. Et cet impudent, le voilà qui me déclare : Contrôle d'identité ! Est-ce que je loge quelqu'un chez moi ?

« Là, je n'ai pas mâché mes mots : comment oses-tu forcer ma porte au milieu de la nuit ? Non, je n'ai pas de locataire, mais j'ai un invité ! Ils pouvaient aller où cela leur chantait, mais qu'ils ne me dérangent pas jusqu'au matin ! Quel mufle, oser pénétrer chez moi ! Si tu te souviens bien, c'est moi qui ai tenu l'hôpital pendant toute la guerre, il n'y avait pas une seule autorité médicale ici, à part moi. Que de furoncles je lui ai soignés ! Il en avait un à l'oreille qu'il a fallu inciser. J'ai failli en mourir de peur : ce n'était pas une plaisanterie… Un gamin de cinq ans, tous les symptômes d'une infection au cerveau, et moi, qu'est-ce que j'étais – une infirmière ! Une telle responsabilité ! Ils ont fait demi-tour et sont sortis, mais la voiture, elle, n'est pas partie, elle est restée là-haut, près de la maison, ils avaient éteint le moteur.

« Et mon petit Tatar, Ravil, souriait tranquillement : “Merci, Médée Guéorguievna, vous êtes une personne exceptionnellement courageuse, comme on en rencontre peu. C'est dommage que demain, vous ne me montrerez pas la vallée, ni les collines de l'est. Mais je reviendrai, les temps vont changer, j'en suis sûr."

« Je suis allée chercher une autre bouteille de vin, et du coup, nous ne nous sommes pas couchés, nous avons bavardé. Puis nous avons pris un café, et quand le jour s'est levé, il a fait sa toilette, je lui ai préparé une galette, je lui ai donné des conserves de Moscou qui restaient de cet été, mais il ne les a pas prises : de toute façon, a-t-il dit, ils allaient les confisquer. Je l'ai accompagné jusqu'à la barrière, là-haut. Il ne pleuvait plus, il faisait si bon ! Pietka était debout près de la voiture, l'autre était à côté de lui. Nous nous sommes dit au revoir, Ravil et moi, eux, ils avaient déjà ouvert la portière. Voilà l'histoire qui m'est arrivée, ma petite Léna. Ah, il a oublié sa chapka ! Mais je pense que c'est une bonne chose. Peut-être qu'il reviendra sur ses pas, peut-être que les Tatars reviendront, et alors, je lui rendrai sa chapka... Vrai, ce ne serait que justice ! Enfin, c'est à Dieu d'en décider. Si je m'empresse de t'écrire, en voici la raison : bien que je n'aie jamais été mêlée de ma vie à des histoires politiques, c'était Samonia le spécialiste en la matière, imagine-toi que soudain, à la fin de mon existence, à une époque de redoux, on s'en prenne à une vieille femme ? C'est pour que tu saches où me chercher. Ah oui, dans ma dernière lettre, j'ai oublié de te demander si ton nouvel appareil auditif te convenait. Bien qu'à mon avis, je l'avoue, la plus grande partie de ce que l'on dit autour de nous ne vaille guère la peine d'être entendue, et tu ne perds pas grand-chose. Je t'embrasse. Médée. »

On était fin avril. La vigne de Médée était désherbée, son potager se hérissait déjà de toutes ses plates-bandes, et depuis deux jours, une gigantesque barbue découpée en morceaux, apportée par des amis pêcheurs, attendait dans le réfrigérateur.

Le premier à arriver fut son neveu Guéorgui avec Artiom, son fils de treize ans. Après s'être débarrassé de son sac à dos, Guéorgui se planta au milieu de la cour, cligna des yeux sous l'éclat violent et direct du soleil, et inspira l'odeur fruitée, forte.

— On en mangerait ! – dit-il à son fils, mais celui-ci ne comprit pas de quoi il parlait.

— Voilà Médée qui accroche son linge ! montra Artiom.

La maison de Médée se trouvait tout en haut du Hameau, mais la propriété était répartie sur différents niveaux et terrasses, avec un puits en contrebas. C'était là que, sur une corde tendue entre un grand noyer et un vieil ailante, Médée, qui consacrait d'ordinaire sa pause du déjeuner à des travaux ménagers, était en train de suspendre du linge généreusement bleui. Des ombres bleu nuit jouaient sur le bleu pâle des draps de toile rapiécés, et lentement, comme des voiles, les draps gonflaient en menaçant de se déployer et de s'envoler dans le ciel d'un bleu criard.

« Si j'envoyais tout au diable et que je m'achetais une maison ici ? songeait Guéorgui en descendant vers sa tante qui ne les avait toujours pas remarqués. Zoïka fera ce qu'elle voudra ! Je prendrais Artiom, Sacha... »

Ces dix dernières années, c'était toujours ce qui lui venait à l'esprit quand il arrivait en Crimée, dans la maison de Médée... Celle-ci remarqua enfin Guéorgui et son fils, jeta dans une bassine vide le dernier drap en torsade, se redressa.

— Ah, vous voilà ! Cela fait deux jours que je vous attends... Je viens, je viens tout de suite, Guéorguiou !

Médée était la seule à l'appeler ainsi, à la mode grecque. Il embrassa la vieille femme, elle passa la main sur ces chers cheveux noirs aux reflets cuivrés, et caressa aussi le second.

— Il a grandi !

— Je peux aller voir sur la porte ? demanda le petit garçon.

Les chambranles de la porte étaient tout tailladés d'innombrables encoches, les enfants y mesuraient leur taille.

Médée suspendit le dernier drap qui prit son envol, cachant la moitié d'un petit nuage enfantin qui vagabondait dans le ciel nu.

Guéorgui saisit les bassines vides et ils gravirent la pente : Médée en noir, Guéorgui en chemise blanche froissée, et Artiom en maillot rouge.

De la propriété voisine, à travers la vigne souffreteuse et difforme du sovkhose, Ada Kravtchouk, son mari Mikhaïl et leur locataire de Léningrad, la petite souris blanche Nora, les suivaient des yeux.

— Il y a toujours un de ces mondes, chez eux ! C'est la famille de Médée Mendès. Lui, c'est Guéorgui, il est toujours le premier à débarquer, expliqua Ada à sa locataire d'un ton mi-figue, mi-raisin.

Guéorgui n'avait que quelques années de moins qu'elle, ils s'étaient fréquentés dans leur adolescence, et, à présent, Ada l'avait pris en grippe parce qu'elle avait vieilli et s'était fripée, alors que lui était toujours jeune et commençait tout juste à grisonner.

Nora, fascinée, regardait l'endroit où le vallon rejoignait une petite colline, il y avait un long plissement de terrain qui ondulait et là, dans un creux, une petite maison au toit de tuiles qui carillonnait de ses vitres toutes propres pour accueillir trois silhouettes élancées, une noire, une blanche et une rouge... Elle admirait l'harmonie du paysage et songeait avec une tristesse sans amertume : « Si je pouvais peindre cela... Non, je n'y arriverai jamais... »

Elle était peintre, elle avait fait des études peu brillantes, mais réussissait quand même certaines choses : des aquarelles de fleurs ailées, de phlox, de lilas, de bouquets de fleurs des champs. Maintenant, par exemple, elle venait juste d'arriver pour les vacances, et avait examiné les glycines en se réjouissant d'avance à l'idée de disposer dans un pot en verre, sur une nappe rose, des branches toutes nues, sans feuille, et pendant que sa fille ferait la sieste, elle s'installerait dans le jardin pour dessiner... Mais cette courbure de l'espace, cette pliure secrète, la bouleversait et l'incitait à un travail qu'elle-même ne s'estimait pas de taille à accomplir. Entre-temps, les trois silhouettes étaient montées jusqu'à la maison et avaient disparu de sa vue.

Dans le petit espace entre le perron et la cuisine d'été, Guéorgui déballait les deux caisses qu'il avait apportées, et Médée assignait sa place à chaque objet. C'était un rite. Chaque visiteur apportait des cadeaux, et Médée les acceptait comme si elle les recevait non en son nom propre, mais au nom de la maison.

Les quatre taies d'oreiller, les deux flacons importés de liquide pour la vaisselle, le savon de ménage – il n'y en avait pas l'an dernier, mais il était apparu cette année –, les conserves, le café, tout cela remplissait la vieille femme d'une joyeuse excitation. Elle rangea tout dans ses armoires et ses commodes, ordonna que l'on n'ouvrît pas la seconde caisse sans elle, et courut à son travail. La pause du déjeuner était terminée et généralement, elle ne se permettait pas d'être en retard.

Guéorgui grimpa tout en haut des terres de Médée, là où se dressait, telle une tour de guet, la cabane en bois des cabinets construite par le défunt Mendès, pénétra à l'intérieur et, sans en éprouver le moindre besoin, s'assit sur le siège en bois raboté. Il regarda autour de lui. Il y avait là un petit seau avec des cendres, à côté, une cruche cassée et, au mur, un carton avec des instructions délavées sur l'utilisation des cabinets, rédigées par Mendès avec l'humour bon enfant qui le caractérisait. Elles se terminaient par ces mots : « En sortant, assure-toi que tu as la conscience pure... »

Guéorgui regardait pensivement par la petite fenêtre rectangulaire au-dessus de la porte qui ne montait pas jusqu'au plafond, il voyait une double chaîne de montagnes dévalant de façon assez abrupte vers un lambeau de mer au loin, vers les ruines d'une ancienne forteresse que seul un œil perçant pouvait discerner, et encore, par temps clair. Il aimait cette terre, ses montagnes battues par les vents et leurs contreforts aplatis, c'était une terre scythe, grecque, tatare, et, bien qu'elle fût à présent une terre de sovkhose, bien qu'elle se morfondît depuis longtemps sans l'amour de l'homme et se mourût lentement de l'incurie de ses maîtres, l'histoire ne l'avait pas désertée, elle hantait cet enchantement printanier, transpirait dans chaque pierre, dans chaque arbre… Il y avait longtemps que les neveux de Médée étaient tombés d'accord là-dessus : la plus belle vue du monde, c'était celle qu'on avait des cabinets de Médée.

Derrière la porte, Artiom dansait d'un pied sur l'autre, grillant de poser à son père une question ; ce n'était pas la peine de la poser maintenant, il le savait bien, mais il la posa quand même, dès que Guéorgui fut sorti :

— Papa, quand est-ce qu'on va voir la mer ?

La mer était assez loin, c'est pourquoi en général, les estivants ne s'installaient pas dans le Hameau du Bas, ni à plus forte raison dans celui du Haut. D'ici, soit on se rendait en car à Soudak, sur la plage municipale, soit on allait à pied jusqu'à des criques éloignées d'une douzaine de kilomètres, et c'était toute une expédition, parfois de quelques jours, avec des tentes.

— Tu n'es plus un bébé ! fit Guéorgui, agacé. Il n'est pas question d'aller à la mer maintenant ! Va te changer, on va au cimetière…

Artiom n'avait aucune envie d'aller au cimetière, mais il n'avait plus le choix, et il alla mettre ses chaussures de marche. Guéorgui prit un sac de toile, y fourra une pelle de sapeur allemande, réfléchit un instant devant un pot de peinture argentée, mais décida de remettre ce long travail à une prochaine fois. Il prit sur le porte-manteau de la grange un chapeau décoloré provenant d'un uniforme de soldat d'Asie centrale qu'il avait lui-même apporté un jour, se frappa le genou avec, soulevant un nuage de poussière très fine, et, après avoir fermé la porte de la maison, glissa la clé sous une pierre familière, se réjouissant du coin de l'œil de ce caillou triangulaire au coin dédoublé, qu'il connaissait depuis l'enfance.

Guéorgui, qui avait été géologue, marchait à longues enjambées souples de professionnel, et Artiom trottinait derrière lui. Sans se retourner, le père sentait dans son dos son fils hâter le pas, passant de la marche à la course.

« Il ne grandit pas, il va ressembler à Zoïka », songea-t-il avec contrariété, comme d'habitude.

Il préférait son fils cadet Sacha, âgé de trois ans, avec sa témérité butée et son opiniâtreté irréductible, qui promettait de se transformer en quelque chose d'incontestablement plus viril que cet aîné peu sûr de lui et bavard comme une fille. Artiom vouait pourtant une adoration à son père, il était fier de sa virilité si éclatante, devinant déjà que jamais il ne deviendrait aussi fort, aussi tranquille et aussi sûr de lui, et son amour filial avait une saveur douce-amère.

Mais pour l'instant, Artiom était d'excellente humeur, autant que s'il avait persuadé son père d'aller au bord de la mer. Il ne comprenait pas lui-même pleinement que l'important, ce n'était pas la mer, mais le fait de marcher seul avec son père sur une route qui n'était pas encore poussiéreuse, mais jeune et fraîche, et d'aller avec lui n'importe où, même au cimetière.

Le cimetière grimpait à flanc de colline depuis la route. En haut se trouvait la partie tatare en ruine, avec les débris d'une mosquée, tandis que la pente orientale était chrétienne, mais après la déportation des Tatars, les inhumations chrétiennes s'étaient mises à envahir la partie tatare, comme si les morts, eux aussi, poursuivaient les menées iniques des vivants.

En fait, les ancêtres des Sinopli reposaient dans le vieux cimetière de Féodossia, mais il était aujourd'hui fermé et en partie détruit, et c'est le cœur léger que Médée avait enterré ici son mari juif, loin de sa mère. La rousse Matilda, bonne chrétienne dans tous les sens du mot et fervente orthodoxe, avait une dent contre les musulmans, craignait les Juifs, et se gardait des catholiques comme de la peste. Nul ne sait ce qu'elle pensait des bouddhistes et des taoïstes, si tant est qu'elle en eût entendu parler.

Sur la tombe du mari de Médée se dressait un obélisque avec à son faîte une étoile, et sur le socle, une inscription indistincte : « Samuel Mendès, combattant des Unités spéciales, membre du Parti depuis 1914. 1890-1952 ».

L'inscription répondait à la volonté du défunt, exprimée longtemps avant sa mort, juste après la guerre ; quant à l'étoile, Médée l'avait un peu améliorée, faisant aussi argenter la pointe sur laquelle elle était fichée, si bien qu'elle avait acquis une sixième branche renversée et rappelait l'étoile de Noël telle qu'on la représentait sur les vieilles cartes postales, tout en suscitant également d'autres associations.

À gauche de l'obélisque se dressait une petite stèle avec la photographie ovale de Pavlik Kim, un garçonnet au visage rond qui souriait de ses petits yeux intelligents, un neveu de Guéorgui mort noyé en 1954 sur la plage municipale de Soudak, sous les yeux de sa mère, de son père et de son grand-père Fiodor, le frère aîné de Médée.

L'œil tatillon de Guéorgui ne put déceler d'imperfection, comme toujours, Médée l'avait devancé : la grille était repeinte, la plate-bande bêchée et plantée de crocus sauvages pris sur les collines de l'est.

Il consolida pour la forme le rebord de la plate-bande, puis essuya le manche de la pelle, la plia, et la fourra dans le sac. Le père et le fils restèrent assis sans rien dire sur un petit banc, Guéorgui fuma une cigarette. Artiom ne troubla pas le silence de son père, qui posa la main sur son épaule en signe de gratitude.

Le soleil déclinait vers les crêtes à l'ouest, se dirigeant droit sur un creux entre les deux montagnes rondes des Gémeaux, comme une boule de billard roulant vers une blouse. En avril, il se couchait entre les Gémeaux, tandis que le soleil de septembre, lui, descendait derrière l'horizon en s'éventrant sur le chapeau pointu du mont Kian.

D'année en année, des sources tarissaient, des vignobles mouraient, la terre tombait en friche, cette terre qu'il avait parcourue enfant, seuls les profils des montagnes continuaient à soutenir la carcasse de ce pays, et Guéorgui les aimait comme on peut aimer le visage de sa mère ou le corps de sa femme – par cœur, les yeux fermés, pour toujours.

— On y va ! – lança-t-il à son fils, et il commença à descendre vers la route en marchant droit devant lui, sans prêter attention aux fragments de dalles en pierre couvertes d'arabesques arabes.

De là-haut, Artiom eut l'impression que la route grise, en bas, bougeait comme l'escalier mécanique du métro, il s'arrêta même un instant, surpris.

— Papa !

Et il éclata aussitôt de rire : c'étaient des moutons qui avançaient, couvrant toute la route d'une masse brunâtre qui débordait sur les bas-côtés.

— J'ai cru que la route bougeait !

Guéorgui sourit, il comprenait…

Ils contemplaient le flux de cette lente rivière de moutons, et ils n'étaient pas les seuls à observer la route : à une cinquantaine de mètres, sur un talus, deux filles étaient assises, une adolescente et une fillette.

— Viens, on va contourner le troupeau ! proposa Artiom.

Guéorgui acquiesça. En passant tout près des filles, ils constatèrent qu'elles n'étaient pas du tout en train de regarder les moutons, mais quelque chose qu'elles avaient trouvé par terre. Artiom tendit le cou : entre deux branches sèches de câprier se dressait, toute droite, une peau de serpent à demi transparente, couleur d'un ongle de vieillard, elle était tortillée par endroits, craquelée ici et là, et la petite fille, qui avait peur d'y toucher, l'effleurait craintivement avec un bâton. La seconde fille s'avéra être une femme, c'était Nora. Toutes les deux étaient blondes, toutes les deux portaient un léger fichu, une longue jupe bariolée, et le même corsage avec des poches.

Artiom s'accroupit lui aussi près de la peau de serpent.

— Papa, il était venimeux ?

— C'est une anguille, dit Guéorgui en jetant un coup d'œil. Il y en a beaucoup par ici.

— Nous n'avons jamais rien vu de pareil ! dit Nora en souriant.

Elle avait reconnu l'homme de ce matin, avec la chemise blanche.

— Quand j'étais petit, j'ai trouvé un jour un nid de serpents ici.

Il prit dans sa main la peau bruissante et la déplia.

— Elle est toute fraîche !

— Quelle chose répugnante ! fit Nora avec un geste de dégoût.

— Ça me fait peur ! – murmura la petite fille, et Guéorgui remarqua que la mère et la fille, avec leurs yeux ronds et leurs mentons pointus, ressemblaient de façon cocasse à des chatons.

« Qu'elles sont mignonnes ! » se dit-il, et il reposa leur affreuse trouvaille par terre.

— Vous logez chez qui ?

— Chez Ada ! répondit la femme sans détacher les yeux de la peau de serpent.

— Ah ! Il hocha la tête. Alors nous nous reverrons. Venez nous rendre visite, nous habitons là-bas... – Il fit un geste en direction de la propriété de Médée et, sans un regard en arrière, dévala la pente. Artiom lui emboîta le pas en bondissant.

Entre-temps, le troupeau était passé, seul le chien berger de l'arrière-garde, parfaitement indifférent aux passants, trottinait sur la route jonchée de crottes de moutons.

— Il a des pieds d'éléphant ! déclara la fillette d'un air réprobateur.

— Il ne ressemble pas du tout à un éléphant ! protesta Nora.

— Je n'ai pas dit lui, j'ai dit ses pieds ! insista la petite fille.

— Si tu veux savoir, il ressemble à un légionnaire romain !

Nora posa résolument le pied sur la peau de serpent.

— À qui ?

Nora se mit à rire de sa sotte habitude de discuter avec sa fille de cinq ans comme avec une adulte, et se corrigea :

— Non, non, il ne ressemble pas à un légionnaire romain, eux, ils se rasaient, et lui il a une barbe !

— Mais il a des pieds d'éléphant…

Ce soir-là, alors que Nora et Tania dormaient déjà dans la maisonnette qu'on leur louait, et qu'Artiom était roulé en boule comme un chat dans la chambre de Mendès, Médée veilla tard avec Guéorgui dans la cuisine d'été. D'habitude, elle s'y installait début mai, mais cette année, le printemps était précoce, les chaleurs avaient commencé dès la fin avril, aussi avait-elle ouvert et lavé la cuisine avant l'arrivée des premiers visiteurs. Mais les soirées étaient fraîches, et elle avait enfilé un gilet en velours râpé sans manches doublé de fourrure, tandis que Guéorgui avait jeté sur ses épaules une vieille robe tatare qui servait depuis des années à toute la famille.

La cuisine était en pierres brutes, à la manière des *saklias*[1], un des murs s'appuyait contre le flanc creusé de la colline, et des fenêtres basses, de forme irrégulière, avaient été percées sur les côtés. Une lampe à pétrole suspendue éclairait la table d'une lueur trouble, et dans la tache de lumière ronde trônaient la dernière bouteille de vin maison, que Médée avait gardée pour cette occasion, ainsi qu'une bouteille entamée d'eau-de-vie de pomme dont elle était friande.

Dans cette maison, on observait une tradition un peu étrange qui remontait à bien longtemps : on dînait habituellement entre sept et huit heures avec les enfants, on les couchait tôt, et la nuit, on se retrouvait de nouveau devant ce souper tardif

1. Habitations des montagnards du Caucase.

si nuisible à la digestion et si agréable pour l'âme. Et à présent, très tard, après s'être acquittés d'une multitude de tâches ménagères, Médée et Guéorgui, assis à la lumière de la lampe à pétrole, savouraient leur présence mutuelle. Ils avaient beaucoup de points communs : tous deux étaient alertes et infatigables, appréciaient les petits plaisirs de la vie, et ne supportaient pas qu'on se mêlât de leur vie intérieure.

Médée avait posé sur la table une assiette avec des morceaux de barbue frite. Sa générosité naturelle se conjuguait de façon comique avec une certaine parcimonie : ses portions étaient toujours un peu plus petites qu'on ne l'eût souhaité, et elle était capable de refuser tranquillement un supplément à un enfant en lui disant : « Ça suffit ! Si tu as encore faim, prends un morceau de pain ! »

Les enfants s'habituaient vite aux rigueurs de ce nivellement alimentaire, et ceux de ses neveux à qui les coutumes de la maison déplaisaient ne venaient pas la voir.

La tête appuyée sur la main, elle regardait Guéorgui rajouter une petite bûche dans le fourneau, qui faisait office de cheminée rudimentaire.

Une voiture passa sur la route du haut, s'arrêta, et émit deux coups de klaxon rauques. C'était le facteur. Un télégramme. Guéorgui grimpa là-haut. La postière était une jeune fille qu'il connaissait, le chauffeur était un nouveau. Ils se saluèrent. Elle lui remit le télégramme.

— Alors, votre famille arrive ?

— Hé oui, la saison commence. Comment va Kostia ?

— Comment veux-tu qu'il aille ? Ou il boit, ou il est malade. Tu parles d'une vie !

Il lut le télégramme à la lumière des phares : « Arrivons le 30. Nika Macha les enfants. »

Il posa le télégramme devant Médée. Elle le lut et hocha la tête.

— Alors, petite tante, on boit un coup ?

Il ouvrit la bouteille entamée et remplit les verres. « Quel dommage qu'elles arrivent si tôt ! songeait-il. J'aurais tellement aimé passer un peu de temps seul avec Médée ! » Chacun des neveux aimait rester seul avec Médée.

— Demain matin, je m'occuperai du branchement, dit-il.

— De quoi ? demanda Médée sans comprendre.

— Je brancherai l'électricité dans la cuisine, expliqua-t-il.

— Ah oui, cela fait longtemps que tu veux le faire, se souvint Médée.

— Ma mère m'a demandé de te parler – commença Guéorgui, mais Médée éluda cette conversation qu'elle ne connaissait que trop bien.

— Bienvenue, Guéorguiou !

Et elle prit son verre.

— Il n'y a qu'ici que je me sente chez moi ! dit-il, comme s'il se plaignait.

— Et c'est pour ça que tous les ans, tu recommences avec cette discussion ridicule ? soupira Médée.

— C'est maman qui y tient…

— Mais oui, j'ai reçu sa lettre ! Ce sont des bêtises, tout ça. L'hiver est déjà terminé, on va vers l'été. Je ne vivrai pas à Tachkent, ni en hiver ni en été. Et je n'invite pas Éléna à s'installer chez moi. À notre âge, on ne change pas d'endroit.

— Je suis allé là-bas en février. Maman a vieilli. Il est impossible de parler avec elle au téléphone, maintenant. Elle n'entend pas. Elle lit beaucoup. Même les journaux. Elle regarde la télévision.

— Ton arrière-grand-père aussi lisait tous les journaux. Mais à l'époque, il n'y en avait pas autant.

Ils restèrent un long moment silencieux. Guéorgui jeta dans le feu quelques brindilles, il y eut des crépitements secs et la cuisine s'illumina.

Comme il ferait bon vivre ici, en Crimée, s'il se décidait à envoyer promener ces dix années perdues, ces découvertes jamais faites, ce doctorat inachevé qui l'aspirait comme un marécage malfaisant dès qu'il s'en approchait ; en revanche, dès qu'il quittait Akademgorodok, dès qu'il s'éloignait de ce tas de papiers poussiéreux, cela cessait presque complètement de le hanter et se transformait en une petite boule sombre dont il oubliait l'existence... Il pourrait se construire une maison ici... Il connaissait tous les fonctionnaires à Féodossia, c'étaient les enfants des amis de Médée... Il pourrait s'installer à Atouzi ou bien sur la route de Novy Svet, il y avait là une maison à moitié en ruine – il faudrait demander à qui elle appartenait...

Médée pensait à la même chose. Elle avait envie que ce soit justement lui, Guéorgui, qui revienne ici, pour que de nouveau, des Sinopli habitent la région...

Ils buvaient lentement leur eau-de-vie, la vieille femme somnolait, et Guéorgui réfléchissait à la façon dont il creuserait un puits artésien : ce serait bien de trouver une foreuse industrielle...

II

Éléna Stépanian, la mère de Guéorgui, descendait d'une famille arménienne extrêmement cultivée, et elle était bien loin d'imaginer qu'elle deviendrait un jour la femme d'un Grec assez fruste des faubourgs de Féodossia, le frère aîné de sa meilleure amie de collège.

Médée Sinopli était la gloire impérissable du collège de filles, ses cahiers furent par la suite montrés en exemple à des générations de collégiennes. L'amitié entre les petites filles avait débuté par une rivalité ardente et secrète. Cet hiver-là, c'était en 1912, à cause d'une maladie pulmonaire de la sœur cadette d'Éléna, Anaït, les Stépanian n'avaient pas déménagé à Pétersbourg, comme d'habitude. La famille avait passé l'hiver dans sa villa de Soudak, tandis qu'Éléna habitait avec sa gouvernante à l'hôtel, à Féodossia, où elle fréquentait le collège de filles, faisant une concurrence acharnée à Médée et à sa réputation de meilleure élève.

Léna, une fillette grassouillette et avenante, semblait n'éprouver aucune tension, on aurait dit que cette rivalité ne la concernait pas. Une telle attitude pouvait s'expliquer soit par une grandeur d'âme angélique, soit par un orgueil satanique. Éléna n'accordait pas la moindre importance à ses succès : les sœurs Stépanian recevaient chez elles une excellente éducation, des gouvernantes leur enseignaient le français et l'allemand, et qui plus est, elles avaient passé leur petite enfance en Suisse, où leur père avait occupé un poste de diplomate.

Les deux petites filles, Médée et Éléna, avaient terminé leur troisième avec des vingt, mais ces vingt n'étaient pas de même nature : ceux d'Éléna étaient faciles, avec de solides assises, ceux de Médée, laborieux et calleux. Malgré la valeur différente de leurs notes, elles avaient reçu la même récompense à la distribution des prix, un livre de Nékrassov vert sombre, avec des incrustations dorées et une inscription calligraphiée sur la page de garde.

Le jour qui suivit la fin des cours, vers cinq heures, la famille Stépanian au grand complet débarqua à l'improviste chez les Sinopli. Toutes les femmes de la maison, sous la férule de Matilda, dont les cheveux ternis étaient cachés sous un fichu blanc, pétrissaient la pâte des *bakhlavas*[1] près d'une grande table, à l'ombre de deux vieux mûriers. La partie la plus simple de l'opération, qui s'était déroulée sur la table, était déjà terminée, à présent, elles étiraient les bords de la pâte sur le dos de leurs mains. Médée prenait à tout cela la même part que ses sœurs.

Mme Stépanian leva les bras au ciel : quand elle était petite, à Tiflis, c'était exactement comme ça que l'on préparait les *bakhlavas* !

1. Pâtisseries fourrées de noisettes pilées.

— Ma grand-mère le faisait mieux que tout le monde ! s'écria-t-elle, et elle réclama un tablier.

M. Stépanian, tout en caressant d'une main ses moustaches grisonnantes, observait avec un sourire débonnaire ce labeur féminin des jours de fête, et prenait plaisir à contempler ces mains de femmes frottées de beurre qui s'agitaient dans la pénombre bigarrée, effleurant doucement et tendrement la feuille de pâte.

Puis Matilda les invita sur la terrasse, ils prirent du café avec des fruits confits, et Armik Tigranovna s'attendrit une fois de plus sur des souvenirs d'enfance liés à ces confitures sèches. Cette communauté de goûts culinaires aux racines turques disposa encore plus favorablement l'illustre dame envers cette famille laborieuse et unie, et le projet qui lui avait semblé suspect – inviter une petite qu'ils ne connaissaient pas, fille d'un mécanicien du port, en qualité de compagne pour sa fille – lui parut dès lors une excellente idée.

Pour Matilda, la proposition était inattendue mais flatteuse, elle promit de consulter son mari le jour même, et cette preuve de respect conjugal dans une famille aussi simple disposa Armik Tigranovna encore plus favorablement.

Quatre jours plus tard, Médée fut envoyée à Soudak en compagnie d'Éléna, dans une superbe villa au bord de la mer, qui se trouve aujourd'hui encore au même endroit, reconvertie en sanatorium, pas très loin de ce Hameau du Haut dans lequel défileraient bien des années plus tard les descendants communs d'Armik Tigranovna et de la rousse Matilda, qui savait pétrir la pâte des *bakhlavas* avec tant de dextérité...

Chacune des petites filles avait trouvé en l'autre

la perfection : Médée appréciait la générosité candide d'Éléna et sa bonté rayonnante, tandis qu'Éléna admirait l'intrépidité de Médée, son indépendance, et les talents manuels féminins qui lui venaient de sa mère, tant par hérédité que par apprentissage.

La nuit, couchées sur leurs lits de camp allemands d'une dureté hygiénique, elles avaient de longues et graves conversations dont elles gardèrent toute leur vie un profond sentiment d'intimité, même si des années plus tard, elles étaient incapables de se souvenir quels étaient ces secrets dont elles parlaient alors jusqu'à l'aube.

Médée se rappelait avec précision le récit d'Éléna sur l'ange qui, une nuit, pendant une maladie, lui était apparu sur le fond d'un mur devenu soudain transparent, au-delà duquel elle distinguait un bois jeune et lumineux, tandis qu'Éléna gardait en mémoire toutes les histoires que Médée lui racontait sur les multiples trouvailles dont sa vie était si riche. C'était du reste cet été-là qu'elle avait pleinement révélé ce don en rassemblant toute une collection de pierres fines de Crimée.

Un autre épisode resté gravé dans leur mémoire était lié à une crise de fou rire qui les avait saisies une nuit, lorsqu'elles s'étaient représenté leur professeur de chant, un jeune homme maniéré et boiteux, épousant la directrice du collège, une énorme dame très stricte devant laquelle tremblaient même les fleurs sur le balcon.

À l'automne, on emmena Éléna à Pétersbourg, et ce fut le début d'une correspondance qui, avec quelques interruptions, durait à présent depuis plus de soixante ans. Les premières années, elles s'écrivaient exclusivement en français, langue dans laquelle Éléna s'exprimait en ce temps-là considérablement mieux qu'en russe. Médée déployait de grands efforts pour parvenir à l'aisance que son amie avait acquise en se promenant avec sa gouvernante sur les rives du lac de Genève. Sacrifiant à la vogue spiritualiste de ces années-là, les petites filles se confessaient leurs mauvaises pensées et leurs mauvaises intentions (« ... Et j'ai ressenti une violente envie de lui taper sur la tête !... J'étais au courant, pour l'encrier, mais je n'ai rien dit, et je crois que de ma part, c'était un véritable mensonge... Aujourd'hui encore, maman est persuadée que c'est Fiodor qui a pris l'argent, et moi je brûlais d'envie de dire que c'était Galia la coupable... »). Et tout cela, exclusivement en français !

Ces touchants examens de conscience prennent définitivement fin avec la lettre de Médée du 10 octobre 1916. Cette lettre est écrite en russe, elle est sèche et courte. Elle annonce que le 7 octobre 1916, non loin de la baie de Sébastopol, le navire *Impératrice Marie* a explosé, et que Guéorgui Sinopli, le mécanicien du bord, compte parmi les disparus. On supposait que c'était un acte de diversion. Du fait de l'état de guerre, qui se muait insensiblement en révolution et, en Crimée, en un conflit chaotique, il fut impossible de remettre le navire à flot aussitôt après le naufrage, et c'est seulement trois ans plus tard, à l'époque soviétique, que les conclusions des experts montrèrent que l'explosion était bien due à un engin explosif placé dans le moteur du bateau. L'un des fils de Guéorgui, Nicolaï, participa au renflouage du navire avec une équipe de plongeurs.

En ces journées d'octobre, Matilda menait à

terme sa quatorzième grossesse, s'apprêtant à accoucher non en août, comme pour tous ses autres enfants, mais à la mi-octobre. Neuf jours après la mort de son mari, elle le suivit dans la tombe en compagnie d'une petite fille à tête rose.

Médée fut la première à apprendre la mort de sa mère. Lorsqu'elle arriva un matin à l'hôpital, l'infirmière Fatima, venant à sa rencontre, l'arrêta sur les marches et lui dit en tatar, langue que parlaient alors beaucoup d'habitants de Crimée :

— N'entre pas, petite, va voir le docteur, il t'attend...

Le docteur Lesnitchevski sortit pour l'accueillir, le visage tout humide. C'était un vieux monsieur petit et replet, Médée le dépassait d'une tête. Il lui dit : « Ma chérie ! » et leva les bras pour lui caresser les cheveux.

Matilda et lui avaient débuté la même année, elle, dans sa carrière de mère de famille, lui dans celle de médecin-accoucheur, et c'était lui qui avait mis tous ses enfants au monde.

Il en restait treize. Treize enfants qui venaient de perdre leur père, et n'arrivaient pas encore à croire à la réalité de sa mort. Les plus jeunes avaient pris les funérailles symboliques des marins disparus, avec orchestre et salves d'honneur, pour un divertissement militaire genre parade. En 1916, la mort n'était pas encore devenue aussi triviale qu'en 1918, quand on enterrait les morts dans des fosses, à peine vêtus et sans cercueil. La guerre durait déjà depuis longtemps, mais elle était loin, et ici, en Crimée, la mort était encore une marchandise à la pièce.

Matilda fut revêtue de ses plus beaux atours, sa chevelure éclatante fut recouverte de dentelle noire, et la petite fille non baptisée fut placée auprès d'elle… Les fils aînés portèrent le cercueil, d'abord dans l'église grecque, puis, de là, jusqu'au vieux cimetière, aux côtés de Kharlampi.

Même Dimitri, le plus jeune, alors âgé de deux ans, se souvenait de l'enterrement de sa mère. Quatre ans plus tard, il raconta à Médée deux incidents de cette journée qui l'avaient marqué. L'enterrement avait eu lieu un dimanche, et un mariage était prévu juste avant. Sur la route étroite qui menait à l'église, le convoi nuptial avait croisé le cortège funèbre. Il y avait eu un instant de confusion, et ceux qui portaient le cercueil avaient dû monter sur le bas-côté pour laisser passer l'automobile, à l'arrière de laquelle trônait dans le nuage blanc de sa robe de mariée, telle une mouche dans de la crème, une fiancée noiraude et terrifiée, aux côtés de son fiancé chauve. C'était l'une des premières automobiles de la ville, elle appartenait aux riches Mourouzi et était de couleur verte. C'est de cette automobile que Dimitri parla à Médée. « C'est vrai, elle était bien verte… », se souvint Médée. Le second incident était mystérieux. Le petit garçon lui demanda comment s'appelaient les oiseaux blancs qu'il avait vus près de la tête de sa maman.

— Des mouettes ? répondit Médée, surprise.

— Non, l'un était plus grand, l'autre plus petit. Et ils n'avaient pas des visages de mouettes, expliqua Dimitri.

Il ne se souvenait de rien d'autre. Médée était alors âgée de seize ans. Elle avait cinq aînés et sept cadets. Ce jour-là, il en manquait deux, Philippe et Nikifore, ils étaient à la guerre. Tous deux périrent par la suite, l'un tué par les Rouges, l'autre par les

Blancs, et toute sa vie, Médée mentionna leurs noms côte à côte dans ses prières.

Sophia, la sœur cadette de Matilda, une veuve venue de Batoum pour les funérailles, résolut de prendre chez elle deux des garçons les plus âgés. Elle avait hérité de son mari une grande propriété et avait du mal à s'en sortir avec ses trois filles. Afanassi, âgé de quatorze ans, et Platon, un garçon de douze ans, promettaient de devenir dans un proche avenir les hommes dont on manquait tant chez elle.

Mais leur destin n'était pas de remettre sur pied la propriété de leur tante, car deux ans plus tard, Sophia, en femme avisée, avait vendu les vestiges de sa fortune et emmené tous les enfants d'abord en Bulgarie, puis en Yougoslavie. Là, Afanassi, qui était encore un tout jeune homme, entra comme novice dans un monastère orthodoxe, et partit pour la Grèce, où sa trace se perdit. Aux dernières nouvelles qu'on avait reçues de lui, il vivait sur une montagne, dans un Météore dont personne n'avait jamais entendu parler. Sophia avait fini par creuser son trou à Marseille avec ses filles et Platon, et le couronnement de sa vie fut un petit restaurant grec, issu de la vente au détail de friandises orientales, notamment des *bakhlavas*, dont ses filles prestes et laides savaient pétrir la pâte avec tant de dextérité. Platon, le seul homme de la maison, était effectivement le soutien de la famille. Il maria ses cousines, enterra sa tante avant la Seconde Guerre mondiale, et après la guerre, n'étant plus tout jeune, il épousa une Française et donna naissance à deux Français portant le drôle de nom de Sinopli.

Miron, âgé de dix ans, fut recueilli par un parent du côté Sinopli, Alexandre Grigoriévitch, un homme adorable, propriétaire du café *Les Carreaux* à Koktebel. En venant aux funérailles de Matilda, il n'avait aucune intention de prendre chez lui de nouveaux enfants. Son cœur le trahit, et il en recueillit un. Le petit garçon mourut quelques années plus tard d'un mal foudroyant et inexpliqué.

Au bout d'un mois, Anelia, la sœur aînée, considérée comme la mieux établie, emmena Nastia, âgée de six ans, à Tbilissi, où elle vivait avec son mari, un musicien connu à l'époque. Elle avait l'intention de prendre aussi les cadets des garçons, mais ils poussèrent de tels hurlements qu'on décida de les laisser à Médée pour l'instant. On lui laissa également Alexandra, âgée de huit ans, qui avait toujours été très attachée à sa sœur et ne la quittait tout simplement pas d'une semelle depuis quelque temps.

Anelia était ennuyée : comment laisser trois petits à la charge d'une fillette de seize ans ? C'est alors qu'était intervenue la vieille Pélagie, une nourrice borgne qui avait travaillé toute sa vie dans la famille, et qui était une parente éloignée de Kharlampi.

— Tant que je serai en vie, autant que les petits grandissent chez eux !

Et il en fut décidé ainsi.

Au bout de quelque temps, Médée reçut coup sur coup trois lettres de Pétersbourg – d'Éléna, d'Armik Tigranovna, et d'Alexandre Aramovitch. La lettre de ce dernier était la plus courte : « Notre famille partage de tout cœur le chagrin qui vous est envoyé, et vous prie d'accepter le peu que nous sommes en mesure de vous adresser pour vous aider en ces instants difficiles. »

« Le peu » s'avéra être une somme très considérable pour l'époque, dont Médée dépensa la moitié pour une croix en marbre fin et noir sur lequel elle fit graver les noms de sa mère et de son père, dont le corps se diluait dans cette eau pure et dense du Pont-Euxin, qui avait accueilli en son sein bien des navigateurs Sinopli…

C'est en ces lieux qu'un jour d'octobre 1926, à l'ombre d'un olivier sauvage planté sur la tombe de Kharlampi, Médée, somnolant sur un banc, les aperçut tous les trois : Matilda, nimbée de ses cheveux roux, non relevés en chignon, comme de son vivant, mais moussant joyeusement autour de sa tête, avec dans les bras une petite fille toute nue à tête rose, pas un nouveau-né, mais Dieu sait pourquoi, une fillette de trois ans, et son père, tout grisonnant, avec une barbe complètement blanche et l'air beaucoup plus vieux que dans les souvenirs de Médée. Sans parler du fait qu'il n'avait jamais porté de barbe de son vivant.

Ils se montrèrent tendres envers elle, mais ne prononcèrent pas un mot, et quand ils eurent disparu, Médée comprit qu'elle n'avait absolument pas rêvé. En tout cas, elle n'avait pas remarqué de transition entre le sommeil et l'état de veille, et elle sentait dans l'air une merveilleuse odeur de résine, ancienne et cuivrée. En respirant cette odeur, elle devina que par cette apparition légère et solennelle, ils la remerciaient d'avoir veillé sur les petits, et la relevaient en quelque sorte de la charge qu'elle avait acceptée depuis longtemps et de son plein gré.

Il s'écoula un certain temps avant qu'elle fût capable de décrire cet événement peu ordinaire dans une lettre à Éléna.

« Depuis plusieurs semaines déjà, ma petite Léna, je n'arrive pas à prendre la plume pour te raconter un événement extraordinaire et surnaturel... »

Ensuite, elle passe au français : tous les mots russes qu'elle aurait pu employer ici, comme « vision », « apparition », « miracle », s'avéraient inutilisables, et il était plus facile de recourir à une langue étrangère qui semble dénuée de la richesse des nuances.

Tandis qu'elle écrivait cette lettre, de nouveau, l'odeur de résine qu'elle avait sentie ce jour-là au cimetière avait flotté autour d'elle.

« *Qu'en penses-tu**[1] ? » conclut-elle de son écriture calligraphique qui, en français, se faisait plus résolue et plus pointue.

Leurs lettres furent longtemps bringuebalées dans les sacs de toile des wagons postaux, et leur correspondance prit sur la vie un retard de deux ou trois mois. Médée reçut la réponse à sa lettre au bout de trois mois. Ce fut l'une des plus longues lettres d'Éléna, et elle était écrite de cette même écriture de collégienne qui ressemblait tant à celle de Médée.

Elle la remerciait de sa lettre, écrivait qu'elle avait versé bien des larmes au souvenir de ces années terribles, où l'on avait cru que tout était perdu. Puis elle avouait qu'elle avait vécu elle aussi une rencontre surnaturelle analogue, à la veille de l'évacuation précipitée de sa famille, la nuit du 17 novembre 1918.

« Trois jours avant, maman avait eu une attaque.

1. En français dans le texte. *(Les phrases en italique suivies d'un astérisque sont en français dans le texte.)*

Elle avait une tête épouvantable, bien pire que ce que tu as vu trois semaines plus tard, quand nous sommes arrivées à Féodossia. Son visage était bleu, elle avait un œil qui louchait, on s'attendait à ce qu'elle meure d'une minute à l'autre. On tirait dans les rues et dans le port, les états-majors et la population civile embarquaient dans la panique. Comme tu sais, papa était membre du gouvernement de Crimée, il lui était absolument impossible de rester. Arsik souffrait d'une de ses interminables angines, et Anaït, toujours si pleine de joie de vivre, n'arrêtait pas de pleurer. Papa était tout le temps en ville, il ne passait que pour quelques minutes, posait la main sur la tête de maman, et repartait. Tout cela, je te l'ai raconté, sauf peut-être le plus important.

« Ce soir-là, j'avais couché Arsik et Anaït, je m'étais allongée auprès de maman, et m'étais aussitôt assoupie. Les pièces étaient communicantes, elles formaient une enfilade, ce n'est pas pour rien que je le précise, c'est important. Soudain, à travers mon sommeil, j'entends quelqu'un entrer. “C'est père”, ai-je pensé, mais je n'ai pas tout de suite réalisé qu'on était entré par la porte de droite, de l'intérieur de l'appartement, alors que l'entrée donnant sur la rue se trouvait à gauche. Je voulais me lever, servir du thé à mon père, mais j'étais comme paralysée, je ne pouvais pas remuer la main. Mon père n'était pas grand, tu t'en souviens, or l'homme debout sur le seuil était de haute taille et, me sembla-t-il, vêtu d'une longue robe. On le distinguait mal : un vieillard, il avait un visage très pâle, on aurait dit qu'il brillait. C'était terrifiant mais, figure-toi, intéressant. J'ai compris que c'était quelqu'un de proche, quelqu'un de la famille, et, là, ce fut comme si on me disait à voix haute : “Chinararian.” Maman m'avait parlé d'une branche étonnante de ses ancêtres qui avaient construit des églises arméniennes. Il s'est approché de moi, comme s'il flottait, et a dit distinctement, d'une voix chantante : “Qu'ils partent tous, mais toi, mon enfant, reste. Tu iras à Féodossia. Ne crains rien.”

« C'est alors que j'ai vu avec surprise qu'il n'était pas là en entier, seulement sa partie supérieure, en dessous, il y avait un brouillard, comme si le fantôme n'avait pas eu le temps de se matérialiser complètement.

« Et c'est ce qui s'est passé. Au matin, nous nous sommes quittés en pleurant toutes les larmes de notre corps. Ils sont partis par le dernier bateau, et maman et moi, nous sommes restées. Deux jours plus tard, la ville était prise par les Rouges. Pendant ces journées affreuses, alors que ce n'était dans la ville qu'exécutions et règlements de comptes, on ne nous a pas touchées. Ioussime, le cocher de la défunte princesse chez qui nous avions vécu pendant toute cette période, nous a d'abord conduites, maman et moi, à la campagne, dans sa famille, et une semaine plus tard, il nous a fait monter dans un phaéton et nous a emmenées. Nous avons mis deux semaines à rejoindre Féodossia, tu sais tout sur ce voyage. J'allais chez toi comme on rentre chez soi, et mon cœur s'est déchiré quand nous avons vu que le portail de votre maison était condamné. Je n'ai pas deviné tout de suite que vous utilisiez désormais l'entrée de service.

« Ni maman ni papa ne me sont jamais apparus, même en rêve, sans doute parce que je dors trop profondément, on n'arrive pas à me joindre par les rêves. Quel bonheur t'a été accordé, Médée ! Recevoir un signe aussi vivant de tes parents ! Ne te trouble pas, ne cherche pas à savoir pour quelle raison, dans quel but... De toute façon, nous ne comprendrons jamais. Tu te souviens, quand tu me lisais ton passage préféré des Apôtres, sur le miroir dans lequel on ne voit que confusément ? Tout s'expliquera avec le temps, au-delà du temps. Dans notre enfance, à Tbilissi, le Seigneur vivait sous notre toit, les anges se promenaient dans nos chambres, mais ici, en Asie, tout est différent, Il s'est éloigné de moi, et on dirait que l'église est vide... Mais c'est péché de se plaindre, tout va bien. Natacha a été malade, elle est presque guérie maintenant, elle tousse juste un peu. Fiodor est parti aux champs pour une semaine. J'ai une grande nouvelle : nous allons avoir encore un enfant. Très bientôt. Il n'y a rien dont je rêve autant que de te voir. Tu pourrais peut-être venir avec les garçons au printemps ? »

III

Médée se levait toujours très tôt, mais ce matin-là, Artiom fut le premier debout. Le soleil ne brillait pas encore de tout son éclat, la matinée était blanchâtre, froide, enveloppée d'une brume scintillante. Au bout de quelques minutes, Guéorgui, réveillé par un cliquetis de cuivre, sortit lui aussi. Cette fois, Médée se leva après tout le monde.

Silencieuse de nature, elle était particulièrement peu loquace le matin. Tout le monde le savait, et c'était le soir qu'on l'importunait avec des questions. Cette fois aussi, après les avoir salués d'un signe de tête, elle se dirigea vers les cabinets, puis entra dans la cuisine pour allumer le réchaud à pétrole. Il n'y avait pas d'eau dans la maison, et elle sortit un seau vide qu'elle posa aux pieds de Guéorgui. C'était l'une des coutumes de la maison : on n'allait pas au puits après le coucher du soleil. Par respect pour Médée, cette règle, de même que d'autres, inexplicables, était rigoureusement observée par tous les visiteurs. D'ailleurs, plus une règle est inexplicable, plus elle est convaincante.

Guéorgui descendit au puits, un profond réservoir en pierre installé par les Tatars à la fin du siècle dernier ; c'était dans cette cuve que l'on entreposait la précieuse eau transportée jusqu'ici. Pour l'instant, le niveau était très bas, et Guéorgui, après avoir remonté le seau, l'examina longuement. L'eau était trouble et calcaire, cela se voyait même à vue d'œil. Pour lui qui était né en Asie centrale, l'aridité de la Crimée n'avait rien d'insolite.

« Il va falloir creuser un puits artésien », se dit-il pour la seconde fois depuis la veille, en grimpant vers la maison par un chemin en escalier peu pratique qui semblait adapté au pas d'une femme portant une cruche sur la tête.

Médée mit de l'eau à chauffer et sortit, balayant le sol en terre battue de la cuisine de l'ourlet de sa jupe noire délavée. Guéorgui resta assis sur le banc à contempler les bouquets d'herbes bien réguliers accrochés à une poutre du plafond. Des ustensiles de cuisine tatars en cuivre étaient posés sur de hautes étagères et, dans les coins, d'énormes chaudrons s'entassaient les uns sur les autres. Une bassine en cuivre coiffait la pyramide. Toute cette vaisselle était plus fruste et plus rudimentaire que la vaisselle ouzbek, celle de chez lui, qui se vendait sur le marché de Tachkent, mais Guéorgui, qui avait un œil sûr et un peu ascétique, préférait ces modestes ustensiles aux autres, ouvragés et couverts de prolixes décorations asiatiques.

— Papa, on va à la mer ? glissa Artiom.

— C'est peu probable ! lança-t-il en cachant son agacement à son fils, qui sentait à merveille les nuances de la voix de son père.

Le garçon comprit qu'ils n'iraient pas voir la mer.

Sa nature l'aurait poussé à quémander, à rechigner, mais la délicatesse de son âme, sensible à la grâce du silence matinal, l'incita à se taire.

Pendant que l'eau chauffait sur le réchaud, Médée faisait son lit, rangeant oreillers et couvertures dans une malle à son chevet, et marmonnait ses courts préceptes du matin formés des mots complètement décolorés d'une prière qui, malgré leur usure, l'aidaient mystérieusement dans ce qu'elle demandait : accepter cette nouvelle journée avec ses travaux et ses peines, avec ses vaines conversations qui ne la concernaient pas et la fatigue du soir, tenir jusqu'à la nuit dans la joie, sans s'irriter contre personne et sans se froisser. Elle se connaissait depuis l'enfance ce défaut déplaisant – la susceptibilité – et luttait contre lui depuis si longtemps qu'elle n'avait pas remarqué qu'elle ne se froissait plus depuis des années. Seule l'ombre épaisse d'une vieille rancune datant de bien longtemps pesait sur son âme. « Vais-je donc emporter cela dans la tombe ? » songea-t-elle en passant.

Après avoir murmuré ces derniers mots, elle tressa avec soin, en un geste élaboré au fil des années, une natte qu'elle noua en chignon, s'enveloppa la tête d'un châle en soie noire, ramena le bout le plus long de sa nuque sur son cou et soudain, dans le miroir ovale serti de coquillages, elle vit son visage. À dire vrai, elle nouait son châle devant le miroir tous les matins, mais elle ne voyait que les plis du tissu, sa joue, le col de sa robe. Mais aujourd'hui, c'était lié à l'arrivée de Guéorgui, elle vit soudain son visage, et ce visage la surprit. Il s'allongeait de plus en plus avec les années, sans doute à cause de ses joues tombantes creusées par deux rides profondes. Le nez était celui de la famille, le temps ne l'abîmait pas : assez long, mais pas du tout proéminent, avec un bout plat et des narines rondes.

Ce visage évoquait une belle tête de cheval, surtout à l'époque où, peu après son mariage, elle s'était soudain mise à porter une frange et avait adopté quelque temps une coupe courte, au lieu de son éternel chignon pesant qui lui fatiguait le cou.

Médée examinait son visage avec une certaine surprise, non d'un regard en coin, mais d'un œil attentif et critique, et elle comprit tout à coup que ce visage lui plaisait. Dans son adolescence, elle avait beaucoup souffert de son physique, de ses cheveux roux, de sa taille trop grande et de sa bouche trop large, elle avait honte de ses longues mains, de la pointure d'homme des chaussures qu'elle portait…

« Je fais une très belle vieille dame ! » se dit-elle en riant, et elle hocha la tête. À gauche du miroir, parmi une volée de photographies, un jeune couple la regardait du fond d'un cadre rectangulaire noir : une femme avec une longue frange, et un homme à l'opulente chevelure, à la silhouette d'une grâce toute levantine, et aux moustaches beaucoup trop longues pour son maigre visage.

De nouveau, Médée hocha la tête : pourquoi s'être tant désolée dans sa jeunesse ? Elle avait reçu un beau visage, une bonne taille, de la force et un beau corps… C'était Samuel, son cher mari, qui l'en avait convaincue. Elle tourna les yeux vers le grand portrait au coin barré d'un ruban noir, un agrandissement de sa dernière photographie. Il avait encore une chevelure très fournie, mais deux grandes plaques de calvitie montaient de part et d'autre de son front bas, ses moustaches étaient devenues plus discrètes et s'étaient fanées, il y avait de la douceur dans ses yeux, et son visage irradiait une vague tendresse.

« Tout est bien. Tout est passé. » Médée chassa l'ombre de la vieille souffrance et quitta la pièce en fermant la porte derrière elle. Pour tous ses visiteurs, sa chambre était un lieu sacré, et l'on n'y entrait pas sans y être spécialement convié.

Guéorgui avait déjà fait le café. Il le préparait exactement comme Médée et comme sa mère Éléna, selon le même procédé, à la turque. La petite cafetière en cuivre trônait au milieu de la table sur un plateau non astiqué. Malgré sa propreté méticuleuse, Médée n'aimait pas astiquer le cuivre. Peut-être parce qu'il lui plaisait davantage avec sa patine. Elle se versa du café dans la grossière tasse en céramique dont elle se servait depuis quinze ans. Cette tasse était lourde et malcommode. C'était un cadeau de sa nièce Nika, une de ses premières céramiques, fruit d'une brève passion pour le modelage. D'une sombre couleur lie-de-vin, avec des traînées de vernis trop cuit, rugueuse, trop décorative pour un usage quotidien, elle n'en avait pas moins été adoptée par Médée, et aujourd'hui encore, Nika était toute fière d'avoir fait à sa tante ce cadeau utile.

En avalant sa première gorgée, Médée songea à Nika qui allait arriver aujourd'hui avec Macha et les enfants. Macha était la première petite-fille de sa sœur Alexandra et Nika sa dernière fille, la différence d'âge n'était pas grande.

— Elles vont certainement arriver par le vol du matin et, dans ce cas, elles seront là pour le déjeuner, dit Médée sans s'adresser à personne en particulier.

Guéorgui garda le silence, bien qu'il fût lui-même en train de se demander s'il n'allait pas faire un tour au marché pour acheter du vin et quelque douceur printanière comme des herbes ou des nèfles.

« Non, c'est un peu tôt pour les nèfles », se dit-il. Un peu plus tard, il demanda à sa tante si elle rentrerait déjeuner. Médée hocha la tête et termina son café en silence.

Après son départ, Artiom allait se livrer à une nouvelle offensive sur son père, quand celui-ci lui enjoignit de se préparer pour aller au marché.

— Et voilà ! C'est ou bien le cimetière, ou bien le marché..., bougonna Artiom.

— Si tu ne veux pas venir, tu peux rester ! – proposa Guéorgui, conciliant, mais Artiom avait déjà compris que ce n'était pas mal non plus d'aller au marché.

Une demi-heure plus tard, ils étaient sur la route. Tous deux portaient un sac à dos, Artiom était coiffé d'un panama en paille, Guéorgui d'une casquette militaire en toile qui lui donnait l'air d'un aventurier. Presque au même endroit que la veille, ils revirent la mère et la fille, de nouveau, elles avaient toutes les deux la même tenue, mais cette fois la femme, assise sur un petit tabouret pliant, dessinait sur un chevalet miniature.

Guéorgui les interpella de la route et leur demanda s'il pouvait leur acheter quelque chose au marché, mais la brise emporta ses paroles, et la femme fit un signe montrant qu'elle n'entendait pas.

— Cours leur demander si elles n'ont pas besoin de quelque chose ! – dit-il à son fils, qui grimpa la pente au pas de course en faisant voler des petits cailloux.

Guéorgui leva les yeux avec plaisir. L'herbe était toute jeune, toute fraîche, sur le flanc de la colline, un tamaris encore sans feuilles formait un nuage mauve.

La femme dit quelque chose à Artiom, puis, renonçant à s'expliquer, dévala la pente.

— Vous pouvez nous acheter des pommes de terre ? Deux kilos, s'il vous plaît. Je n'ai personne à qui laisser Tania, et elle ne marchera pas jusque-là, c'est trop fatigant. Et un bouquet d'aneth. Seulement je n'ai pas d'argent sur moi.

Elle parlait vite, en zézayant un peu, et rosissait à vue d'œil.

Quand elle remonta vers sa fille debout près du chevalet, son cœur battait la chamade et lui montait à la gorge. « Qu'est-ce qui m'arrive ? Mais qu'est-ce qui m'arrive ? Rien du tout... Deux kilos de pommes de terre et un bouquet d'aneth... »

Une fois en haut de la colline, elle s'aperçut que durant les quelques minutes qu'elle avait passées sur la route, tout avait changé : le soleil avait enfin percé la brume scintillante, et les tamaris qu'elle essayait de dessiner ne formaient plus une brume rose, mais s'accrochaient au flanc de la colline comme de la mousse de canneberge. Le flou délicat du paysage avait disparu, et l'endroit où elle se tenait lui parut soudain être le centre immobile autour duquel gravitaient les univers, les étoiles, les nuages et les troupeaux de moutons.

Mais cette pensée n'apaisa pas son cœur palpitant, il continuait à bondir vers on ne sait quoi, à la poursuite de lui-même, et son regard, indépendamment de sa volonté, absorbait les alentours pour ne rien perdre, ne pas oublier le moindre détail de cet univers. Oh, si elle avait pu, comme quand elle était petite et se passionnait pour la botanique, cueillir et faire sécher, comme une fleur qui vous a plu, cet instant avec tous ses accessoires : sa fille près du chevalet planté de travers au centre de l'univers, le tamaris en fleur, la route sur laquelle deux voyageurs cheminaient sans se retourner, le lambeau de mer au loin, les plis de la vallée avec le sillon d'une rivière depuis longtemps disparue. Et ce qui se trouvait dans son dos, ce qui n'entrait pas dans son champ de vision : au-delà de l'échine des collines bossues qui avaient vieilli là, les montagnes plates, bien nettes, avec leurs sommets sectionnés, qui s'étiraient à la queue leu leu comme des bêtes dociles…

Le trajet en autobus de Simféropol à la maison de Médée prenait cinq heures, et de surcroît, jusqu'au début de la saison touristique, il n'y avait qu'un seul bus par jour, mais en dépit du prix – le trajet de deux heures en voiture coûtait presque plus cher que le billet d'avion de Moscou à Simféropol – Nika et Macha arrivaient généralement en taxi.

De retour du marché, Artiom était monté sur le toit, et il gardait ses yeux équipés d'une vieille paire de jumelles braqués sur une échappée entre les collines, dans laquelle apparaissaient toutes les voitures se dirigeant vers le Hameau. Guéorgui triait ses emplettes dans la cuisine. Ce n'était pas un jour de marché, tout était morne et il y avait peu de vendeurs. Il avait acheté un rouleau de gelée de pruneau séchée de fabrication artisanale, sommairement cuite sur une feuille de métal brûlante, la friandise préférée de son enfance, ainsi que des herbes et un grand sac de *tchébourieks*[1].

C'était la quincaillerie qui lui avait procuré le plus de plaisir, elle surprenait toujours les estivants par ses richesses inattendues. Cette fois, Guéorgui avait acheté un objet à la mode – une bouilloire sifflante –, deux douzaines de verres à facettes et une livre d'*akhnali*, des clous de ferrure qui manquaient cruellement à son ami de Novossibirsk Tarassov, le président du kolkhoze. Il avait aussi acheté de la colle tchèque, une denrée rare à l'époque, et une nappe en toile cirée assez laide. Il avait étalé tous ses achats sur la table et se réjouissait de leur abondance. Il aimait acheter, le jeu du choix, du marchandage et du butin lui plaisait. Sa femme Zoïka se fâchait quand il rapportait de chacun de ses voyages tout un tas d'objets totalement inutiles qui encombraient tant leur appartement que leur maison de campagne. Elle était économiste, travaillait dans une administration commerciale, et estimait qu'il fallait acheter de façon judicieuse et réfléchie, et pas n'importe quelle camelote…

Il déboucha une bouteille de porto de Tauride et regretta d'en avoir pris si peu. Mais il y en avait à profusion ici, il pourrait en acheter plus tard à la boutique du village.

Après avoir tout rangé, il s'assit sur le seuil de la maison, un verre de vin et un *tchébouriek* à la main, et vit l'artiste-peintre qui descendait la colline avec sa fille.

« Zut, j'ai oublié les pommes de terre ! songea-t-il. De toute façon, il n'y en avait pas. Si j'en avais vu, j'y aurais pensé. »

1. Petits pâtés frits fourrés de viande de mouton hachée.

Mais il avait acheté beaucoup d'aneth, et comme il était un homme de parole, il cria à Artiom de descendre du toit et d'aller porter de l'aneth à l'estivante ; les hôtes de Médée ne se considéraient jamais comme des estivants, d'ailleurs les gens du coin les traitaient comme s'ils étaient des leurs.

Artiom refusa catégoriquement d'aller porter l'aneth. L'instant où la voiture allait apparaître était trop important, et il avait peur de le manquer. De fait, ils n'avaient pas encore fini de se disputer à propos de l'aneth, quand une Volga jaune surgit dans l'échappée spécialement conçue à cet effet.

— Ils arrivent ! – hurla Artiom d'une voix brisée par le bonheur et, dégringolant du toit, il se précipita vers la barrière.

Quelques instants plus tard, une voiture s'approchait de la maison et s'arrêtait. Ses quatre portières s'ouvrirent en même temps, et six personnes en surgirent, dont deux toutes petites. Pendant que le chauffeur sortait du coffre des valises et des cartons, ce fut une mêlée familiale, avec baisers et embrassades. La voiture n'était pas encore partie quand Médée approcha discrètement avec son sac en toile, souriant de sa bouche fermée, les yeux plissés.

— Tantine ! Ma chérie ! Comme tu m'as manqué ! Que tu es belle ! Et tu sens la sauge ! s'exclama la grande et rousse Nika en l'embrassant.

Médée recula légèrement et grommela :

— Quelles bêtises ! Je sens la peinture à l'huile, cela fait trois mois que l'hôpital est en travaux, ils n'arrivent toujours pas à terminer !

Debout à côté de Médée, Katia, la fille aînée

de Nika, âgée de treize ans, attendait son tour d'être embrassée. Quand Nika était quelque part, elle passait toujours en premier par une sorte de droit incontestable, et rares étaient ceux qui le lui contestaient. Macha aussi attendait son tour, avec ses cheveux coupés court, à la garçonne, et sa silhouette d'adolescente, comme si elle n'était pas une femme adulte, mais une enfant maigrichonne en pleine croissance perchée sur des jambes disproportionnées. Mais elle avait un beau visage, d'une beauté encore non révélée, comme un dessin au papier calque.

Guéorgui l'enlaça et l'embrassa sur le sommet du crâne.

— Toi, je ne veux même pas t'adresser la parole ! fit Macha en le repoussant. Dire que tu es venu à Moscou et que tu n'as pas téléphoné !

Le fils de Macha, Alik, âgé de cinq ans, et Lisa, la fille cadette de Nika, s'embrassaient aussi, mimant des retrouvailles passionnées, alors qu'ils ne s'étaient pas quittés depuis la veille, puisqu'ils avaient tous passé la nuit chez Nika, boulevard Zoubovski. Ils avaient presque le même âge, ils s'aimaient depuis leur naissance, pourrait-on dire, et faisaient rire tout le monde en reproduisant dans leurs rapports des comportements d'adultes : coquetterie féminine, jalousie, rodomontades de jeune coq.

— *Cousinage, dangereux voisinage* * ! répéta Médée pour la millième fois en regardant les cousins.

— Je vais t'embrasser comme si on était déjà arrivés ! – dit Alik en attirant Lisa contre lui, mais elle résistait et n'arrivait pas à inventer la condition à laquelle elle accepterait, aussi faisait-elle traîner les choses.

— Non, d'abord… D'abord il faut que… Que… Que tu me montres le chien !

Deux personnes se saluèrent sèchement d'un signe de tête : Artiom et Katia. Autrefois, eux aussi, comme Lisa et Alik aujourd'hui, s'étaient passionnément aimés, mais deux ans plus tôt, les choses s'étaient gâtées. Katia avait beaucoup grandi, s'était hérissée çà et là de poils qu'elle s'était empressée de raser, s'était pourvue d'une poitrine menue, mais parfaitement réelle, et entre eux béait désormais le gouffre de la maturité sexuelle.

Artiom, profondément blessé par la disgrâce imméritée de l'an passé, avait attendu Katia le cœur défaillant, mais par mesure d'autodéfense, il se détourna et farfouilla pensivement la terre marron clair du bout du pied.

Katia, renvoyée l'année précédente de l'école de ballet du Bolchoï en raison d'une absence totale de perspective, avait gardé toutes les manières d'une danseuse professionnelle, ce dont Nika, secrètement fière de son superbe maintien, se moquait constamment : « Menton en l'air, épaules basses, poitrine en avant, ventre rentré, et pieds en dehors ! »

C'est d'ailleurs dans cette posture que Katia se figea, laissant les amateurs admirer la beauté de l'art de la danse qu'elle continuait à représenter.

— Médée, regarde un peu les petits ! dit Macha en lui touchant l'épaule.

Alik était allé chercher dans la niche de Nioukta, la chienne de Médée, immensément longue sur ses courtes pattes, un chiot tout aussi long ; Lisa le tenait déjà dans ses bras, et Alik, écartant le chiot, cherchait la joue promise.

Tout le monde éclata de rire. Guéorgui prit deux valises et Artiom, se détournant de Katia, saisit une boîte en carton remplie de provisions, tandis que Katia dévalait la pente à petits bonds légers, comme une danseuse allant saluer et, s'immobilisant dans une tache de lumière entre la maison et la cuisine, restait là, superbe et inaccessible comme une princesse. Artiom ressentait au cœur une douleur jamais éprouvée jusqu'alors. Il était le premier à être meurtri par ce printemps précoce.

Une fois de plus, Nora s'était retrouvée dans le rôle de voyeuse. Tania faisait déjà la sieste. Il ne lui avait apporté ni pommes de terre ni aneth, ce beau jeune homme qui ne ressemblait pas du tout à un légionnaire romain, avait-elle fini par décider, mais à Ulysse. Alors qu'elle lavait la vaisselle dans la cour d'Ada, elle avait vu le taxi arriver, elle avait vu une grande femme rousse en robe rouge sombre embrasser la vieille femme tandis qu'une multitude d'enfants sautillait tout autour, et sa gorge s'était nouée d'une jalousie inattendue envers ces gens si heureux de se voir, qui fêtaient si joyeusement leurs retrouvailles.

Une autre voiture arriva au village deux heures plus tard, mais cette fois, le taxi s'arrêta devant la maison des Kravtchouk. Au son d'une voix qui demandait les propriétaires, Nora, écartant le coin du rideau brodé, vit surgir de la cuisine d'été d'abord Ada, puis son mari qui essuyait sa bouche luisante de sa main noire de mécanicien.

Devant la barrière grande ouverte, il y avait un homme de haute taille, aux cheveux longs retenus par un élastique, comme une femme, vêtu d'un jean blanc moulant et d'un maillot rose. Ada fut choquée par l'arrogance de son allure. Le nouveau venu sourit, agita une enveloppe blanche et cria de la barrière :

— Les Kravtchouk ? Voici une lettre de votre fils, et bien le bonjour de sa part ! Je l'ai vu hier.

Ada se saisit de l'enveloppe et, sans un mot, les Kravtchouk se réfugièrent dans la cuisine pour lire la lettre de leur fils unique Vitia ; diplômé d'une école militaire, il vivait depuis déjà deux ans dans les environs de Moscou où, vu du Hameau, il faisait une grande carrière. Le nouveau venu, sans se soucier le moins du monde du chauffeur de taxi toujours devant le portail, s'assit sur un banc. Entre-temps, les Kravtchouk avaient pu lire que leur fils leur envoyait un homme qui lui était extrêmement utile, ils ne devaient pas lui demander un sou et être aux petits soins pour lui, cet homme, ce Valéry Boutonov, même le responsable du district faisait la queue pour être massé par lui...

Sans avoir terminé la lettre, les Kravtchouk se précipitèrent pour accueillir le nouveau venu.

— Mais entrez donc ! Où sont vos affaires ?

Le visiteur apporta une valise en cuir munie d'une épaisse poignée renforcée et couverte d'étiquettes étrangères. Nora, fatiguée de tenir le fer en fonte avec lequel elle repassait la jupe de Tania, le reposa sur son socle.

Les hôtes tourbillonnaient autour du nouveau venu : eux aussi, la valise les avait beaucoup impressionnés.

« Sans doute un artiste, se dit Nora. Un musicien de jazz ou quelque chose de ce genre. » Le fer avait refroidi, mais elle n'avait pas envie de sortir de sa petite maison pour le faire chauffer dans la cuisine. Elle mit de côté la jupe qu'elle n'avait pas fini de repasser.

IV

Médée avait grandi dans une maison où l'on cuisait les repas dans des marmites, où l'on marinait les aubergines dans des tonneaux, et où l'on faisait sécher par kilos sur le toit des fruits qui offraient leur odeur sucrée au vent salé de la mer. Entre-temps naissaient de nouveaux frères et sœurs qui remplissaient la maison. À présent, en pleine saison, son logis actuel, si désert et si calme durant les mois d'hiver, rappelait par la multitude d'enfants et l'afflux de visiteurs la maison de son enfance. Dans de grands chaudrons posés sur des trépieds en fer, il y avait constamment du linge en train de bouillir, quelqu'un était toujours en train de boire du café ou du vin dans la cuisine, des amis venaient en visite de Koktebel ou de Soudak. Parfois, des jeunes désinvoltes, étudiants mal rasés et filles mal coiffées, montaient une tente à côté, jouaient à toute force de la musique moderne, et étonnaient tout le monde par des chansons nouvelles. Médée était une femme réservée, elle n'avait pas eu d'enfant, et bien qu'elle fût habituée à cette cohue estivale, elle ne comprenait pas très bien pourquoi sa maison cuite par le soleil et battue par les vents marins attirait cette multitude de ressortissants de tribus diverses, de Lituanie, de Géorgie, de Sibérie et d'Asie centrale.

La saison avait commencé. Elle avait passé la soirée de la veille seule avec Guéorgui et aujourd'hui, ils étaient huit pour le repas du soir.

On avait couché tôt les petits, fatigués par le voyage. Artiom s'était retiré lui aussi, afin d'échapper à l'ordre humiliant d'aller se coucher. Cette initiative l'avait placé sur un pied d'égalité avec Katia, que l'on n'envoyait plus au lit depuis longtemps.

Le dîner se transforma insensiblement en souper. On buvait le vin acheté par Guéorgui. Ce dernier avait vécu cinq ans à Moscou, à l'époque où il faisait des études de géologie, il n'avait pas aimé Moscou, mais s'intéressait toujours aux nouvelles de la capitale, et essayait à présent d'en soutirer à ses cousines. Mais les histoires de Nika dérivaient toujours soit sur elle-même, soit sur des ragots de famille, et celles de Macha sur la politique. D'ailleurs c'était l'époque qui voulait cela : quel que fût le point de départ de la conversation, cela se terminait toujours par une chute de la voix et une montée des passions politiques.

Cette fois, on parlait de Gvidas-le-costaud, un neveu de Médée qui vivait à Vilnius, le fils de son défunt frère Dimitri. Il s'était construit une maison et avait monté une grosse entreprise de bâtiment.

— Et les autorités le laissent faire ? demanda avec intérêt Guéorgui, auquel ce sujet tenait particulièrement à cœur.

— Pour commencer, c'est quand même beaucoup plus libre, là-bas. Et puis il est architecte.

Et n'oublie pas que sa belle-mère est une grosse canaille du Parti.

— Et Gvidas ? Il joue à ces jeux-là ? s'étonna Guéorgui.

— Eh bien, comment te dire ? Chez eux, le pouvoir soviétique est un peu une mascarade, si tu veux. Pour les Lituaniens, le saucisson fumé, les anguilles et la bière, cela a toujours été plus important que les réunions du Parti, c'est sûr ! Ils n'ont pas trop de cannibalisme, expliquait Nika.

Macha monta sur ses grands chevaux :

— C'est absurde, ce que tu dis, Nika ! Après la guerre, la moitié de la Lituanie a été arrêtée, presque un demi-million de jeunes gens. Ils en avaient perdu moins pendant la guerre. Tu parles d'une mascarade !

Médée se leva. Il y avait longtemps qu'elle avait sommeil. Elle savait qu'elle avait laissé passer l'heure à laquelle elle s'endormait facilement et en douceur, maintenant, elle allait se retourner jusqu'au matin sur son matelas bourré d'algues.

— Bonne nuit !

Et elle sortit.

— Et voilà ! dit Macha d'un air chagriné. Notre Médée est pourtant une forte femme, un roc, mais elle a peur ! Elle n'a pas dit un mot et elle est partie.

Guéorgui se fâcha :

— Tu n'es qu'une gourde, Macha ! Pour vous, tout le mal qui existe sur terre vient du pouvoir soviétique. Elle, un de ses frères a été tué par les Rouges, un autre par les Blancs, et pendant la guerre, l'un a été tué par les fascistes, l'autre par les communistes. Pour elle, tous les pouvoirs se valent. Mon grand-père Stépanian, un aristocrate et un monarchiste, avait envoyé de l'argent à une petite orpheline, il avait envoyé tout ce qu'il possédait à l'époque. Et mon père a épousé ma mère… lui qui était, passez-moi l'expression, un fervent révolutionnaire… Il l'a épousée sur un seul mot de Médée : il fallait sauver Léna… Qu'est-ce qu'elle en a à faire, du pouvoir ? Elle est croyante, elle dépend d'un autre pouvoir ! Et ne dis jamais qu'elle a peur de quoi que ce soit…

— Seigneur ! s'écria Macha. Mais ce n'est pas du tout ce que j'ai dit ! J'ai seulement fait remarquer qu'elle était sortie dès qu'on avait commencé à parler politique.

— Pourquoi voudrais-tu qu'elle discute avec une gourde comme toi ? renifla Guéorgui.

— Ça suffit ! intervint paresseusement Nika. Il n'y aurait pas quelque chose à boire, ici ?

— Bien sûr que si ! répondit Guéorgui tout content.

Il fouilla derrière lui et sortit la bouteille entamée le jour même.

Macha, les lèvres frémissantes, s'apprêtait à monter à l'assaut, mais Nika, qui avait horreur des querelles, poussa un verre vers elle et fredonna :

— « La rivière coule sur le sable et lèche le rivage, un jeune gars, un voyou qui n'a pas froid aux yeux, supplie le chef… »

Elle commença d'une voix basse et caressante. Guéorgui et Macha se radoucirent, ils s'inclinèrent fraternellement l'un vers l'autre et la polémique cessa d'elle-même. La voix ruisselait comme de la lumière par la fente de la porte entrebâillée, par les petites fenêtres irrégulières, et cette chanson des rues sans prétention illuminait toute la propriété de Médée…

Valéry Boutonov, sorti dans la nuit pour se rendre aux toilettes, n'alla pas jusqu'à la petite cabane en bois et se soulagea sur un plant de tomates désagréablement surpris par cet arrosage tiède et inattendu, puis contempla longuement le ciel méridional profond et étoilé, parcouru par les rayons lascifs des projecteurs scrutant le littoral à la recherche d'espions en costume de plongée noir sortis d'un film d'espionnage. Mais en cette saison, on ne voyait même pas luire au clair de lune les fesses des amoureux des plages.

La terre était plongée dans l'obscurité, seule une fenêtre brillait d'un jaune pur entre deux collines, et l'on aurait même cru entendre chanter là-bas une voix de femme. Valéry tendit l'oreille. Des chiens jappaient de temps à autre.

Médée passa effectivement une nuit blanche. Mais elle avait pris très jeune l'habitude de dormir peu, et à présent qu'elle était vieille, ce n'était pas une nuit sans sommeil qui la perturbait. Elle était couchée sur son lit étroit de jeune fille, vêtue d'une chemise de nuit brodée tout usée sur la poitrine, et le long de son corps reposait sa natte lâche tressée pour la nuit, qui s'était amenuisée avec les années, mais lui descendait toujours jusqu'à la hanche.

La maison ne tarda pas à se peupler de petits bruits familiers : Nika martelait le plancher de ses pieds nus, Macha fit tinter le couvercle du pot de chambre, murmura « Pss-pss » à un enfant endormi, et un petit filet résonna, clair et musical. Puis le bruit sec du commutateur, un rire étouffé.

Ni la vue ni l'ouïe ne trahissaient encore Médée. Et grâce à un sens de l'observation inné, elle remarquait dans la vie de ses jeunes neveux bien des choses dont ils étaient loin de se douter.

Les jeunes femmes avec des enfants en bas âge arrivaient d'ordinaire au début de la saison, leurs maris, qui travaillaient, ne passaient que peu de temps ici, deux semaines, rarement un mois. Des amis venaient leur rendre visite, trouvaient à se loger dans le Hameau du Bas, et la nuit, ils entraient en cachette dans la maison, gémissaient et poussaient des cris derrière le mur de Médée. Puis les femmes quittaient leurs maris, en épousaient d'autres. Les nouveaux maris élevaient les anciens enfants, en faisaient de nouveaux, les demi-frères et sœurs se rendaient visite, et ensuite, les ex-maris venaient ici avec leurs nouvelles femmes et leurs nouveaux enfants, pour passer leurs vacances avec les aînés.

Nika, après avoir épousé le père de Katia, un jeune metteur en scène prometteur n'ayant jamais rien produit qui fût à la hauteur de sa réputation, s'était occupée pendant des années du petit Micha, un garçon lourdaud et maladroit, fils d'un premier mariage du metteur en scène. Katia le persécutait de mille façons, mais Nika lui témoignait de l'affection et s'en occupait, et lorsqu'elle avait troqué son metteur en scène contre un physicien, elle avait continué longtemps à trimbaler ce petit garçon avec elle. Sous les yeux de Médée s'étaient déroulés un échange de partenaires entre deux couples, une liaison passionnée entre un beau-frère et une belle-sœur qui avaient trente ans de différence, et quelques amours de jeunesse justifiant parfaitement le dicton français.

La vie de la génération de l'après-guerre, surtout ceux qui avaient à présent une vingtaine d'années, lui faisait penser à des jeux d'enfants. Elle ne sentait ni dans les mariages, ni dans les maternités, ce sens des responsabilités qui, dès l'enfance, avait déterminé sa vie à elle. Elle ne portait jamais de jugement, mais elle estimait infiniment les gens qui, comme sa mère, sa grand-mère ou son amie Éléna, agissaient dans les petites comme dans les grandes choses de la seule façon qui fût possible pour Médée : avec sérieux, et en allant jusqu'au bout.

Médée avait été toute sa vie l'épouse d'un seul homme, et continuait à être sa veuve. Son veuvage était une réussite, autant que l'avait été son mariage. Durant les longues années, presque trente ans, qui s'étaient écoulées depuis la mort de son mari, le passé s'était transformé, le seul chagrin douloureux qu'il lui avait infligé – aussi bizarre que cela pût paraître, après sa mort – s'était estompé, et son personnage avait fini par acquérir une carrure majestueuse et imposante dont il était totalement dépourvu de son vivant.

Son veuvage avait déjà duré plus longtemps que son mariage, et ses rapports avec son défunt mari étaient toujours aussi bons, ils s'étaient même améliorés avec les années.

Tout en étant consciente du temps mort de l'insomnie, Médée n'en était pas moins la proie d'une légère torpeur qui n'interrompait pas le cours habituel de ses pensées, un mélange de prières, de conversations et de souvenirs qui débordait quelquefois comme par mégarde les limites de ce qu'elle avait connu et vu personnellement.

Ayant gardé en mémoire, presque mot pour mot, tout ce que son mari lui avait raconté de son enfance, elle se souvenait à présent de lui petit garçon, bien qu'elle eût fait sa connaissance alors qu'il avait déjà près de quarante ans.

Samuel était le fils d'une veuve qui chérissait ses chagrins et ses malheurs plus que n'importe quels biens matériels. C'était avec une inexplicable fierté qu'elle montrait à ses sœurs son fils souffreteux :

— Regardez-moi comme il est maigre, un vrai poussin, il n'y a pas un seul gamin aussi maigre dans tout le quartier ! Et tous ces boutons ! Il est couvert de scrofules ! Et ces pustules qu'il a sur les bras !

Samuel grandissait, avec ses pustules, ses boutons et ses abcès, il était effectivement maigre et blême, mais en cela, il ne se distinguait guère de ses congénères du même âge. Vers treize ans, il devint la proie d'un malaise un peu particulier, lié au fait que son pantalon se bombait, soulevé par un rejet qui lui poussait de l'intérieur, ce qui entraînait une gêne douloureuse.

Le petit garçon mit cet état tout nouveau pour lui sur le compte d'une de ces innombrables maladies dont sa mère parlait avec tant d'orgueil, et il se servit d'un cordon pris sur un de ses jupons pour juguler l'organe rétif, afin de ne pas être dérangé. Entre-temps, deux autres éléments très visibles de son corps, les oreilles et le nez, avaient poussé de façon effrénée. De la coquille d'un charmant bambin émergea quelque chose de difforme aux sourcils ronds et légèrement broussailleux, et au long nez mobile. Sa maigreur acquit alors une autre particularité : où qu'il s'assît, il avait toujours l'impression d'être assis sur deux pierres pointues. Le pantalon gris à rayures de son défunt père flottait sur lui comme sur un épouvantail de potager, et c'est à cette époque qu'on l'affubla du sobriquet vexant de « Samonia-le-pantalon-vide ».

À l'âge de quatorze ans, peu après la célébration de sa *bar-mitsva*, qui le marqua uniquement parce qu'en lisant les textes de rigueur, il commit cinq fois plus d'erreurs que les cinq autres petits garçons issus de familles pauvres qui avaient eux aussi fait leurs études à la synagogue aux frais de la communauté, et à la suite d'une correspondance d'une imprécision lassante entre sa mère et un des frères aînés de son défunt père, il finit par être envoyé à Odessa, où il fit ses débuts dans la vie active en qualité de commis de bureau, aux obligations aussi indéfinies qu'infinies.

Son travail de commis ne lui laissait guère de temps libre, mais il en trouva suffisamment pour goûter à une éducation juive déjà démodée à l'époque, par le truchement du plus vieux des frères de son père, Éphraïm. Ce dernier était un intellectuel juif autodidacte qui, en dépit des évidences, nourrissait l'espoir qu'une éducation fondée sur de bonnes bases pouvait résoudre tous les problèmes douloureux du monde, y compris un malentendu comme l'antisémitisme.

Samonia ne resta pas longtemps sous la bannière noble mais fortement décolorée de l'éducation juive et, au grand chagrin de son oncle, passa dans le camp limitrophe du sionisme, qui a fait une croix sur le Juif cherchant à mettre sa culture au niveau des autres peuples civilisés, et mise au contraire sur le Juif à l'état naturel, ayant pris la décision simple et à double tranchant de replanter son jardin au pays de Canaan.

Un cousin de Samuel était déjà parti pour la Palestine, il vivait dans une Ein Guedi dont personne n'avait jamais entendu parler, où il travaillait comme ouvrier agricole, et invitait Samuel à le rejoindre dans de rares lettres enthousiastes.

Au grand dam de son oncle-employeur, Samonia s'inscrivit à des cours d'agriculture pour émigrants juifs. Ces études empiétaient beaucoup sur son temps de travail, l'oncle n'était pas content et diminua de moitié le salaire qu'il ne lui avait jamais versé, mais la femme de l'oncle, la tante Guénitchka, en bonne Juive qu'elle était, se proposait de le marier à une nièce plus très jeune affligée d'une légère déformation congénitale de l'os iliaque.

Samonia fréquenta assidûment les cours pendant deux mois, se plongeant dans les greffes et les surgeons, mais son âme volage n'eut pas la patience d'attendre que les œufs fécondés de ses intentions se transforment en actes concrets, et au fur et à mesure que les autres auditeurs s'enfonçaient dans l'univers de l'horticulture et des vignobles, il déménagea vers d'autres bancs, ceux d'un cercle marxiste clandestin organisé à l'intention des ouvriers mécaniciens et des dockers.

Les idées exaltantes d'un petit socialisme à la juive dans une Palestine provinciale ne pouvaient entrer en concurrence avec l'internationalisme grandiose du prolétariat.

Son oncle-employeur, qui s'intéressait exclusivement au prix du froment, avait réagi avec une certaine indifférence à tous les engouements successifs de son neveu, mais le marxisme, ça, il ne le supporta pas, et il lui enjoignit de se trouver un lit ailleurs. Pour être juste, il faut dire qu'il semblait avoir compris, d'après les explications de Samonia, ce qu'était la valeur ajoutée, mais il manifesta une hostilité inattendue envers le génie de l'économie, et se mit à crier :

— Tu crois qu'il sait mieux que moi ce qu'il faut faire de la valeur ajoutée ? Qu'il la touche donc d'abord !

Samonia le soupçonna de confondre la valeur ajoutée et le gain tout court, mais il n'eut pas le temps de le lui expliquer. Son oncle lui promit qu'on allait bientôt l'envoyer en prison. Il s'avéra prophète, même s'il s'écoula presque deux ans avant que ses paroles se réalisent. Entre-temps, Samonia avait appris le métier de serrurier, avait acquis de multiples connaissances à l'aide de toutes sortes de livres, et animait un cercle destiné à éclairer la conscience obscurcie du peuple.

À la fin de l'année 1912, il fut déporté par décision administrative dans le gouvernement de Vologda, où il passa deux années, puis il voyagea de ville en ville en transportant dans une sacoche de médecin une littérature encore tout humide qu'il imprimait lui-même, retrouvant dans des appartements clandestins des personnages inconnus, mais fort importants, et s'adonnant à cœur joie à la propagande... Il se qualifia toute sa vie de révolutionnaire professionnel, et la révolution le trouva à Moscou, où il exerça quelques responsabilités à un niveau modeste, car il était doué pour le travail avec les masses prolétariennes, puis on l'équipa du cuir des Unités spéciales, et on l'envoya en mission dans le gouvernement de Tambov. Là, sa glorieuse biographie s'interrompt mystérieusement, elle comporte un trou béant, et par la suite, il devient quelqu'un de tout à fait ordinaire, dénué de tout intérêt supérieur pour la vie, un dentiste ne s'animant plus qu'à la vue de dames bien en chair.

C'est dans un sanatorium qu'eut lieu la rencontre d'une Médée un peu défraîchie – qui avait perdu sans s'en rendre compte les plus belles années de sa jeunesse à s'occuper jour après jour de ses frères cadets Constantin et Dimitri et de sa sœur Alexandra, qui venait de partir rejoindre son mari à Moscou en emmenant son premier-né Sergueï – avec ce dentiste éternellement de bonne humeur, dont le sourire découvrait des dents courtes et larges, ainsi qu'une bande de gencive d'un rose tendre. La boue de Crimée a, dit-on, des vertus fertilisantes, auxquelles l'infirmière Médée Guéorguievna apportait son concours en appliquant des compresses de boue sur des flancs stériles.

Jusque-là, il n'y avait pas de dentiste dans le sanatorium, mais le médecin-chef avait obtenu ce poste par le commissariat à la Santé ; le dentiste était arrivé et avait transformé ces lieux tranquilles et un peu mystérieux en un bazar invraisemblable. Il parlait fort, plaisantait, agitait en tous sens ses instruments en nickel, courtisait toutes ses patientes à la fois, proposait ses services officieux pour la conception des enfants, et Médée Guéorguievna, la meilleure infirmière du sanatorium, lui avait été affectée comme assistante dans ses représentations stomatologiques. Elle mélangeait avec une spatule la pâte pour les plombages sur une plaque de verre et lui passait ses instruments, s'étonnant en silence de son incroyable culot et, plus encore, de l'inimaginable lubricité de la plupart des femmes affligées de stérilité qui lui fixaient des rendez-vous avant même d'avoir quitté le fauteuil de soins.

Elle observait avec un intérêt croissant de jour en jour ce Juif maigrichon vêtu d'une vieille chemise bleu foncé et d'un pantalon distendu tout froncé par la ceinture caucasienne qui enserrait sa taille fine. En blouse blanche, il avait l'air un peu plus digne.

« C'est tout de même un docteur ! se disait-elle pour s'expliquer ses succès flagrants auprès des femmes. Et puis il a de l'esprit, à sa façon. »

Pendant que Médée remplissait la fiche, avant même que la nouvelle patiente eût ouvert la bouche en toute confiance, son œil perçant de mâle avait déjà eu le temps de se livrer sur elle à un examen bienveillant de connaisseur, depuis le haut de sa tête jusqu'au bout de ses pieds. Rien n'échappait à son regard d'expert, et son premier compliment, Médée l'avait remarqué, portait toujours exclusivement sur le premier étage : les cheveux, le teint, les yeux. Si la réaction était encourageante, et dans ce domaine, le dentiste manifestait une grande intuition, il donnait libre cours à une faconde orientée vers un but précis.

Médée observait le docteur à la dérobée, et s'émerveillait de voir comme il s'animait à la vue de chaque femme qui entrait, et comme son visage devenait morne lorsqu'il restait seul avec lui-même, c'est-à-dire en compagnie de l'austère Médée. Le premier jour, il l'avait soumise à son examen critique, l'avait complimentée sur ses magnifiques cheveux cuivrés, mais n'ayant reçu aucun encouragement, il n'était plus revenu sur ses charmes.

Au bout de quelque temps, Médée s'était aperçue avec étonnement qu'il avait vraiment un œil pénétrant, en une seconde, il remarquait chez une femme ses attraits les plus imperceptibles et, il faut le dire, se réjouissait d'autant plus sincèrement de les avoir décelés qu'ils étaient moins évidents.

À une créature incroyablement grosse qui souffrait sans conteste d'obésité, il avait déclaré d'un air enthousiaste, tandis qu'elle introduisait son fessier moelleux sur le siège du fauteuil de dentiste :

— Si vous viviez à Istanbul, vous seriez considérée comme la plus belle femme de la ville !

La grosse dame bouffie avait rougi, ses yeux s'étaient remplis de larmes, et elle avait murmuré d'un ton vexé :

— Que voulez-vous dire par là ?

— Seigneur ! s'émut Samuel. Rien que quelque chose d'agréable, bien sûr ! Qui n'a pas envie qu'il y ait davantage de bonnes choses sur cette terre ?

Médée avait même l'impression que s'il était fatigué à la fin d'une consultation, ce n'était pas tant par son travail que par les efforts démesurés qu'il déployait pour dire à chacune quelque chose d'agréable, en tirant parti de charmes réels, quoique parfois douteux.

Avec les rares représentants du sexe masculin qu'il lui arrivait de recevoir (la spécialité du sanatorium était le traitement de la stérilité, bien qu'il y eût également un petit service de kinésithérapie), il était peu loquace et même, pourrait-on dire, timide.

Ces observations faisaient sourire Médée : il lui était venu à l'esprit que le sémillant dentiste avait peur des hommes. Elle devait connaître plus tard le prix de cette observation anodine.

Elle allait alors sur ses trente ans. Dimitri

s'apprêtait à entrer dans une école militaire à Taganrog, Constantin avait seize ans et se destinait à la géologie.

Il y avait longtemps que sa sœur Anelia, celle qui avait pris la petite Anastasia à Tbilissi, l'invitait chez elle. Anelia avait jeté son dévolu sur un veuf charmant et assez jeune de la famille de son mari, et bâtissait des plans pour les présenter. Médée, loin de se douter de ces projets, avait l'intention de rendre visite à sa sœur, mais pas au printemps, en automne, après avoir fait les conserves. Et si les plans d'Anelia s'étaient réalisés, il n'y aurait pas aujourd'hui en Crimée cette maison grecque, la dernière, peut-être, et les générations suivantes de Sinopli auraient dégénéré en Grecs continentaux – de Tachkent, de Tbilissi et de Vilnius. Mais les choses se passèrent autrement.

Au milieu du mois de mars 1929[1], les employés du sanatorium furent tous convoqués d'urgence à une réunion. Absolument tous, y compris Raïssa, la débile mentale, avec son sourire asymétrique qui lui mangeait la moitié du visage. Et quand on faisait venir Raïssa, cela voulait dire une réunion d'importance nationale.

Le responsable du Parti de la ville, l'énorme Vialov, se démenait derrière la table recouverte d'un tissu rouge et lustré. Il avait déjà donné lecture de l'arrêté, et s'épanchait à présent en son nom propre sur les lendemains magnifiques et sur la grande idée des kolkhozes. Le personnel du sanatorium, composé en majorité de femmes, lui prêtait une oreille complaisante. C'étaient pour

1. Année dite du « Grand Tournant », début de la collectivisation.

la plupart des habitants des faubourgs, qui possédaient une moitié de maison, quelques arpents de potager, deux ou trois racines d'arbres, une demi-douzaine de poules et un emploi de fonctionnaire. Ce n'étaient pas des fortes têtes. Firkovitch, le médecin-chef, un Criméen de souche issu d'une famille de Caraïtes cultivés, un homme cassé et broyé par la vie, avait été mobilisé dans l'Armée rouge en 1918 et avait travaillé dans des hôpitaux, mais il n'était pas membre du Parti et tremblait constamment pour sa famille, aussi était-il toujours disposé à se taire, et à céder sa place et son temps de parole aux amateurs.

— Qui veut prendre la parole ? – demanda Vialov, et l'on vit aussitôt surgir le secrétaire de la cellule du Parti, le pétulant Filozov.

Samuel Iakovlévitch, assis au dernier rang, frémissait et se tortillait même légèrement sur sa chaise en jetant des regards autour de lui. Médée, assise à ses côtés, observait du coin de l'œil cette agitation inexplicable. Lorsqu'il croisa son regard, il lui prit la main et lui murmura à l'oreille :

— Il faut que je prenne la parole, il le faut absolument…

— Pourquoi vous énerver comme ça, Samuel Iakovlévitch ? Si vous voulez parler, allez-y !

Elle libéra discrètement sa main de ses doigts tenaces.

— Je suis membre du Parti depuis 1912, vous comprenez. Il est de mon devoir…

Sa pâleur n'était pas normale, c'était une pâleur trouble, grisâtre, qui sentait la peur.

Le nouveau médecin, une femme frisée avec une boucle plate à gauche de sa raie et un nom allemand, parla longuement de la collectivisation, en répétant sans cesse : « Étant donné la conjoncture actuelle... »

Samuel, agrippé à la main de Médée, s'était calmé. Il ne bougea plus jusqu'à la fin de la réunion, le visage secoué par des tics, les lèvres frémissantes. Lorsque les roulements de tambour de la réunion s'apaisèrent et que les gens commencèrent à se disperser, il lui tenait toujours la main.

— C'est une journée épouvantable, croyez-moi, épouvantable ! Ne me laissez pas tout seul ! demanda-t-il.

Ses yeux étaient marron clair et suppliants, des yeux de femme.

— D'accord ! – acquiesça Médée avec une aisance inattendue, et ils franchirent ensemble le portail blanchi du sanatorium, passèrent devant la gare routière, puis tournèrent dans une rue tranquille, peuplée de cheminots depuis l'époque où la ville avait été reliée à la voie ferrée.

Samuel Iakovlévitch louait une chambre avec une entrée séparée et un petit jardin dans lequel poussaient deux vieux pieds de vigne, et trônait une table aussi biscornue et moussue que si elle avait grandi là en même temps que les arbres. Un sarment de vigne s'était enroulé autour d'un fil tendu au-dessus de la table. Cette cour minuscule était protégée d'un côté par des planches clairsemées, et de l'autre par le mur en pisé de la maison voisine.

Médée, assise à la table, regardait Samuel Iakovlévitch s'affairer autour du réchaud à pétrole dans le vestibule, prendre sur le linteau de la porte un fromage de chèvre enveloppé dans un chiffon, verser de l'huile de tournesol dans une poêle, et s'acquitter de toutes ces tâches vite et avec compétence, quoique de façon un peu précipitée. Elle jeta un coup d'œil à la pendule ; ses frères ne devaient pas rentrer aujourd'hui, ils étaient tous les deux partis faire du planeur à Koktebel et passeraient sans doute la nuit chez une vieille amie de Médée qui possédait une villa bien connue dans la région.

« Je ne suis pas pressée, songea-t-elle avec surprise. Je suis en visite. »

Samuel Iakovlévitch parlait sans arrêt et se montrait plein d'entrain et de désinvolture, comme si ce n'était pas lui, mais quelqu'un d'autre, qui s'était cramponné aux doigts de Médée un instant plus tôt.

« Quel homme bizarre et changeant ! » songea Médée, et elle lui proposa son aide.

Mais il la pria de rester assise et d'admirer la beauté du ciel à travers les minuscules feuilles de vigne.

— Je vous le dis sous le sceau du secret, Médée Guéorguievna, j'ai fait beaucoup de choses dans ma vie, j'ai même suivi des cours d'agriculture pour colons juifs. Et, maintenant, je regarde cette vigne – il désigna d'un geste majestueux les deux branches biscornues – et je me dis, quel travail magnifique ! C'est beaucoup mieux que de remplacer des dents ! Hein ? Qu'en pensez-vous ?

Puis il posa le dîner sur la table, ils mangèrent des pommes de terre qui sentaient le pétrole et du fromage de chèvre, elle était tout le temps sur le point de se lever et de partir, mais Dieu sait pourquoi, elle s'attardait.

Ensuite, il la raccompagna à travers toute la ville, lui parla de lui, de ses échecs petits et grands, de sa malchance et de ses erreurs. Mais il n'avait pas l'air de se plaindre, plutôt d'en rire et de s'en étonner... Puis il prit respectueusement congé d'elle et la laissa profondément pensive : qu'y avait-il donc en lui de si émouvant ? On aurait dit qu'il ne se prenait pas très au sérieux...

Le lendemain matin, ils se retrouvèrent comme d'habitude dans le cabinet de soins. Il semblait transformé : il était silencieux, strict avec ses patientes, et ne se livrait à aucune plaisanterie. Au moment de la pause du déjeuner, Médée eut l'impression qu'il voulait lui dire quelque chose. Et de fait, quand la dernière cliente de la matinée fut sortie, il posa son imposant sandwich à côté des fines galettes de Médée couvertes des premières feuilles de salade, hocha la tête, fit claquer sa langue, et demanda :

— Que diriez-vous, Médée Guéorguievna, si je vous invitais au restaurant *Caucase* ?

Elle sourit : il lui était arrivé plus d'une fois d'inviter au *Caucase* des patientes privilégiées. Et puis sa formule, « Que diriez-vous si... », lui parut drôle.

— Je réfléchirais ! répondit-elle sèchement.

— Réfléchir à quoi ? s'exclama-t-il. On termine notre travail, et on y va...

Médée comprit qu'il avait très envie d'aller avec elle dans ce fameux *Caucase*.

— De toute façon, il faut d'abord que je passe chez moi me changer, protesta-t-elle faiblement.

— Vous voulez rire ! Vous croyez que les dames sont en zibeline, là-bas ? insista le dentiste.

Médée portait ce jour-là une robe de serge grise avec un col rond blanc et des manchettes, comme les femmes de chambre ou les pensionnaires, l'une des centaines de robes taillées sur le même modèle qu'elle avait portées toute sa vie depuis ses années de collège, et qu'elle aurait été capable de coudre les yeux fermés... Une de ces robes de veuve qu'elle portait encore aujourd'hui.

La soirée au *Caucase* fut très réussie. Samuel Iakovlévitch fit un peu le fanfaron. Le garçon le connaissait, et cela le flattait. Ployant les reins, sa moustache fine retroussée par un sourire, le serveur disposa sur la table en une croix nullement indispensable, mais symétrique, des soucoupes transparentes remplies de hors-d'œuvre. Dans le velours et parmi les palmiers, Médée Guéorguievna semblait au dentiste plus attirante que la veille, lorsqu'elle était assise dans son petit jardin, avec son profil grec se détachant sur le mur en crépi.

Elle rompit un morceau de galette, le trempa dans le *tchakhokhbili*[1] et mangea si proprement qu'aucune traînée orange ne se dessina autour de ses lèvres ; en la regardant manger avec insouciance, d'un air à la fois affable et distrait, presque sans regarder son assiette, il devina qu'elle avait d'excellentes manières et se dit que lui, personne ne lui avait jamais appris à se tenir à table ; il en perdit l'appétit pendant quelques minutes. Le *tchakhokhbili* lui parut aigre.

Il repoussa son assiette et la saucière en métal. Prit la carafe et remplit son verre d'un *Khvantcharki* épais et ténébreux, avala une gorgée, reposa son verre et déclara résolument :

— Continuez à manger, Médée Guéorguievna, et ne prêtez pas attention à ce que je vais dire.

1. Viande ou volaille préparée dans une sauce tomate aux herbes et au vin.

Elle le regarda d'un air interrogateur. Le coin où ils étaient assis était intime, mais il y faisait un peu sombre.

— Il faut que je vous explique ma conduite d'hier. Je veux parler de la réunion. N'oubliez pas que je suis un révolutionnaire professionnel, j'étais célèbre dans tout Odessa, et j'ai été déporté trois ans pour raisons politiques. J'ai organisé l'évasion de prison d'un homme qu'il est tout simplement inconvenant de nommer aujourd'hui. Et je ne suis pas un lâche, croyez-moi !

Il se troubla, rapprocha le plat de *tchakhokhbili*, attrapa un gros morceau de viande et le mastiqua en avançant les lèvres d'un air gourmand. Son appétit semblait revenu.

— Vous comprenez, j'ai simplement une… une maladie nerveuse. – De nouveau, il repoussa l'assiette. – J'ai trente-neuf ans, je ne suis plus tout jeune. Mais je ne suis pas encore vieux. Je n'ai aucun contact avec ma famille. On peut considérer que je suis orphelin ! ajouta-t-il pour plaisanter.

Il inclina la tête, et une mèche de ses cheveux drus coiffés en arrière retomba sur son front. Il avait de beaux cheveux.

« Il va me faire une demande », devina Médée.

— Je n'ai jamais été marié. Et entre nous soit dit, ce n'était pas dans mes intentions. Mais vous comprenez, hier, j'ai eu une petite crise, quand nous étions à la réunion. Alors voilà, elle est passée grâce à votre présence, sans laisser aucune trace. Ensuite vous êtes venue chez moi, nous sommes restés ensemble toute la soirée, et je n'ai rien éprouvé du tout…

« Mon Dieu, comme il est bête ! C'en est même

comique ! » se dit Médée en souriant en son for intérieur.

— Vous comprenez, ajouta le dentiste en guise d'ultime explication, vous n'êtes absolument pas mon genre...

Même Médée, qui était totalement dénuée de coquetterie, trouva pareille franchise un peu exagérée, mais, maintenant, elle était déconcertée et ne comprenait pas où il voulait en venir. Alors le dentiste fit une brusque volte-face, comme s'il maniait un pied-de-biche.

— En général, j'aime les femmes pas trop grandes, bien en chair, solidement plantées sur leurs jambes, vous savez, le type russe. Oh, ne croyez pas que je sois si naïf ! Je comprends que, dans un certain sens, vous êtes une reine. Mais il n'a jamais été dans mes habitudes de regarder du côté des têtes couronnées. Des blanchisseuses, des ouvrières, et – excusez-moi – des infirmières...

« Il est drôle... Mais j'ai un monceau de linge à repasser qui m'attend à la maison... »

Samuel Iakovlévitch pêcha un morceau de viande froide du bout de sa fourchette, le mâcha précipitamment, l'avala, et Médée comprit qu'il était très ému.

— Quand vous m'avez pris la main, Médée Guéorguievna... – non, excusez-moi, c'est moi qui vous ai pris la main –, j'ai senti qu'auprès de vous, la peur n'existait pas. Et pendant toute la soirée, je n'ai rien éprouvé envers vous, je sentais simplement qu'auprès de vous, la peur n'existait pas. Je vous ai raccompagnée, je suis rentré chez moi, je me suis couché, et j'ai décidé sur-le-champ que je devais vous épouser.

Médée éprouvait la plus totale indifférence.

Elle avait vingt-neuf ans de célibat, et pendant des années, elle avait repoussé dédaigneusement de rares demandes en mariage en tous genres.

— Et là, j'ai rêvé de ma mère ! s'écria-t-il d'un ton pathétique. Si vous saviez quel caractère épouvantable elle avait… Mais cela n'a aucun rapport. Je n'avais jamais rêvé d'elle. Et voilà que je l'ai vue en rêve, elle s'est approchée tout près de moi, j'ai même senti l'odeur de ses cheveux, vous savez, une odeur de cheveux gris de vieille femme, et elle m'a dit d'un ton sévère : « Oui, Samonia, oui ! » Et c'est tout. À moi de comprendre à quoi correspond ce « oui ».

Médée était assise bien droite, elle se tenait toujours très droite. Son col était un peu froissé à gauche, mais elle ne l'avait pas remarqué. Elle se demandait comment éconduire gentiment cet original pour ne pas le blesser. Apparemment, il n'avait pas envisagé le refus.

— Ah oui, Médée Guéorguievna, il y a encore une chose que je dois vous dire, en tant que futur mari. En fait, j'ai un dossier psychiatrique. C'est-à-dire que je suis parfaitement sain d'esprit. C'est une vieille histoire, mais il faut quand même que je vous la raconte… En 1920, j'ai été affecté à un détachement des Unités spéciales, et je suis parti réquisitionner le blé. C'était une mission d'une importance capitale, je le comprenais fort bien. Et du blé, bien sûr, on en a trouvé dans ce village de Vassilichtchevo, dans le gouvernement de Tambov. Je suis sûr qu'il y en avait caché dans toutes les fermes, mais nous n'en avons trouvé que dans deux, visiblement pas les plus riches. Nous avions des ordres : fusiller les fraudeurs, pour l'exemple. Les soldats de l'Armée rouge ont pris trois paysans, ils les ont conduits hors du village. On les a emmenés et les gens suivaient derrière. C'étaient deux frères qui se partageaient une ferme, et un type assez vieux. Leurs femmes nous couraient après avec leurs enfants. Une vieille paralysée, la mère du type âgé, se traînait derrière. On leur avait confisqué quatre pouds[1] de blé, et seulement un et demi aux deux frères. Et moi, Médée Guéorguievna, je commandais le bataillon. On les a alignés tous les trois, et les soldats en face, avec leurs fusils. Là, les femmes et les enfants ont poussé de tels hurlements que j'ai eu un éblouissement et je me suis effondré. J'ai eu une sorte de crise d'épilepsie. Bien sûr, je ne me souviens de rien. On m'a allongé dans une carriole, à même la paille, et on m'a emmené en ville. Il paraît que j'étais tout noir, j'avais les jambes et les bras raides comme du bois, impossible de les plier. J'ai passé trois mois à l'hôpital, ensuite, on m'a envoyé dans une maison de repos, puis on a réuni une commission qui a décrété que j'étais atteint d'une faiblesse nerveuse. Après la commission, on a voulu m'affecter au service d'intendance du Parti. Mais j'ai réfléchi, et j'ai demandé à être dentiste. Ils ont tenu compte de ma faiblesse nerveuse et m'ont laissé partir. Vous avez peut-être remarqué que je suis un bon dentiste. Je sais soigner, faire des prothèses. Et je n'ai pas changé d'opinions politiques. Seulement j'ai une faiblesse organique. Quand il faut agir au nom du Parti, je suis prêt à le faire, de tout mon cœur, mais mon organisme

1. Unité de mesure. Un poud équivaut à un peu plus de seize kilos.

est pris de faiblesse, de terreur à l'idée d'avoir une nouvelle crise, une crise nerveuse... Comme hier, à la réunion. Tout cela, je vous le raconte sous le sceau du secret, bien que cela figure dans mon dossier médical. J'ai eu l'occasion de le faire effacer. Non, me suis-je dit, je ne le ferai pas ! Et si l'on me chargeait de nouveau d'une opération concrète pour le Parti ? J'en suis incapable. Même si on me tuait sur place, je ne pourrais pas ! Mais je n'ai pas d'autre défaut, Médée Guéorguievna...

« Seigneur ! Mon frère Philippe a été fusillé par les Rouges, mon frère Nikifore pendu par les Blancs, et tous deux, avant cela, étaient devenus des assassins. Et celui-là qui n'a pas pu, il se désole d'être faible... En vérité, l'esprit souffle où il veut... »

Samuel la raccompagna chez elle. La route luisait faiblement sous leurs pieds. À l'époque, cette partie des faubourgs était encore sauvage, sans habitation et envahie par les mauvaises herbes. Il fallait marcher quatre kilomètres pour arriver chez Médée. À mi-chemin, Samuel, qui avait parlé sans arrêt, se tut brusquement. En fait, il avait tout dit. Pendant leurs années de mariage, il ne fit qu'étoffer de détails secondaires ce qu'il avait raconté ce soir-là.

Médée aussi se taisait. Il la tenait par le bras de sa main fine et forte, et pourtant elle avait l'impression que c'était elle qui le conduisait.

Quand ils arrivèrent devant la vieille demeure de Kharlampi, la lune surgit dans le ciel et les arbres du jardin se couvrirent d'argent. Le portail était condamné depuis longtemps, les habitants utilisaient deux entrées, sur le côté et par-derrière.

Ils s'arrêtèrent près de l'entrée latérale. Il se racla la gorge et demanda d'un air affairé :

— Bon, alors quand faisons-nous le nécessaire ?

— Non, nous ne ferons rien ! dit-elle en secouant la tête. Je dois réfléchir.

— Réfléchir à quoi ? s'étonna-t-il. Aujourd'hui, c'est la collectivisation, demain, il y aura encore autre chose. La vie s'améliore, bien sûr, mais je pense qu'à deux, il nous sera plus facile de supporter cette belle vie. Vous me comprenez ?

La maison était silencieuse. Elle enleva sa robe grise, en enfila une autre, la même, mais pour la maison, et s'assit pour écrire à Éléna. Ce fut une lettre longue et triste. Elle n'écrivit pas un mot sur ce drôle de dentiste avec sa demande en mariage ridicule, elle ne parla à Éléna que des garçons, qui avaient grandi et la quittaient. Elle lui dit que c'était la nuit, qu'elle était seule à la maison, que sa jeunesse était passée et qu'elle se sentait lasse.

Au matin, le vent s'était levé, et elle souffrait d'une violente migraine. Elle s'enveloppa la tête d'un vieux foulard et s'allongea sur son lit froid. Le lendemain, elle avait de la fièvre, des courbatures. Sa maladie, que l'on appelait à l'époque l'influenza, fut longue et pénible. Samuel Iakovlévitch la soigna avec beaucoup de zèle. À la fin de sa maladie, il était devenu fou amoureux d'elle, quant à elle, elle éprouvait un bonheur démesuré et immérité : elle n'avait pas souvenir que quelqu'un lui eût jamais apporté son thé au lit, lui eût préparé du bouillon, et l'eût bordée. Ils s'étaient mariés après sa guérison, et leur mariage avait été heureux du premier au dernier jour.

Médée connaissait la principale faiblesse de Samuel : au bout de quelques verres, il commençait à se vanter avec exaltation de son passé révolutionnaire, et à regarder les femmes d'un air conquérant. Elle se levait alors discrètement de table, disait : « Samonia, on rentre ! » et il s'empressait de la suivre d'un air coupable. Mais elle lui pardonnait volontiers cette vétille…

… Un enfant se mit à pleurer de l'autre côté du mur, Alik ou Lisa, elle ne pouvait distinguer. Une nouvelle journée commençait, et Médée ne sut pas si elle avait dormi ou non cette nuit-là. Ce genre de nuit confuse lui arrivait de plus en plus fréquemment ces derniers temps.

L'enfant – à présent, il était clair que c'était Lisa – exigeait d'aller immédiatement au bord de la mer.

Nika se fâchait :

— Je ne comprends pas pourquoi tu hurles comme ça ! Lève-toi, fais ta toilette, prends ton petit déjeuner, et ensuite, on décidera où on va aller…

V

Il y avait deux routes qui menaient à la mer. L'une, asphaltée, avait été tracée avant la guerre. Elle dessinait un immense demi-cercle, passait près d'une gorge, et se transformait en un sentier qui descendait en pente raide. Le tronçon principal, lui, grimpait sur la montagne et disparaissait derrière une barrière, au-delà de laquelle des bases militaires menaient leur vie secrète. Une branche de cette route menait à Féodossia et là, on pouvait faire du stop.

La seconde, la vieille route, était beaucoup plus courte, mais plus escarpée et plus difficile. Ces routes se rejoignaient à deux reprises : dans la gorge, et dans une clairière ronde, entre le Hameau du Haut et celui du Bas. De là, on avait une vue presque insoutenable pour le regard. La petite montagne sur laquelle s'était bâti jadis le village tatar n'était pas si haute que ça, mais à cet endroit, le paysage, comme soumis aux principes d'un casse-tête chinois, refusait de se plier aux lois optiques et se déployait en un vaste panorama en relief, à l'extrême limite entre le plan et le volume, conjuguant de façon miraculeuse la perspective conventionnelle et la perspective inversée. Tout s'inscrivait ici dans un mouvement circulaire harmonieux : les collines en terrasses, jadis entièrement plantées de vignes et qui n'en avaient plus aujourd'hui que sur leurs sommets, avec, derrière, les montagnes plates, délavées et finement mouchetées du menu lichen des troupeaux en paissance, et plus haut, plus loin, un très ancien massif montagneux, avec une toison de forêt à ses pieds, les rondeurs chauves de ses vieux éboulements, les silhouettes fantastiques de ses rocs nus, et de fantaisistes constructions naturelles servant d'abris, tout là-haut, à des pierres mortes... Et l'on n'arrivait pas à comprendre si c'était la croûte pierreuse des montagnes qui surnageait dans la coupe bleue de la mer couvrant la moitié de l'horizon, ou bien leur immense anneau, impossible à embrasser du regard, qui enserrait la goutte oblongue de la mer Noire.

Médée et Samuel s'étaient retrouvés ici en automne 1931. Assis dans cette clairière envahie de câpriers et d'absinthe grise, ils avaient tous deux senti qu'ils se trouvaient au centre de la Terre, que le mouvement harmonieux des montagnes, les soupirs rythmés de la mer, le flux des nuages, certains rapides, presque translucides, d'autres plus denses et se mouvant au ralenti, le courant ample et perceptible de l'air chaud qui tournoyait en descendant des montagnes – tout cela engendrait une sérénité absolue.

— Le nombril de la terre ! se contenta alors de dire Samuel, émerveillé.

Mais Médée, elle, connaissait dans la région plusieurs « nombrils » comme celui-là.

Ce jour-là, ils avaient décidé de s'installer ici,

échangeant le logis de Médée à Féodossia, les deux pièces de la maison de Kharlampi qu'on lui avait laissées, contre une vieille propriété tatare tout au bout du Hameau, un peu à l'écart...

C'était d'ici que partaient d'habitude les expéditions familiales en direction de la mer, auxquelles se joignaient souvent, avec leurs enfants, des amies habitant le Hameau et des gosses du coin. Ces randonnées jusqu'aux criques se préparaient à l'avance, avec victuailles et piquets de tente, en un mot, tout l'équipement des randonneurs. On passait rarement un seul jour au bord de la mer, le plus souvent deux ou trois, et l'on repartait avant le coucher du soleil afin de gravir de jour le sentier périlleux qui longeait la corniche. On arrivait à la maison tard dans la soirée, en portant sur les épaules les petits déjà somnolents. Parfois, dans la gorge, on arrivait à arrêter une voiture, mais c'était un coup de chance.

Médée, comme la plupart des gens de la région, allait rarement au bord de la mer. Mais à la différence des nouveaux habitants transplantés ici après la guerre, d'Ukraine, du Caucase du Nord, et même de Sibérie, qui ne savaient pas nager, elle était née sur la côte, et connaissait cette mer comme le paysan connaît sa forêt : toutes les habitudes de l'eau, ses fluctuations et ses constantes, sa couleur qui changeait du matin au soir et de l'automne au printemps, tous les vents et les courants, avec leur calendrier saisonnier. Mais quand Médée allait rendre visite à la mer, elle préférait y aller seule. Cette fois, Guéorgui l'avait persuadée de venir avec tout le monde.

On était en période de fête, l'hôpital était fermé, et elle n'avait pu se dérober. Au petit jour, elle noua autour de sa tête un fichu déteint autrefois noir, et jeta sur son épaule un vieux sac tatar avec des provisions de route et son maillot de bain.

On ferma la maison. La clé fut placée dans un endroit convenu depuis des années, car on attendait toujours des visiteurs impromptus. Nora et Tania les attendaient déjà sur le Nombril, toutes deux vêtues de blanc des pieds à la tête, et Nora avait coincé sous ses lunettes une feuille de peuplier étroite et minuscule, juste de la taille de son nez. Guéorgui contrôla leurs chaussures.

— Allons-y, à la grâce de Dieu !

La caravane se mit en route. Artiom marchait devant, derrière lui Alik, radieux, avec Lisa, puis venaient les filles en grappe multicolore, et Guéorgui fermait la marche avec Médée.

Cette partie de la route longeait en douceur une petite montagne et, après un premier raidillon, arrivait dans le canyon aux Renards. Une petite rivière avait couru ici autrefois, mais elle avait disparu depuis longtemps, comme la plupart des cours d'eau de la région, on avait oublié jusqu'à son nom, et elle ne revivait en un mince filet d'eau trouble que quelques jours par an, au moment de la fonte des neiges. On marchait dans la pénombre, sur le fond caillouteux du canyon peu profond. Dans ses parois, en argile en bas et en pierres en haut, il y avait une multitude de terriers de renards, toute une cité ancienne. Ces terriers étaient tantôt vides, tantôt peuplés de minuscules renardeaux des steppes d'assez piètre allure, au pelage pâle et à la mine piteuse. Guéorgui regardait en l'air, il n'était encore jamais arrivé que son œil de chasseur ne repérât pas ici un volatile quelconque.

À la sortie du canyon aux Renards, ils passèrent devant l'ancienne cascade et s'engagèrent sur le sentier qui, après avoir traversé la chaussée, conduisait à la gorge. C'était là que prenait fin la partie la plus longue et la plus facile du trajet et, avant d'entamer la descente dangereuse par le sentier qui suivait une corniche le long du littoral, on faisait une halte dans une petite prairie plate couverte de menus genévriers. Dans cet espace clos protégé de toutes parts par des rochers, et d'un côté par le versant d'une colline assez escarpée, il flottait toujours une odeur forte et singulière, un mélange de parfum de genévriers et d'effluves d'algues, de sel marin et de poisson.

La halte était toujours courte, afin de ne pas se relâcher et se ramollir, juste le temps de rassembler ses forces avant la dernière ligne droite. Guéorgui, sans la moindre intention didactique, dispensait au fil des années à tous les enfants de la famille d'incomparables leçons de vie sur terre. Garçons et filles acquéraient à son contact une perception toute païenne, précise et subtile, de l'eau, du feu et du bois. En ce moment, Artiom, qui était loin d'être le meilleur de ses élèves, s'était accroupi sans enlever son sac à dos, tandis que Katia donnait à boire aux petits de l'eau bouillie apportée de la maison. Ils avaient droit à un petit gobelet chacun.

Médée s'était assise en étirant ses jambes maigres. Elle fouilla la terre entre des racines de genévrier, et appela Nika. Dans sa paume reposait une bague patinée avec un petit corail rose.

— Tu as fait une trouvaille ? s'écria Nika, ravie.

Tous connaissaient le don extraordinaire de Médée. Celle-ci hocha la tête.

— Comment dire ? Il s'agit plutôt d'une perte. C'est une bague que ta mère avait égarée. Elle pensait que la mer l'avait emportée. Et voilà qu'elle était là...

Elle posa dans la main de Nika la bague sans prétention et se dit : « Est-il possible que cela fasse encore mal ? Apparemment, oui... »

— Quand ? demanda brièvement Nika.

Elle devinait que l'on touchait à un sujet tabou, une vieille dispute entre les deux sœurs.

— En été 46, répondit vivement Médée.

Nika gardait la bague dans sa paume, le corail rose chatoyait encore, il n'était pas mort. Tout le monde l'entoura en regardant dans sa main, comme s'il y avait vraiment là quelque chose de vivant. Guéorgui jeta un coup d'œil par-dessus la tête des femmes.

— C'est tatar. Ma mère a presque la même.

Katia la couvait d'un regard plein de convoitise.

— Maman, laisse-moi l'essayer !

Macha aussi tendit la main pour l'examiner de plus près. Ce n'était pas un grand miracle, mais c'était tout de même un miracle !

Et soudain, la petite Tania s'écria :

— Regardez ! Regardez qui arrive !

Un homme dévalait le flanc abrupt du coteau. Il fonçait à la vitesse d'un skieur, bondissant par-dessus les rares buissons, dérapant sur les éboulis, fléchissant les jambes, virevoltant, freinant tantôt d'un pied, tantôt de l'autre. Il était précédé par une volée de petits cailloux, et suivi par une traînée de poussière. On ne voyait pas son visage sous la visière de sa casquette de base-ball, mais Nora le reconnut tout de suite à son jean blanc : c'était son nouveau voisin.

Guéorgui regardait d'un air réprobateur. Ce type était agile, mais c'était un crâneur. Boutonov, devançant une petite chute de pierres, atterrit au beau milieu de la prairie, rebondit sur ses pieds et s'immobilisa, telle une statue. Puis il s'ébroua et dit en s'adressant à Nora :

— Je vous ai vus du Hameau au moment où vous arriviez sur la route, et je vous ai couru après.

Tous, y compris Médée, l'examinaient avec intérêt. Mais ce n'était pas une nouveauté pour lui. Il ôta sa casquette, s'essuya le visage avec ses paumes et secoua les mains, comme s'il y avait de l'eau dessus.

— Tu es passé sur la gauche, par le Karatach ? demanda Guéorgui, pratique.

— Par où ? demanda Boutonov.

— Par cette colline, montra Guéorgui d'un signe de tête.

— Oui, acquiesça Boutonov.

Guéorgui connaissait ce sentier difficilement repérable, mais il n'y emmenait pas les enfants, trouvant la descente sur les éboulis dangereuse.

— C'est qui ? C'est qui ? demandait Macha en tarabustant Nika.

Nika haussa les épaules.

— Un estivant. Il loge chez Ada. Il est passé hier avec Nora.

— Ah ! J'avais bien entendu que quelqu'un était venu ! J'avais couché les enfants et je m'étais assoupie.

— Tu vois un peu quel apollon tu as raté... Un superbe animal ! murmura Nika à l'oreille de Macha.

— Allez, tout le monde debout ! commanda Guéorgui.

Lisa se mit à pleurnicher en s'accrochant aux jambes de sa mère.

— Maman, porte-moi, je suis fatiguée...

— Non, tu es grande, tu peux très bien marcher ! répondit Nika en repoussant distraitement sa fille.

— Macha, porte-moi un peu, dis ! fit-elle en s'agrippant à Macha.

— Qu'est-ce qu'il fait ? demanda Macha.

— C'est un sportif, ou un masseur, je ne sais pas, renifla Nika. Ne te monte pas la tête, ce n'est pas ton genre. C'est un parfait crétin.

Et elle cria aussitôt à Boutonov qui se trouvait à une certaine distance :

— Alors, Valéra[1], vous avez changé d'avis au dernier moment et vous avez décidé de nous rattraper ?

— Oui, d'en haut, j'ai vu quelle bande sympathique vous formiez... Et je me suis demandé ce que je faisais tout seul dans le Hameau, comme un parfait crétin...

Macha et Nika pouffèrent : il lisait dans les pensées !

— Et vos propriétaires, ils ne sont pas là ? demanda Nika.

— Cela fait deux jours qu'ils font la fête, ils ont des invités. Et moi, ce n'est pas ma distraction favorite ! – répondit Boutonov avec une sécheresse inattendue, ayant sans doute perçu quelque chose d'insultant dans ces rires féminins.

Gueórgui s'adressa à lui :

— Je vais passer le premier, toi, tu fermeras la marche.

1. Diminutif de Valéry.

Valéry acquiesça. Guéorgui s'engagea d'un bond sur le sentier qui descendait. Boutonov laissa passer tout le monde. Macha marchait devant lui, Lisa sur ses épaules. Il la rattrapa et lui effleura le bras.

— Laissez-moi porter votre fille.

Macha secoua la tête.

— Non, elle ne voudra pas. Prenez Alik, si vous voulez.

Mais Alik refusa.

Macha toucha l'endroit que venait d'effleurer ce sportif ou ce masseur, peu importait… Sa peau la brûlait. Elle se toucha machinalement l'autre bras – non, c'était seulement la trace de son contact qui la brûlait. Elle s'arrêta, fit descendre Lisa de ses épaules et lui dit doucement :

— Marche un peu, Lisa, je ne me sens pas bien…

Lisa lui lança un regard plein d'intelligence.

— Tu veux que je porte ton sac ?

— Oh, que tu es mignonne ! s'exclama Macha, toute contente de cette bonté inattendue chez une enfant gâtée. Quand je serai fatiguée, je te le demanderai, d'accord ?

Le sentier commençait à longer la corniche. Autrefois, un siècle plus tôt, il y avait ici une route que les contrebandiers de la région empruntaient pour transporter leurs précieuses marchandises à travers ces criques, mais à l'époque, même une carriole pouvait passer. D'année en année, le sentier s'était amenuisé. Les contrebandiers, qui entretenaient jadis la route en l'étayant et en consolidant les bas-côtés, étaient morts depuis longtemps, les uns de vieillesse, les autres de male mort, quant à leurs descendants, soit ils avaient été déportés, soit ils étaient devenus fonctionnaires, d'abord au conseil municipal, puis au soviet régional, autrement dit, ils s'adonnaient à d'autres formes de banditisme. Les seuls à garder le souvenir du passé criminel et romanesque de ces lieux étaient Médée et peut-être quelques vieillards de la région qui, dans le meilleur des cas, avaient déménagé depuis longtemps en Crimée centrale.

— Dans cent ans, il aura complètement disparu ! fit remarquer Guéorgui.

Médée hocha la tête d'un air assez indifférent. Katia et Artiom semblaient ne pas avoir entendu sa remarque ; pour les vieux comme pour les jeunes, pour des raisons différentes, un siècle est un laps de temps trop long pour qu'on le prenne au sérieux.

Nora, évitant de regarder à droite vers le précipice, tenait d'une main moite de peur Tania, qui avait refusé de monter sur les épaules de Guéorgui. Elle s'en voulait d'avoir emmené sa fille dans une randonnée aussi difficile. Quelle folie ! Mais elle ne pouvait tout de même pas rentrer maintenant, toute seule, à mi-chemin… Tania, chose étonnante, ne se plaignait pas, mais, préoccupée par une idée qui lui trottait dans la tête, demandait de temps à autre :

— Quand est-ce qu'on arrive au château, maman ?

Et elle ne voulait pas croire qu'il n'y aurait pas de château. La mer, oui, mais pas de château.

Et pourtant, si, il surgit, ce château, tout au bout du sentier qui longeait la corniche. C'était une falaise de calcaire battue par les vents, qui pointait vers le ciel des aiguilles gothiques de tailles diverses. Le granit continental du contrefort du Karadag, les tufs volcaniques et les sédiments tertiaires avaient formé, comme disait Guéorgui, un assemblage de couches géologiques absolument unique, comme il n'en existe nulle part ailleurs sur terre. Des stalagmites hautes de plusieurs mètres semblaient avoir poussé ici, tantôt verticalement, tantôt, là où régnait en maître un vent constamment déchaîné, ployant en chœur d'un côté, comme les tentacules émergeant à la surface d'un gigantesque animal souterrain.

— Maman, regarde, voilà le château ! s'écria Tania – et tout le monde éclata de rire.

Ce spectacle était si étrange pour le regard humain qu'il était impossible de le supporter longtemps, on avait envie de s'en aller, c'était trop irréel.

Chaque fois qu'elle se retrouvait ici, Médée songeait au défunt peintre Bogaïevski qu'elle connaissait depuis ses années de collège, l'un des nombreux artistes de Féodossia, le plus célèbre peut-être après Aïvazovski. Ses tableaux étranges s'inspiraient de ces fantasmagories de pierre, de ces précipices verts et noirs, et des failles roses du Karadag. Médée n'aimait pas ces tableaux à cause de leur caractère artificiel et de leur invraisemblance, mais quand elle se retrouvait ici, elle se disait : cela aussi, c'est impossible, invraisemblable, et pourtant cela existe sur terre en changeant de forme, cela déverse de gros grains de sable clair qui, en bas, ont déjà formé une petite plage de sable, comme on n'en trouve nulle part dans la région…

Quelque trente mètres plus loin, le chemin se détachait timidement du rocher et s'égaillait en plusieurs sentiers sinueux qui dévalaient vers la mer. Arrivés là, on posait les plus petits à terre, on lâchait la main des plus âgés, et, franchissant des crevasses et des failles, longeant des blocs de pierre hétéroclites, on descendait jusqu'en bas, et on recevait sa récompense : en cet endroit d'accès difficile, la mer était d'une extrême pureté, comme un trésor chaque fois reconquis.

Les petites criques étaient dédoublées, avec de minces digues de rocaille. Elles découpaient assez profondément le rivage, et quelques gros récifs se dressaient dans la mer, juste en face. Ces criques et ces récifs avaient porté bien des noms, mais ces dernières décennies, on les appelait le plus souvent les criques et les récifs de Médée. Au début, c'étaient les frères et sœurs de Médée qui les avaient baptisés ainsi, et ce nouveau nom s'était transmis à la population amenée ici après la guerre, puis à d'autres inconnus qui, s'ils avaient jamais entendu parler de Médée, pensaient à l'autre, la mythique.

L'accès à l'eau était malaisé, tout en blocs de pierres irréguliers jonchés de gros galets. Ces blocs gisaient en pagaille, comme si l'endroit avait servi de terrain de jeu à des trolls. Si les lieux n'étaient pas fertiles en pierres fines – calcédoine, cornaline, jaspe de Crimée multicolore – comme la baie de Koktebel, il y avait en revanche une multitude de cailloux clairs ceints d'un filet sombre, des galets en forme de huit, et une profusion de bois flottés, reliques de tempêtes passées. Et tout au bord de l'eau, le long de la mer, étincelait un sable blanc, sans la moindre nuance de jaune.

Ils descendirent tous vers la mer, posèrent leurs affaires, et restèrent un instant sans rien dire. C'était la traditionnelle minute de silence respectueux face à la relative éternité qui déferlait doucement à leurs pieds.

Katia fut la première à enlever ses sandales et à se diriger vers la mer de sa démarche maniérée de danseuse. Maintenant qu'elle lui tournait le dos, Artiom pouvait enfin la regarder sans craindre de croiser son regard moqueur et hostile. Mais même de dos, il était clair qu'elle n'avait pas besoin de qui que ce fût, et ne recherchait l'amitié de personne.

Artiom souffrait en contemplant son dos rigide et son chignon bien lisse sur le haut de son petit crâne, comme celui de Mary Poppins. Elle se tortillait en marchant sur les cailloux, les pieds en dehors, et ses mollets charnus, renflés à l'intérieur, tressautaient légèrement à chaque pas. Tout en marchant le long de l'eau, elle souffrait elle aussi, et elle exultait. Elle sentait qu'elle avait une jolie démarche, mais le seul à la regarder était ce morveux d'Artiom ; oncle Guéorgui, si toutefois il la regardait, c'était avec réprobation, quant à ce nouveau voisin, il ne l'avait même pas remarquée... Elle s'avançait, vivante incarnation de la danse, mais le pire s'était déjà produit, on l'avait renvoyée de l'école parce qu'elle ne réussissait pas les sauts. Elle réussissait les pirouettes, le grand écart, mais impossible de faire ces maudits sauts ! C'est-à-dire que sa démarche était ailée, aérienne, mais sur scène, elle ne s'envolait pas, et les professeurs savaient qu'elle ne s'envolerait jamais... Elle entra dans l'eau sur laquelle ondulaient vaguement des algues roses apportées par le courant, l'effleura de son pied de danseuse, le contact était froid, mais agréablement velouté...

— Elle est très froide ? cria Nika à sa fille.

— Onze degrés ! répondit Katia sans sourire.

— Quelle horreur ! s'écria Nika.

— À treize degrés, on peut déjà nager, fit remarquer Macha, et elle se dirigea vers l'eau.

Les petits la suivirent tous les trois. Alik tenait Lisa d'une main, et de l'autre, il essayait de soutenir Tania.

— Ce sera un homme à femmes ! renifla Nika.

— Qu'est-ce que tu racontes ! protesta Guéorgui. Il est très serviable, c'est tout.

Nika s'apprêtait à répondre quelque chose, mais la voix de Médée s'éleva soudain :

— J'aime bien cette dernière génération. Ces deux-là, et puis le Révasik de Toma, Brigitte aussi, et Vassia.

— Toutes les générations ne se valent-elles pas ? fit Nika, étonnée. Tu trouves que ceux-là sont différents de Katia et d'Artiom, ou de nous quand nous étions petits ?

— Avant, on comptait une trentaine d'années par génération, mais maintenant, cela change tous les dix ans, je crois. Ceux-là – Katia, Artiom, les jumeaux de Choucha et Sofiko – ils sont très ambitieux. Ce seront des actifs. Tandis que ces petits-là, ils sont tendres, débordants d'amour, tout en sentiments, en émotions...

Médée n'avait pas eu le temps de terminer qu'on entendit au bord de l'eau le hurlement désespéré de Lisa :

— Lâche-le ! Lâche sa main ! Laisse-le partir !

Lisa essayait de séparer Alik de Tania, tandis que Tania, la tête baissée, tirait le petit garçon par la main.

Tout le monde éclata de rire.

— Ah, les femmes !

Nora se précipita vers Tania, la prit par la main et lui murmura quelque chose... Cela faisait quelques jours à peine qu'elle connaissait ces gens, ils lui plaisaient tous beaucoup, ils avaient quelque chose d'attirant, mais aussi d'incompréhensible, et ils ne traitaient pas leurs enfants comme elle traitait sa fille.

« Ils sont trop sévères avec les enfants ! » se disait-elle le matin.

« Ils leur laissent trop de liberté ! » décrétait-elle l'après-midi.

« Ils leur passent tous leurs caprices ! » lui semblait-il le soir.

Tout en les admirant, en les enviant et en les réprouvant, elle ne devinait pas encore que cela tenait au fait qu'ils consacraient aux enfants une partie bien définie de leur vie, mais pas toute leur vie.

— Va chercher du bois, Artiom ! dit doucement Guéorgui à son fils.

Le garçon rougit : son père avait remarqué qu'il dévorait Katia des yeux. Il se pencha et ramassa un bout de planche fendillée apportée par une tempête.

— Prends-les plus haut, il y a beaucoup de bois sec là-bas – conseilla Guéorgui, et Artiom grimpa la pente avec soulagement.

Guéorgui prit deux bidons pour l'eau.

— Je vais chercher de l'eau avec vous ! proposa Boutonov.

Guéorgui aurait préféré aller seul dans cet endroit ancestral que Médée lui avait montré quand il était petit, mais par politesse, il ne protesta pas.

La journée s'annonçait chaude et même torride. Dans cet endroit secret – Médée le savait depuis longtemps –, la nature vivait avec plus d'intensité qu'ailleurs : il y faisait plus froid l'hiver, et plus chaud pendant la belle saison. En ces lieux apparement protégés, les vents tournoyaient avec une force effrénée, et la mer rejetait sur le rivage d'incroyables trésors : des poissons que l'on n'avait plus vus le long de la côte depuis un siècle, des mollusques, des bucardes et des praires, qui vivent en eaux profondes, et de petites étoiles de mer larges comme une paume d'enfant.

Médée enfila son maillot de bain. C'était une audacieuse nouveauté de la mode parisienne de l'année 1924, que lui avait rapportée une célébrité littéraire de l'époque. L'ensemble était d'une couleur complètement passée, avec des manches courtes et une sorte de jupette : tout cela avait été habilement restauré par Nika à l'aide de pièces en jersey bleu nuit et rouge sombre, et sur Médée, ce n'était pas ridicule. Elle avait beau être harcelée par les amateurs pendant la fête du mois d'août, que l'on organisait toujours pour célébrer son anniversaire et la fin des vacances, ce costume ressemblait à un habit de clown sur tout le monde, sauf sur elle.

— Tu vas te baigner ? s'étonna Nika.

— On verra ! répondit vaguement Médée.

Nora songea avec amertume à sa propre mère précocement vieillie, avec ses jambes blanches et flasques couvertes de veines bleuâtres, qui luttait frénétiquement et désespérément contre les méfaits de l'âge, à ses éternelles pleurnicheries, exigences et ultimatums, à ses sempiternels conseils et recommandations.

« Seigneur, quels rapports normaux ! Personne n'exige rien de personne, même les enfants ! » soupira-t-elle.

Au même moment, Lisa, hurlante, se précipita vers sa mère en exigeant que Tania lui rendît immédiatement un serpent de mer qu'elle venait de trouver, parce que c'était elle qui l'avait vu la première, même si c'était Tania qui l'avait ramassé…

Nika était assise en tailleur. Elle ne leva même pas le sourcil, se contenta de tâtonner derrière elle à l'aveuglette, ramena une pierre plate, saisit aussitôt d'une main ferme un petit caillou rouge, et se mit à frotter la pierre rouge contre la grise.

Elle ne cherchait pas à calmer sa fille, n'essayait absolument pas de résoudre le conflit de façon équitable, aussi Nora, qui s'apprêtait à demander à Tania de faire preuve de générosité et de donner le serpent, resta assise, elle aussi.

— Vous ne devinerez jamais ce que je vais dessiner ! – dit Nika à la cantonade, et Lisa, pleurant toujours à chaudes larmes, suivait déjà le mouvement de sa main.

Mais sa mère cachait le dessin avec son bras, et Lisa la contourna pour regarder. Nika se détourna.

— Montre-moi, maman ! demanda Lisa.

Et Nora admirait les talents pédagogiques de Nika.

Le même jour, un peu plus tard, elle admira de nouveau ses talents, cette fois culinaires. Sur un feu de bois, dans un chaudron déformé par l'âge, Nika mit à cuire de la soupe de célibataire en sachet, dans laquelle elle jeta une multitude de choses : des miettes et des morceaux de pain ramassés sur la table après le petit déjeuner et enveloppés dans un chiffon de toile, les épluchures hachées de l'oseille de la veille, et même des feuilles rêches d'herbe de la Vierge, cueillies pendant le trajet vers la crique.

C'étaient là les recettes culinaires de Médée, ou plutôt de Matilda, prévues pour une grande famille et de petits moyens. Aujourd'hui encore, Médée ne jetait rien, même les épluchures de pommes de terre, elle en faisait des biscuits croustillants avec du sel et des herbes – le meilleur des en-cas pour accompagner la bière, assurait Guéorgui.

Nora ne savait rien de tout cela. Elle puisait dans le chaudron commun avec une cuillère en bois en mettant dessous un morceau de pain, comme le faisait Médée, dévorait la soupe épaisse et odorante avec un appétit d'enfant oublié depuis longtemps, et jetait des coups d'œil sur le côté, vers la table en pierre où les petits mangeaient séparément. Cela aussi, c'était encore une tradition familiale, de faire manger les enfants à part.

— Allez-y, Nora, faites le service, s'il vous plaît ! dit Guéorgui en lui tendant l'écuelle vide de Médée.

Elle se pencha sur la marmite d'un air perplexe.

— Avec une tasse, puisez avec une tasse, nous n'avons pas de louche ! dit-il.

« Ils vont bien ensemble, se dit Nika. Très bien, même. Ce ne serait pas mal qu'il ait une aventure avec elle. Il est tellement éteint, depuis quelques années ! »

Nika, telle une chasseresse, flairait le gibier d'amour, même celui des autres. Elle, depuis hier, elle s'était attribué Boutonov. À vrai dire, elle n'avait guère le choix, mais il était beau garçon, magnifiquement bâti, et se comportait assez librement. Il est vrai qu'il n'avait pas cet éclat intérieur auquel Nika accordait tant de prix, et pour être franc, il n'émanait de lui aucun signal d'invite.

« Bon, on verra bien ! » décida-t-elle.

Boutonov avalait sa soupe en silence sans regarder personne. Macha était assise à côté de lui, triste et toute voûtée. Son bras lui cuisait toujours comme après une claque, et elle avait envie de sentir ce contact encore une fois. Elle avait fait exprès de s'asseoir près de lui et l'avait frôlé à deux reprises en lui passant une cuillère et du pain, mais elle n'avait plus ressenti de brûlure, juste un élancement à l'intérieur. Il était assis à côté, le buste immobile comme un bouddha, et il émanait de lui la force d'un roc. Macha gigotait sans arriver à trouver une position confortable, et finit par comprendre, avec un sentiment de dégoût envers elle-même, que toute cette effervescence était une façon inconsciente de se rapprocher de lui. Alors elle posa sa cuillère, se leva et marcha vers la mer en se débarrassant de la chemise d'homme blanche qui la protégeait du soleil. Elle se jeta dans l'eau d'un seul coup et se mit aussitôt à nager sans respirer en soulevant un nuage d'embruns avec ses bras et ses jambes.

« Elle a le diable au corps, cette petite ! » songea Médée.

Boutonov regarda de son côté :

— L'eau est pourtant assez froide !

— Katia dit qu'elle fait onze degrés, et c'est notre thermomètre ! dit Nika en se tournant vers lui.

« Tiens, on me fait de l'œil ! » se dit Boutonov en lui lançant un regard froid et direct et, sans se presser, il se dirigea vers l'eau. Macha sortait déjà en secouant la tête et en soufflant.

— Elle est glacée ! dit-elle en claquant des dents.

— Oui, ça fouette le sang ! fit Boutonov.

Macha s'allongea sur les pierres chaudes et se

couvrit de sa chemise blanche. Son corps tremblait à la fois de froid et de fièvre.

Boutonov s'assit auprès de Médée.

— Il paraît que vous vous baignez tout l'hiver, Médée Guéorguievna ?

— Oh non, mon petit, cela fait bien vingt ans que je ne me baigne plus !

La soupe était terminée, et Nika envoya Katia nettoyer la marmite.

— Pourquoi toujours moi ? protesta Katia.

— Parce que ! – répondit Nika en souriant, et pour la centième fois, Nora s'émerveilla : pas d'exhortation, d'explication, de justification…

Katia prit la marmite d'un air mauvais et se dirigea vers l'eau.

— Katia ! Tu as oublié quelque chose ! lui cria Nika.

— Quoi ? dit Katia en se retournant.

— De sourire ! répondit Nika avec une grimace comique.

Katia fit une profonde révérence d'actrice en serrant la marmite contre sa poitrine.

— Superbe ! apprécia Nika.

Avec quelle insouciance elle déformait son beau visage, tirant dessus avec ses doigts et grimaçant en imitant pour les enfants tantôt un singe à qui on a donné un sédatif, tantôt un hérisson qui veut embrasser sa maman et qui est gêné par ses piquants ; elle n'avait absolument pas peur de s'enlaidir ! Et cela, c'était pour Nora quelque chose d'étonnant et d'incompréhensible.

Médée ne voyait rien de tout cela. Elle était assise dos à la mer et, la tête légèrement levée, regardait les montagnes, proches et lointaines, en pensant à deux choses à la fois : au fait que dans sa jeunesse, elle aimait la mer plus que tout au monde, alors que maintenant, il était beaucoup plus important pour elle de regarder les montagnes. Et aussi que dans son dos, parmi tous ces jeunes neveux et nièces, on se languissait d'amour, et l'air tout entier était gorgé de leurs inclinations réciproques, de ces pulsions subtiles des âmes et des corps…

VI

La bague trouvée par Médée dans la crique avait bien appartenu autrefois à Alexandra. Dans les souvenirs de Médée, l'été 1946 restait l'époque de sa plus grande intimité avec sa sœur. C'était la première fois qu'elles se revoyaient après la guerre. Pendant toute la guerre, Médée n'avait pas bougé, non seulement de Crimée, mais même du Hameau ; Sandra avait elle aussi passé toute la guerre sans quitter Moscou, ayant refusé catégoriquement d'être évacuée à Kouïbychev, où l'on avait envoyé les familles des militaires au début des hostilités. À l'époque, en 1946, elles s'étaient retrouvées pour ainsi dire à égalité du point de vue de l'âge, et Médée était enfin débarrassée du souci perpétuel que lui causait sa sœur cadette : quelle bêtise allait-elle encore inventer ?

Alexandra était une veuve de guerre avec trois enfants à charge, épuisée par de dures années, et ses plus beaux jours étaient déjà derrière elle. Rien ne laissait présager que c'était justement maintenant qu'elle allait commettre sa dernière frasque…

La perte de la bague avait été insignifiante dans tous les sens du mot. Sandra perdait facilement, les objets ne s'attachaient pas à elle, et elle ne tenait pas à eux. Mais la découverte de cette bague égarée trente ans plus tôt ne sortait pas de la tête de Médée. Peut-être parce qu'elle savait qu'entre les événements, outre les liens ordinaires de cause à effet, il en existe d'autres qui les relient de façon tantôt évidente, tantôt secrète, tantôt aussi totalement incompréhensible.

« Bon, quand il faudra que je comprenne, je recevrai l'explication ! » se dit-elle avec une confiance absolue en Celui qui sait tout, et elle se rasséréna.

Sandra avait possédé toute une collection de bagues, elle s'était couverte dès l'enfance de colifichets divers, et sa jeunesse avait coïncidé justement avec une époque où cette charmante faiblesse féminine était sévèrement condamnée par l'opinion publique.

Dans les années vingt, alors que Médée disposait du solide bouclier de son statut d'orpheline ayant charge d'enfants, de sa gravité austère et des soucis pour les cadets qui ne lui laissaient aucun répit, Sandra, insouciante de nature, mais nullement sotte, développait cette faiblesse bien pardonnable comme on souffle dans un ballon, dont on avait l'impression qu'il allait s'envoler d'un instant à l'autre Dieu sait où et Dieu sait vers quoi.

Avec le temps, ce défaut innocent avait pris une telle ampleur que les offensives menées sur son âme par tous les missionnaires idéologiques des Jeunesses communistes léninistes russes ou nationales, et autres unions, avaient tourné court : la déficience de son sens civique une fois établie, son indéracinable frivolité était devenue un diagnostic qui la dispensait de toute participation au grand œuvre de la construction de... de quoi au juste, Sandra ne trouva jamais le temps de l'approfondir.

Médée, la seule de la famille à avoir terminé le collège, n'avait pas reçu de véritable instruction du fait de la guerre et de la révolution, et elle rêvait de voir ses cadets faire leur chemin dans l'existence. Mais avec Sandra, il était clair que c'était mal parti. Elle était mauvaise élève, bien qu'elle ne fût pas dénuée de capacités. À l'école municipale qu'elle fréquentait, il restait encore des professeurs du collège, et ce n'était pas une mauvaise école. Médée venait parfois chercher sa sœur, et Nicolaï Léopoldovitch Velde, un vieux géographe grand connaisseur de la Crimée, la faisait asseoir dans la salle des professeurs, maugréait en passant contre le manque d'attention des élèves d'aujourd'hui, et s'abandonnait avec une exaltation nostalgique aux souvenirs du temps où il emmenait les demoiselles en excursion dans les recoins et les crevasses les plus sauvages et les plus cachés du Karadag. Dans ces souvenirs généraux perçait l'espoir secret que tout pouvait encore revenir à la normale, c'est-à-dire à la vie d'avant la guerre, d'avant la révolution.

La vie n'avait pas repris son cours normal, mais les choses s'étaient peu à peu tassées, elles étaient devenues plus supportables. Les garçons devinrent des adolescents. Comme tous les hommes Sinopli, ils étaient attirés par la mer. Dès leur enfance, la pêche, cette distraction traditionnelle des petits garçons, avait été pour eux un véritable gagne-pain, et le vieux Genevois Gricha Porcelli, qui avait travaillé chez Kharlampi dans sa jeunesse, les emmenait la nuit à la pêche au mulet, ce qui n'était pas une distraction des plus faciles.

En 1924, Sandra passa son brevet. Médée se creusait la tête : qu'allait elle bien pouvoir faire de sa sœur ? Si la famine avait régressé, il n'y en avait pas moins un chômage féroce.

Pendant deux jours, la question de l'avenir de Sandra hanta Médée jusque dans son sommeil, et le troisième jour, alors qu'elle se rendait à son travail tôt le matin – elle travaillait alors à la maternité de l'hôpital municipal de Féodossia –, elle rencontra Nicolaï Léopoldovitch Velde faisant sa promenade matinale du côté de Karantine. À peine eut-elle ouvert la bouche pour lui faire part de ses soucis que, comme s'il avait déjà réfléchi à tout cela et pris la décision à sa place, il lui proposa de passer le voir après son travail.

Lorsque Médée arriva chez lui, tout était presque réglé. Il lui avait déjà préparé une lettre adressée au responsable du Centre de recherches scientifiques du Karadag, un vieil ami à lui.

— Je ne sais pas s'ils ont des emplois, mais le Centre dépend à présent de la Direction générale de la culture, peut-être ont-ils davantage de postes. Surtout maintenant que l'été approche, ils accueillent des chercheurs et il y a plus de travail.

Et il lui tendit une enveloppe.

Médée, en prenant cette enveloppe grise en mauvais papier, devina immédiatement que cela allait marcher. Chaque fois que se renouaient des fils anciens, que surgissaient des gens venus du passé, tout s'arrangeait.

Elle connaissait parfaitement ce Centre de recherches ainsi que son directeur actuel, elle se souvenait même de Térenti Ivanovitch Viazemski, le fondateur du Centre. Durant le premier été qu'elle avait passé à la datcha des Stépanian, il était justement venu voir le maître de maison pour affaires, c'était un vieil homme négligé en jaquette élimée, avec une écharpe de femme nouée à l'ancienne mode, comme une cravate, et il était accompagné d'un autre personnage non moins singulier, mais d'un tout autre genre, avec un visage et un ventre ronds, d'épais sourcils poivre et sel, et un accent juif aussi prononcé en russe qu'en français, Solomon Solomonovitch Krym, membre de la Douma – une curiosité locale.

À l'époque, pour certaines raisons, Stépanian, qui était un mécène et un bienfaiteur, avait refusé son soutien aux solliciteurs, et le soir après le dîner, il leur avait raconté quel original et quel homme peu ordinaire était ce docteur Viazemski, un physiologiste militant contre l'alcoolisme et prônant les idées les plus farfelues. La plus extraordinaire de ses idées avait longtemps été chez lui une véritable obsession : il estimait qu'en enfermant les forces intellectuelles dans des prisons, l'État perdait une magnifique énergie mentale qui pourrait être utilisée dans son propre intérêt et préservée, pour le bien de la société, par la création de prisons-laboratoires de recherches. Térenti Ivanovitch avait développé son idée avec conviction devant le comte Délianov, le ministre de l'Éducation de l'époque. Le comte avait trouvé cette idée monstrueuse et même dangereuse, bien qu'elle dût être adoptée avec succès par l'État quelques décennies plus tard.

— *C'est un grand original* * ! – avait marmonné Armik Tigranovna, et elle avait envoyé les enfants dans leur chambre, à l'étage.

Mais à l'époque, tout le monde avait fort heureusement oublié l'idée extravagante de ce généreux fou. Quelques années plus tard, il avait misé toute sa fortune sur une idée plus heureuse : fonder dans le Karadag, sur sa propriété, un centre de recherches accessible à tout scientifique sérieux, même sans diplôme, même de santé défaillante – c'était encore mieux ! – puisque l'on pouvait se soigner sur place tout en s'adonnant à des travaux scientifiques productifs, et même avec des revenus modestes, puisque le docteur Viazemski allait ouvrir ici même un sanatorium, et c'était avec les revenus de ce sanatorium qu'il financerait les travaux de recherche...

Dès le lendemain, Médée se rendit au centre avec sa sœur. Le directeur l'embrassa. Sa fille aînée Xénia Loudskaïa avait été une condisciple de Médée au collège, elle avait travaillé à l'hôpital avec elle, et était morte du typhus en 1919.

Le vieux Loudski prit aussitôt des dispositions pour que le travailleur-gardien, le concierge, comme on disait autrefois, libérât à l'intention de Sandra une petite chambre dans un coin de l'immeuble d'habitation du centre. Puis ils avaient longuement bu du thé, avaient évoqué leurs connaissances communes, qui étaient nombreuses, et s'étaient quittés les meilleurs amis du monde.

Trois jours plus tard, Sandra avait déménagé au Centre et s'était mise à apprendre ce qu'il fallait savoir pour les stages des étudiants, qui devaient venir cette année-là de Moscou, de Léningrad, de Kazan et de Nijni-Novgorod.

Sa première saison fut gaie et réussie. Elle commença par avoir une liaison avec un chercheur de deuxième catégorie originaire de Kharkhov, et lorsqu'il s'en alla, une fois rassemblée la quantité requise de vers de terre, apparut un géologue absolument charmant qui établissait une carte géologique à petite échelle du Karadag, et on envoya Sandra l'aider, étant donné qu'il fallait un partenaire pour ce travail de repérage. Il s'avéra qu'ils étaient d'excellents partenaires, tous deux grands, avec des cheveux fauves et des yeux noisette, tous deux insouciants et gais ; le géologue, qui se prénommait Alexandre, ce qui les mettait également en joie tous les deux, traça sur la nouvelle carte des petites croix fines aux endroits où l'on pouvait s'allonger confortablement, et de juillet à la fin octobre, Sandra servit la science sans ménager son épine dorsale, en commençant par la crête du Beregovoï, le long de ses cinq massifs, depuis le Lobovoï jusqu'au Kok-Kaïa. Ensuite, le temps se gâta, et le géologue s'en alla en remettant la fin de ses travaux à l'année suivante.

L'hiver n'eut rien d'ennuyeux. Sandra travaillait beaucoup à la bibliothèque et dans le musée du Centre, elle se révéla capable et compétente dans les limites indispensables. Fin mars, toutes sortes de chercheurs commencèrent à arriver, la vie reprit, et la base de planeurs, tombée en déclin les années précédentes, retrouva de l'animation, tandis que non loin de là, le tranquille village de Koktebel, sur la colline Klementievskaïa, se remplissait de sportifs aux larges épaules et de romantiques inventeurs. Pour cette raison, à l'arrivée du géologue de l'an passé, Sandra était déjà tombée amoureuse d'un pilote de planeur, remplacé au bout d'un mois par son frère jumeau qui lui ressemblait tellement que ce fut tout juste si elle remarqua le moment où le second prit la place du premier.

Médée, qui ne se mêlait pas de la vie privée de

sa sœur, se réjouissait qu'elle ait une bonne place, où elle n'était pas maltraitée, mais au contraire dorlotée, et se faisait beaucoup de souci pour les cadets. Dimitri manifestait de remarquables aptitudes pour les mathématiques et rêvait d'une école d'artillerie, Médée essayait délicatement de l'éloigner de la carrière militaire, mais le garçon, qui sentait fort bien ses manœuvres, se buta, prit ses distances et montra de toutes les façons possibles, quoique sans prononcer un mot, que Médée était une petite-bourgeoise et un poids mort de l'ancien régime. Constantin, bien que plus âgé de deux ans, ne regardait pas de ce côté-là, et continuait à aller à la pêche avec l'oncle Gricha Porcelli, ne rêvant, semblait-il, que de chaluts, de haveneaux et de seines.

Le petit fossé qui s'était creusé entre Médée et ses frères cadets la peinait profondément, d'autant que Sandra aussi, elle ne la voyait plus qu'assez rarement. Elle venait à Féodossia deux fois par mois, passait sa journée à courir à droite et à gauche chez des amis, et accessoirement, pendant le dîner, racontait à Médée sa vie au Centre, parlant surtout des expéditions et des découvertes, et laissant sa tumultueuse vie privée entre des parenthèses fermées à double tour. Mais Médée devinait que sa cadette ne dédaignait aucun des plaisirs de l'existence, pêchant ses perles dans n'importe quelles eaux et butinant son miel sur toutes les fleurs. Cela la ramenait à la triste pensée qu'elle-même n'avait aucune vie personnelle, et n'en aurait sans doute jamais.

Elle n'avait guère de succès, son visage d'icône, sa petite tête déjà à l'époque emmitouflée d'un châle, et sa minceur, trop plate au goût des hommes de Féodossia, ne lui attiraient aucun soupirant.

« Apparemment, mon fiancé est mort sur le front ! » décida Médée, et elle se résigna rapidement à son sort. Mais il fallait marier Sandra au plus vite…

Cela faisait trois ans, ou plutôt trois saisons que Sandra travaillait au Centre de recherches, et rue Polianka, à Moscou, son futur mari bouclait ses bagages pour partir en mission scientifique dans le Karadag.

Alexeï Kirillovitch Miller était issu d'une famille pétersbourgeoise relativement connue, auréolée d'un halo jadis dangereux de « progressisme », et pourvue de vieilles traditions d'humanisme. Son ancêtre principal était un Allemand installé en Russie sous Pierre le Grand, et ses deux grands-pères, du côté maternel également, avaient exercé le métier de professeur. Son père promettait beaucoup dans les sciences naturelles, il avait fait ses études en Angleterre, mais était mort jeune sans avoir atteint la trentaine, lors d'une expédition dans le Nord. Alexeï Kirillovitch, élevé par une tante fortunée, une dame cultivée qui avait pris une part importante aux activités éditoriales de son mari, avait eu le temps de faire lui aussi des études en Angleterre, mais avait dû rentrer en Russie sans avoir passé son doctorat à cause de la guerre avec l'Allemagne.

Une myopie congénitale, du reste tout à fait modérée, l'avait dispensé du service militaire, et après avoir obtenu son doctorat à l'université de Moscou, il y était resté en qualité d'assistant, puis de professeur agrégé. Il était entomologiste et étudiait les insectes manifestant un comportement social complexe. En fait, c'était l'un des meilleurs spécialistes en sociologie animale. Ses sujets de prédilection étaient les guêpes et les fourmis, et ces créatures privées de la parole savaient raconter à ce chercheur doué du sens de l'observation les événements passionnants et hautement mystérieux survenant dans leurs villes-États aux milliers d'habitants, dotées d'une administration compliquée ainsi que d'une structure économique et militaire.

Bien des années plus tard, alors qu'il se trouvait dans le sud de l'Allemagne avec le statut indéfini de personne déplacée, et un poste de chercheur dans un établissement scientifique secret rassemblant le potentiel intellectuel de l'Europe occupée, conçu selon le principe prôné jadis par feu Térenti Ivanovitch Viazemski, il rédigea même un petit travail d'une élégance profondément pessimiste, dans lequel il tentait de décortiquer les analogies entre les structures comportementales dans les camps pour prisonniers de guerre, où il avait passé presque une année en qualité d'interprète avant d'être transféré dans ce laboratoire, et les colonies d'insectes vivant en société.

Ce travail, dans lequel étaient exposés les tristes fondements du racisme en tant que phénomène biologique, disparut au début de l'année 1945 dans un bombardement. Avec son auteur, malheureusement.

Mais c'est au cours de cet été 1925 en Crimée qu'il eut pour la première fois l'occasion d'observer du début à la fin le drame de la conquête d'une race de fourmis par une autre, depuis les premiers assauts des envahisseurs, relativement plus petits, mais pourvus de mâchoires plus massives.

Durant ces heures passées devant une fourmilière, à observer la vie trompeusement intelligente de ces créatures incapables de subsister par elles-mêmes, il se sentait presque le Seigneur Dieu, comprenant à merveille, mais ne sachant pas l'exprimer dans le langage scientifique qui lui était familier, qu'il y avait dans ce fourmillement innocent un mystère, une fatalité, et une leçon pour les jeunes gens avisés.

Il ne s'agissait pas seulement de biologie, il y avait aussi bien d'autres choses : il éprouvait le pressentiment d'une découverte, était d'une humeur excellente, et sentait un afflux de forces.

Alexeï Kirillovitch n'avait pas encore quarante ans. Il appartenait à la race des gens mûrs de naissance, avec un âge fixé une fois pour toutes. Peut-être se sentait-il aussi bien ces dernières années justement parce que cet âge qui lui était propre et ne dépendait pas de l'écoulement des années correspondait à celui que lui donnait le calendrier.

Il était devenu chauve assez tôt, mais bien avant que les cheveux n'eussent déserté de façon naturelle son crâne rond couvert de bosses luisantes et symétriques, il avait commencé à se raser la tête, et s'était laissé pousser une barbiche et des moustaches. À cet ensemble venaient s'ajouter des lunettes cerclées d'or et un costume en toile ou en tussor datant de l'ancien régime, d'une taille plus ample que ne l'exigeait son embonpoint précoce, mais musclé. Il se mouvait avec aisance, était un plongeur émérite et, ce qui était difficile à soupçonner, un excellent joueur à tous les jeux associés d'une façon ou d'une autre à une balle, depuis le tennis jusqu'au football. L'éducation anglaise avait laissé des traces.

Cette année-là, au Centre de recherches du Karadag, le volley-ball était à la mode. Avant le coucher du soleil, une bande démocratiquement disparate de chercheurs, de gens du coin, de vacanciers et d'étudiants stagiaires gagnait le rivage en dérapant sur les galets et, après la baignade vespérale, jouait en cercle des parties de volley-ball bon enfant. Alexeï Kirillovitch, correct et bien élevé, attrapait le léger ballon de ses doigts délicats, faisait des passes précises et effectuait les services les plus difficiles en ployant sous le ballon comme une vague marine.

Sandra sautillait, jouait des coudes et de ses longues jambes aux mollets musclés et aux jarrets haut placés, laissait échapper le ballon, poussait de petits cris, et éclatait de rire en ouvrant la bouche si grand que l'on voyait sa glotte rose.

« Quelle jeune fille délicieuse ! » songeait distraitement Alexeï Kirillovitch. Il était marié depuis longtemps, sa femme était docteur en hydrologie et jouissait d'une réputation non moins solide. Autrefois, bien des années plus tôt, elle avait quitté son premier mari pour Alexeï Kirillovitch, alors encore étudiant, et ils étaient mariés civilement.

À une certaine époque, sa femme, née et élevée dans la religion luthérienne, avait même songé à se convertir à l'orthodoxie afin d'entériner officiellement leur mariage, mais après la révolution, l'idée fut oubliée et devint même ridicule : les profondes divergences entre les confessions s'étaient évaporées sans laisser de trace dans l'air d'un monde nouveau qui ne voulait pas entendre parler de la ligue de Schmalkalden...

Les époux vivaient unis par des liens civils et en paisible entente, ils échangeaient pendant le dîner des informations professionnelles, et n'étaient pas du tout portés sur l'adultère.

La minuscule flamme qui couvait sous l'épaisse toison de poils de sa poitrine serait peut-être passée inaperçue d'Alexeï Kirillovitch lui-même, si Sandra n'avait éprouvé de l'attirance pour ce drôle de professeur démodé, et n'avait attisé ce vague intérêt qui brûlait à peine.

Elle lui donna d'abord trois jours. Mais il ne l'approcha pas, même si pendant les parties de volley-ball, il se plaçait en face d'elle et lui faisait des passes – à elle et à elle seule. Ensuite, elle lui donna encore deux jours ; tous les soirs, ils se baignaient ensemble en bruyante compagnie, jouaient au ballon, mais il ne l'approchait toujours pas, il se contentait de lui lancer des coups d'œil craintifs et s'occupait de plus en plus d'elle. Pendant la journée, ils ne se voyaient pas, lui partait sur son territoire rejoindre ses fourmis, tandis qu'elle aidait les botanistes à constituer leurs herbiers.

Pour les gens dotés de convictions morales et d'une honnêteté congénitale, comme l'était incontestablement Alexeï Kirillovitch, la vie dispose les pièges les plus simples, qui n'en sont pas moins les plus efficaces. Il buta sur la pierre d'achoppement alors qu'il était presque sorti vainqueur d'un jeu qui n'avait pas commencé. En fait, c'est Sandra qui trébucha, se foulant la cheville dans un transport volley-balliste. Elle ne pouvait plus poser le pied par terre.

Des chercheurs de sexe masculin la portèrent à tour de rôle depuis le rivage jusque chez elle. D'abord deux stagiaires, sur le siège de leurs mains jointes, puis l'ichtyologue Botajinski, sur ses épaules, et enfin, le dernier tiers du trajet, Alexeï Kirillovitch. Le soir même, elle lui tomba dans les bras tout entière, avec ses coudes, ses genoux, sa cheville enflée, et tout le reste.

Il se souvenait parfaitement l'avoir portée dans sa petite chambre du coin, être passé ensuite à la villa de Ioung où il avait pris dans la pharmacie une bande allemande datant d'avant la révolution et provenant rien moins que des réserves du défunt Viazemski, puis être revenu bander son pied enflé et rouge. La demi-heure qui s'était écoulée entre le bandage et le moment où, sans avoir fermé la porte, il s'enfonça dans les flancs musclés de la volley-balliste débutante, cette demi-heure avait totalement disparu de sa mémoire.

Sandra conçut quasiment ce soir-là, et deux mois plus tard, une fois sa mission terminée, Alexeï Kirillovitch partit en la laissant définitivement enceinte, tout à fait convaincu qu'il reviendrait la chercher dans un proche avenir.

Mais la réorganisation de sa vie qu'entraînait cette histoire romanesque nécessita plus de temps qu'il ne l'avait prévu.

Sa femme accueillit avec une placidité toute luthérienne et même, pourrait-on dire, une certaine froideur, ses informations concernant la nouvelle situation. La seule condition qu'elle lui posa s'avéra inattendue et difficile à remplir : elle lui demanda de quitter l'université où ils travaillaient tous les deux. Il ne pouvait entreprendre de démarche pour trouver un travail de professeur avant septembre, puisque c'étaient les vacances dans les établissements d'enseignement supérieur. En septembre, un poste se libéra à l'académie de Timiriazev. Surgirent alors des problèmes de logement. Son appartement de la Polianka revenait à sa femme. L'académie disposait bien de logements de fonction, mais il fallait du temps pour rédiger les papiers nécessaires, rassembler les signatures et les attestations indispensables.

Le temps passait, Sandra portait discrètement sa grossesse – elle ne déplaça pas ses boutons avant le septième mois –, recevait d'Alexeï Kirillovitch des lettres hebdomadaires et, grâce à sa joyeuse insouciance, ne songeait absolument pas à ce qui l'attendait si Alexeï Kirillovitch disparaissait aussi soudainement qu'il était apparu. Mais sa sérénité reposait peut-être sur la certitude que Médée se chargerait de l'enfant, comme elle s'était chargée jadis de Sandra elle-même et de ses frères.

Pour l'instant, les deux sœurs se taisaient. Médée n'en triait pas moins de vieux linges, en mettant certains de côté pour les couches. C'est seulement lorsqu'elle vit entre les mains de sa sœur un bonnet démodé qu'elle ourlait d'un liseré bleu avec une fine aiguille, que Sandra lui parla d'Alexeï Kirillovitch en secouant sa chevelure et en insistant sur le « r » de « très ».

— Je le trouve trrès gentil... c'est un homme trrès intéressant... Tu le connais trrès bien !

De fait, Médée se souvenait l'avoir connu dans son enfance, lorsque, avant son départ pour l'Angleterre, Alexeï Kirillovitch, alors étudiant, avait occupé une chambre dans leur maison ; à l'époque, la Crimée attirait beaucoup de naturalistes.

À présent, les deux sœurs Sinopli attendaient l'arrivée d'Alexeï Kirillovitch.

Entre-temps, ce dernier avait reçu un logement, une villa non loin du parc Timiriazev, à côté de Solomennaïa Storojka. Cette maison était si délabrée qu'il fallut y faire d'urgence des travaux, sans compter qu'Alexeï préparait un nouveau cours d'entomologie générale, ainsi qu'un cours spécial sur « Les insectes nuisibles du jardin ».

Le fils de Sandra n'attendit pas le déménagement à Moscou et naquit sous l'œil attentif de sa tante Médée, dans ce même hôpital municipal de Féodossia où Matilda avait accouché de ses enfants. Seulement le docteur Lesnitchevski n'était plus de ce monde.

Deux semaines plus tard, Alexeï Kirillovitch débarqua chez Médée sans prévenir, il savait par les lettres de Sandra qu'elle s'était installée chez sa sœur peu avant ses couches. Il trouva, assise à la fenêtre sur une chaise en rotin, une jeune femme aux cheveux roux coupés au bol qui lui cachaient la moitié du visage, et un bébé à tête ronde suçant un sein d'un blanc bleuté. C'était sa famille. Il en eut le souffle coupé.

Deux jours plus tard, il partait pour Moscou avec sa nouvelle famille. Médée aurait pu ne pas les accompagner, mais durant ces quelques jours, elle s'était tellement attachée à son neveu, qu'elle avait déjà baptisé et dont elle était la marraine, qu'elle prit un congé et partit avec eux pour aider Sandra à s'installer dans sa nouvelle demeure.

Ce mois-là, le premier de la vie de Sérioja, elle connut pleinement la souffrance d'une maternité non assouvie.

Il lui semblait parfois que sa poitrine se gonflait de lait. Elle rentra à Féodossia avec un sentiment de manque et de profond vide intérieur. « Ma jeunesse est passée », comprit-elle.

VII

Valéry Boutonov était natif de Rastorgouïevo. Il habitait avec sa mère Valentina Fiodorovna une maison indépendante et massive qui menaçait de s'écrouler depuis longtemps. Il n'avait aucun souvenir de son père. Enfant, il était persuadé qu'il était mort sur le front. Sa mère n'insistait pas trop là-dessus, mais ne démentait pas la légende. L'éphémère époux de Valentina Fiodorovna avait signé avant la guerre un contrat pour partir travailler dans le Nord, avait envoyé de là-bas une lettre anodine, et s'était à jamais évaporé dans les lointains polaires.

Toute sa longue enfance, Valéra l'avait passée, comme la plupart de ses contemporains, à escalader des palissades bancales et à planter dans la terre battue des faubourgs un canif pris à l'ennemi – le trésor le plus précieux qui fût au monde. Il était sans égal dans cette occupation, tous les royaumes et toutes les villes conquises sur le bout de terrain pelé derrière la station d'autobus, il s'en emparait avec son couteau, aisément et allégrement, comme Alexandre de Macédoine.

Les gamins du voisinage, une fois convaincus

de sa supériorité absolue, avaient cessé de jouer avec lui, et il passait de nombreuses heures dans la cour de sa maison à planter son canif dans la taie blanchâtre d'une branche coupée au bas du tronc d'un énorme poirier, en s'éloignant toujours de plus en plus de la cible. Au cours de ces longues heures, il acquit le mécanisme du lancer, que son poignet et son œil connaissaient par cœur, mais sa plus grande volupté, il la tirait de l'instant fulgurant de la corrélation entre sa main armée du couteau et le point visé, qui culminait dans le frémissement du manche au cœur de la cible.

Parfois, il prenait un autre couteau, un couteau de cuisine, choisissait une autre cible, et la lame s'y fichait avec un craquement, un gémissement ou un léger sifflement. La vieille maison de sa mère, déjà délabrée sans cela, était couverte de cicatrices laissées par ses exercices d'enfant. Mais la perfection s'avéra ennuyeuse, et il abandonna cette occupation.

De nouvelles possibilités s'offrirent à lui quand il passa de l'école primaire à une école secondaire toute neuve, où il y avait beaucoup de choses extravagantes : des urinoirs, des lavabos en faïence, une chouette empaillée, un tableau représentant un homme nu sans peau, de merveilleux flacons en verre et des instruments métalliques avec des petites ampoules. Mais son endroit préféré, celui qui l'attirait le plus, c'était la salle de sport, fort bien équipée pour l'époque. La poutre traversière, les barres parallèles, et le cheval-d'arçons en cuir devinrent ses matières favorites dès la cinquième.

Il s'avéra que Boutonov possédait l'antique génie du corps, aussi rare que le génie musical, poétique, ou que celui des échecs. Mais il ignorait alors que son talent était estimé à moindre prix que les dons intellectuels, et il se réjouissait de ses succès, plus remarquables de mois en mois.

Son professeur de culture physique l'envoya dans une section du Club sportif de l'armée, et au Nouvel An, il prenait déjà part aux premières compétitions de sa vie. Les entraîneurs s'émerveillaient de sa poigne phénoménale, de l'économie et de la concentration innées de ses mouvements : il parvenait d'emblée à des résultats que l'on obtient généralement après des années de piétinements.

Il n'avait pas douze ans lorsqu'il fut pour la première fois sélectionné pour des championnats. Cette fois-là, les jeunes sportifs ne furent pas emmenés quelque part en dehors de Moscou, on les logea tout simplement dans un hôtel de l'armée place de la Commune, dans des chambres pour quatre avec tapis rouge, carafe et téléphone sur une table en bois précieux, dans un style stalinien somptueux et pesant agrémenté d'une touche militaire.

C'était en pleine année scolaire, aussi, le matin, les sportifs se rendaient-ils dans leurs écoles respectives, et, à leur retour, déjeunaient dans une cantine de l'armée avec des coupons de treize roubles. Le complexe sportif se trouvait dans l'aile droite d'un corps de bâtiment petit et massif, dont le cœur était la salle de l'Armée rouge. C'était là que la future fine fleur du sport soviétique passait les plus belles heures de son enfance heureuse.

L'entrée était sévèrement contrôlée, et tout cela – les coupons-repas, la nourriture consistante et calorique avec chocolat, lait concentré et gâteaux, le laissez-passer muni d'une photographie, et surtout, le survêtement en laine bleu marine avec une bande blanche à l'encolure, fourni gratuitement – inspirait au jeune Boutonov le respect de son propre corps, digne de tous ces trésors sublimes.

Il ne travaillait pas très bien en classe et avait continuellement sur le cœur un deux incorrigible, qu'il rattrapait d'ordinaire à la fin du semestre, mû par la peur de ne plus être admis à l'entraînement. Comme il était la fierté de l'école en sport, les professeurs faisaient la grimace, mais lui mettaient des douze fortement étirés sans trop renâcler.

À quatorze ans, c'était un adolescent superbement bâti, avec un visage aux traits réguliers, des cheveux coupés court à la mode des sportifs, discipliné et ambitieux. Il faisait partie d'une équipe de juniors, s'entraînait selon le programme des champions, et s'était fixé pour but de remporter la première place au championnat national.

Son entraîneur, Nicolaï Vassilievitch, un vieux routier du sport malin et roublard, avait placé en lui de grands espoirs et pressentait une belle carrière sportive. Il s'occupait énormément de Valéra, et le « fiston » dont il le gratifiait sans y penser avait pour le garçon une signification et un poids. Valéra se cherchait des ressemblances avec son idole, il était tout content d'avoir les cheveux de la même couleur que lui, des yeux gris-bleu, comme lui, qu'il plissait comme le faisait Nicolaï Vassilievitch, il imitait sa démarche souple et chaloupée, et s'était acheté des mouchoirs blancs, comme lui.

Mais il ne remporta pas la première place au championnat national, bien qu'il fût sûr de son succès. Sa performance avait été parfaite, il avait fendu l'air comme une lame, et savait qu'il avait atteint le but. Mais il ignorait d'autres choses importantes que son entraîneur, lui, connaissait fort bien : les mécanismes secrets du succès, les protections en haut lieu, les pressions exercées sur le jury, l'immoralité et la vénalité du sport.

Les deux dixièmes de points qui l'avaient relégué à la seconde place lui parurent une injustice criante, et après s'être débarrassé dans le vestiaire de l'accoutrement gratuit du Club de l'armée, il rentra à Rastorgouïevo avec son uniforme scolaire à même la peau.

Nicolaï Vassilievitch aurait peut-être pu le faire revenir en enrobant la défaite de mots anodins, d'explications ambiguës et à demi vraies sur ce qui s'était passé, mais malheureusement, l'un de ses camarades plus âgés – Boutonov était le plus jeune de l'équipe – lui révéla les dessous cachés de cette défaite injuste. C'était un complot, et l'entraîneur lui-même y était mêlé. Celui qui avait remporté la première place avait pour entraîneur le gendre du directeur de la fédération, et le jury était acquis d'avance, non pas acheté, mais pieds et poings liés.

Du coup, Valéra comprit tout seul certaines choses. Voilà pourquoi la veille de la compétition, Nicolaï Vassilievitch, qui l'avait toujours assuré de la victoire, lui avait dit comme par hasard :

— Allez, Valéra, ne t'en fais pas, va ! Vu ton âge, même une seconde place, ce ne serait pas mal. Pas mal du tout...

L'entraîneur se rendit plusieurs fois à Rastorgouïevo. La première fois, Valéra grimpa au grenier et s'y cacha, comme un gamin. La deuxième fois, il sortit et lui parla entre ses dents en évitant son regard. La troisième fois, Nicolaï Vassilievitch discuta avec Valentina Fiodorovna, mais elle se contenta de bredouiller en faisant un geste d'impuissance :

— Moi, je voudrais bien, il n'y a rien de mal, mais Valéra, lui…

Elle aussi, les survêtements olympiques gratuits lui plaisaient bien, et puis la seconde place, cela ne lui semblait pas si mal que ça.

Mais Valéra fut inflexible. Nicolaï Vassilievitch avait peur que le gamin rejoigne les rangs des « Réserves ouvrières » ou de « Spartak », et que ses trois années de travail passent en d'autres mains. Mais ce ne fut pas le cas. Le monstrueux orgueil secret de Boutonov, grandi à l'ombre du poirier de Rastorgouïevo, l'aiguillonnait à présent vers une autre voie, plus sûre, où il n'y aurait ni risques humiliants d'échec, ni basses victoires par magouille, ni traîtrise.

Les vacances scolaires avaient commencé ; il ne participa à aucune compétition, passait ses journées couché sous le poirier, à réfléchir sur ce qui était arrivé, et au bout d'une semaine, il eut une révélation : il ne fallait pas se mettre à la merci des autres ou des circonstances. S'il s'était trouvé sous un figuier, la révélation aurait peut-être eu un caractère plus élevé, mais on ne pouvait rien attendre de plus d'un poirier russe.

Deux semaines plus tard, il entrait à l'École du cirque.

Quelle merveille ! Chaque jour, en arrivant aux cours, Boutonov éprouvait l'exaltation d'un gamin de cinq ans que l'on amène au cirque pour la première fois. La piste d'entraînement était on ne peut plus authentique : ici aussi, cela sentait la sciure, les animaux, le talc. Dans l'air volaient librement des balles, des quilles multicolores et de souples jeunes filles. C'était un monde particulier, unique en son genre – voilà ce que Boutonov sentait par chaque cellule de son corps.

Ici, pas question de compétition, chacun valait exactement ce que valait son métier : le trapéziste ne pouvait pas mal travailler, il risquait sa vie. Aucun coup de téléphone ne pouvait arrêter l'ours quand, avec sa gueule impassible totalement dénuée d'expression, il se dressait sur ses pattes de derrière et marchait sur son dompteur pour l'écraser. Aucun lien familial avec les autorités, aucun soutien d'en haut n'aidait à exécuter un saut périlleux.

« Ce n'est pas comme le sport, se disait Boutonov en connaisseur. Dans le sport, tout s'achète, ici, ce n'est pas pareil. »

Il aurait été incapable de le formuler jusqu'au bout, mais il comprenait au plus profond de lui-même qu'au faîte de la virtuosité, dans l'espace d'une maîtrise absolue de son métier, se situe une zone infime d'indépendance. Là, au sommet de l'Olympe, évoluaient les étoiles du cirque qui franchissaient librement les frontières entre les pays, revêtus de costumes d'une splendeur inimaginable, riches, indépendants.

En un sens, le gamin avait effectivement raison, même si, sous bien des rapports, le cirque était une institution absolument pareille à toutes les autres institutions soviétiques – les magasins, les bains ou l'académie. On y trouvait un comité du Parti, un comité syndical, la subordination officielle à la hiérarchie, et la soumission officieuse au moindre coup de fil en provenance de sommets mythiques. L'envie, les intrigues et la peur étaient de puissants leviers de la vie du cirque, mais cela, il ne devait l'apprendre que plus tard. Pour l'instant, il menait la vie quasi monacale à laquelle le sport l'avait habitué. Bien qu'aucun vœu formel n'eût été prononcé, l'ascèse était de rigueur, seulement les prières étaient remplacées par la gymnastique du matin et les exercices du soir, le carême se transformait en régime, et l'obéissance, en une discipline à la totale discrétion du professeur. Du « maître », comme on disait ici. Quant à la chasteté, à laquelle on n'accordait aucune valeur en soi, le mode de vie d'un vrai sportif était tel que des efforts physiques insensés et un régime draconien tempéraient considérablement l'humeur libertine, allègre et folâtre qui incite les jeunes gens et les jeunes filles à conjuguer leurs efforts pour se procurer des plaisirs partagés.

Aujourd'hui encore, on se souvient toujours de Boutonov à l'École du cirque. Il assimilait toutes les disciplines en se jouant – celle de l'acrobate, du jongleur, de l'équilibriste – et chacune d'elles avait des prétentions sur lui. En gymnastique, il était sans égal.

Dès les premiers mois de sa formation, on lui proposa de participer à des numéros. Il refusa, parce qu'il savait exactement ce qu'il voulait être : trapéziste. « Travailler l'air »... Nicolaï Vassilievitch, tombé en disgrâce, fut remplacé dans son rôle de professeur par un vieux routier du cirque au sang mêlé, issu d'une dynastie d'artistes du cirque, avec un physique de colporteur, mais un nom italien, Antonio Muzzettoni. Anton Ivanovitch dans l'intimité.

Le vieux Muzzettoni était né dans une carriole à trois essieux, sur la toile délavée rouge et bleu d'un chapiteau, sur la route entre la Galicie et Odessa, d'une mère écuyère et d'un père acrobate.

Les rides nombreuses et profondes qui couvraient son visage en long et en travers étaient aussi embrouillées que les innombrables histoires qu'il racontait sur lui-même.

La vérité s'y mêlait aux inventions depuis si longtemps que lui-même avait oublié à quel endroit il mentait. Voyant le talent exceptionnel de son nouvel élève, il se demandait déjà comment l'intégrer un jour à la troupe de voltigeurs dans laquelle son fils, son neveu et sa petite-fille de douze ans, Nina, volaient de trapèze en trapèze.

À la fin de sa seconde année d'études, Boutonov avait beaucoup grandi en savoir, en adresse et en beauté. Il ressemblait de plus en plus à l'image collective du bâtisseur du communisme, rendue fameuse par les affiches rouges et blanches, tout en lignes droites sans fantaisie, horizontales et verticales, avec une profonde fossette en travers du menton. Il y avait bien quelque chose d'inachevé dans l'imperceptible écrasement du bout de son nez, comme chez les canards, mais en revanche, une carrure superbe, des jambes d'une longueur qui n'avait rien de slave, et des mains d'une beauté héritée d'on ne sait qui... Et avec tout cela, une immunité sans précédent au sexe féminin.

Or les filles du cirque, comme jadis ses condisciples, lui couraient après. Tout était si nu ici, si accessible : les aisselles rasées et les plis du ventre, les fesses musclées, les petites poitrines bien fermes... Ses camarades du même âge, les jeunes artistes du cirque, savouraient les fruits de la révolution sexuelle et de la liberté artistique qui s'épanouissaient alors dans les arrière-cours du socialisme, dans l'oasis de la rue numéro Cinq de Iamskoïe Pole, mais Boutonov considérait les filles avec dédain et ironie, comme si chez lui, à Rastorgouïevo, Brigitte Bardot en personne l'attendait sur son divan défoncé.

Valentina Fiodorovna ne pouvait assez se féliciter de son fils : il ne buvait pas, ne fumait pas, ne courait pas les filles, touchait une bonne bourse et la traitait bien. Elle s'en vantait auprès de ses voisines : « Ton Slava est un vrai voyou, moi, de toute ma vie, jamais mon Valéra ne m'a dit un mot plus haut que l'autre... »

À la fin de sa seconde année d'études, Boutonov fut engagé comme stagiaire et admis au nombre des étudiants privilégiés, il n'était plus soumis désormais à la discipline commune, mais attaché à un maître, et se produisait dans un numéro. Anton Ivanovitch l'avait intégré dans le programme de son fils. Giovanni – Vania –, bien qu'il ne possédât pas le talent de son père, n'en était pas moins son élève, il volait depuis sa tendre enfance sous la coupole du cirque et exécutait ses sauts périlleux, mais sa vraie passion, c'était les automobiles. Il fut l'un des premiers artistes du cirque à introduire en Russie une voiture étrangère, une Volkswagen rouge, démodée pour l'Allemagne, mais en avance de trois décennies sur le flux paresseux du progrès dans son pays natal.

Prenant la précaution de disposer une couverture sous son précieux dos, il passait des heures allongé sous sa voiture, et sa femme Lialia, une mauvaise langue plutôt garce, disait perfidement :

— Si je passais autant de temps couchée sous lui qu'il en passe sous sa voiture, il n'aurait pas de prix !

Les relations du jeune Muzzettoni avec son père

étaient loin d'être simples. Bien qu'il eût déjà plus de trente ans et ne fût plus tout jeune aux yeux de Boutonov, d'ailleurs du point de vue du métier, c'était presque l'âge de la retraite pour « l'air », il craignait son père comme un petit garçon. Ils avaient travaillé ensemble pendant de nombreuses années, Anton Ivanovitch ayant battu tous les records de longévité sous le chapiteau. Dans sa jeunesse, il avait été le premier à exécuter les numéros les plus risqués, dans les années vingt, il était le seul à accomplir un triple saut périlleux avec pirouette, et ce n'est que huit ans plus tard qu'un autre trapéziste, N. N., avait repris son numéro. De son fils, Anton Ivanovitch disait avec un agacement profondément caché :

— S'il y a une chose que Vania réussit à la perfection, ce sont les chutes...

De fait, cet aspect du métier était extrêmement important : ils travaillaient sous le chapiteau, et, en dépit d'une double assurance – des longes nouées à la ceinture et un filet –, on pouvait se briser les os, même avec cette sécurité. Le jeune Muzzettoni était considéré comme un virtuose de la chute, et le vieux, qui était un fonceur de nature, était las d'attendre désespérément de son fils ce que celui-ci ne possédait pas.

Mais cette année-là, tous les artistes se préparaient pour un grand festival du cirque à Prague, et Anton Ivanovitch lui avait pour ainsi dire mis le couteau sous la gorge : il devait reprendre le numéro avec lequel autrefois, avant la guerre, lui-même s'était rendu célèbre dans tout le pays.

Giovanni s'était incliné sans enthousiasme, mais le vieillard l'avait obligé à travailler d'arrache-pied. Valéry, qui assistait toujours aux répétitions, avait les muscles qui le démangeaient de s'essayer à ce long vol compliqué, mais Anton Ivanovitch ne voulait même pas en entendre parler. Il le produisait en couple avec son neveu Anatoli, ils exécutaient des sauts synchrones et se rejoignaient en l'air avec précision, mais ce genre de chose n'impressionnait personne, tous les trapézistes volants débutaient avec ce numéro.

Les répétitions durèrent six mois, et ce fut enfin le jour d'aller à Izmaïlovo, à la Direction centrale, présenter le programme au Conseil artistique. Le voyage à Prague devait se décider ; pour Boutonov, c'était son premier voyage à l'étranger.

Il régnait à la Direction une pagaille épouvantable, on avait réuni toutes les étoiles et tous les grands pontes du cirque. Tout le monde était à cran. Le moment de la présentation approchait, et Anton Ivanovitch grimpa en haut pour s'assurer de la solidité de l'échafaudage dont une partie se trouvait hors du chapiteau, il vérifia méticuleusement chaque boulon, chaque écrou, palpa les câbles. L'inspecteur de la piste était Doutov, un de ses vieux concurrents et, bien que, d'après ses obligations, il répondît sur sa liberté du matériel de sécurité, Anton Ivanovitch était nerveux.

Vania avait droit à une loge personnelle, Tolia et Valéra partageaient la leur, et les femmes étaient installées dans une troisième ; elles étaient trois, deux jeunes gymnastes et Nina, la fille de Vania âgée de douze ans, incontestablement une future vedette.

Les artistes avaient déjà revêtu leur maillot écarlate décoré d'étoiles dorées, quand Valéry entendit des injures dans le couloir : la voiture de Vania bloquait une entrée quelconque, une camionnette ne pouvait pas passer. Vania répondait, la voix exigeait quelque chose. Anatoli s'approcha de la porte et tendit l'oreille.

— Qu'est-ce qu'ils ont après lui ? Elle est bien garée, sa voiture !

Valéra, qui ne se mêlait pas des affaires des autres, n'alla même pas voir. Les choses se calmèrent. Au bout de quelques minutes, on frappa à la porte de la loge, et Nina passa la tête.

— Valéra, Toma t'appelle !

Toma, une jeune gymnaste, lui faisait depuis longtemps les yeux doux. Cela flattait Boutonov et en même temps, cela l'agaçait.

Il passa la voir.

— Comment trouves-tu mon maquillage, Valéra ? dit-elle en offrant sa frimousse ronde au regard de Valéra, comme à un rayon de soleil.

C'était un maquillage ordinaire, le même que d'habitude : un fond de teint rose avec des reflets dorés, deux virgules délicates de carmin pour lui donner bonne mine, et des yeux lourdement soulignés de bleu foncé qui s'étiraient vers les tempes.

— Ça va, Toma. Un vrai serpent à lunettes…

— Oh, Valéra ! fit Toma, coquette, en secouant sa tête laquée comme celle d'un canard en caoutchouc. Il faut toujours que tu dises des horreurs…

Valéry se détourna et sortit dans le couloir. Un homme grisonnant vêtu d'une combinaison et d'une chemise écossaise sortait de la loge de Vania. C'est cette chemise qui attira l'attention de Boutonov, et c'est la raison pour laquelle il se souvint par la suite de cette rencontre dans le couloir. Ils devaient entrer en piste dans dix minutes.

Tout se déroula avec précision, à la seconde près : le faisceau de lumière, le saut, la lumière, l'élan, le trapèze, le roulement de tambour, le silence, la musique, le faisceau de lumière... Ils connaissaient la partition sur le bout des doigts, même l'entrée en scène et la sortie, et tout se déroula à la perfection.

Pendant ce numéro, Giovanni se ménageait, il était debout les jambes écartées là-haut, sous le chapiteau, en pleine lumière, tel un dieu, tandis que les jeunes voltigeaient. Ils travaillaient avec précision, en professionnels, mais cela n'avait rien d'extraordinaire. Le « clou » du spectacle, le triple saut périlleux avec pirouette, était du ressort de Giovanni. Les membres du Conseil artistique ne connaissaient pas tous ce numéro, il était très rarement exécuté.

Le vieux Muzzettoni était très fort en mise en scène, et il avait soigné les effets : une lumière souple, flottante, soutenue par la musique, et puis soudain – le silence total, toute la lumière sur Giovanni sous le chapiteau, la piste plongée dans l'obscurité, et un roulement de tambour, le plus fort possible...

Giovanni étincelle, sa tête est auréolée d'or, il porte des jambières – un très bon costumier lui a dessiné cet équipement pour dissimuler ses jambes torses. Un léger roulement de tambour. Giovanni rejette en arrière sa tête dorée... Un démon, un vrai démon... Un geste vif vers sa ceinture : il vérifie le mousqueton...

Boutonov ne remarque rien, mais Anton Ivanovitch sent son cœur s'arrêter – il met trop de temps à vérifier, il y a quelque chose qui cloche... Mais, pour l'instant, il est dans les temps, il n'a pas pris de retard. Le tambour se tait. Un, deux, trois... Une seconde de trop... le trapèze repart en arrière… il prend son élan, il saute… Giovanni est encore en l'air, et personne n'a encore rien compris, mais Anton Ivanovitch, lui, voit déjà que le saut groupé n'est pas dans les temps, qu'il n'arrivera pas à exécuter la dernière pirouette… Eh oui !

Tolia lui envoie le trapèze au bon moment, mais Vania le rate de vingt centimètres, il a pris du retard… Il s'étire de tout son long, essaye de le rattraper – ce qui est toujours impossible – et le voilà éjecté de la figure géométrique parfaite, il tombe vers l'extrême bord du filet, là où il est dangereux d'atterrir, où la tension est la plus forte : il s'enfonce, rebondit… Oui, c'est ça, juste sur le bord !

Le filet se creuse et projette Vania non à l'extérieur, mais à l'intérieur. Il n'y a pas à dire, il sait tomber ! C'est un fiasco, bien sûr, mais le petit ne s'est pas fracassé le crâne.

Pourtant, il s'était quand même cassé quelque chose. On baissa le filet. Anton Ivanovitch fut le premier à se précipiter, il examina le mousqueton : le ressort était lâche. Il étouffa un juron. Vania était vivant, mais sans connaissance. Le choc était sérieux, le crâne, les vertèbres ? On l'allongea sur une planche. L'ambulance arriva au bout de sept minutes. On l'emmena dans le meilleur hôpital, à l'institut Bourdenko. Anton Ivanovitch partit avec son fils.

Boutonov ne revit son maître que deux semaines plus tard. Il savait que Vania était vivant, mais paralysé. Les médecins se perdaient en pronostics, mais ne promettaient pas de le remettre sur pied.

Anton Ivanovitch avait tellement maigri qu'il ressemblait à présent à un lévrier italien. Il était hanté par une sombre pensée : il ne pouvait s'expliquer comment Giovanni n'avait remarqué le défaut du mousqueton qu'avant de sauter. Il savait que lui, un tel incident ne l'aurait pas démonté, il aurait su contrôler ses nerfs. D'ailleurs il lui était arrivé un jour quelque chose d'analogue : il avait enlevé sa ceinture, s'était détaché, et avait plongé... Mais Vania avait eu peur, il avait été désorienté, et il s'était « déconcentré »... Une autre chose bizarre, c'était qu'on l'avait appelé pour déplacer sa voiture juste avant l'entrée en piste, alors qu'elle était bien garée, Anton Ivanovitch l'avait vérifié lui-même par la suite : la camionnette passait très bien...

Lorsque Anton Ivanovitch fit part de ses vagues soupçons à Boutonov, celui-ci se sentit obligé de dire :

— Il n'y a pas seulement un type de la maintenance qui est passé voir Vania...

Anton Ivanovitch l'agrippa par la manche :

— Parle...

— Quand il est allé changer sa voiture de place, Doutov est entré dans sa loge. Enfin, je l'ai vu sortir dans le couloir, avec sa chemise écossaise...

À ce moment-là, Valéry savait déjà que Doutov était l'inspecteur de la piste.

— Ça alors... Je ne suis qu'un vieil imbécile ! fit Anton Ivanovitch en enfouissant son visage flasque dans ses mains. C'est donc ça...

Boutonov alla voir Vania à l'hôpital. Il était dans le plâtre comme dans un sarcophage, depuis le menton jusqu'au coccyx. Il avait perdu ses cheveux, deux longues plaques de calvitie montaient de part et d'autre de son front. Il cligna des yeux « Salut ». Il ne parlait presque pas. Valéry, se maudissant d'être venu, resta dix minutes assis sur le tabouret blanc des visiteurs, essaya de raconter quelque chose, puis se tut. Jusque-là, il ignorait que l'homme était aussi fragile, et cela l'épouvantait.

On était en automne, un automne morose et pluvieux. Le poirier de Rastorgouïevo avait perdu ses feuilles, il était noir, comme calciné, et Boutonov ne pouvait pas s'allonger dessous dans l'attente d'une nouvelle révélation.

Il restait six mois avant la fin de l'école. Prague, dans laquelle il avait placé d'immenses espoirs, était partie en fumée. L'école aussi. Les yeux mornes de Vania ne lui sortaient pas de la tête. Et voilà, un instant plus tôt, Vania – Giovanni Muzzettoni – était un artiste célèbre, tel que Boutonov voulait le devenir : indépendant, riche, voyageant à l'étranger, il roulait dans la meilleure de toutes les voitures que Boutonov eût jamais vues, depuis longtemps déjà, ce n'était plus la Volkswagen rouge et bossue, mais une Fiat blanche flambant neuve. Et en une seconde, tout s'était écroulé. Finalement, l'indépendance n'existait pas, ce n'était qu'une apparence. Et la paralysie, jusqu'à la mort…

Boutonov ne se présenta pas aux examens de la session d'hiver, les derniers. Outre les matières spéciales, on enseignait aussi les autres, ordinaires, et on ne délivrait pas de diplômes sans une réussite dans ces matières méprisées. Boutonov ne retourna plus jamais à l'École du cirque. Il passa six mois allongé sur un divan, à attendre sa convocation au service militaire. Il eut dix-huit ans en février et, au début du printemps, il fut incorporé dans l'armée. On commença par lui proposer d'entrer au Club sportif, son ancien titre de gymnaste joua pour lui, mais, à la grande surprise de la commission militaire, il refusa. Tout lui était égal, mais il ne voulait pas revenir au sport. Il devint simple soldat, comme tout le monde...

Mais, comme c'est le cas pour tout le monde, cela ne servit à rien : il ne pouvait échapper à son talent qui le poussait vers une voie particulière, d'ailleurs il lui arrivait toujours des choses peu ordinaires. Boutonov tirait mieux que tous – à la mitraillette, à la carabine et au pistolet, quand un pistolet lui tombait entre les mains. Il surpassait même les gars de Sibérie, chasseurs depuis leur plus tendre enfance, tant pour la précision du geste que pour celle de l'œil.

Pendant une inspection, Boutonov fut remarqué par un colonel grand amateur de tir à l'arc. Une année ne s'était pas encore écoulée qu'il faisait déjà partie d'une équipe de ce même Club sportif de l'armée, mais cette fois, dans la section de tir à l'arc. De nouveau, ce furent les séances d'entraînement, les éliminatoires, les compétitions. Son service militaire se déroula de façon extrêmement agréable, du moins la seconde partie.

Il revint à Rastorgouïevo avec sept kilos et trois centimètres de plus, sa démobilisation avait eu lieu exactement à la date prévue, presque jour pour jour. Et, ce qui était le plus important, il savait de nouveau très précisément ce qu'il devait faire. Il passa vite et sans difficulté son diplôme de fin d'études en candidat libre et, cet été-là, il s'inscrivit à l'Institut de culture physique. En prenant tout le monde au dépourvu : en faculté de médecine.

L'affiche qui le hantait depuis ses premières années d'école – celle de l'écorché, l'homme sans peau aux muscles dénudés – était désormais au cœur de ses préoccupations. Il étudiait l'anatomie, le cauchemar de tous les étudiants de première année, avec passion et un profond respect. Lui qui n'avait pas une mémoire particulièrement vive, qui oubliait complètement et à jamais les livres qu'il avait lus, assimilait et retenait tout dans cette matière aux yeux de tous la plus ennuyeuse.

Boutonov possédait encore une particularité qui, avec ses dons physiques innés, faisait de lui ce qu'il était : une aptitude à l'apprentissage. Tant Nicolaï Vassilievitch, l'entraîneur qui l'avait trahi, que le pauvre Muzzettoni avaient apprécié chez lui cette capacité à obéir joyeusement, à aller au fond des choses, et à les assimiler pour ainsi dire de l'intérieur.

Son troisième et dernier maître, Boutonov le rencontra à l'institut, en troisième année. C'était un Kavéjédiste[1] chétif qui ne payait pas de mine et se camouflait sous le nom d'Ivanov, doté d'un passé obscur et tortueux. Il était né, disait-il, à Shanghai, connaissait le chinois à la perfection, avait vécu des années en Inde, était allé au Tibet, et représentait dans notre semi-Europe la mystérieuse Asie. Il maîtrisait parfaitement les arts martiaux orientaux qui devenaient à la mode ces années-là, et enseignait le massage chinois.

Le pseudo-Ivanov était enthousiasmé par l'intuition de Boutonov pour tout ce qui avait trait au corps : il y avait dans ses doigts beaucoup

1. Nom donné aux dizaines de milliers de personnes venues travailler en U.R.S.S. en 1935 sur la ligne de chemin de fer de Chine orientale (K.V.J.D.), lorsque l'Union soviétique revendit ses parts de la société au Japon. La plupart de ces gens, nés en Russie tsariste ou en Chine, furent arrêtés quelques années plus tard en tant qu'espions japonais.

d'indépendance et d'intelligence, il décelait d'emblée un déplacement des disques, un dépôt de sel ou une simple contraction musculaire, et ses mains assimilaient la subtile science du massage chinois toutes seules, sans le concours de la tête.

Si Boutonov avait disposé de suffisamment de mots et d'une certaine culture littéraire, il aurait pu disserter sur l'humeur gaillarde d'un dos, sur l'allégresse des pieds et sur l'intelligence des doigts, ainsi que sur la paresse des épaules, la nonchalance des hanches ou la somnolence des mains ; toutes les particularités de la vie d'un corps à un moment précis, il savait les déceler dans la personne allongée devant lui sur la table de massage.

Le pseudo-Ivanov l'avait invité chez lui, dans son studio à moitié vide tapissé d'icônes tibétaines. Fin connaisseur de l'Orient, il avait tenté d'intéresser son exceptionnel élève à la noblesse du yoga, à la sagesse du *Bhagavad-Gîtâ*, aux finesses de l'enseignement chinois du Ba-Goa. Mais Boutonov s'était avéré totalement hermétique à la dimension spirituelle.

— C'est trop intellectuel ! disait-il avec un léger mouvement des muscles moteurs du poignet droit.

Le maître avait été déçu. En revanche, Boutonov avait acquis rapidement et avec toutes leurs subtilités la pratique du yoga et du massage chinois.

Ces années-là, Ivanov connaissait un grand succès, et pas seulement en tant que masseur hors pair, aux services duquel recouraient diverses célébrités des plus rares, comme un champion du monde des poids et haltères, une danseuse de génie ou un écrivain à scandale. Il participait à divers séminaires privés, divertissements raffinés de l'époque, et organisait des cours spéciaux de yoga. Il entraîna Boutonov dans ses activités, du moins pour ce qui était de leur partie visible à la surface. Quant à l'autre aspect, celui qui concernait l'enseignement, Boutonov n'y participait pas, et c'est seulement bien des années plus tard qu'il comprit quels galons invisibles ornaient les épaules de son maître.

Le maître fit de lui son assistant. Il menait les amateurs de yoga, ses auditeurs, sur la voie sublime de la libération directement jusqu'à l'éveil, tandis que Boutonov se contorsionnait sur un petit tapis en leur apprenant les poses du lotus, du lion, du serpent, et autres configurations non humaines.

L'un de ces groupes se réunissait dans un vaste appartement chez la fille d'un académicien. Les participants étaient tous constitués d'une chair pâteuse, et Boutonov devait leur enseigner cette perception de son propre corps qu'il avait si bien acquise lui-même. C'étaient tous des scientifiques, des physico-chimico-mathématiciens, et Boutonov éprouvait envers tous ces gens un sentiment totalement inexplicable de léger dédain. Il y avait parmi eux une grande jeune fille grassouillette, Olga, une mathématicienne aux jambes épaisses dont le visage assez fruste passait, pendant les exercices, d'une teinte naturelle d'un rose délicat à un rouge menaçant.

Deux mois après leur rencontre, à la surprise réprobatrice de leurs amis respectifs, ils se marièrent. En apprenant cette union imminente, la maîtresse de maison s'était montrée mauvaise langue :

— Qu'est-ce que la pauvre Olia va bien pouvoir faire de ce superbe animal ?

Mais Olia n'en fit rien de particulier. C'était une personne froide et cérébrale, ce qui était peut-être lié à sa profession : à l'époque, elle présentait déjà son doctorat en topologie, domaine réservé des mathématiques, et le travail intellectuel d'orfèvre qui s'opérait dans sa grosse tête, à l'abri de ses cheveux épais et mal lavés, constituait l'essentiel de son existence.

Boutonov n'éprouvait aucun respect particulier pour les petits gribouillis sinueux qui, telles des traces d'oiseaux sur la neige, recouvraient les papiers épars sur le bureau de sa femme, il se contentait de renifler en considérant ces signes minuscules et les rares mots en langage humain sur le côté gauche de la feuille : « Il découle donc de ce qui précède... Examinons la définition... »

Olga avait un caractère accommodant, un peu indolent. Valéry s'étonnait de sa nonchalance et de sa paresse dans la vie de tous les jours : elle n'avait même pas le courage de faire les quelques exercices de yoga qui lui évitaient la constipation.

Valentina Fiodorovna avait pris sa bru en grippe, d'abord parce qu'elle était de quatre ans plus âgée que Valéra, et ensuite, pour son absence de talents ménagers. Mais Olia se contentait de sourire avec indifférence, et même, au grand dépit de Valentina Fiodorovna, ne remarquait tout bonnement pas cette hostilité.

Les plaisirs de leur vie conjugale étaient on ne peut plus modérés. Dans la quête de satisfactions musculaires qu'il menait depuis son enfance, Boutonov avait négligé le petit ensemble de muscles dont dépendent les voluptés extrêmes. Évidemment, on n'organisait pas d'éliminatoires ni de championnats pour les exploits dans ce domaine, et ses instincts avaient battu en retraite devant ses ambitions de jeunesse.

Il y avait encore une raison à son étonnante réserve envers les femmes : elles étaient devenues folles de lui dès l'instant où on lui avait enfilé sa première culotte, et il avait toujours été poursuivi par le nuage écrasant de leur amour ; devenu un peu plus vieux, il avait commencé à ressentir cet intérêt perpétuel comme une atteinte à son corps, et il défendait désespérément son bien le plus précieux, dont la valeur se trouvait encore rehaussée par la surprenante complaisance de ces corps féminins voraces, et par la multitude des avances.

Ses premières expériences sexuelles avaient été plutôt ratées et insignifiantes : une voisine de treize ans, une serveuse de la cantine du Club sportif de l'armée, une nageuse de sa classe au visage délavé ; toutes étaient pleines d'ardeur, insatiables, et soucieuses de prolonger la relation...

Pour Boutonov, la valeur de ces rapports était à peine plus élevée que celle d'un de ces rêves érotiques agréables qui se terminent bien, comme il s'en produit à la frontière du sommeil, quand la présence féerique n'a pas encore été dissipée par les portes qui claquent dans le couloir et le bruit de la chasse d'eau de l'autre côté du mur.

Tout se déroulait tranquillement et sans heurt dans la vie de Boutonov. Ils se marièrent trois mois après le doctorat d'Olga, trois mois plus tard, elle tomba enceinte, et trois mois avant ses trente ans, elle donna naissance à une fille.

Pendant qu'elle portait, mettait au monde et nourrissait de sa grosse poitrine peu productive cette toute petite fille née de deux parents si vigoureux, Boutonov termina l'institut et se vendit à des joueurs de tennis.

Il veillait sur la santé des gens les plus sains de la planète, soignait leurs traumatismes et pétrissait leurs muscles. Pendant son temps libre, il faisait la même chose, mais à titre privé. Il gagnait bien sa vie, il était indépendant. Le cercle de ses patients lui était envoyé par son maître, et toutes les portes lui étaient ouvertes, depuis le restaurant de la Société russe de théâtre jusqu'aux caisses qui vendaient des billets au Comité central.

Au bout d'un an, un grand joueur de tennis l'emmena même à l'étranger, d'abord à Prague – il avait fini par y arriver ! – puis à Londres. C'était tout ce dont il pouvait rêver.

Il faut dire, et c'est tout à son honneur, qu'il ne prenait pas ses honoraires élevés pour rien. Il maintenait les corps de ses protégés, joueurs de tennis, danseuses et artistes, dans une forme impeccable, et s'occupait en outre de la rééducation de blessés graves. Sa vanité s'était enfin trouvé des fondements dignes de lui. On disait qu'il accomplissait des miracles. La légende sur ses mains ne faisait que croître, mais lui-même, tout en en connaissant parfaitement le prix, travaillait comme il avait jadis pratiqué le sport, à la limite de ses possibilités, et cette limite reculait peu à peu.

Sa plus grande réussite, à ses yeux, était Vania Muzzettoni, dont il s'occupait depuis l'instant où Ivanov lui avait enseigné les premiers gestes, les premières façons d'aborder une colonne vertébrale. Il avait souvent amené Ivanov chez Muzzettoni. Un jour, Ivanov avait même envoyé un célèbre Chinois qui avait brûlé le dos de Vania avec des bougies aux herbes aromatiques.

Mais le gros du travail, c'était Boutonov qui l'avait accompli : pendant six années d'affilée, à raison de deux fois par semaine, presque sans interruption, il avait joué les chamanes sur ce dos immobilisé, et Vania s'était levé, il pouvait se promener dans son appartement en s'appuyant sur un déambulateur spécial et lentement, très lentement, il se remettait.

Quant à Anton Ivanovitch, dont le visage s'était encore plus ridé, Boutonov l'adorait. Sa petite-fille Nina, amoureuse de lui depuis l'âge de douze ans, ne considérait les hommes que d'un seul point de vue : en quoi tel ou tel de ses soupirants ressemblait à Boutonov. La perfide Lialia Muzzettoni, qui avait été au bord du divorce pendant dix ans, s'était métamorphosée après l'accident, elle était devenue une autre personne, pleine de noblesse, de réserve et d'entrain, faisait vivre sa famille en tricotant des pull-overs sur commande et ne se plaignait jamais. Elle offrait généralement à Boutonov un de ses chefs-d'œuvre en laine pour son anniversaire.

À la mi-octobre, Boutonov arriva chez Vania de mauvaise humeur, il n'était pas dans son assiette. Il travailla pendant une heure et demie, puis voulut se retirer sans boire le thé-café d'usage. Lialia le retint, apporta du thé, se mit à bavarder.

Boutonov se plaignit d'être obligé de partir le lendemain faire un voyage ridicule, dans un Kichinev dont personne n'avait besoin, avec un groupe de sportifs devant montrer leurs talents.

Lialia s'anima soudain et s'écria, toute contente :

— Vas-y, vas-y, il fait un temps merveilleux là-bas en ce moment ! Et pour que tu ne t'ennuies pas, je vais te confier une commission, tu vas porter un cadeau à une de mes amies !

Elle fouilla dans une armoire dont elle sortit un pull en mohair blanc.

— Ils vivent dans la banlieue, c'est la célèbre troupe de Tchovdar Syssoïev. Tu n'en as jamais entendu parler ? C'est un vieux tzigane épouvantable, Rosa est écuyère chez lui.

Lialia fourra le pull dans un sac, et écrivit l'adresse.

Boutonov prit le paquet sans grand enthousiasme.

... À son arrivée à Kichinev, il eut une demi-journée libre. Après avoir passé la nuit à l'hôtel, il sortit tôt le matin et partit à travers cette ville inconnue dans la direction qu'on lui avait indiquée, du côté du marché. La ville ne payait pas de mine, elle était dénuée du moindre soupçon d'architecture, du moins la partie que découvrit Boutonov dans la brume matinale qui se dissipait à vue d'œil. Mais l'air était pur, un air du sud, avec une odeur sucrée de fruits blets pourrissant par terre. Cette odeur devait venir de loin, car dans les rues de ce nouveau quartier, il n'y avait aucun arbre. Seuls des asters rouges et pourpres, tout en couleurs et totalement démunis de parfum, poussaient sur des gazons rectangulaires entourés de dalles en béton. Il faisait doux, cela sentait les vacances.

Valéry arriva au marché. La petite place était encombrée de carrioles et de charrettes, de chevaux et de bœufs, des hommes de petite taille aux chapkas en fourrure et aux moustaches tombantes trimbalaient des paniers et des caisses, des femmes installaient sur les étals des montagnes de tomates, de raisin et de poires.

« Il faudrait que j'en rapporte à la maison », songea Valéry en passant, et il vit juste devant lui la croupe fripée d'un autobus portant le numéro qu'il cherchait. L'autobus était vide. Valéry monta dedans. Quelques minutes plus tard, le chauffeur grimpa dans la cabine et démarra sans dire un mot.

La route traversait longuement une banlieue qui embellissait à vue d'œil, longeant des maisonnettes barbouillées et des petits vignobles. Les arrêts étaient fréquents, pendant une partie du trajet, il y eut une invasion d'enfants qui descendirent tous ensemble près d'une école. Au bout d'une heure ou presque, ils arrivèrent enfin au terminus, en un lieu étrange et intermédiaire, qui n'était pas la ville, mais pas non plus la campagne.

Valéry ne savait pas encore quelle journée capitale de sa vie avait débuté ce matin-là, mais Dieu sait pourquoi, il se souvenait parfaitement de tous les détails. Deux petites usines se dressaient de part et d'autre de la route et se crachaient leur fumée au visage, contrevenant totalement aux lois de la physique en vertu desquelles le vent aurait dû emporter leurs panaches grisâtres dans la même direction.

Boutonov, qui était observateur, haussa les épaules. Le long de la route s'alignaient des serres, et cela aussi, c'était bizarre : pourquoi diable construire des serres ici, alors qu'il faisait vingt degrés fin octobre, et que tout mûrissait parfaitement sans cela.

Plus loin, le long de la route, il y avait des hangars et des écuries. C'est vers eux que se dirigea Boutonov. Il vit de loin les portes d'une écurie s'ouvrir, l'embrasure se remplir d'un noir velouté, et il en surgit, découvrant ses dents blanches, un grand étalon noir qui, sous le coup de la surprise, lui parut aussi énorme que le cheval du Cavalier de bronze[1]. Mais il n'y avait pas le moindre cavalier de bronze en vue, l'étalon était conduit par la bride par un petit garçon frisé qui, vu de plus près, s'avéra être une jeune femme vêtue d'un chemisier rouge et d'un jean délavé et crasseux.

Boutonov remarqua d'abord ses bottes, légères, avec un gros bout et un épais contrefort, des bottes parfaites pour monter, et ce n'est qu'ensuite qu'il croisa ses yeux. Ils étaient sombres, miroitants et sommairement allongés d'un trait noir, le regard était attentif et hostile. Ils se figèrent tous les trois. L'étalon poussa un bref hennissement, elle lui donna une claque sur le garrot d'une main d'un blanc éclatant aux ongles rouges et courts.

— Tu cherches Tchovdar ? demanda-t-elle assez brutalement. Il est là-bas.

Elle fit un geste en direction du hangar le plus proche, puis glissa le pied dans un étrier accroché très haut et sauta en selle, gratifiant Valéra d'une bouffée d'effluves suaves, troublants et sans la moindre trace de parfum.

— Non, c'est Rosa que je cherche.

Il avait déjà compris que c'était justement Rosa.

— J'ai quelque chose pour elle, de la part de Lialia Muzzettoni.

Et il sortit de son sac un paquet qu'il lui tendit.

Sans descendre de cheval, elle prit le paquet et, levant le bras, le lança dans l'écurie par la porte grande ouverte, puis, avec un sourire qui tenait plutôt de la grimace et découvrait des dents éblouissantes, demanda :

— Tu es descendu où ?

— À l'hôtel *Octobre*.

1. Statue de Pierre le Grand à Saint-Pétersbourg.

— Bon, d'accord ! Je suis occupée pour l'instant.

Elle agita la main et, poussant un hululement, partit au grand galop.

Il la suivit des yeux, en proie à de l'agacement, à de l'admiration, et à quelque chose qu'il devait encore mettre longtemps à comprendre. Toujours est-il que ce fut le dernier jour de sa vie où il ne s'intéressa absolument pas aux femmes.

Ce soir-là, il resta longtemps allongé sur son lit d'hôtel qui sentait la lessive, à songer à l'impudente tzigane, à son magnifique étalon, et aux petits chevaux de race jaunes qu'il avait observés dans un enclos derrière l'écurie, tandis qu'il attendait à l'arrêt d'autobus.

« Pas très aimable, cette petite ! » conclut-il en sombrant dans un sommeil peuplé de chevaux, d'odeurs d'écurie, et de la langueur délicieuse d'une chaude journée d'oisiveté, quand une série de légers coups secs frappés à la porte le tira de cette torpeur. Il leva la tête sur l'oreiller.

La porte, qu'il avait oublié de fermer à clé, s'ouvrit lentement, et une femme entra dans la chambre. Valéry ne disait rien, il regardait. Il crut d'abord que c'était la femme de chambre.

— Ah, tu m'attendais ! – dit la femme d'une voix rauque, et c'est alors qu'il la reconnut : c'était la cavalière de ce matin.

— J'avais décidé que si tu demandais « Qui est là ? » je ferais demi-tour et je m'en irais ! – dit-elle sans sourire, et elle s'assit sur le lit.

Elle enleva les bottes qu'il avait admirées le matin en son for intérieur. Elle commença par se débarrasser de la gauche en appuyant sur le talon avec son pied droit, puis ôta la droite avec ses mains et la lança dans un coin avec une certaine violencc.

— Qu'est-ce que tu as à écarquiller les yeux comme ça ?

Elle était debout près du lit, et il se rendit compte qu'elle était toute petite. Il eut encore le temps de penser qu'il n'aimait pas du tout les femmes aussi petites et aussi anguleuses.

Ellc enleva son pull blanc, celui-là même qu'elle avait reçu en cadeau, déboutonna son jean délavé et crasseux et, sans l'ôter, se glissa sous la couverture, l'enlaça et dit d'une voix tranquille et fatiguée :

— Ça m'a brûlée toute la journée tellement j'avais envie de toi...

Boutonov poussa un soupir, et oublia à jamais quel genre de femmes lui plaisaient d'habitude.

Tout ce qu'il savait d'elle, il ne l'apprit que plus tard. Elle n'était pas du tout tzigane, c'était une Juive issue d'une famille de professeurs de Pétersbourg, elle était partie rejoindre Syssoïev sept ans plus tôt, sa fille d'un premier mariage était élevée par ses parents, qui ne lui faisaient aucune confiance. Mais le plus important et le plus stupéfiant, c'est qu'au matin, il avait découvert que pendant presque vingt-neuf années de vie, il avait ignoré tout un continent, et il n'arrivait pas à comprendre comment cette petite fille malingre, si brûlante au-dehors comme au-dedans, avait pu l'absorber en elle-même à un point tel qu'il avait eu l'impression d'être un sucre d'orge rose fondant dans un sirop épais et sucré, toute sa peau gémissait, se liquéfiait de tendresse et de bonheur, le moindre frôlement, le moindre contact, le transperçait de part en part pour se ficher dans son âme, il avait l'impression que la surface de son corps se trouvait à l'intérieur de lui, au plus profond de lui-même. Il se sentait retourné comme un gant, et comprenait que si elle ne lui fermait pas les oreilles de ses doigts fins, son âme allait certainement s'envoler...

À six heures du matin, la montre extravagante qu'elle avait gardée au poignet émit un faible bip. Elle était assise sur le rebord de la fenêtre, les jambes nouées autour de la taille de Boutonov. Debout devant elle, il voyait pointer un peu au-dessous de son nombril la grosseur qui témoignait de sa présence.

— C'est tout ! dit-elle en caressant la bosse qui gonflait la fine pellicule de son ventre.

— Ne t'en va pas ! demanda-t-il.

— Je suis déjà partie ! – dit-elle en riant, et il remarqua que ses canines du haut saillaient comme des dents de vampire.

Il les caressa du bout du doigt.

— Non, je ne suis pas un vampire, je suis une garce tout ce qu'il y a de plus ordinaire ! Tu aimes ça ?

— Beaucoup ! – répondit-il avec franchise, et elle se dégagea sans le laisser tirer sa flèche.

Elle alla prendre une douche. Elle avait des jambes tordues et pas très bien plantées. Mais son désir ne faisait que croître. Il sortit des draps froissés une chaîne en or cassée qui avait glissé de son cou pendant la nuit.

L'eau mugissait dans la douche, il tripotait la chaîne et regardait par la fenêtre. Il y avait dehors la même brume phosphorescente que la veille, et l'on devinait le soleil sous ses scintillements qui se dissipaient.

Elle entra dans la chambre, couverte de grosses

gouttes d'eau. Il lui tendit la chaîne. Elle la prit, la déploya de toute sa longueur, et la lança sur la table.

— Tu me la rendras quand tu l'auras réparée. On est mercredi aujourd'hui ?

Elle secoua les gouttes qui ruisselaient sur sa poitrine menue, et introduisit avec difficulté son corps mince encore humide dans le jean. Il y avait aussi de grosses gouttes sur ses cheveux noirs et crépus coiffés dans un style qu'on n'appelait pas encore « afro », et qui n'appartenait qu'à elle seule. Quelques petites cicatrices rêches, même à vue d'œil, déjà troublantes et chères, marquaient son corps sous la poitrine, du côté gauche du ventre et sur l'avant-bras droit. Elle n'avait pas l'air féminine du tout. Mais, à côté d'elle, toutes les femmes qu'il avait connues jusqu'ici ressemblaient à de la semoule fade ou à du chou bouilli…

— Tu sais quoi, Valéra ? Nous nous reverrons exactement dans une semaine à la poste centrale de Piter[1]. Entre onze heures et midi.

— Et aujourd'hui ? demanda Boutonov.

— Non, c'est impossible. Syssoïev te tuera. Ou il me tuera moi… – Elle éclata de rire. – Je ne sais pas qui il tuera exactement, mais il tuera sûrement quelqu'un !

Ils s'étaient encore revus trois fois en un an. Puis elle avait disparu. Pas seulement de la vie de Valéra, mais en général. Ni ses parents ni Syssoïev ne savaient où elle était partie ni avec qui…

Depuis, Boutonov ne repoussait plus les avances des femmes. Il savait que les miracles n'existent pas, mais si on allait jusqu'à la frontière du

1. Appellation familière de Saint-Pétersbourg.

possible, à l'extrême limite de la concentration, là aussi, dans les bas-fonds de la chair, il se produisait un éclair, et tout s'illuminait, c'était la même sensation qui fusait : le couteau se fichait en frémissant au cœur même de la cible visée…

VIII

Ils étaient revenus de la crique vers neuf heures du soir et, après avoir couché les enfants endormis, les adultes s'étaient installés dans la cuisine de Médée pour prendre le thé. Malgré leur fatigue, ils n'avaient pas envie de se séparer : une sorte de vague « à suivre » flottait dans l'air. Même Nora, cette mère si scrupuleuse, avait accepté de coucher sa fille chez des étrangers pour rester prendre le thé.

Seule Macha n'était pas dans la cuisine. Déjà sur le chemin du retour, elle avait éprouvé des démangeaisons désagréables, et avait compris qu'elle allait avoir une de ses crises peu fréquentes et inexplicables. Alik, son mari, un médecin qui réfléchissait sur chaque maladie comme sur un problème en soi, estimait qu'elle souffrait d'une forme rare d'allergie vasculaire. Une de ces crises avait un jour débuté devant lui, à la campagne, où ils étaient allés fêter le Nouvel An. Macha avait frôlé le téton froid d'un robinet qui avait laissé sur sa main une marque pareille à une brûlure. Deux heures plus tard, elle avait eu une poussée de fièvre, et le soir, elle était couverte d'urticaire.

Il lui arrivait cette fois quelque chose d'analogue, non au contact d'un objet métallique insensible, mais à la suite de celui, fugace, de Boutonov. D'ailleurs c'était peut-être juste une insolation, le soleil de printemps... Mais son bras droit était écarlate et suintait légèrement.

À peine arrivée à la maison, elle s'était couchée en s'enveloppant de toutes les couvertures qui lui tombaient sous la main.

Tandis qu'elle grelottait, dévorée par la soif, elle fit plusieurs fois le même rêve : elle se levait de son lit, allait dans la cuisine, essayait de puiser de l'eau au fond d'un seau presque vide, mais la tasse cognait contre le fer sans se remplir... En même temps, des vers mal équarris s'agençaient tout seuls, dans lesquels il y avait une plage, un soleil torride et une vague attente qui se mêlait à une soif bien réelle...

Guéorgui était sorti fumer une cigarette, il s'était assis sur le banc près de la maison et, du fond de l'obscurité, comme d'une salle de théâtre, contemplait le rectangle lumineux de la porte ouverte de la cuisine. La lumière était double et ondoyante : celle de la lampe à pétrole, jaune, et celle, rouge sombre, du fourneau. Les visages, grillés en une journée par le soleil de printemps, paraissaient lourdement maquillés. Nora, avec ses cheveux relevés au sommet du crâne et sa frange écartée, était assise, toute lumineuse, à côté de la sombre Médée. Nika lui avait conseillé de s'enduire le visage de yaourt, si bien qu'il luisait à présent d'une blancheur mate. Quand elle dégageait son front, on se rendait compte qu'il était trop haut et trop droit, comme chez les tout petits enfants et les madones du Moyen Âge, et ce défaut rendait son visage encore plus charmant.

Guéorgui voyait aussi le dos puissant de Boutonov en maillot rose, et l'ombre ailée de Nika, ses mains et le manche de sa guitare ondulaient sur le mur. Le samovar trônait au milieu de la table comme un ballon précieux, mais il était froid. Bien que Guéorgui eût enfin branché l'électricité dans la cuisine, ce jour-là, Dieu sait pourquoi, il n'y avait pas de courant dans le Hameau.

Outre la lumière, ruisselait au-dehors une mélodie chantée par la voix simple et puissante de Nika, accompagnée des accords sommaires d'une main musicalement inculte.

À l'époque, tout le monde chantait Okoudjava, et Guéorgui était le seul à ne pas aimer ces chansons. Elles l'agaçaient avec leurs manchettes et leurs pourpoints de velours, leur bleu ciel et leurs dorures, leurs odeurs de lait et de miel, tout ce charme romantique, et surtout, peut-être, parce qu'elles étaient envoûtantes, s'insinuaient dans votre âme malgré vous, y résonnaient encore longtemps et laissaient une trace dans la mémoire.

Pendant des années, son travail avait été lié à la paléontologie, la plus morte des sciences, et cela avait donné à sa sensibilité une étrange particularité : tout, dans le monde, se divisait pour lui en dur et en mou. Le mou flattait les sentiments, avait une odeur, était suave ou repoussant, en un mot, était lié aux réactions émotives. Tandis que le dur, lui, déterminait l'essence d'un phénomène, c'était son squelette.

Il lui suffisait de prendre dans la main une coquille d'huître incrustée dans le flanc d'une colline quelque part à Fergana ou ici, sous le mont

Altchak, pour déterminer dans quelle couche du paléogène avait vécu cette créature charnue disparue depuis longtemps, son muscle puissant et son système nerveux primitif, c'est-à-dire tout ce qui constituait cette pulpe insignifiante. Eh bien, pour lui, ces chansons ressemblaient à de la pulpe, elles n'étaient que pulpe, contrairement, disons, aux lieder de Schubert, dans lesquels il sentait une ossature musicale solide, puisqu'il ne comprenait pas l'allemand, qui donc ne le gênait pas…

Guéorgui écrasa son mégot sous une pierre plate, retourna dans la cuisine et alla s'asseoir dans le coin le plus sombre d'où l'on voyait bien Nora, avec son joli visage ensommeillé.

« Une vraie fille du Nord, pas très heureuse, apparemment, songeait-il, une Pétersbourgeoise. Il y a un type comme ça, de blonde anémique avec des doigts transparents, des veines bleuâtres, des chevilles et des poignets très fins… Et ses mamelons sont certainement rose pâle… » Le sang lui monta soudain à la tête.

Et elle, comme si elle avait senti ses pensées, se couvrit le visage de ses mains délicates.

La jeunesse de Guéorgui, avec ses équipées géologiques, les cuisinières qu'on engageait sur place, les laborantines complaisantes toujours disposées à offrir leurs cuisses musclées aux piqûres de moustiques, et les condisciples-filles, était déjà bien loin.

Du fait d'un mélange arménien d'obstination et de nonchalance, et aussi par loyauté envers la mythologie familiale qui lui avait été inculquée par sa mère, en dépit de la légèreté ambiante, de toutes les habitudes de son entourage et des moqueries de ses amis, il se montrait d'une morne fidélité envers la grosse Zoïa, mais il avait beau faire des efforts, il n'arrivait jamais à se rappeler ce qui lui avait plu en elle quinze ans plus tôt. Rien, sinon le geste touchant avec lequel elle pliait bien soigneusement ses chaussettes blanches, l'une après l'autre…

Il ressortit de la cuisine pour se reposer de l'air troublant qui pétillait à l'intérieur, agaçant, excitant.

« Il est parti ! » se dit Nora avec tristesse.

Nika, elle, s'adonnait à son occupation favorite : un travail de séduction délicat comme de la dentelle, invisible, mais palpable comme l'odeur d'un gâteau sortant d'un four brûlant qui emplit immédiatement tout l'espace. C'était un besoin de son âme, une nourriture proche des nourritures spirituelles, et elle ne connaissait pas d'instant plus sublime que celui où elle obligeait un homme à se retourner, où elle ouvrait une brèche dans cette fascination propre à tous les hommes pour la vie personnelle qui s'écoule au plus profond d'eux-mêmes, où elle éveillait son intérêt, lançait de petites amorces, jetait ses rets, tirait vers elle les fils brillants, de plus en plus près, et voilà que l'homme, tout en continuant à parler avec quelqu'un d'autre à l'autre bout de la pièce, commençait à écouter sa voix à elle, à capter les modulations de sa complaisance joyeuse, et ce quelque chose d'indéfinissable qui incite le papillon mâle à couvrir des dizaines de kilomètres pour rejoindre la femelle paresseuse ; et voilà que, malgré lui, l'homme sur lequel Nika avait jeté son dévolu était attiré vers le coin où elle était assise, avec ou sans guitare – cette Nika robuste, rousse et gaie, avec cette invite dans les yeux…

Et c'était sans doute l'instant de son plus grand triomphe, sans comparaison avec les autres joies physiologiques, que celui où sa proie commençait à louvoyer de pièce en pièce, un verre vide à la main et l'air perdu, pour se rapprocher de cette source trouble, et Nika rayonnait en savourant d'avance sa victoire.

Ce Boutonov, assis sans bouger au milieu du banc en face d'elle, elle l'avait déjà bien en main. En dépit des feux de sa beauté, c'était une proie des plus faciles : il éconduisait rarement une femme. Mais il ne se laissait pas enchaîner, préférant les aventures sans lendemain aux relations durables.

Pour l'instant, il avait sommeil, et se demandait s'il n'allait pas remettre cette rouquine à demain. Nika, de son côté, n'avait aucune intention de remettre au lendemain ce qu'elle pouvait faire le jour même.

Elle se leva d'un bond et posa la guitare sur le fauteuil de Médée, qui s'était déjà retirée dans sa chambre.

— « Le reste est silence ! » dit-elle en adressant à Boutonov un sourire qui promettait une suite à la soirée.

Boutonov ne reconnut pas la citation[1].

« Elle est bien remontée, cette vieille Nika ! » songea Guéorgui avec condescendance.

— Allons voir les enfants ! dit-elle comme si elle s'adressait à Nora.

Boutonov comprit qu'on lui demandait d'attendre.

Les femmes entrèrent dans la maison plongée

1. Dernière réplique de Hamlet avant sa mort.

dans l'obscurité et jetèrent un coup d'œil dans la chambre d'enfants. Il n'y avait rien à voir : tous dormaient après la randonnée épuisante, seule Lisa, comme toujours, respirait en poussant de légers soupirs de plaisir. La petite Tania dormait en travers du large divan, et Katia était allongée au bord dans une pose gracieuse, surveillant son port de tête jusque dans son sommeil. Un grand pot de chambre collectif trônait au milieu de la pièce.

— Si tu veux, tu peux coucher ici, dit Nika en montrant le divan, ou alors dans la petite chambre, le lit est fait.

Nora s'allongea à côté de sa fille. Il était trois heures passées, il ne restait plus longtemps à dormir.

Nika retourna dans la cuisine et négligemment, d'un geste léger, posa la main sur la nuque de Boutonov.

— Tu as pris un coup de soleil...

— Oui, un peu ! – répondit Boutonov, et Nika eut l'impression de n'avoir remporté aucune victoire. – Bon, on y va ? proposa-t-il sans se retourner, d'une voix totalement dénuée d'expression.

Il y avait quelque chose qui clochait, les règles du jeu n'étaient pas observées, mais elle ne chercha pas à jouer les coquettes ni à lui extorquer l'intonation voulue, elle appuya légèrement sa poitrine contre son dos ferme moulé par le jersey rose.

Tout ce qui se passa ensuite sur le territoire d'Ada ne mérite pas d'être décrit en détail. Les deux partenaires se quittèrent pleinement satisfaits. Après le départ de Nika, Boutonov se soulagea dans la cabane en planches au bout du terrain, ce qu'il n'avait pas eu le loisir de faire au cours de cette longue journée en nombreuse compagnie, et il s'endormit d'un sommeil réparateur.

Il faisait déjà jour lorsque Nika rentra à la maison, elle n'avait absolument pas sommeil, au contraire, elle était pleine d'entrain, et son corps, comme reconnaissant pour le plaisir qu'on venait de lui procurer, était prêt pour le travail comme pour le plaisir.

Elle lava soigneusement la vaisselle tout en fredonnant une des chansons de la veille, et elle était en train de faire cuire les flocons d'avoine du petit déjeuner en tournant une longue cuillère dans une grande casserole, quand Médée entra prendre sa tasse de café.

— Nous ne t'avons pas trop dérangée hier ? dit-elle en embrassant la joue sèche de Médée.

— Non, mon enfant, comme d'habitude.

Et elle effleura la tête de Nika. Elle aimait bien cette tête : elle avait des cheveux bouclés qui crépitaient légèrement, comme Samuel.

— J'ai eu l'impression que tu étais très fatiguée hier, dit Nika d'un ton vaguement interrogateur.

— Tu sais, Nika, cela ne m'arrivait jamais avant, mais depuis un an, je me sens continuellement fatiguée. C'est peut-être la vieillesse ? répondit candidement Médée.

Nika monta la flamme du réchaud à pétrole.

— Tu n'en as pas assez de ton hôpital ? Tu pourrais peut-être arrêter ?

— Je ne sais pas, je ne sais pas... J'ai l'habitude de travailler... Le syndrome du vassal, comme disait Armik Tigranovna...

Et elle se leva, mettant ainsi fin à la conversation.

Macha entra, une veste jetée sur sa chemise de nuit, le visage en feu et criblé de minuscules boutons.

— Macha ! Qu'est-ce que tu as ? s'écria Nika.

Macha but avidement une tasse entière et lorsqu'elle eut terminé, dit d'une voix bizarre :

— Tiens, le seau est plein… Je fais une allergie.

— Ce n'est pas la rougeole ? s'inquiéta Médée.

— Où l'aurais-je attrapée ? Ce sera passé d'ici ce soir, répondit Macha en souriant. J'ai eu une nuit épouvantable ! De la fièvre, des frissons… Mais maintenant c'est fini.

Elle avait au fond de sa poche un papier froissé sur lequel était écrit un poème nocturne. Pour l'instant, il lui plaisait beaucoup, et elle se le récitait en son for intérieur : « Dans sa corbeille l'enfant sans nom sur le sable de la rive s'est échoué. Toute de blanc vêtue, la fille du pharaon vient protéger sa destinée. À l'hameçon le poisson a mordu, sa queue a claqué sur le sable. J'ai tout oublié, tout perdu, même son nom, je ne le sais plus. Entre mes doigts coule le sable, je m'assoupis sous un soleil brûlant, je me réveille, et de nouveau j'attends. J'attends quoi, je ne sais pas… »

Mais en réalité, elle le savait parfaitement. Après la trouble journée de la veille et cette nuit épouvantable, tout était devenu clair : elle était amoureuse.

Et puis il y avait aussi cette faiblesse, de celles qui suivent toujours les accès de fièvre.

IX

Alexandra, qui avait passé toute sa vie à changer non seulement d'hommes, dont elle se lassait vite, mais aussi de métier, avait rencontré son troisième mari au théâtre Maly, où elle travaillait depuis le milieu des années cinquante comme habilleuse auprès d'une vieille vedette, alors que lui, pourvu d'un emploi de fonctionnaire correctement rémunéré, restaurait de précieuses pièces de musée achetées pour presque rien par l'élite théâtrale, émérite ou non, capable d'apprécier les meubles anciens.

Si Alexandra, qui avait le cœur volage, était indifférente à la richesse, elle adorait ce qui avait de l'éclat. Son mariage avec Alexeï Kirillovitch n'avait pas été brillant. Ce furent les trois années les plus ennuyeuses de sa vie, et elles se terminèrent par un scandale : Alexeï Kirillovitch avait fini par la trouver à une heure indue avec un superbe chauffagiste sourd-muet qui assurait la maintenance des villas de Timiriazev.

Il avait été profondément stupéfait, et était parti pour toujours en laissant sa femme dans les bras du gigantesque Guérassime. Sandra avait pleuré jusqu'au soir.

Depuis, elle n'avait revu Alexeï Kirillovitch qu'une seule fois, au tribunal, au moment du divorce, mais jusqu'en 1941, elle avait reçu de l'argent de lui par la poste. Il n'avait pas souhaité revoir son fils.

Le chauffagiste n'était bien sûr qu'un épisode sans importance. Elle eut diverses liaisons brillantes : un vaillant aviateur, un célèbre académicien juif, plein d'esprit et coureur de jupons impénitent, et un jeune acteur voué à une gloire précoce et à un alcoolisme non moins précoce.

Son deuxième mari fut un militaire, un amateur de chansons ukrainiennes bien bâti à la voix de stentor, Evguéni Kitaïev, elle lui donna une fille, Lydia, mais ce mariage ne tarda pas lui aussi à battre de l'aile. Ils ne divorcèrent pas, mais vécurent séparément, et sa seconde fille Véra, née avant la guerre, était d'un autre père, un homme au nom si illustre que Kitaïev garda jusqu'à sa mort un silence discret sur sa vie privée. La dernière fille d'Alexandra, née en 1947, trois ans après sa mort, portait elle aussi son drôle de nom[1].

Mais, lorsque Alexandra eut franchi le cap de la cinquantaine et que les feux déclinants de sa chevelure cessèrent d'attirer des nuées d'adorateurs, elle soupira et se dit : « Bon, eh bien, il est temps… » Elle balaya les alentours d'un regard plein de sagacité féminine, et s'arrêta inopinément sur Ivan Issaïevitch Prianitchkov, l'ébéniste du théâtre.

Il n'était pas vieux, dans les cinquante ans, d'un ou deux ans plus jeune qu'elle, de petite taille, mais large d'épaules, il portait ses cheveux plus longs qu'il n'était d'usage dans la classe ouvrière,

1. Kitaïev est formé sur la racine du mot « chinois ».

un peu comme les acteurs, était toujours rasé de près, et sous sa blouse bleue, ses chemises avaient l'air propres. En passant derrière lui dans le couloir, elle avait étudié son odeur complexe et âcre, liée à son métier : térébenthine, vernis, colophane et encore quelque chose d'inconnu, et cette odeur lui avait même paru attirante.

Il émanait aussi de l'ébéniste une dignité particulière, il ne s'inscrivait pas dans la hiérarchie habituelle du théâtre. Il aurait dû occuper une place modeste entre le machiniste et le maquilleur, mais il arpentait les couloirs du théâtre en répondant aux salutations par un signe de tête, comme un artiste émérite, et fermait la porte de son atelier comme un artiste du peuple[1]. Un jour, en fin d'après-midi, alors que les ouvriers des ateliers n'étaient pas encore partis et que les artistes ainsi que le personnel nécessaire au spectacle étaient déjà arrivés, Alexandra Guéorguievna frappa à sa porte. Ils se saluèrent. Il s'avéra qu'il ne connaissait pas son nom, bien qu'à l'époque, elle travaillât dans ce théâtre depuis déjà trois ans. Elle lui parla d'un vaisselier en noyer qui lui venait de sa défunte belle-mère, et jeta en passant un coup d'œil aux murs de l'atelier, couverts d'étagères avec des bouteilles remplies de liquides sombres et roux, et d'instruments divers accrochés symétriquement.

Ivan Issaïevitch, sa main brune aux ongles bordés d'un trait sombre posée sur le plateau clair d'une table dépliée, caressait de son doigt calleux une fleur écaillée, et, quand Alexandra

1. « Artiste émérite » et « Artiste du peuple » sont deux titres honorifiques qui étaient décernés à l'époque soviétique.

Guéorguievna eut fini de parler du vaisselier, il déclara sans la regarder dans les yeux :

— Je termine cette marqueterie pour Ivan Ivanovitch, et on verra ce qu'on peut faire…

Deux semaines plus tard, il débarquait chez elle, ruelle Ouspenski, où elle occupait deux pièces et demie avec ses deux filles Véra et Nika. La tasse de bouillon qui lui fut proposée accompagnée d'une tranche de pâté au chou de la veille, ainsi que la semoule de sarrasin qu'on aurait crue préparée dans un poêle russe, produisirent une profonde impression sur Ivan Issaïevitch, qui vivait correctement et proprement, mais tout de même en vieux garçon, sans bons petits plats cuisinés.

Il apprécia beaucoup le soin avec lequel Alexandra Guéorguievna sortit le pain de la panetière en bois, et déplia la serviette en papier dans laquelle il était enveloppé. Il fut encore plus impressionné par le coup d'œil qu'elle lança vers le flanc du buffet – il y avait là une petite icône de la Vierge de Korssoun, qu'il n'avait pas remarquée tout de suite, justement parce qu'elle était accrochée non dans un coin, comme le veut la coutume, mais dans un endroit discret – et par le « Mon Dieu ! » soupiré qui lui venait de son enfance avec Médée.

Lui-même était issu d'une famille de vieux-croyants, il s'était enfui de chez lui dans sa jeunesse et avait renié sa foi, mais après avoir quitté son rivage natal, il n'avait jamais abordé ailleurs, et avait vécu toute sa vie en désaccord avec lui-même, tantôt épouvanté d'avoir déserté l'univers familial, tantôt souffrant de son incapacité à se fondre dans la masse de ses milliers de concitoyens énergiques et déchaînés.

Il fut ému par ce pieux soupir, mais ce n'est

que bien plus tard, une fois devenu son mari, qu'il comprit que cela tenait à l'étonnante simplicité avec laquelle elle avait résolu un problème qui l'avait tourmenté toute sa vie. Pour lui, l'idée d'un Dieu juste et celle d'une vie de péché étaient inconciliables, tandis que pour Sandra, tout se conciliait avec une magnifique simplicité : elle se mettait du rouge à lèvres, de jolis vêtements, elle s'amusait de tout son cœur, mais le moment voulu, elle soupirait, priait, pleurait, et portait soudain généreusement secours à quelqu'un…

Le vaisselier était en fait un meuble sans valeur en plaqué, dont la clé était perdue et la serrure abîmée. Ivan Issaïevitch sortit ses instruments et dévissa la porte, tandis qu'Alexandra s'habillait et courait revêtir sa prima donna décrépite d'une cape de marchande en soie épaisse pour la représentation du soir. La vieille dame ne jouait presque plus que de l'Ostrovski.

Ivan Issaïevitch, resté avec les filles, préparait tranquillement son ouvrage, nettoyant la surface, enlevant le contreplaqué abîmé à un endroit, et songeait à la veuve : une femme bien, sa maison était propre, ses enfants bien élevés, elle-même, cela se voyait, était cultivée, on se demandait vraiment pourquoi elle travaillait comme habilleuse auprès d'une vieille dame réputée pour son caractère épouvantable…

Il n'était plus là quand elle rentra, car elle avait été retenue après le spectacle plus tard que d'habitude. Après la représentation, la vieille vedette avait convoqué le metteur en scène, et lui avait ordonné de changer sa jeune partenaire, « qui n'arrêtait pas de lui faire des crasses, même si on n'arrivait pas à lui tirer un mot ».

Le temps que les passions s'apaisent, qu'Alexandra calme l'illustre vieille dame et la rhabille, il était déjà minuit et demi, et elle dut rentrer chez elle à pied, car ce soir-là, l'actrice oublia de la déposer chez elle en taxi, ou bien ne voulut pas le faire.

Ivan Issaïevitch se rendait à ses rendez-vous avec le vaisselier en noyer après avoir consulté au préalable le répertoire, choisissant les jours où l'on ne donnait pas Ostrovski, et où Alexandra Guéorguievna était chez elle. Le premier soir, elle avait écrit des lettres assise à une petite table, le deuxième, elle avait cousu une jupe pour sa fille, puis trié de la semoule en fredonnant doucement une mélodie d'opérette qui lui trottait dans la tête. Elle proposait à Ivan Issaïevitch tantôt du thé, tantôt à dîner.

Ce « menuisier », comme elle l'avait baptisé en son for intérieur, lui plaisait de plus en plus par sa réserve pleine de sérieux, son laconisme tant en paroles qu'en gestes, et tout son comportement qui, bien qu'« un tantinet guindé », comme elle le décrivait à son amie de cœur Kira, était néanmoins « tout à fait viril ».

En tout cas, elle lui accordait une nette préférence sur son prétendant en titre, un artiste émérite veuf depuis peu, à la voix retentissante, bavard, ambitieux et susceptible comme une gymnaste. Cet acteur l'avait récemment invitée dans son grand et bel appartement ancien de style stalinien, près du Soviet de Moscou, et le lendemain, elle l'avait longuement et point par point tourné en ridicule devant son amie Kira, racontant comment il avait dressé la table avec de la vaisselle ancienne d'apparat, mais l'énorme plat à fromages en cristal ne contenait qu'une petite tranche racornie de fromage, et la coupe « assortie » d'un demi-mètre, un morceau de saucisson tout aussi racorni ; de sa voix tonitruante qui remplissait l'énorme pièce aux plafonds hauts de quatre mètres, il avait commencé par lui parler de son amour pour sa défunte femme, puis d'une voix tout aussi retentissante, l'avait invitée dans sa chambre à coucher, où il promettait de lui montrer de quoi il était capable, et finalement, au moment où Alexandra allait partir, il avait sorti le coffret à bijoux de sa femme et, sans l'ouvrir, avait déclaré que tout cela serait pour celle qu'il se choisirait à présent pour épouse.

— Et alors, Sandra ? Tu t'es défilée ou tu es quand même allée dans sa chambre ? demanda, curieuse, l'amie pour qui il était important de tout connaître de la vie de Sandra jusqu'au point final.

— Tu veux rire, Kira ! gloussa Alexandra Guéorguievna. On voit bien qu'il y a belle lurette qu'il ne déboutonne plus son pantalon qu'aux cabinets ! J'ai fait la moue et je lui ai dit « Ah, quel dommage que je ne puisse pas aller dans votre chambre, parce qu'aujourd'hui, voyez-vous, j'ai mes règles... » Il en est presque tombé à la renverse. Non, non, c'est une cuisinière dont il a besoin, et moi, c'est un homme qu'il me faut. Il ne convient pas du tout...

Ivan Issaïevitch travaillait sans se presser. D'ailleurs il ne se pressait jamais. Mais le cinquième soir de ce travail peu pressé, il finit quand même par arriver à bout du vaisselier, et fit exprès de partir un peu plus tôt afin de revenir passer la dernière couche de vernis le lendemain. Il regrettait de quitter cette maison pour n'y plus revenir, et jetait des coups d'œil pleins d'espoir sur un miroir à trois faces modern style du plus mauvais goût, manifestement très endommagé.

Alexandra Guéorguievna lui plaisait, sa maison lui plaisait, c'était comme si, à l'abri du rempart formé par le vaisselier en noyer, il observait sa vie : Véra l'étudiante, renfrognée, tout le temps à froisser des papiers comme une petite souris, Nika, avec son teint rose vif, et le fils aîné qui passait presque tous les jours prendre le thé chez sa mère. Il voyait ici non la peur et le respect des parents qu'il avait connus dans son enfance, mais un amour joyeux des enfants pour leur mère, et une tendre affection entre tous. Cela l'étonnait, et le ravissait.

Alexandra Guéorguievna fut d'accord pour le miroir à trois faces, si bien qu'Ivan Issaïevitch se rendit désormais chez elle deux fois par semaine, les jours où elle ne travaillait pas. Sa présence la dérangeait même un peu : elle ne pouvait plus ni sortir ni inviter personne.

Le problème était que si elle avait mis le menuisier dans sa poche, elle-même hésitait : bien sûr, il avait tout d'un homme authentique, et on pouvait se reposer sur lui, mais c'était quand même un plouc... Entre-temps, il rapporta d'on ne sait où un lit d'enfant fait au tour :

— Il a été fabriqué pour des enfants de la noblesse, il sera parfait pour Nika...

Et il leur en fit cadeau.

Alexandra soupira : elle en avait assez de vivre sans homme. D'autant qu'un an plus tôt, sa patronne lui avait généreusement offert un terrain dans le village du théâtre Maly, et toute seule, elle n'avait pas la force d'y bâtir une maison. Tout jouait en faveur du flegmatique Ivan Issaïevitch, secrètement agité, lui aussi, par les frémissements inconscients qui poussent un homme solitaire vers la vie de famille.

Tandis que se prolongeait le prélude mobilier de leur mariage, il était de plus en plus convaincu des qualités exceptionnelles d'Alexandra Guéorguievna.

« C'est une femme convenable, pas une tête de linotte ! » se disait-il avec une pointe de réprobation à l'égard de cette Valentina avec laquelle il avait vécu quelques bonnes années, et qui avait fini par le tromper avec un capitaine de son village qui passait par là.

Et c'est un fait que sa Valentina aux larges pieds était bien loin de valoir Sandra.

L'hiver touchait alors à sa fin, tout comme la vieille liaison de Sandra avec le fonctionnaire du ministère qui lui avait jadis trouvé cette place au théâtre Maly. Amateur de pots-de-vin et bureaucrate corrompu, il se montrait généreux envers les femmes et avait toujours aidé Alexandra. Mais il venait de s'engager dans une nouvelle liaison sérieuse, il voyait rarement Alexandra, et il se trouvait que cette dernière commençait à être à court d'argent.

Fin mars, elle demanda à Ivan Issaïevitch de venir avec elle sur le terrain où l'on avait commencé l'année précédente la construction d'une maison qui n'était toujours pas terminée. Depuis, il l'accompagnait tous les dimanches dans ses voyages hebdomadaires.

Ils se retrouvaient à huit heures du matin à la gare, près des caisses, il lui prenait des mains son sac rempli de victuailles, ils montaient dans le train de banlieue vide et, échangeant à peine quelques rares paroles, faisaient le trajet jusqu'à la petite gare, puis marchaient en silence sur la route pendant deux kilomètres. Sandra, plongée dans ses pensées, accordait peu d'attention à son compagnon, et il appréciait ce silence réfléchi, car il était lui-même peu bavard, et puis ils n'avaient presque rien à se dire : ils n'aimaient ni l'un ni l'autre les ragots du théâtre, et n'avaient pas encore de vie commune.

Peu à peu, un véritable sujet de conversation était apparu : les soucis liés à la construction et à l'aménagement de la maison. Les conseils d'Ivan Issaïevitch étaient intelligents et pertinents ; les artisans, réapparus à la fin du mois d'avril pour terminer le travail, le considéraient comme le patron, et sous sa surveillance, ils ne travaillaient plus du tout comme avant.

Mais l'affaire du mariage, elle, était toujours au point mort. Sandra avait pris l'habitude de ne plus lever le petit doigt sans ses conseils, et éprouvait en sa présence un sentiment de sécurité sans précédent. Elle était lasse de toutes ces années vécues seule, à assumer l'entière responsabilité d'une famille, et l'aide financière des hommes, dont elle savait user d'un cœur léger, sans scrupules moraux inutiles, s'était pour ainsi dire tarie d'elle-même.

Elle ne cessait de découvrir en Ivan Issaïevitch de nouvelles qualités, mais ses « costards » et ses « soye » continuaient à la faire tiquer. Si elle-même n'avait pas reçu une instruction très poussée – quelques années d'école secondaire et des cours de laborantine –, l'éducation de Médée lui avait donné un parler irréprochable, et elle tenait sans doute des navigateurs du Pont une goutte de sang royal, une parenté honorable avec ces princesses qui s'adressaient toujours aux spectateurs de profil, qui filaient la laine, tissaient des tuniques et fabriquaient du fromage pour leurs époux, les rois d'Ithaque et de Mycènes.

Alexandra se rendait compte que l'examen réciproque s'éternisait, mais elle ne s'était pas encore débarrassée alors du sentiment trompeur qu'elle lui était si supérieure dans tous les domaines, qu'il devait s'estimer heureux de son choix, et elle faisait traîner les choses, continuant à ne pas lui donner cet acquiescement muet qu'il attendait tant. Ce fut le malheur terrible et irréparable survenu cet été-là qui les rapprocha et les réunit…

Tania, la femme de Sergueï, était la fille d'un général, mais ce n'était pas là une caractéristique en soi, juste un détail de sa biographie. De son père, elle avait hérité l'ambition, et de sa mère, un joli nez. Grâce aux bons soins du général, elle avait reçu pour dot un studio tout neuf dans le quartier de Tchériomouchki, et une vieille Pobeda. Sergueï, qui était un homme délicat et indépendant, ne touchait pas à cette voiture, il n'avait même pas de permis. C'était Tania qui la conduisait.

Cet été-là, le dernier avant son entrée à l'école, leur fille Macha passait les vacances à la datcha avec sa générale de grand-mère, Véra Ivanovna, qui avait un caractère acariâtre et hystérique, ce dont tout le monde était parfaitement au courant. De temps en temps, la petite fille se disputait avec sa grand-mère et téléphonait à ses parents à Moscou pour qu'ils viennent la chercher. Cette fois, elle les appela un soir tard du cabinet de son grand-père, elle ne pleurait pas, mais se plaignait amèrement.

— Je m'ennuie ! Elle ne me laisse pas sortir, elle ne laisse pas mes amies venir me voir, elle dit qu'elles vont voler quelque chose ! Mais elles ne volent rien du tout, je te jure…

Tania, qui n'avait pas encore complètement oublié l'éducation de sa mère, promit de venir la chercher dans quelques jours. Cela dérangeait beaucoup leurs plans. Ils devaient partir tous ensemble en Crimée deux semaines plus tard, chez Médée, leurs congés étaient déjà fixés, tout était convenu avec Médée, bref, il était impossible d'avancer ce voyage.

— Sandra pourrait peut-être prendre Macha une petite semaine ? avança prudemment Tania en sondant le terrain.

Mais Sergueï n'avait pas très envie d'aller chercher sa fille chez les « généraux », comme il appelait les parents de sa femme, et il ne voulait pas déranger sa mère, dont la maison venait tout juste d'être terminée, sans parler du fait que la datcha du général était immense, avec domestiques, alors que Sandra n'avait que deux pièces et une véranda.

— Macha me fait de la peine ! – soupira Tania, et Sergueï céda.

Ils prirent un jour de congé au milieu de la semaine, et partirent tôt le matin. Ils n'arrivèrent jamais à la datcha du général : un chauffeur de poids lourd ivre venant en sens inverse percuta leur voiture de plein fouet, et ils moururent tous les deux sur le coup.

Ce soir-là, alors que Nika s'était déjà lassée d'attendre sa nièce chérie – elle avait aligné toutes ses poupées en rang à son intention, et battu elle-même des œufs en neige pour une mousse à la framboise –, on vit arriver la Volga du général, le général court sur pattes en sortit, et il se dirigea vers la maison d'un pas mal assuré.

Alexandra, qui l'avait vu à travers le rideau transparent, sortit sur le perron et s'immobilisa en haut des marches, dans l'attente d'une nouvelle dont le poids effroyable et muet lui parvenait déjà dans l'épaisseur de l'air nocturne.

« Seigneur, Seigneur, non, attends ! Je ne peux pas, je ne suis pas prête… »

Et le général ralentit le pas sur l'allée, le temps ralentit et s'arrêta. Seule la balançoire sur laquelle Nika était assise ne s'arrêta pas tout à fait, mais continua lentement, très lentement à redescendre.

Et durant cet instant où le temps resta suspendu, Alexandra revit un grand morceau de sa vie et de celle de Sérioja, et même son premier mari, Alexeï Kirillovitch, cet été-là, au Centre de recherches du Karadag, et Sérioja nouveau-né dans les bras de Médée, et leur départ pour Moscou dans un vieux wagon de luxe, et les premiers pas de Sérioja dans la maison de Timiriazev… Elle le vit partant pour l'école en veston, avec son crâne rasé, et elle vit encore une multitude de photographies qu'elle croyait oubliées, tandis que le général restait debout dans l'allée, une jambe levée.

Elle regarda tout jusqu'au bout, jusqu'à la visite de Sérioja l'avant-veille, ruelle Ouspenski, quand il lui avait demandé de prendre Macha à la datcha pendant quelques jours avant leur départ pour la Crimée, et son sourire embarrassé, le baiser qu'il avait déposé sur ses cheveux relevés en chignon.

— Merci, ma petite maman, tu fais tant pour nous…

Elle avait haussé les épaules.

— Ne dis pas de bêtises, Sérioja ! Ce n'est pas une corvée, nous l'adorons tous, ta Macha !

Le général Piotr Stépanovitch finit par arriver devant elle, il s'arrêta et dit d'une voix lente et bouffie :

— Nos enfants... Ils se sont tués...

— Avec Macha ? fut tout ce qu'Alexandra trouva à dire.

— Non, Macha est à la datcha... Cela s'est passé sur la route, renifla le général. Ils venaient la chercher...

— Entrons ! – lui dit Alexandra, et il s'exécuta, monta les marches.

La générale Véra Ivanovna était dans un état épouvantable : pendant trois jours, elle poussa des hurlements rauques et sauvages d'une voix brisée, ne s'endormait qu'avec des piqûres, mais ne supportait pas que la pauvre Macha la quittât d'une semelle. Toute boursouflée et ruisselante de larmes, elle amena aux obsèques la petite fille, qui se précipita aussitôt sur Alexandra et resta collée à elle pendant toute l'interminable cérémonie civile des funérailles.

Véra Ivanovna se cogna la tête contre le cercueil fermé et finit par se répandre, à la façon des pleureuses de Vologda, en lamentations entrecoupées qui remontaient du fond de son âme paysanne et corrompue de générale.

Alexandra, pétrifiée, avait posé une main ferme sur la tête noire de Macha, ses deux filles aînées se trouvaient à sa droite et à sa gauche, et derrière, tenant Nika par la main, Ivan Issaïevitch veillait sur ce chagrin familial.

Le repas de funérailles eut lieu dans l'appartement du général, quai Kotelnikov. Tout, y compris la vaisselle, venait d'un restaurant réservé aux hauts dignitaires. Piotr Stépanovitch noya son chagrin dans l'alcool. Véra Ivanovna ne cessait de réclamer la présence de Macha, mais la petite fille s'agrippait à Alexandra. Si bien que les deux belles-mères passèrent toute la soirée collées l'une à l'autre, réunies par leur petite-fille commune.

— Sandra, prends-moi chez toi, Sandra ! – murmurait la fillette à l'oreille d'Alexandra, mais Alexandra, qui avait promis à la générale de ne pas leur enlever le seul enfant qui leur restait, la consolait, lui disait qu'elle la prendrait dès que sa grand-mère Véra irait mieux.

— On ne peut pas la laisser toute seule, tu comprends ! – expliquait-elle à Macha, alors qu'elle-même ne rêvait que de la prendre dans ses deux pièces et demie de la ruelle Ouspenski.

C'est ce soir-là qu'Alexandra remarqua sur le visage pâle de Macha un essaim de taches de rousseur, les taches héréditaires des Sinopli, minuscules signes de la présence vivante de Matilda, morte depuis longtemps.

— Il faudrait sortir Macha de là. Je pourrais vous aider... – marmonna Ivan Issaïevitch tard ce soir-là, après l'avoir raccompagnée chez elle depuis le quai Kotelnikov, recourant comme toujours à une forme grammaticale indéfinie afin d'éviter l'intimité du « tu » et la solennité du « vous », sans l'appeler ni Alexandra Guéorguievna, ni Sandra.

— Eh oui, mais comment faire ? répondit Sandra de façon tout aussi vague.

Médée n'était pas venue à l'enterrement de son filleul : Nina, la fille adoptive de la défunte Anelia, était hospitalisée à Tbilissi pour une grave opération, et Médée avait pris chez elle pour l'été ses deux petits enfants. Elle n'avait trouvé personne à qui les laisser...

À la fin du mois d'août, Ivan Issaïevitch termina la palissade, mit des barreaux aux fenêtres et fabriqua une serrure sophistiquée.

— Un vrai cambrioleur n'entrera pas ici, et c'est une protection contre les voyous.

Pendant toute cette sombre période, depuis le jour des funérailles, il n'avait pas quitté Alexandra, et ce fut sous ces tristes auspices que débuta leur mariage.

Leurs rapports restèrent à jamais frappés au sceau de cet événement tragique, d'ailleurs Alexandra elle-même, semble-t-il, n'était plus désormais capable de vivre sa vie comme une fête joyeuse, ainsi qu'elle l'avait fait depuis sa prime jeunesse, en dépit de toutes les circonstances – guerre, paix ou déluge.

Ivan Issaïevitch ne savait rien de tout cela. Il était différent, son lexique, son alphabet et sa mémoire ne contenaient pas les mots, les lettres et les rêves que connaissait Alexandra. Il considérait sa femme comme un être supérieur, parfait.

Pour tout dire, lorsqu'il s'était rendu compte qu'il était impossible que sa fille cadette Nika ait été conçue par le colonel Kitaïev, mort quatre ans avant sa naissance et dont elle portait le nom, il aurait admis la version de l'immaculée conception plus volontiers que n'importe quelle autre.

Alexandra, mue exclusivement par le désir de ménager sa foi sublime, dut inventer une histoire – qu'elle devait épouser un pilote d'avion qui s'était tué la veille du mariage en la laissant enceinte.

Cette histoire n'était pas une invention à cent

pour cent, il y avait effectivement bien eu un pilote d'essai, il existait même une photographie avec une joyeuse dédicace, et il était vrai que malheureusement, il s'était tué pendant un entraînement, mais jamais il n'avait été question de mariage entre eux, et ce n'était pas lui le père de Nika, d'ailleurs il s'était tué cinq ans après sa naissance, et Nika se souvenait bien de lui, car il lui apportait toujours de longues boîtes de bonbons de la marque « Noisette du Sud », qui avaient disparu des magasins par la suite.

Mais Ivan Issaïevitch avait pour sa femme une telle vénération que même sur ce point douteux de sa biographie, il lui trouvait du mérite : une autre, dans une telle situation, aurait avorté, ou commis on ne sait quelle autre infamie, mais Sandra, elle, avait donné naissance à son enfant et l'avait élevée en se refusant tout... Et il était prêt à égayer sa triste existence par tous les moyens qu'il était capable d'imaginer : il lui achetait au magasin Élisseïev ce qu'il voyait de meilleur, la couvrait de cadeaux, parfois d'un goût affreux, veillait sur son sommeil le matin... En ce qui concernait leurs relations intimes, il accordait le plus grand prix au seul fait qu'elles existaient, et au fond de son âme simple, il avait supposé au début que ses exigences ne pouvaient qu'importuner sa noble épouse, et il s'écoula un certain temps avant que Sandra parvînt à en tirer tant bien que mal des joies conjugales minimes et sans grand éclat. Le dévouement d'Ivan Issaïevitch s'avéra bien plus grand que ce que l'on entend habituellement par ce mot. Toutes ses pensées, tous ses sentiments étaient au service de sa femme, et Sandra, émerveillée par un cadeau aussi inattendu au moment où se baissait le rideau de sa vie de femme, recevait son amour avec gratitude.

Le général Gladychev avait élaboré au cours de son existence tant de projets militaires ou semi-militaires, il avait accroché tant de médailles sur sa courte et large poitrine, qu'il n'avait presque pas peur du pouvoir. Non dans le sens où un philosophe ou un artiste ne craignent pas le pouvoir dans un État bourgeois ramolli, mais dans le sens où il avait survécu à Staline sans vaciller, s'entendait bien avec Khrouchtchev, qu'il avait connu pendant la guerre, et était sûr de trouver un langage commun avec n'importe quel pouvoir.

Il n'avait peur que de sa femme Véra Ivanovna. Seule Véra Ivanovna, sa fidèle épouse et sa camarade de combat, troublait sa tranquillité et lui gâchait la vie. Elle considérait le grade élevé de son mari et sa haute fonction comme ses biens personnels, et savait exiger tout ce qu'elle estimait être son dû. Elle n'hésitait pas à lui faire des scènes le cas échéant. Ces scènes étaient ce que Piotr Stépanovitch redoutait plus que tout au monde. Son épouse avait une voix retentissante, l'acoustique, dans leurs grandes pièces, était excellente, et l'insonorisation insuffisante. Quand elle commençait à crier, il cédait très vite.

— Tu n'as pas honte ? Et les voisins ? Tu es complètement folle !

Après une enfance affamée à Vologda et une jeunesse misérable, Véra Ivanovna avait été à jamais traumatisée par le wagon de butin de guerre rapporté d'Allemagne, à la fin de l'année 1945, par Piotr Stépanovitch qui, s'il n'avait rien d'un homme cupide, n'était pas non plus un empoté, et depuis, elle ne pouvait plus s'arrêter, elle achetait, elle achetait tout le temps.

Tout en traitant son épouse de folle et de démente, il ne la considérait pas comme telle au premier sens du mot. Aussi, la nuit où, quelques mois après la mort de leur fille, il fut réveillé par les marmonnements de sa femme debout en chemise de nuit rose bonbon devant le tiroir ouvert d'un secrétaire, rapporté de Potsdam, justement, il ne lui vint pas à l'esprit qu'il était temps de l'envoyer dans un asile psychiatrique.

— Elle croit qu'elle aura tout maintenant... Cette petite meurtrière...

Elle était en train d'envelopper dans une serviette éponge un éventail chinois et toutes sortes de flacons.

— Qu'est-ce que tu fais là en plein milieu de la nuit, maman ? dit Piotr Stépanovitch en se soulevant sur le coude.

— Il faut les cacher, Pétia, il faut absolument les cacher ! Elle croit qu'elle va s'en tirer comme ça !

Ses pupilles étaient si dilatées qu'elles lui mangeaient presque entièrement l'iris, et ses yeux semblaient non pas gris, mais noirs.

Le général se mit dans une telle colère que le mauvais pressentiment qui faisait frémir son âme s'évanouit aussitôt. Il lui lança à la figure un chapelet de jurons comme on jette une botte, prit son oreiller et une couverture, et alla finir la nuit dans son cabinet en traînant derrière lui les longs cordons de ses caleçons militaires.

La folie – tous ceux qui l'ont observée de près le savent – est d'autant plus contagieuse que la personne qui côtoie le fou est de nature sensible. Le général, lui, ne la remarquait tout simplement pas. Motia, une parente éloignée de Véra Ivanovna qui vivait chez eux depuis sa jeunesse « à leurs crochets », remarquait bien quelques bizarreries dans le comportement de la maîtresse de maison, mais n'y prêtait pas une attention particulière, étant donné qu'elle-même, ayant vécu deux des fameuses famines russes, faisait depuis longtemps une fixation maladive sur la nourriture. Elle ne vivait que pour manger. Personne n'avait jamais vu comment elle s'y prenait, ni à quel moment, mais tous savaient qu'elle mangeait la nuit.

Elle festoyait dans son minuscule cagibi sans fenêtre près de l'office, fermé par un crochet en fer. Elle commençait par manger les restes des repas familiaux qu'elle avait mis de côté ce jour-là, puis ce qu'elle estimait lui revenir de droit, et enfin, le plus savoureux, de la nourriture volée, qu'elle dérobait personnellement, en cachette, sur les colis alimentaires en provenance du Kremlin : un bout d'esturgeon rajouté pour faire le poids, une tranche de saucisson sec, des chocolats, s'ils avaient été livrés non dans des boîtes scellées, mais dans des sachets en papier.

Même le chat n'avait pas le droit de pénétrer dans sa tanière interdite à toute la maisonnée, et le général lui-même, pourtant peu sensible au surnaturel, sentait qu'il y avait là un mystère malsain. Elle y entreposait dans des sachets de la semoule et de la farine qu'elle avait ramassées, des conserves. La veille de sa visite annuelle à sa sœur, dans son village, elle se faufilait dehors en cachette de la maîtresse de maison, avec deux gros sacs qu'elle allait porter à la consigne de la gare de Iaroslavl. Toute cette nourriture, elle l'apportait en cadeau à sa sœur, mais chaque année, la même histoire se répétait : le premier soir, elle posait sur la table une boîte de corned-beef couverte d'huile de moteur fort appétissante, avec l'intention de donner le reste au fur et à mesure, mais le mal qui lui rongeait l'âme l'empêchait de commettre cet acte désespéré, et elle continuait à manger ses réserves pendant la nuit, dans la solitude et l'obscurité, et sa sœur, qui observait de la soupente ces festins nocturnes, la plaignait beaucoup pour sa gloutonnerie, mais ne lui en voulait pas. Elle était plus âgée que Motia, mais possédait un potager et une vache, et ne lésinait pas sur la nourriture.

Il n'était donc pas étonnant que Motia, perpétuellement occupée par ses trafics de victuailles, ne remarquât ni les crises de tétanie qui s'emparaient de Véra Ivanovna, ni ses accès d'exaltation, quand elle se mettait à arpenter l'appartement en allant d'une pièce à l'autre comme un animal en cage, et si elle les remarquait, elle leur trouvait toujours la même explication : « Véra, c'est l'incarnation de Satan ! »

Piotr Stépanovitch non plus ne remarquait rien, car depuis bien des années, il évitait tout contact avec sa femme, il se levait tôt, ne prenait pas son petit déjeuner chez lui, dès qu'il arrivait dans son immense bureau, sa secrétaire lui apportait immédiatement du thé. Il rentrait tard, après minuit, passait jusqu'à seize heures d'affilée à son bureau, avait une prédilection pour les tournées d'inspection sur les bases militaires, et s'absentait souvent de Moscou. Il n'adressait jamais plus de deux mots à sa femme de sa propre initiative. Il arrivait, dînait, s'enfouissait le plus vite possible sous ses moelleuses couvertures en soie, et s'endormait aussitôt du sommeil du juste.

Si bien que toute la monstrueuse folie de Véra Ivanovna se déversa sur Macha. Elle habitait déjà quai Kotelnikov lorsqu'elle entra à l'école primaire. C'était Motia qui la réveillait, la conduisait à l'école et allait la chercher, mais à partir du déjeuner, Macha se retrouvait en compagnie de sa grand-mère.

On l'asseyait à table. Sa grand-mère Véra s'installait en face d'elle, et ne la quittait pas des yeux. On ne peut pas dire qu'elle la tourmentait par ses remarques. Elle la fixait sans ciller de ses yeux gris et murmurait de temps en temps des phrases incohérentes. Macha remuait sa cuillère en argent dans son assiette, et n'arrivait pas à la porter à sa bouche. La soupe refroidissait vite sous le regard glacial de Véra Ivanovna, Motia, soucieuse de ses intérêts personnels, s'empressait alors de l'emporter Dieu sait où, puis posait devant Macha une grande assiette avec le plat de résistance qui, presque intouché, suivait bientôt le même chemin que la soupe. Ensuite, Macha mangeait un morceau de pain blanc avec de la compote, ce qui resta d'ailleurs toute sa vie son plat préféré, et sa grand-mère lui disait :

— Allons-y !

Docilement, elle s'asseyait au piano sur trois tomes d'une encyclopédie quelconque et posait les doigts sur le clavier. Jamais de sa vie elle ne connut un froid aussi pénétrant que celui des dents noires et blanches du clavier détesté, qui lui montait le long des os. Véra Ivanovna savait que la petite fille haïssait ces exercices. Assise à côté d'elle, elle l'observait, toujours en chuchotant quelque chose, et les yeux de Macha se remplissaient de larmes, elles coulaient sur ses joues en y laissant des traces humides qui refroidissaient peu à peu.

Puis on l'envoyait dans la chambre du fond. Là, sur une table, trônait une photo encadrée de Tania, il y en avait encore beaucoup d'autres dans une boîte en carton. Macha ouvrait son cahier et glissait entre les pages une des photos de sa mère, le plus souvent celle où elle était debout sur le seuil d'une maison à la campagne, on voyait sur le côté un morceau de potager et un buisson en fleur, et elle souriait d'un sourire si large qu'il lui mangeait presque tout son mince visage… Cette photo d'amateur avait été prise par Sergueï, on y sentait le bonheur de ce matin d'été et le miroitement de cette première nuit qu'ils venaient de passer ensemble, après que Tania eut demandé Sergueï en mariage. Il y avait longtemps qu'il l'aimait en silence, mais il tardait, hésitait, intimidé par l'ombre du général dans le dos de Tania…

Macha traçait des ronds et des bâtons, s'abîmant de temps en temps dans la contemplation de la photo. Elle mettait des heures à faire ses devoirs. On ne la laissait pas sortir, car Véra Ivanovna avait là-dessus des idées bien à elle. Parfois, Motia l'emmenait faire les courses, à la boulangerie, chez le cordonnier. Presque tous les magasins se trouvaient en bas, au rez-de-chaussée de leur immeuble, ce n'était pas une grande promenade, de temps en temps, elles allaient jusqu'à la Solianka, il y avait là une maison que Macha aimait beaucoup, avec des cariatides – des géants, comme elle disait. Une de ses grandes joies était de voir la rivière Iaouza, les petites églises et les palissades autour des chantiers, que l'on apercevait de leur fenêtre du dixième étage, devenir soudain immenses ; si elles perdaient de leur charme, elles s'enrichissaient en revanche de menus détails et de superbes accessoires.

C'était le soir, une fois que Motia l'avait couchée, que venait l'instant le plus terrible : elle n'arrivait pas à s'endormir et se retournait dans son grand lit en attendant l'instant où la porte grincerait, où sa grand-mère Véra entrerait dans la chambre. Elle arrivait tard, à une heure que Macha ne savait pas déterminer, vêtue d'un peignoir rouge cerise, avec sa longue natte lisse qui lui pendait dans le dos. Elle s'asseyait à son chevet, et Macha se recroquevillait en fermant les yeux de toutes ses forces. Un de ces soirs-là était resté gravé dans sa mémoire à cause des illuminations dont l'immeuble avait été décoré pour les fêtes de novembre. Il y avait des rais de lumière rouge et jaune, et Véra Ivanovna, assise dans une bande de lumière rouge, murmurait distinctement en traînant sur les mots :

— Meurtrière... Petite meurtrière... Tu leur as téléphoné, c'est pour ça qu'ils sont partis... Tout cela, c'est de ta faute... Vis, maintenant, vis, profite de la vie...

Véra Ivanovna sortait, et Macha pouvait enfin fondre en larmes. Elle enfouissait son visage dans l'oreiller et s'endormait en pleurant.

Le dimanche, elle recevait la visite de sa chère Sandra qu'elle avait attendue toute la semaine. On lui laissait la petite fille jusqu'au déjeuner, pour quelques heures. Ivan Issaïevitch, oncle Vania, les attendait en bas, près de l'entrée, parfois seul, souvent avec Nika, et ils allaient se promener : tantôt au zoo, tantôt au planétarium, tantôt à la ménagerie de Dourov. La séparation était toujours plus bouleversante que les retrouvailles, d'ailleurs cette courte promenade ne faisait que lui rappeler le bonheur des autres, de ceux qui vivaient ruelle Ouspenski.

Sandra amena plusieurs fois Macha chez elle. Elle comprenait que la petite n'était pas heureuse, mais il ne lui venait même pas à l'esprit que c'était l'effroyable accusation de la vieille dame démente qui la faisait le plus souffrir. Et Macha ne disait rien, car plus que tout au monde, elle avait peur que ses chères Sandra et Nika apprennent ce qu'elle avait fait, et cessent de venir la voir.

C'est à la fin de l'automne qu'elle fit son premier cauchemar. Dans ce rêve, il ne se passait absolument rien. Simplement, la porte de sa chambre s'ouvrait, et quelqu'un de terrifiant allait entrer. L'horreur approchait dans le couloir, une horreur qui grandissait, grandissait – et Macha se réveillait en hurlant. Qui ouvrait cette porte, toujours très légèrement décalée par rapport à la vraie porte, pourquoi l'ouvrait-on ? À son hurlement, c'était généralement Motia qui arrivait. Elle la bordait, la câlinait, faisait le signe de croix sur son front et, au petit matin, Macha s'endormait enfin d'un profond sommeil.

Déjà avant, quand elle attendait l'arrivée de sa grand-mère, elle avait du mal à s'endormir, mais maintenant, après son départ, elle mettait encore longtemps à trouver le sommeil, terrorisée par ce rêve qu'elle faisait d'autant plus souvent qu'elle le redoutait. Le matin, Motia avait de la peine à la réveiller. Elle dormait à moitié pendant les cours et, toujours à moitié endormie, rentrait à la maison, s'acquittait de ses obligations musicales en présence de Véra Ivanovna, puis faisait une courte sieste qui la sauvait de l'épuisement nerveux…

L'endroit où se trouvait leur maison, au bord de la Iaouza, avait depuis longtemps mauvaise réputation. Un peu plus haut s'élevait la colline aux Poux, et autrefois, la rive était couverte de taudis peuplés de chaudronniers et de potiers. Sur la berge opposée se trouvait alors le marché Khitrov, dont les alentours étaient habités par des chiffonniers, des prostituées et des mendiants. C'étaient leurs descendants qui constituaient aujourd'hui la population des maisons de rapport construites ici au début du siècle. Et c'étaient justement ces gens, parqués à présent dans des appartements communautaires délabrés, qui disaient en montrant l'énorme bâtisse dominant toutes les églises du quartier, une élucubration architecturale non dénuée de fantaisie, avec une flèche, des arcades et des colonnades le long de galeries de hauteurs variées : « C'est un endroit qui porte malheur… »

Beaucoup d'habitants de cet immeuble mouraient de mort violente, ses fenêtres étroites et ses petits balcons étriqués incitaient au suicide. Plusieurs fois par an, une ambulance arrivait en mugissant devant la maison et ramassait des restes humains épars, recouverts d'un drap par une main charitable. La statistique, cette science si prisée en Russie, a établi depuis longtemps que le nombre de suicides augmente pendant les journées d'hiver sans soleil.

Ce mois de décembre-là fut particulièrement sinistre, pas une seule fois le soleil ne perça l'épaisseur des nuages – la saison rêvée pour un dernier vol plané.

Les Gladychev déjeunaient généralement dans la

salle à manger et dînaient dans la cuisine. Un soir, tandis que Macha terminait une pomme de terre frite préparée par Motia sous forme de galette, à la mode paysanne, Véra Ivanovna entra dans la cuisine. Motia l'informa qu'on avait encore « sauté » aujourd'hui : la fille d'un célèbre constructeur d'avion s'était jetée du sixième étage.

— Sûrement une histoire de cœur ! ajouta Motia, en guise de commentaire.

— Ils sont trop gâtés, c'est pour ça ! Les filles, il ne faut pas les laisser sortir ! répondit Véra Ivanovna d'un ton sévère.

Elle se versa un verre d'eau bouillie et sortit.

— Motia, qu'est-ce qui lui est arrivé ? demanda Macha en abandonnant sa pomme de terre.

— Comment cela, qu'est-ce qui lui est arrivé ? Elle s'est écrasée, elle est morte. C'est de la pierre en bas, pas de la paille. Oh, quel péché..., soupira-t-elle.

Macha posa son assiette vide dans l'évier et entra dans sa chambre. Ils habitaient au dixième. Il n'y avait pas de balcon dans sa chambre. Elle déplaça une chaise et grimpa sur le large rebord de la fenêtre. Entre le dixième et le neuvième étage se nichait un embryon de balustrade. Elle essaya d'ouvrir la fenêtre, mais la crémone, couverte de peinture à l'huile, était bloquée.

Elle se déshabilla et plia ses affaires sur la chaise. Motia entra lui dire bonne nuit. Macha sourit, bâilla... Et s'endormit sur-le-champ. Pour la première fois depuis qu'elle vivait quai Kotelnikov, elle dormit d'un sommeil léger et heureux, pour la première fois, elle n'entendit pas les sourdes malédictions que Véra Ivanovna vint lui assener vers minuit, et cette nuit-là, la porte de l'affreux cauchemar ne s'ouvrit pas.

Depuis qu'elle avait entendu parler de la jeune fille qui avait « sauté », quelque chose avait changé en Macha. Il existait une possibilité qu'elle ne connaissait pas jusque-là, et à cette idée, elle se sentait mieux.

Le lendemain, Sandra téléphona et lui demanda si elle ne voulait pas aller avec Nika dans une colonie de vacances d'hiver de la Société de théâtre. Avec Nika, Macha était prête à aller n'importe où ! Nika était la seule petite fille qui lui restait de sa vie d'avant. Toutes ses autres petites amies du quartier Iougo-Zapad, où elle habitait autrefois, avaient disparu sans laisser de trace, comme si elles aussi, elles étaient mortes en même temps que ses parents.

Macha passa les quelques jours qui restaient avant le Nouvel An dans une joyeuse excitation. Motia avait fait sa valise et l'avait recouverte d'une housse en toile sur laquelle elle avait cousu un carré blanc avec son nom écrit dessus. Le chauffeur du général était allé chercher ses skis à Iougo-Zapad. Il n'avait pas trouvé les bâtons et en avait acheté des neufs, des rouges, au *Monde des enfants*. Macha les caressait, les reniflait : ils sentaient délicieusement bon, plus que n'importe quelle nourriture !

On devait la conduire place Pouchkine le matin du 31 décembre. C'était là qu'elle devait retrouver Nika, et que les autocars devaient les prendre. Elle avait l'impression qu'il y aurait aussi toutes ses anciennes amies – Olia, Nadia, Aliona...

Le 30 au soir, elle eut plus de quarante de fièvre, Véra Ivanovna fit venir le médecin et téléphona à Alexandra Guéorguievna pour la prévenir. Le voyage était annulé.

Pendant deux jours, elle resta alitée avec une forte fièvre, ouvrant les yeux de temps à autre pour demander :

— Quelle heure est-il ? Il faut y aller… Nous ne sommes pas en retard ?

— Demain, demain ! disait toujours Motia, qui ne quittait quasiment pas son chevet.

Dans ses moments de lucidité, elle voyait Motia, Sandra, Véra Ivanovna et même son grand-père Piotr Stépanovitch.

— Quand est-ce que je vais partir à la colonie ? demanda-t-elle d'une voix claire lorsque la maladie fut terminée.

— Quelle colonie ? Mais les vacances sont finies, ma petite Macha ! déclara Motia.

Son chagrin fut immense.

Le soir, Sandra vint la voir et la consola longuement, lui promettant de l'emmener cet été dans sa datcha de Zagorianka.

Cette nuit-là, elle fit de nouveau le cauchemar. La porte sur le couloir s'ouvrait, et quelqu'un de terrifiant s'approchait lentement. Elle voulait crier, et n'y arrivait pas. Elle se rua hors de son lit, bondit sur ses pieds et, dans un état bizarre, entre la veille et le sommeil, approcha la chaise de la fenêtre, grimpa dessus, et tira sur la crémone avec une force venue d'on ne sait où. Le premier battant s'ouvrit. Le second céda très facilement, et elle glissa du rebord de la fenêtre sans même sentir le contact glacé du tablier métallique.

L'ourlet de sa chemise de nuit, s'accrochant au coin du tablier, la retint un peu, et elle tomba en douceur sur la balustrade couverte de neige du neuvième étage.

Une heure plus tard, son repas terminé, Motia

sortit de son réduit. Elle sentit une bouffée d'air froid. Un courant d'air glacé venait de la chambre de Macha, dont la porte était ouverte. Elle entra, vit la fenêtre grande ouverte, poussa un cri et se précipita pour la refermer. Un petit tas de neige irrégulier s'était formé sur le rebord. Elle venait à peine de fermer la fenêtre, quand elle s'aperçut que Macha n'était pas dans son lit. Ses jambes se dérobèrent sous elle. Elle s'assit par terre. Regarda sous le lit. S'approcha de la fenêtre. Il tombait une neige épaisse. On ne voyait que les flocons qui descendaient lentement.

Motia enfila des bottes de feutre à même ses pieds nus, jeta sur ses épaules un châle et un vieux manteau, et courut vers l'ascenseur. Elle descendit, traversa en courant le vaste vestibule couvert d'un tapis rouge, franchit à toute allure la lourde porte donnant sur la rue et fit le tour de l'immeuble. La neige formait une couche uniforme et poudreuse qui scintillait gaiement.

« Elle est peut-être déjà recouverte ! » songea-t-elle, et elle remua du bout de ses bottes la neige épaisse juste sous les fenêtres de leur appartement. La petite fille n'était pas là. Alors elle remonta, et réveilla les maîtres de maison.

On remonta Macha de la balustrade une heure et demie plus tard. Elle était sans connaissance, et sans la moindre égratignure, Piotr Stépanovitch accompagna jusqu'à la voiture la petite fille enveloppée d'une couverture, et retourna dans l'appartement. Véra Ivanovna avait passé cette heure et demie assise au bord de son lit, sans bouger et sans prononcer un seul mot. Une fois qu'on eut emmené Macha, le général fit entrer Véra Ivanovna dans son cabinet, la fit asseoir sur un fauteuil en cuir froid et, la prenant par les épaules, la secoua de toutes ses forces :

— Parle !

Véra Ivanovna eut un petit sourire déplacé.

— C'est elle qui a tout fomenté... Qui a tué ma petite Tania...

— Quoi ? fit Piotr Stépanovitch, devinant enfin que sa femme était devenue folle.

— C'est une petite meurtrière... Elle a tout fomenté... Elle...

Une seconde voiture vint chercher Véra Ivanovna. Le général n'avait pas attendu le matin, il avait immédiatement appelé les urgences. Cette nuit-là, il lui fallut descendre encore une fois accompagner quelqu'un jusqu'à l'ambulance. Dans l'ascenseur, en remontant, il se jura de ne plus passer un seul jour sous le même toit que sa femme.

Le lendemain matin, il appela Alexandra Guéorguievna, lui apprit très sèchement et en deux mots ce qui s'était passé, et lui demanda d'aller chercher Macha à l'hôpital dès qu'on la laisserait sortir. Le surlendemain, il partit faire une tournée d'inspection en Extrême-Orient.

Macha ne revit sa grand-mère Véra Ivanovna qu'une seule fois, à ses funérailles. Piotr Stépanovitch tint parole : Véra Ivanovna passa les huit années qui lui restaient à vivre dans un établissement de soins privilégié, loin de son précieux mobilier, de sa porcelaine et de ses cristaux. Dans cette vieille morte desséchée aux rares cheveux gris, Macha ne reconnut pas sa belle grand-mère Véra à l'opulente chevelure qui venait en peignoir rouge cerise lui chuchoter des malédictions quand elle avait sept ans...

Une semaine après ce malheur qui finissait bien, le docteur Feldman, un Juif provincial d'assez piètre allure, entraîna Alexandra Guéorguievna dans un réduit sous un escalier, encombré de vieux lits, de ballots de linge déchiré et de caisses, la fit asseoir sur un tabouret branlant, et s'installa lui-même sur une chaise à trois pieds. Sa blouse bâillait sur une vieille chemise en jersey au col distendu et un nœud de cravate de travers. Même son crâne chauve avait quelque chose de malpropre, tout hérissé de touffes et de buissons de taille inégale, comme un pelage en train de muer. Il croisa devant lui ses mains de professionnel, de médecin-spécialiste et commença :

— Alexandra Guéorguievna, si je ne me trompe... On ne peut absolument pas parler ici. C'est le seul endroit où l'on ne soit pas dérangés... J'ai des choses sérieuses à vous dire. Je veux que vous compreniez que la santé mentale de cette enfant est entièrement entre vos mains. Cette petite a subi un traumatisme si profond qu'il est difficile d'en prévoir les conséquences futures. Je suis absolument certain que beaucoup de mes collègues insisteraient pour la faire hospitaliser et la soumettre à un lourd traitement chimique. Peut-être faudra-t-il en arriver là. On ne peut pas savoir comment la situation va évoluer. Mais moi, je pense qu'il y a une chance d'enterrer cette histoire... – Il se troubla, sentant qu'il n'employait pas les mots qu'il fallait. – Je veux dire que le psychisme dispose d'énormes mécanismes de défense et qu'ils vont peut-être fonctionner. Heureusement, Macha ne se rend pas pleinement compte de ce qui s'est passé. L'idée du suicide n'a pas été formulée consciemment, le fait qu'elle a voulu se suicider n'est pas parvenu jusqu'à sa conscience. On peut considérer ce qui est arrivé comme… Vous savez, c'est comme quand on écarte brusquement la main après avoir touché quelque chose de brûlant. J'ai beaucoup discuté avec Macha. Elle est réticente à entrer en contact, mais une fois que le contact est noué, elle parle avec franchise, avec sincérité, et vous savez – il adoucit son discours un peu trop scientifique –, c'est une petite fille délicieuse, intelligente, lumineuse, avec un sens moral très développé… Une enfant merveilleuse !

Son visage s'éclaira, et il devint même sympathique.

« Il ressemble à quelqu'un que je connais », songea Sandra.

— Vous savez, il y a certaines personnes que la souffrance rend infirmes, et d'autres qui en sortent grandies. Pour l'instant, elle a besoin d'une serre, d'un incubateur. Moi, je l'enlèverais cette année de l'école pour éviter les accidents, vous savez, un mauvais pédagogue, des enfants brutaux… Mieux vaudrait la garder à la maison jusqu'à l'année prochaine. Et puis un environnement très, très protecteur. – Il s'anima. – Et pas le moindre contact avec cette grand-mère ! À exclure totalement. Elle lui a inculqué un complexe de culpabilité à propos de la mort de ses parents, et ça, même un adulte n'est pas toujours capable de le supporter. Mais tout peut être évacué. Essayez de ne pas évoquer cette période, ses parents non plus, il ne faut pas lui en parler. Voici mon téléphone, appelez-moi. – Il sortit un papier qu'il avait préparé. – Je ne vais pas abandonner Macha, je la suivrai… Je vous en prie, je vous en prie…

Alexandra ne s'attendait pas à ce qu'on laissât sortir Macha aussi vite. Ses bagages, que le chauffeur du général venait de déménager pour la seconde fois cette année dans un nouvel appartement, n'avaient pas encore été déballés, pas plus que la valise qui n'avait pas servi et les skis. Aussitôt après sa conversation avec le médecin, Alexandra retourna chez elle chercher des vêtements pour Macha, et le jour même, elle l'emmena ruelle Ouspenski…

On était à la mi-janvier, le sapin n'avait pas encore été débarrassé, et la table trônait toujours au milieu de la pièce. Il y avait même de la visite, la fille aînée d'Alexandra, Lydia, qui était enceinte. Le dîner était simple, sans prétention : une salade, des boulettes de viande avec des pâtes et un gâteau brûlé que Nika avait préparé en vitesse juste avant l'arrivée de Macha.

En revanche, pour ce qui était de l'affection recommandée par le docteur, il aurait été difficile de faire mieux. Le cœur d'Alexandra éclatait littéralement d'une prière d'action de grâces : Macha avait été sauvée par miracle, elle n'était pas blessée, et elle était chez elle. Il lui semblait en cet instant que jamais elle n'avait aimé aucun de ses enfants comme cette petite fille fragile aux yeux gris, qui n'était pas du tout de leur race.

Nika la taquinait, l'embrassait, la distrayait de toutes les façons possibles. Macha resta un peu à table, puis s'installa sur un fauteuil d'enfant en rotin qu'Ivan Issaïevitch avait rapporté d'on ne sait où peu avant son arrivée, il avait passé deux jours à réparer le bras et à tapisser le siège d'un morceau de toile rouge avec une frange.

Lydia, fatiguée par sa grossesse, se retira assez

tôt, elle vivait à présent avec son mari dans la chambre d'Ivan Issaïevitch.

Bien que toute la famille attendît l'arrivée de Macha, ils avaient tout de même été pris de court, et on ne lui avait pas préparé de lit. Nika alla dormir avec sa mère, et on coucha Macha dans le lit de Nika qui, depuis l'été, commençait à devenir trop petit pour elle. Macha avait les yeux qui se fermaient, mais quand on la coucha, toute son envie de dormir disparut. Allongée, les yeux grands ouverts, elle se disait que l'hiver prochain, elle irait en colonie de vacances avec Nika.

Après avoir lavé et rangé la vaisselle, Alexandra alla voir la petite fille et s'assit auprès d'elle.

— Donne-moi ta main..., demanda Macha.

Alexandra lui prit la main, et la petite s'endormit très vite. Mais quand elle essaya de dégager sa main avec précaution, Macha ouvrit les yeux.

— Donne-moi ta main...

Et Alexandra resta jusqu'au matin assise au chevet de sa petite-fille endormie. Ivan Issaïevitch avait essayé de la relayer à son poste silencieux, mais elle s'était contentée de secouer la tête et d'un geste, l'avait envoyé se coucher. Ce fut la première d'une longue série de nuits. Sans réconfort nocturne – la main de sa grand-mère ou celle de Nika –, Macha ne pouvait s'endormir et, une fois endormie, elle se réveillait parfois en hurlant, alors Sandra ou Nika la prenaient dans leur lit, la calmaient. On aurait dit qu'il y avait deux Macha : une Macha diurne, calme, tendre, gentille, et une Macha nocturne, terrorisée et traquée.

On installa près d'elle un lit pliant. Généralement, c'était Nika qui couchait là, elle savait mieux que sa mère veiller sur le sommeil fragile de Macha, et quand elle était réveillée, elle se rendormait immédiatement. De façon générale, Nika était pour sa mère d'une plus grande aide que son aînée Véra, qui faisait ses études dans un institut, avait la passion d'apprendre et, outre son institut, suivait des cours tantôt d'allemand, tantôt d'on ne sait quelle esthétique fumeuse.

Nika allait sur ses treize ans, elle avait déjà une taille respectable et une multitude de talents féminins, et la volée de petits boutons qui lui criblaient le front indiquait que ses dons n'allaient pas tarder à être exploités.

Macha emménagea ruelle Ouspenski juste au moment où Nika commençait à se désintéresser des poupées, distraction traditionnelle des petites filles, et cette Macha bien vivante remplaça d'un seul coup les Katia et les Lialia sur lesquelles elle avait si longtemps exercé ses vagues instincts maternels. Toutes les poupées, avec le monceau de robes et de manteaux que la diligente Alexandra s'était donné la peine de coudre, échurent en héritage à Macha, et Nika se retrouva à la tête d'une grande famille, avec une fille, Macha, et une foule de petites-filles poupées.

Bien des années plus tard, après la naissance de sa fille Katia, Nika devait avouer à Alexandra qu'elle avait apparemment épuisé toutes ses premières ardeurs maternelles sur sa nièce, car jamais elle n'éprouva pour ses propres enfants un amour aussi passionné, une dévotion aussi éperdue, que ceux qu'elle avait ressentis les premiers temps à l'égard de Macha. Surtout la première année, quand elle ne vivait que pour Macha, qu'elle lui tenait la main des nuits entières, lui tressait ses nattes tous les matins et l'emmenait promener après l'école sur le boulevard Strastnoï. Quant à Macha, Nika occupait dans son existence une place immense et difficile à définir : elle était sa meilleure amie, sa grande sœur, la plus parfaite, son idéal dans tous les domaines...

L'année suivante, lorsque Macha recommença à aller à l'école, c'était Nika qui la conduisait, et Ivan Issaïevitch qui allait la chercher. Après l'école, tantôt il la ramenait à la maison, tantôt il l'emmenait au théâtre avec lui.

Alexandra, qui avait enterré son illustre patronne peu après l'arrivée de Macha, avait quitté le théâtre. Elle dirigeait à présent un petit atelier de mode clandestin pour les dames de la haute société. C'était un travail au noir, mais elle avait gardé de son passé quelques protecteurs.

Les chutes en crêpe de chine des amples robes destinées aux dames de la haute société devenaient des robes du soir pour les poupées, mais toutes les deux, tant Nika que Macha, en gardèrent toute leur vie une répugnance pour le rose, le bleu ciel, les plissés et les volants. Dès qu'elles furent un peu plus grandes, elles se mirent toutes les deux à porter des chemises d'homme et des jeans, lorsque ceux-ci devinrent à la mode.

En dépit de ce style, si peu féminin de l'avis d'Alexandra, vers seize ans, Nika commença à remporter des succès étourdissants. Le téléphone sonnait jour et nuit, et Ivan Issaïevitch regardait Sandra en se demandant quand elle allait enfin intervenir dans la vie tumultueuse de sa fille.

Mais apparemment, Alexandra prenait elle-même plaisir aux succès de Nika. À la fin de la première, Nika s'enticha d'un jeune poète très en vogue et, sans aller jusqu'au bout du dernier trimestre, s'enfuit avec lui à Koktebel, ce dont elle les informa après coup par un télégramme envoyé de Simféropol.

Macha, devenue la confidente de Nika dès l'âge de douze ans, écoutait ses confessions avec un effroi mêlé d'une secrète admiration. Nika cueillait à pleines mains les plaisirs petits et grands, recrachant d'un cœur léger les pépins amers et les petits cailloux sans leur accorder grande importance. C'est ainsi qu'elle recracha notamment les études scolaires.

Sandra ne lui faisait pas de reproches, ne se lançait pas dans des scènes inutiles et, se souvenant de sa jeunesse, s'empressa de l'inscrire dans une école des arts du théâtre, où elle avait gardé de bonnes relations datant de sa période théâtrale. Nika étudia vaguement le dessin, réussit les examens avec les notes indispensables, et jeta avec délice aux orties l'uniforme des écolières. Un an plus tard, elle était déjà plus ou moins mariée.

Macha devint dès lors la petite dernière de parents déjà âgés, c'était à présent autour d'elle que tournait la vie de toute la famille. Ses terreurs nocturnes avaient cessé, mais ce contact précoce avec le gouffre sombre de la folie lui avait laissé un sens aigu du surnaturel, une sensibilité au monde et une imagination d'artiste, toutes choses qui engendrent un penchant pour la poésie. À quatorze ans, elle avait une passion pour Pasternak, adorait Akhmatova, et écrivait en secret des poèmes dans son cahier secret.

X

Vers le soir, des nuages s'étaient accumulés au-dessus des montagnes, à l'endroit que l'on appelle le Coin Pourri, et il régnait dans la maison une atmosphère grosse d'une attente silencieuse. Nika attendait l'arrivée de Boutonov. Selon ses principes, après leur rendez-vous nocturne, c'était à lui de faire le pas suivant. D'autant qu'elle ne pouvait se souvenir si elle lui avait dit qu'elle allait partir…

Macha aussi attendait. Son attente était d'autant plus fébrile qu'elle ne savait pas elle-même ce qu'elle attendait le plus : son mari Alik, qui devait cumuler ses congés pour venir passer quelques jours ici, ou Boutonov… Elle le voyait sautant par-dessus les buissons d'épines et bondissant sur les éboulis. Peut-être cette obsession se serait-elle dissipée si elle avait pu bavarder un peu avec lui dans la cuisine…

« Il est bête. » Elle se répétait les paroles de Nika, se raccrochant à une logique salvatrice et vaine, comme si une personne bête ne pouvait être à l'origine d'une obsession amoureuse.

Celle qui était la plus malheureuse, la plus

dévorée par l'attente, c'était la petite Lisa. Ce matin-là, après une journée de menues disputes et de contrariétés dues à Tania, elle avait découvert qu'elle ne pouvait plus vivre sans elle. Elle l'avait attendue toute la journée en pleurnichant, et vers le soir, fatiguée par cette attente, elle avait fait toute une histoire pour se laver les mains. Nika n'accordait jamais grande importance au caractère excessif de Lisa, mais cette fois, elle sourit : elle aussi, elle était amoureuse... « Tout à fait mon caractère : quand je veux quelque chose, il me le faut tout de suite ! »

Mais en cet instant précis, les désirs de la mère et de la fille se rejoignaient : toutes les deux aspiraient à donner une suite à leurs amours.

— Allez, ça suffit ! Habille-toi, on va aller la voir, ta Tania ! dit Nika pour consoler sa fille, qui courut mettre sa plus belle robe.

Elle revint dans la cuisine avec sa robe non boutonnée dans le dos et une brassée de jouets, pour demander à Nika lequel elle pouvait offrir à Tania.

— Celui auquel tu tiens le moins ! dit Nika en souriant.

Médée, en regardant sa petite-nièce en larmes, se dit en son for intérieur : « C'est une passionnée ! Comme elle est mignonne... »

— Lisa, viens ici, je vais boutonner ta robe ! lui dit-elle.

La petite fille s'approcha docilement de Médée et lui présenta son dos. Les minuscules boutons avaient du mal à entrer dans les boutonnières encore plus minuscules. Ses cheveux pâles sentaient une bonne odeur familière de bébé.

Un quart d'heure plus tard, elles étaient assises chez Nora, dans sa petite maison décorée de bouquets de glycine et de tamaris. Cette maisonnette en bois, avec ses murs blanchis à la chaux et son sol en terre battue couvert de longs tapis, avait l'atmosphère douillette d'un intérieur ukrainien.

Lisa dissimulait sous sa jupe le lapin qu'elle avait apporté et tentait d'attirer l'attention de Tania, mais celle-ci mangeait sa semoule les yeux baissés. Nora, selon son habitude, se plaignait mollement que la promenade de la veille les avait beaucoup fatiguées, qu'elles avaient pris des coups de soleil, que finalement, c'était vraiment très loin... Tout cela en détail, et de façon un peu geignarde. Nika, assise à la fenêtre, n'arrêtait pas de regarder du côté de la maison des propriétaires.

— Valéra non plus n'est pas sorti de la journée, dit Nora en désignant la maison d'un signe de tête. Il regarde la télévision.

Nika se leva d'un bond et dit en se retournant sur le seuil :

— Je passe voir Ada une minute...

Le son du téléviseur était au maximum. La table était couverte d'un monceau de nourriture. Mikhaïl, le maître de céans, n'aimait pas les portions congrues, et les casseroles d'Ada, malgré la taille réduite de sa maisonnée, s'apparentaient plutôt à des seaux. Elle travaillait à la cantine du sanatorium et cuisinait à une échelle collective, ce qui avait une incidence notable sur les rations des deux porcs qu'ils élevaient.

Valéry et Mikhaïl étaient légèrement abrutis par une nourriture trop lourde, quant à Ada, elle venait justement de descendre « à la cave », comme elle disait, chercher des fruits au sirop. Elle entra dans la pièce derrière Nika avec deux bocaux de trois litres. Les deux femmes s'embrassèrent.

— Des prunes ! devina Nika.

— Assieds-toi donc, Nika ! Micha, verse-lui à boire ! ordonna Ada à son mari.

Boutonov fixait le téléviseur.

— Je suis juste entrée vous dire bonjour ! Ma Lisa est en visite chez vos locataires, répondit Nika.

— Tu ne passes jamais nous voir ! lui reprocha Ada. Il n'y en a que pour nos locataires !

— Tu exagères, je suis passée plusieurs fois, mais tantôt tu es au travail, tantôt tu es en visite ! dit Nika pour se justifier.

Ada fronça le front et frotta son nez qui se perdait sur son visage adipeux.

— C'est vrai, on est allés à Kamenka chez un compère.

Mikhaïl lui avait déjà versé un petit verre de *tchatcha*[1]. Il faisait tout à la perfection, ça, Valéry le savait par son voisin Vitia : distiller la *tchatcha*, fumer la viande, saler le poisson. Partout où il avait vécu, que ce soit à Mourmansk, dans le Caucase ou au Kazakhstan, Mikhaïl s'était surtout intéressé à ce que les gens mangeaient, notant ce qu'ils avaient de meilleur.

— À nos retrouvailles ! déclara Nika. À votre santé !

Elle tendit aussi son verre en direction de Boutonov, qui s'était enfin arraché au téléviseur. Elle le couvait d'un regard qui ne lui plut guère. D'ailleurs elle-même ne lui plaisait pas en ce moment : elle avait la tête étroitement serrée dans un vieux fichu vert, sa joyeuse chevelure était invisible, son visage semblait trop long, et sa robe à ramages

1. Boisson alcoolisée à base de raisin.

avait la couleur de la teinture d'iode. Il ne venait pas à l'esprit de Boutonov que Nika avait mis la tenue qui lui allait le mieux, dans laquelle elle avait posé pour un peintre célèbre ; c'était lui qui lui avait enjoint de serrer plus étroitement son fichu, et il l'avait longuement regardée, presque les larmes aux yeux, en répétant : « Quel visage... Seigneur, quel visage... Un vrai portrait de Fayoum... »

Mais Boutonov ne savait rien des portraits de Fayoum, il était furieux qu'elle soit venue le chercher jusqu'ici, alors qu'il ne lui avait rien demandé et ne lui avait pas donné un tel droit pour l'instant.

— Un ami de notre Vitia, un médecin célèbre ! dit fièrement Ada.

— Je le connais déjà, nous sommes allés ensemble à la crique hier.

— Tu as toujours une longueur d'avance ! répondit Ada, perfide, faisant allusion à quelque chose que Boutonov ignorait.

— Très juste ! répondit Nika avec aplomb.

À ce moment-là, Lisa poussa un hurlement et Nika, sentant vaguement que quelque chose clochait dans ses nouvelles amours, se précipita vers la porte en faisant virevolter sa longue robe couleur de teinture d'iode.

Elle passa la soirée avec Macha, personne ne leur rendit visite. Elles eurent tout le temps de fumer, de se taire, et de bavarder. Macha avoua à Nika qu'elle était tombée amoureuse, lui lut le poème qu'elle avait écrit pendant la nuit, ainsi que deux autres, et pour la première fois de sa vie, Nika se montra acerbe envers l'œuvre de sa nièce bien-aimée.

De toute la journée, elle n'avait pu trouver un

instant pour faire part à Macha de son succès de la veille, mais à présent, ce succès était complètement gâché, et puis elle n'avait pas envie de chagriner Macha avec cette rivalité fortuite. Mais Macha, absorbée par elle-même, n'avait rien remarqué.

— Que faire, Nika ? Que faire ?

Elle était si préoccupée par son amour tout frais qu'elle regardait Nika comme quand elle était petite, en levant vers elle des yeux remplis d'expectative. Nika, dissimulant son irritation contre Boutonov, qui avait décidé de la punir de Dieu sait quoi, et contre sa gourde de nièce, qui avait vraiment trouvé de qui s'amouracher, cette idiote ! répondit en haussant les épaules :

— Tu n'as qu'à te le faire, cela te calmera.

— Comment cela, me le faire ? demanda Macha.

Nika s'énerva encore plus.

— Comment ça, comment ça... Tu es un bébé ou quoi ? Prends-le par la...

— C'est si simple que ça ? fit Macha surprise.

— Simple comme bonjour ! renifla Nika.

« Non, mais quelle bécasse ! Et en plus, il lui faut de la poésie... Puisqu'elle a tellement envie de se fourrer dans le pétrin, eh bien, qu'elle s'y fourre ! »

— Tu sais, Nika, décréta soudain Macha, je vais aller à la poste tout de suite, je vais téléphoner à Alik. Peut-être que s'il vient, cela remettra les choses à leur place.

— Mais oui, mais oui ! répondit Nika en ricanant.

— Salut !

Macha se leva brusquement et, prenant sa veste au passage, partit en courant sur la route. Le dernier autobus pour la ville, celui de dix heures, partait dans cinq minutes.

À la poste municipale, la première personne qu'elle vit fut Boutonov. Il était debout dans la cabine et lui tournait le dos. Le combiné de téléphone se perdait dans son énorme main, et il tournait le cadran avec l'auriculaire. Il raccrocha sans avoir parlé et sortit. Ils se saluèrent. Macha était au bout de la queue, il y avait encore deux personnes avant elle. Boutonov s'écarta pour laisser passer l'une d'elles et consulta sa montre.

— Cela fait quarante minutes que c'est occupé, chez moi !

Les lampes, des tubes bleuâtres scintillants qui éclairaient comme en plein jour, s'étiraient en rangs serrés, la lumière était crue, comme dans un film d'épouvante, quand quelque chose est sur le point de se produire, et Macha fut prise de peur à l'idée qu'à cause de ce héros de film si grand en chemise de jean bleue, sa vie raisonnable et bien ordonnée pouvait s'effondrer. Il s'approcha d'elle en poursuivant son idée :

— Encore les bonnes femmes qui papotent... Ou alors le téléphone est en dérangement.

Le tour de Macha arriva. Elle fit le numéro, souhaitant passionnément entendre la voix d'Alik, qui aurait remis les choses à leur place. Mais il n'y avait personne.

— Chez toi aussi, c'est occupé ? demanda Boutonov.

— Il n'y a personne ! répondit Macha en avalant sa salive.

— Allons faire un tour sur la berge, ensuite, on essaiera encore, proposa Boutonov.

Il venait de remarquer qu'elle avait un petit

visage sympathique, et que son oreille ronde pointait de façon touchante sur sa tête aux cheveux coupés court. D'un geste amical, il posa la main sur le fin velours de sa veste. Elle lui arrivait à la poitrine, mince, pointue, comme un petit garçon.

« Avec celle-là, on peut "travailler l'air" ! » songea-t-il.

— Il paraît que sur la berge, il y a un tonneau avec un vin tout à fait spécial...

— Le champagne de Novy Svet ! répondit Macha en se mettant en marche.

Ils descendirent vers la berge, et, soudain, Macha vit la scène de l'extérieur, comme sur un écran : marchant d'un pas vif, l'air à la fois dégagés et sûrs d'eux, ils longeaient le décor de théâtre d'une station balnéaire avec des pots de lauriers-roses placés près de l'entrée d'un sanatorium, passant devant des colonnes en faux plâtre, des haies de buis éternellement vert qui luisaient faiblement et des palmiers négligés las de cette vie décorative, tandis qu'à l'arrière-plan se profilait le visage mafflu de Séraphima, la prostituée locale, ainsi que quelques vigoureux mineurs aux yeux baissés, et bien sûr, la musique « La mer à Gagry... » Et avec tout cela, ses jambes marchaient d'un pas élastique, au rythme de son pas à lui, et puis cette légèreté, cette fête de tout son corps, et même une sorte de griserie silencieuse, comme si le champagne était déjà bu...

Le petit bar dans lequel Boutonov emmena Macha lui plut. Le champagne qu'on leur apporta était frais et délicieux. Le film qui avait commencé sur la route se poursuivait. Macha se voyait assise sur un tabouret rond, comme si elle se trouvait un peu en retrait sur la droite, elle voyait Boutonov de profil, et le plus drôle, c'était qu'elle voyait aussi la barmaid qui était dans son dos, avec ses dents en or et son corsage doré, ainsi que les garçons mi-serveurs mi-débardeurs qui sortaient des caisses de la cave par la porte de service. Tout cela entrait dans le champ de la caméra, et en même temps, tout était aplati, comme au cinéma.

Elle remarqua encore une chose : elle-même était superbe en ombre chinoise, calme, bien droite, avec un beau profil, et ses cheveux, derrière, bouffaient joliment sur sa nuque....

Oui, dans un film, tout est permis... Le jeu, la frivolité, la passion... Le champagne qui pétille, elle et lui, un homme et une femme... la nuit sur la mer... Nika, tu es géniale, tu es sublime ! Aucun fardeau existentiel, aucun effort épuisant vers la connaissance de soi, le perfectionnement de soi-même, le...

— C'est parfait ici ! dit-elle avec l'intonation de Nika.

— Ce vin n'est pas mauvais... Tu en veux encore ?

Elle hocha la tête. Macha, cette Macha si intelligente, si cultivée, la première de tous ses amis à avoir lu Berdiaev et Florenski, elle qui aimait les commentaires de la Bible, de Dante et de Shakespeare plus encore que les textes originaux, elle qui avait appris toute seule – si l'on ne tenait pas compte d'un minable cours par correspondance – l'anglais et l'italien, elle qui avait écrit deux petits recueils de poèmes – pas encore publiés, il est vrai –, cette Macha capable de parler d'Ezra Pound avec un professeur américain de passage, et du concile de Nicée avec un catholique journaliste italien, Macha ne disait rien. Elle n'avait pas envie de parler.

— Tu en veux encore ? – Boutonov consulta sa montre. – Bon, on essaye encore une fois de téléphoner ?

— Où cela ? demanda Macha étonnée.

— Mais chez nous ! dit Boutonov en riant. Dis donc, toi…

Ce fut comme si le film s'arrêtait un instant, laissant place à l'anxiété de tout à l'heure. Mais de nouveau, le décor de théâtre de la station balnéaire défila tandis qu'ils refaisaient en sens inverse le chemin vers la poste.

Boutonov obtint immédiatement sa communication, posa quelques brèves questions pratiques, apprit par sa femme que son voyage en Suisse était annulé, et raccrocha.

Macha téléphona tout de suite après lui, et maintenant, elle ne désirait plus qu'une chose : qu'Alik ne soit pas là. Il n'était pas là. Elle n'essaya pas d'appeler Sandra. Ils se couchaient tôt, d'ailleurs Nika serait à Moscou demain, et elle avait déjà écrit une lettre pour Sandra.

— Tu n'as pas eu ton numéro ? demanda distraitement Boutonov.

— Il n'y a personne à la maison. Mon mari doit encore traîner quelque part…

Ces mots étaient un mensonge éhonté : ce n'était pas du tout ce qu'elle pensait. Alik était certainement de garde. Et puis cette façon de parler désinvolte était aussi un mensonge…

Mais selon les lois du film qui se poursuivait, tout était dans l'ordre.

— Bon, on y va ? – demanda Boutonov, et il regarda Macha d'un air hésitant. – Si on prenait un taxi ?

— Il n'y a pas de taxi ici, on rentre toujours

à pied la nuit, il y en a pour deux heures de marche…

Quittant la rue éclairée, ils tournèrent dans une ruelle transversale et firent une cinquantaine de mètres. Ni lampadaire ni laurier-rose ne poussaient ici, la rue devenait sans transition une rue de village, noire. De plus, tantôt elle montait en serpentant, tantôt elle descendait par à-coups. Sur terre, il faisait nuit noire, mais dans le ciel, en revanche, les ténèbres n'étaient pas aussi absolues, il faisait un peu plus clair au-dessus de la mer, et l'horizon, à l'ouest, gardait un faible souvenir du crépuscule. Même les étoiles avaient quelque chose d'inconsistant, de pâlot.

— On va prendre un petit raccourci.

Macha s'élança sur un sentier argileux qui descendait en direction d'un escalier ou d'une passerelle. Boutonov lui effleura l'épaule.

— Tu ne vas pas me dire que tu vois quelque chose ?

— Je suis comme les chats, je vois la nuit !

Ne distinguant pas son sourire dans l'obscurité, il crut qu'elle plaisantait.

— C'est de famille. D'ailleurs c'est très commode : on voit ce que personne d'autre ne voit…

C'était un signal lourd de sens typiquement féminin, un coup d'envoi destiné à réduire la distance qui sépare les êtres, énorme comme un gouffre marin, mais susceptible d'être comblée en un clin d'œil.

On ne peut pas dire qu'un plan avait mûri dans la tête de Macha. C'était plutôt Macha qui était mûre pour quelque chose. Telle une boule dans un jeu pour enfants, elle avait franchi une sorte d'arceau et roulait sur un plan incliné qui n'avait d'autre issue qu'un filet tissé de fils minces au fond d'un trou vide. Mais tout cela, Macha devait y réfléchir plus tard, durant ses longues nuits d'hiver sans sommeil.

Pour l'instant, tenant Boutonov par la main, elle lui faisait franchir une petite passerelle, descendre des marches, remonter par un sentier et, après avoir effectivement gagné un kilomètre et demi, finit par l'amener sur un chemin en terre dure bordé de tilleuls de forme pyramidale. C'était un chemin intelligent qui prolongeait le sentier et rejoignait la route en faisant gagner du temps. Une fois sur la route, leurs mains se détachèrent. Boutonov se mit à marcher d'un pas rapide et assuré, si bien que Macha avait du mal à le suivre. Il songeait à ses affaires de Moscou et à son voyage annulé, se demandant ce que cela pouvait bien vouloir dire.

Son dos, que Macha voyait à deux pas devant elle, était l'incarnation même de l'indifférence la plus totale, et par moments, elle avait envie de le marteler de ses poings aigus, de déchirer cette chemise bleue, de se mettre à hurler...

Ils arrivèrent au Hameau ; Macha comprit qu'ils allaient se séparer dans quelques minutes, et c'était impossible.

— Stop ! dit-elle dans son dos alors qu'ils passaient devant le Nombril. Par ici.

Il tourna docilement. À présent, c'était Macha qui marchait devant.

— Ici ! dit-elle, et elle s'assit par terre.

Il s'arrêta à côté d'elle. Et soudain, il crut entendre battre le cœur de Macha, elle-même avait l'impression que son cœur sonnait un tocsin à réveiller toute la région.

— Assieds-toi ! – demanda-t-elle, et il s'accroupit auprès d'elle.

Elle prit sa tête entre ses mains.

— Embrasse-moi !

Boutonov sourit comme on sourit à un animal familier.

— Tu en as très envie ?

Elle hocha la tête.

Il ne se sentait pas la moindre inspiration, mais il était tenu par ses habitudes de professionnel consciencieux. Il la serra contre lui et l'embrassa, s'étonnant de trouver sa bouche aussi chaude.

Respectueux des règles en toutes choses, il les observait également dans ce domaine : on commence par déshabiller sa partenaire, puis on se déshabille soi-même. Il passa la main sur la fermeture éclair du pantalon de Macha, et rencontra ses mains à elle qui tiraient convulsivement sur la fermeture trop serrée. Elle se débarrassa de son pantalon raide et tripota les boutons de sa chemise. Il éclata de rire.

— Qu'est-ce que tu as, on ne te donne pas à manger chez toi ?

Cette fougue comique le troublait un peu, mais il ne se sentait pas tout à fait prêt et faisait traîner les choses. Le contact brûlant de ses mains – « Nika, je l'ai pris ! » –, son gémissement désespéré – « Boutonov ! Boutonov ! » – et il sentit qu'il était en état de mener à bien l'opération nécessaire.

Il la trouva plus attirante à l'intérieur qu'à l'extérieur, et étonnamment brûlante.

— Qu'est-ce que tu as là, un poêle ? dit-il en riant.

Mais elle ne songeait nullement à rire, elle avait

le visage humide de larmes et ne faisait que balbutier :

— Boutonov ! Oh, Boutonov ! Tu es merveilleux…

Boutonov sentit que cette petite le distançait d'une bonne longueur dans ses prouesses, et devina qu'elle était de la même race que Rosa, prompte à la détente, impétueuse, elle lui ressemblait même un peu physiquement, mais sans la coiffure africaine. Il saisit sa petite tête, serrant ses oreilles de toutes ses forces, et au mouvement qu'il fit en elle, sentit battre son cœur comme s'il se trouvait à l'intérieur de sa cage thoracique. Il eut peur de lui avoir fait mal, mais il était déjà trop tard.

— Excuse-moi, mon bébé, excuse-moi…

Lorsqu'il s'agenouilla et releva la tête, il eut l'impression qu'ils se trouvaient dans le faisceau d'un projecteur : l'air avait une lueur bleutée, on distinguait le moindre brin d'herbe. Ce n'était pas un projecteur, mais une lune ronde, énorme, parfaitement plate et d'un bleu argenté, qui roulait au milieu du ciel.

— Tu m'excuses, mais la représentation est terminée !

Il lui donna une petite tape sur la cuisse.

Elle se releva, et il s'aperçut qu'elle était bien faite, elle avait juste les jambes un peu tordues et plantées comme celles de Rosa, en sorte qu'elles ne se rejoignaient pas tout à fait en haut. Ce minuscule espace lui plaisait, c'était mieux que des grosses cuisses qui frottent l'une contre l'autre en laissant des taches rouges, comme celles d'Olga.

Il s'était déjà rhabillé, et elle était toujours debout à la lueur de la lune ; il interpréta cette lenteur de façon erronée, mais il avait sommeil maintenant et, avant de s'endormir, il fallait encore qu'il réfléchisse à ce voyage annulé…

Tout le Hameau était à présent parfaitement visible, et Boutonov distingua le sentier qui le menait directement à la maison de Vitia, derrière la ferme d'Ada. Il serra Macha contre lui, passa le doigt le long de sa délicate colonne vertébrale.

— Tu veux que je te raccompagne ou tu rentres toute seule ?

— Je rentre toute seule.

Mais elle ne partait pas, elle le retenait.

— Tu ne m'as pas dit que tu m'aimais…

Boutonov éclata de rire, il était de bonne humeur.

— Et qu'est-ce que nous venons de faire tous les deux ?

Macha s'en alla en courant – tout était nouveau : ses mains, ses pieds, ses lèvres…

Un miracle physique s'était produit… Un bonheur fou… Était-ce donc après cela que Nika courait sans cesse ? Pauvre Alik…

Elle jeta un coup d'œil aux enfants : au milieu de la pièce, il y avait déjà un sac à dos tout prêt. Lisa et Alik dormaient sur des lits pliants, Katia était allongée sur le divan. Nika n'était pas là. « Elle a dû se coucher dans la chambre de Samonia », se dit Macha. Elle fut très tentée de la réveiller sur-le-champ pour tout lui raconter, mais décida quand même de ne pas la déranger au milieu de la nuit. Sans ouvrir la porte de la chambre de Samonia, elle entra sur la pointe des pieds dans la chambre bleue…

Les aventures de Boutonov n'étaient pas encore terminées pour ce soir-là. Il trouva la porte de la maison de Vitia entrouverte, ce qui l'étonna :

il se souvenait l'avoir fermée de l'extérieur avec le crochet, bien qu'il n'eût pas mis le cadenas. Il poussa la porte qui grinça, envoya promener ses tennis sur le tapis, et entra dans l'autre pièce, celle où il dormait.

Sur le lit surélevé arrangé à la mode ukrainienne, avec un volant, un couvre-lit et une montagne régulière de coussins qu'Ada alignait chaque matin par ordre de taille, sur la couverture en tissu blanc, Nika dormait, ses longs cheveux déployés sur les oreillers épars.

À dire vrai, elle s'était réveillée en entendant la porte grincer. Elle ouvrit les yeux et son visage rayonna d'un joyeux sourire un peu artificiel :

— Une surprise ! Livrée à domicile !

Chez Boutonov, la deuxième charge était toujours plus réussie que la première. Nika se montra simple et enjouée, elle ne gâcha pas cette dernière nuit par des reproches ridicules et ne dit rien de ce qu'aurait pu dire une femme outragée.

Boutonov, se conformant toujours aux principes qu'il observait dans ses relations amoureuses, et dont il n'avait pas eu le temps aujourd'hui d'appliquer le premier à cause de la précipitation de Macha, mit cette fois en pratique le second d'entre eux, le plus important : ne jamais discuter avec les femmes.

Ils se quittèrent à l'aube, pleinement satisfaits l'un de l'autre, et Nika s'en alla sans oublier d'inscrire son numéro de téléphone sur le carnet de Boutonov. Lorsqu'elle rentra, Médée était déjà assise avec sa tasse qui fleurait bon le café du matin, et, à son visage, il était impossible de savoir si elle l'avait vue rentrer à la maison par la fenêtre de la cuisine. D'ailleurs il n'était pas nécessaire de cacher quoi que ce fût à Médée : les jeunes avaient toujours été convaincus qu'elle savait tout sur eux. Nika l'embrassa sur la joue et sortit aussitôt.

À vrai dire, on exagérait beaucoup la perspicacité de Médée, mais aujourd'hui, justement, elle s'était retrouvée au cœur des événements : cette nuit-là, vers deux heures, après avoir patiemment et vainement attendu le sommeil, elle était allée dans la cuisine boire sa « décoction d'insomnie », comme elle appelait son infusion de pavot au miel. La lune, levée en même temps qu'elle, éclairait le coteau sur lequel s'ébattait un jeune couple, dont les corps non identifiés luisaient d'une aveuglante lueur blanche. Un peu plus tard, alors qu'elle avait déjà siroté sa décoction et qu'elle était allongée dans sa chambre, elle avait entendu la porte voisine s'ouvrir, et des ressorts gémir faiblement. « Macha est rentrée », s'était-elle dit, et elle s'était assoupie.

À présent, en voyant revenir Nika, elle resta un instant songeuse ; il n'y avait à proprement parler qu'un seul jeune homme dans les environs : Valéra le sportif, avec ses muscles de fer et sa queue-de-cheval de pope. Aussi Médée enregistra-t-elle le fait avec une certaine perplexité, et elle le rangea là où elle gardait toutes ses observations sur la vie de ses jeunes neveux et nièces, avec leurs liaisons brûlantes et leurs mariages précaires.

Nika revint avec une montagne de draps qu'elle venait de décrocher des fils à sécher le linge.

— J'ai lavé ça pour les Lituaniens. Je les repasserai avant de partir.

Vers midi, le voisin conduisit Nika, Katia et Artiom à Simféropol.

Une demi-heure plus tôt, Nika était entrée avec

son tas de linge frais dans la chambre bleue, que Macha était en train de libérer pour les Lituaniens, et c'est là que, se retrouvant pour la première fois de la matinée seule avec sa nièce, elle avait entendu une confession qui l'avait immensément surprise :

— Nika, c'est terrible ! s'écria Macha, rayonnante et les yeux battus. Je suis tellement heureuse ! Tout a été tellement simple... Et prodigieux ! Sans toi, jamais je n'aurais osé...

Nika s'assit sur le tas de linge.

— Osé quoi ?

— Je l'ai pris, comme tu m'avais dit..., répondit Macha avec un rire bête. Et tu avais raison. Comme toujours. Il suffisait simplement de tendre la main.

— Quand ? parvint seulement à prononcer Nika.

Macha commença à raconter de façon détaillée comment à la poste... Mais Nika l'arrêta, elle n'avait plus le temps de se lancer dans une longue conversation, elle se contenta de lui poser une seule question, apparemment tout à fait bizarre.

— Où ?

— Sur le Nombril ! Tout s'est passé sur le Nombril. Comme dans un film italien ! Maintenant, on peut y planter une croix en mémoire de mon indéfectible fidélité à mon époux...

Et Macha sourit, de son vieux sourire si intelligent.

Nika n'avait pas du tout envisagé que son conseil agacé serait pris à la lettre aussi vite. Ce Boutonov s'était montré à la hauteur...

— Bon, eh bien, maintenant, tu vas avoir de quoi écrire des poèmes d'amour ! – prophétisa Nika, ce en quoi elle ne se trompait pas du tout.

« C'est un peu moche, tout ça..., songea-t-elle. Qu'est-ce que je fais ? Je lui laisse ce docteur sportif ? Oh, de toute façon, je m'en vais ! Arrivera ce qui arrivera... »

XI

La petite malle en cuir cerclée d'arceaux en bois, tapissée à l'intérieur d'indienne à rayures blanches et roses et remplie de compartiments qui s'emboîtaient l'un dans l'autre de façon compliquée en formant une série de petites étagères et de tiroirs, avait appartenu jadis à Léna Stépanian.

C'était avec cette malle qu'elle était rentrée de Genève en 1909, qu'elle avait voyagé de Pétersbourg à Tiflis, et qu'elle était arrivée en Crimée en 1911. C'était avec cette malle qu'elle était revenue à Féodossia en 1919, et c'était là, avant son départ pour Tachkent, qu'elle en avait fait cadeau à Médée.

Trois générations de petites filles avaient défailli de convoitise devant. Elles croyaient toutes que la malle de Médée était remplie de trésors. De fait, il y avait bien là quelques pauvres trésors : un grand camée de nacre sans sa monture, vendue en 1924 pour acheter de la nourriture, trois bagues en argent, une ceinture caucasienne d'homme avec des incrustations, et, qui plus est, pour une taille extrêmement fine. Mais outre ces trésors sans grande valeur, il y avait dans cette malle tout ce dont pouvait rêver Robinson Crusoé. C'était là que l'on gardait, rangés dans un ordre irréprochable et soigneusement empaquetés, des bougies, des allumettes, des fils de toutes les couleurs, des aiguilles et des boutons de tailles diverses, des bobines pour machines à coudre inexistantes, des crochets pour pantalons, pelisses, cannes à pêche et tricot, des timbres de Crimée datant de l'époque du tsar et de l'occupation allemande, des lacets, des rubans, de la dentelle et des entre-deux, treize mèches de cheveux de nuances variées, coupées sur chacun des enfants Sinopli à l'âge d'un an et enveloppées dans du papier de soie, une multitude de photographies, la pipe du vieux Kharlampi et encore bien des choses…

Dans deux petits tiroirs du bas se trouvaient des lettres classées par année, toujours dans leurs enveloppes, soigneusement ouvertes sur le côté à l'aide d'un coupe-papier.

C'était aussi là que l'on gardait toutes sortes de certificats, parmi lesquels des curiosités, comme par exemple un papier attestant que le vélocipède du citoyen Sinopli avait été réquisitionné pour les besoins de l'Armée des volontaires. C'étaient de véritables archives familiales, et comme toutes les vraies archives, elles recelaient des secrets attendant leur heure pour être révélés. Ces secrets étaient d'ailleurs tombés en de bonnes mains et, comme cela dépendait de Médée, ils étaient gardés assez scrupuleusement, du moins le premier d'entre eux.

Ce secret était contenu dans une lettre adressée à Matilda Tsyrouli et datée de février 1892. Cette lettre avait été envoyée de Batoum, elle était rédigée dans un très mauvais russe et signée du nom de Médée, en géorgien. La Médée d'aujourd'hui avait bien sûr entendu parler de son homonyme de Batoum, la belle-sœur de Matilda, la femme de son frère aîné Sidor. Selon la légende familiale, cette Médée géorgienne était morte de chagrin aux funérailles de son mari tué dans un accident. C'était en mémoire d'elle que Médée avait reçu son nom, si insolite pour une Grecque… Voici cette lettre, sans les fautes d'orthographe :

« Matilda, ma chérie, la semaine dernière on disait toujours qu'ils s'étaient noyés, ton Téressi et les frères Karmaki. Et avant-hier, le courant l'a ramené sur le rivage à Kaboulety. Il a été reconnu par des témoins, Vartanian et Kourssoua-la-Casquette. On l'a enterré, que Dieu ait son âme, je ne peux rien dire de plus. Quand tu t'es enfuie, il est devenu encore plus mauvais, il a frappé oncle Platon, il se bagarrait tout le temps avec Nikos, c'est Dieu qui t'a délivrée. J'ai très mal aux jambes. Cet hiver, je n'ai presque pas pu marcher. Sidor m'aide, il en sera grandement récompensé. Marie-toi tout de suite. Je t'envoie toute mon affection, Dieu soit avec toi. Médée. »

Médée avait trouvé cette lettre quelques années après la mort de ses parents, et l'avait cachée à ses frères et sœurs. Quand Sandra devenue adolescente s'était lancée dans ses premières aventures, elle lui avait raconté cette histoire dans un but vaguement pédagogique. Comme si elle essayait de conjurer le sort, d'éviter à Sandra les échecs et la difficile quête de sa destinée par lesquels était passée leur mère, ainsi qu'en témoignait cette lettre. Médée était profondément convaincue que l'insouciance mène au malheur, elle ne se doutait pas qu'elle peut tout aussi bien mener au bonheur, ou ne mener nulle part. Depuis son enfance, Sandra se comportait selon son bon plaisir, et Médée n'avait jamais pu comprendre cette loi du bon plaisir qui la dépassait, la loi du caprice, de la lubie de l'instant présent, des foucades ou de la passion.

Le second secret de famille était justement lié à cette particularité de Sandra, et était resté longtemps ignoré de Médée elle-même, enfoui dans la sacoche militaire de Samuel Iakovlévitch, sur l'étagère du bas d'une armoire à linge à un seul battant.

Dans la chambre où Samuel avait vécu la dernière année si pénible de sa vie, Médée s'était installé un petit coin à elle. Elle avait poussé le fauteuil de son mari vers la fenêtre, et installé à côté la malle, sur laquelle elle avait rangé les quelques livres qu'elle relisait sans cesse. Elle passait son temps à remplacer les rideaux blancs par d'autres rideaux encore plus blancs, à essuyer la poussière blanchâtre de Crimée sur la bibliothèque et sur l'armoire remplie des affaires de Samuel. Quant aux affaires elles-mêmes, elle n'y touchait pas.

Durant toute l'année qui avait suivi sa mort, elle avait lu les Psaumes, à raison d'un livre chaque soir, les terminait, puis recommençait. Elle se servait d'un vieux psautier en slavon d'église qui lui venait de ses années de collège. L'autre, en grec, celui qui avait appartenu à Kharlampi, était difficile pour elle, car il était écrit non dans la langue des Grecs du Pont, mais en grec moderne. Elle avait encore un autre psautier en russe et en hébreu, avec les textes en parallèle, une édition de Wilno datant de la fin du siècle dernier, rangée à présent avec deux autres livres en hébreu sur le couvercle de la malle.

Elle essayait parfois de lire les Psaumes en russe, mais si le sens de certains passages lui était plus compréhensible, en revanche, la beauté mystérieuse du vieux slavon embrumé se perdait…

Elle gardait un souvenir très net de ce jeune homme au teint mat, de sa lèvre supérieure épaisse et grossièrement dédoublée, de son nez au bout pointu, et des grands revers plats de son veston marron, quand il s'était résolument approché de Samuel qui attendait l'autobus pour Simféropol assis sur un banc près de la gare routière de Féodossia. Serrant trois livres sous son coude, le jeune homme s'était arrêté devant lui et lui avait demandé à brûle-pourpoint :

— Excusez-moi, vous êtes juif ?

Samuel, épuisé par ses douleurs, avait acquiescé en silence, peu désireux de lancer une de ses saillies coutumières.

— Prenez cela, je vous en prie, notre grand-père est mort, et personne ne connaît cette langue.

Le jeune homme avait fourré les livres déchirés entre les mains de Samuel, et ils s'étaient rendu compte qu'il était extrêmement ému.

— Peut-être que vous les lirez un jour. Mon grand-père s'appelait Haïm…

Samuel avait ouvert celui du dessus sans rien dire.

— Le Siddour[1]… Je n'étais pas très bon élève au *hèder*[2], jeune homme, dit-il d'un air pensif.

1. Livre de prières juif.

2. École religieuse qui prépare les enfants juifs à la barmitsva.

Mais le garçon, voyant son hésitation, avait insisté :

— Prenez-les, prenez-les, je vous en prie ! Je ne peux tout de même pas les jeter ! À quoi nous servent-ils ? Nous ne sommes pas croyants...

Et le jeune homme en marron était parti en courant, laissant les trois livres sur le banc à côté de Samuel. Celui-ci avait lancé à Médée un regard douloureux :

— Tu vois, Médée...

Il s'était tu, devinant bien qu'elle voyait tout ce qu'il voyait lui, et même encore davantage, et avait terminé sur une pirouette :

— Maintenant, il va falloir les trimbaler jusqu'à Simféropol, et revenir avec...

La dernière feuille de son espoir s'était envolée. Elle qui ne croyait pas au hasard, mais à la main de Dieu, avait compris sans aucun doute possible cette incitation évidente à se préparer. Elle n'avait plus besoin désormais de la biopsie qu'ils allaient faire à l'hôpital régional.

Ils s'étaient regardés, et même Samuel, qui avait l'habitude de dire immédiatement tout ce qui lui passait par la tête, avait gardé le silence.

À Simféropol, on ne lui avait pas fait de biopsie, on l'avait opéré le lendemain, on lui avait enlevé une grande partie du côlon, on lui avait fait une ouverture sur le côté, une colostomie, et trois semaines plus tard, Médée l'avait ramené à la maison pour y mourir.

Mais après l'opération, il s'était peu à peu senti mieux. Chose bizarre, il reprenait des forces, bien qu'il fût d'une extrême maigreur. Médée le nourrissait uniquement de semoule et lui faisait boire des tisanes de plantes qu'elle récoltait elle-même.

Quelques jours après son retour de l'hôpital, il s'était mis à lire ces vieux livres et, durant la dernière année de sa vie, grâce à un Haïm inconnu, le pire cancre du *hèder* d'Olchansk était revenu vers son peuple, et Médée l'orthodoxe s'en réjouissait. Elle n'avait jamais étudié la théologie, et c'est peut-être pour cela qu'elle sentait que le sein d'Abraham n'était finalement pas si loin des lieux peuplés par les âmes chrétiennes.

Cette dernière année de sa vie fut magnifique. L'automne fut serein, doux, extraordinairement généreux. Les vieux vignobles tatars à l'abandon qui n'avaient pas été nettoyés depuis longtemps avaient offert à leur terre une dernière récolte. Les années suivantes, les vieux sarments avaient complètement dégénéré, et des siècles de labeur avaient été perdus.

Les branches croulaient sous les poires, les pêches et les tomates. On faisait la queue pour le pain, et le sucre avait complètement disparu. Les ménagères faisaient cuire les tomates et les salaient, mettaient les fruits à sécher sur les toits, et les plus habiles, comme Médée, fabriquaient des pâtes de fruit tatares sans sucre. Les porcs ukrainiens se gavaient de fruits blets et sucrés, une odeur doucereuse de fruits pourris flottait sur le Hameau.

À l'époque, Médée dirigeait le petit hôpital. Ce n'est qu'en 1955 qu'on y affecta un médecin, et jusque-là, elle était le seul docteur en titre du Hameau. Le matin, tôt, elle entrait dans la chambre de son mari avec une cuvette d'eau tiède, retirait de son flanc malade l'appareil malcommode et rudimentaire, le nettoyait et lavait la plaie avec une décoction de camomille et de sauge.

Grimaçant, non de douleur, mais de honte, il marmonnait :

— Ce n'est vraiment pas juste ! Moi, j'ai reçu un sac plein d'or, et toi un sac plein de merde...

Elle le nourrissait de semoule liquide, lui donnait à boire un demi-litre de tisane, puis, plaçant un baquet près de lui, attendait que la semoule, après avoir accompli son bref trajet, s'écoulât par la plaie ouverte. Elle savait ce qu'elle faisait : les tisanes nettoyaient son corps du poison de la maladie, mais la nourriture n'était pratiquement pas assimilée. La mort, à laquelle ils se préparaient tous deux, serait due à l'épuisement et non au poison.

Au début, Samuel, dégoûté, se détournait, il souffrait de voir mis à nu ces processus physiologiques répugnants, puis il avait senti que Médée ne faisait pas le moindre effort pour cacher sa répulsion, et qu'une infection sur les bords de la plaie ou un retard dans l'écoulement de cette semoule, qui changeait à peine d'aspect, la bouleversaient en fait beaucoup plus que l'odeur nauséabonde.

Les douleurs étaient violentes, mais intermittentes. Parfois, quelques jours s'écoulaient paisiblement, puis un obstacle se formait à l'intérieur, Médée lavait alors la colostomie avec de l'huile de tournesol bouillie, et tout rentrait dans l'ordre. Il était quand même vivant, et elle était prête à supporter ce fardeau indéfiniment...

Chaque matin, elle passait trois heures auprès de lui, partait à son travail vers huit heures et demie, et repassait à l'heure du déjeuner. Parfois, quand elle faisait équipe avec la vieille infirmière Tamara Stépanovna, celle-ci la laissait partir après le déjeuner, et elle ne retournait pas travailler.

Samuel sortait alors dans le jardin, elle l'installait sur un fauteuil et s'asseyait auprès de lui sur un banc, épluchant des poires avec un petit couteau à la lame presque entièrement rongée, ou pelant des tomates ébouillantées.

Vers la fin de sa vie, Samuel était devenu peu loquace, et ils restaient assis en silence, à savourer leur présence mutuelle, leur paix et leur amour désormais sans le moindre nuage. Médée, qui n'avait jamais oublié sa rare incapacité native à faire le mal, ni cet épisode qu'il considérait comme une honte ineffaçable et, elle, comme la manifestation authentique de son âme douce et humble, se réjouissait à présent du courage silencieux avec lequel il supportait la douleur, s'avançait sans peur vers la mort et ruisselait littéralement de gratitude envers la création tout entière, et plus particulièrement envers elle, Médée.

Il installait généralement son fauteuil de façon à voir les montagnes plates et les collines enrobées d'une brume gris-rose.

— Les montagnes d'ici ressemblent à celles de Galilée ! – disait-il en répétant les paroles d'Alexandre Aramovitch qu'il n'avait jamais vu, pas plus que les montagnes de Galilée. Il avait seulement entendu Médée en parler.

Lentement, il déchiffrait le livre dont il avait récité des extraits moins bien que tout le monde à la fête de sa majorité juive cinquante ans plus tôt. Les mots oubliés remontaient du fond de sa mémoire comme des bulles d'air, et si ce n'était pas le cas, si les lettres carrées refusaient de lui révéler leur précieux sens, il en cherchait une interprétation approximative dans le texte russe, à côté.

Il avait vite compris que ce livre ne se prêtait pas à une traduction exacte. Au terme de son existence lui étaient révélées des choses qu'il n'avait jamais soupçonnées : que les mots n'expriment pas pleinement la pensée, seulement de façon très approximative, qu'il existe un écart, une brèche entre la pensée et les mots, et que, cette brèche, on la comble grâce à une tension de la conscience qui vient compléter les possibilités limitées du langage. Pour arriver jusqu'à la pensée, que Samuel se représentait à présent comme un cristal, il fallait dépasser le texte – la langue, elle, voilait le précieux cristal par des termes douteux dont les frontières fluctuent au fil du temps, par la graphie des mots et des lettres, par la diversité des sonorités.

Il avait remarqué qu'il se produisait certains décalages de sens : les deux langues qu'il parlait, la langue russe et la langue hébraïque, exprimaient les pensées de façon un peu différente.

« National par la forme, divin par le contenu... », se disait-il en souriant. Il avait l'habitude de plaisanter.

Il avait très peu de force. À présent, tout ce qu'il faisait, il le faisait très lentement, et Médée remarquait combien ses mouvements avaient changé, avec quelle gravité, quelle solennité même, il portait sa tasse à ses lèvres, essuyait de ses doigts amaigris ses moustaches qui s'étaient allongées ces derniers mois et sa courte barbe grisonnante. Mais, comme pour compenser ce déclin physique, ou peut-être était-ce dû aux tisanes de Médée, il avait l'esprit clair, et ses pensées, quoique lentes, étaient très précises. Il comprenait qu'il lui restait peu de temps à vivre, mais, chose étonnante, il était complètement délivré du sentiment d'être perpétuellement pressé, de cette agitation qui lui était inhérente. À présent, il dormait peu, ses jours et ses nuits étaient très longs, mais cela ne lui pesait pas : sa conscience avait accédé à une autre perception du temps. Quand il regardait en arrière, il s'étonnait de la vitesse à laquelle s'était écoulée sa vie, et de la longueur de chacune des minutes qu'il passait assis dans son fauteuil en rotin, dos au couchant et face à l'orient, au ciel d'un bleu mauve qui allait s'obscurcissant, aux collines qui, de roses, devenaient d'un bleu ténébreux en l'espace d'une demi-heure.

En regardant de ce côté, il fit encore une découverte : il se rendit compte qu'il avait vécu toute sa vie non seulement dans l'agitation, mais aussi en proie à une peur profonde qu'il se cachait à lui-même, ou plutôt à de nombreuses peurs, dont la plus vive était la peur de tuer. À présent, quand il songeait à cette horrible histoire de Vassilichtchevo, à cette tuerie qu'il aurait dû diriger et qu'il n'avait jamais vue, se réfugiant honteusement dans une crise nerveuse, il remerciait le ciel de cette faiblesse indigne d'un homme, de cette émotivité féminine qui l'avait sauvé d'un assassinat.

« Lâche, lâche ! » se disait-il à lui-même, mais même là, il ne laissait pas passer l'occasion de faire de l'ironie : « Elle l'a aimé pour sa lâcheté, et lui, pour l'indulgence qu'elle lui manifestait[1]... » Et cette lâcheté – c'était ainsi que Samuel se jugeait à présent –, il l'avait toujours cachée derrière les femmes...

1. Parodie d'une phrase prononcée par Othello, dans *Othello* de Shakespeare.

Un psychanalyste aurait peut-être tiré de son cas un complexe au nom mythologique, en tout cas, il aurait sûrement expliqué l'activité sexuelle effrénée du dentiste par le refoulement inconscient de sa peur face à une vie sanguinaire, au moyen de simples mouvements de va-et-vient dans la chair moelleuse et complaisante de dames plantureuses… En épousant Médée, il avait trouvé dans son courage à elle un refuge contre cette peur éternelle… Ses fanfaronnades, ses boutades, son désir de toujours faire rire son entourage, venaient de quelque chose qu'il savait intuitivement : le rire tue la peur. Il s'avérait qu'une maladie mortelle pouvait elle aussi délivrer de la peur de la vie.

Le dernier chien enragé prêt à mordre chaque Juif au talon fut le cosmopolitisme. Avant même que le terme fût introduit et se fût étoffé de l'attribut inexorable et détaillé d'« idéologie bourgeoise réactionnaire », dès la première publication de Jdanov[1], Samuel avait surveillé avec anxiété les journaux, dans lesquels cette bulle se gonflait et se dégonflait tour à tour. De son poste socialement insignifiant, mais matériellement plus que convenable, de médecin prothésiste régional, qu'il occupait depuis le temps où il avait honteusement déserté les rangs des premiers seigneurs de l'histoire pour rejoindre le troupeau des observateurs-cobayes, Samuel avait prévu chaque nouvelle déportation de peuples. À l'époque, on avait déjà déporté hors de Crimée les Tatars, les Allemands, une partie des Grecs du Pont et les Caraïtes, et

1. Membre du Politburo qui orchestra dès 1946 une nouvelle vague de répressions.

il avait conçu une idée ingénieuse : prendre les devants, signer un contrat pour partir travailler cinq ans dans le Nord, et attendre là-bas que les choses se tassent.

Déjà avant sa maladie, il se promenait souvent avec son ami Pavel Nicolaïevitch Chimès, un physiothérapeute du sanatorium de Soudak, dans le parc bien entretenu qui dépendait autrefois de la villa des Stépanian, et ils discutaient à voix basse de la grande Histoire considérée sous son aspect opérationnel, immédiat…

À la fin du mois d'octobre 1951, un dimanche matin tôt, le docteur Chimès arriva de Soudak avec un demi-litre d'alcool coupé d'eau, ce qui était un présent extrêmement bizarre de la part de ce médecin sans aucun penchant pour l'alcoolisme, et au grand étonnement de Samuel, il demanda à Médée de les laisser seuls.

Après quoi, faisant claquer son dentier assez mal ajusté – qui, il faut le préciser, n'était pas l'œuvre de Samuel – et tambourinant sur la table du bout des doigts, il lui avait annoncé que c'était la fin. La veille, il y avait eu au sanatorium une réunion du Parti, au cours de laquelle, avec une lourdeur intellectuelle typiquement provinciale, il avait été accusé de cosmopolitisme à cause de la malheureuse douche de Charcot, qu'il avait prônée pendant des années parmi d'autres méthodes thérapeutiques, toutes élaborées par des médecins allemands à la fin du siècle dernier.

— Le directeur du sanatorium, cet imbécile, croyait que Charcot était ukrainien ! Quelqu'un lui a ouvert les yeux… Alors voilà ce que je me suis dit, Samuel : si je lui montrais le certificat ? Je l'ai gardé, il est chez moi, chuchota Chimès.

— Quel certificat ? Qui prouve que Charcot était ukrainien ? fit Samuel, étonné.

— Mon certificat de baptême ! Ils me croient juif, c'est ça, le fond du problème, mais mon père s'est fait baptiser et il a fait baptiser toute la famille en 1904, à la veille du pogrome… Que faire ? Mais que faire ?

Il enfouit sa tête chauve entre ses mains.

Il était quand même resté un vrai Juif, car un chrétien orthodoxe, en un instant pareil, ne se serait jamais permis d'oublier la bouteille qu'il avait apportée. Samuel gratta sa barbiche et répondit avec son humour coutumier :

— Garde ton certificat pour ton enterrement, comme ça tes curés pourront chanter leurs *kaddish* chrétiens sur ton cadavre. Ce n'est pas une solution. De toute façon, pour les Russes, tu restes un Juif, et pour les Juifs, tu es pire qu'un goy… Pour ce qui est de Charcot, tu n'as qu'à déclarer à ces ânes que le docteur Charcot a volé son invention… Je ne sais pas, moi, à Botkine ou à Spassokoukotski… Ou encore mieux, à l'académicien Pavlov ! Qu'est-ce que tu as à me regarder comme ça ? Tu n'as qu'à écrire dans ton cabinet de consultation « Douche de l'académicien Pavlov ». Ils se calmeront. Et Pavlov ne t'en voudra pas, il est mort avant la guerre. – Samuel sourit d'un air malicieux. – Et puisque tu es un si fervent orthodoxe, tu peux toujours mettre un cierge à l'église pour lui, ma Médée t'apprendra, elle sait comment on s'y prend…

Le pauvre Chimès s'était vexé, et il était parti. Pourtant, après réflexion, il avait tout de même écrit en grosses lettres rouges « Douche de l'académicien Pavlov ». Et il avait accroché ça. Mais il était trop tard. Il fut licencié, même si l'affiche resta encore accrochée sur la porte pendant plus de deux ans... C'est à ce moment-là, après le départ de Chimès, que Samuel avait senti sa peur remplacée peu à peu par de la compassion : pourquoi donc était-il entouré d'une bêtise aussi insondable... Mais peut-être était-ce la maladie qui avait déjà entamé son travail secret dans le corps apparemment sain de Samuel.

Les chaleurs durèrent exceptionnellement longtemps pour la région, jusqu'à la fin novembre. Mais dès les premiers jours de décembre, commencèrent des pluies glaciales qui se transformèrent très vite en neige et en bourrasques. Bien que la mer fût relativement loin et considérablement plus bas, les tempêtes parvenaient jusqu'au Hameau et forcissaient pendant la nuit. Le vent apportait des masses d'eau visible et invisible, et le coussin liquide suspendu au-dessus de la terre était si compact qu'on avait du mal à imaginer que là-haut, à cinq kilomètres à peine au-dessus de ce magma glacé, brillait un soleil énorme et inépuisable.

Samuel cessa de sortir. Médée rangea son fauteuil en rotin dans la cuisine d'été qu'elle cadenassa pour l'hiver. À présent, elle cuisinait dans la maison, sur le fourneau, et chauffait avec un petit poêle installé par un artisan de Féodossia l'année où ils avaient emménagé, car les Tatars n'avaient pas de poêle chez eux, et vivaient sur le sol en terre battue. Le plancher, lui, avait été posé l'année suivante.

Samuel demanda que l'on accrochât dans sa chambre d'épaisses tentures. Il n'aimait pas la pénombre du crépuscule, tirait les rideaux bleu foncé et allumait la lampe de son bureau. Quand l'électricité était coupée, ce qui arrivait assez fréquemment, il allumait une vieille lampe-tempête qui donnait une vive lumière blanche.

On gardait à présent les fenêtres fermées, Médée faisait constamment brûler dans des cassolettes qu'elle avait fabriquées elle-même une décoction d'huile aux herbes, et il flottait en permanence dans la maison une odeur orientale et sucrée.

Samuel ne lisait pas les journaux, même les cosmopolites, que l'on pêchait de temps à autre dans tous les domaines de la science et de la culture, avaient cessé de l'intéresser.

Il en était déjà arrivé au Lévitique. Ce livre, peu passionnant comparé aux deux premiers du Pentateuque, et adressé principalement aux prêtres, contient presque la moitié des six cent treize interdictions qui sous-tendent la vie des Juifs.

Samuel s'était longuement plongé dans ce livre étrange, et n'arrivait toujours pas à comprendre pourquoi, « de tous les insectes ailés qui marchent sur quatre pattes », on ne pouvait manger que « ceux qui ont des jambes au-dessus de leurs pattes pour sauter sur le sol ». Et même parmi eux, les seuls susceptibles d'être mangés étaient les sauterelles, les « hargols » et les « hagabs », dont personne n'a jamais entendu parler, alors que tous les autres étaient considérés comme impurs.

Aucune, mais absolument aucune explication logique n'était donnée. Elle était taillée à coups de hache et inflexible, cette loi, et de nombreux passages étaient consacrés à toutes sortes de rituels concernant les services religieux dans le temple, ce qui était complètement absurde, étant donné qu'il n'y avait plus de temple depuis longtemps, et qu'il était totalement impossible de le restaurer un jour.

Puis il se rendit compte que les lignes générales de cette loi incontournable, déjà esquissées dans l'Exode, et pleinement élaborées dans le Talmud, envisageaient toutes les situations, imaginables et inimaginables, dans lesquelles peut se retrouver un être humain, et donnaient des instructions précises sur la conduite à tenir dans ces circonstances, et toutes ces interdictions énumérées en vrac n'avaient qu'un seul but : la sainteté du peuple d'Israël et, ce qui allait de pair, le refus absolu des lois de la terre de Canaan.

C'était la voie qui lui avait été proposée dès son jeune âge, et dont il s'était détourné. Plus encore, les lois de la terre de Canaan, qui promettaient non la sainteté, mais un ordre relatif fondé sur la justice, il s'en était aussi détourné et, dans sa jeunesse, il avait trouvé le temps d'œuvrer à la destruction des premières comme des secondes...

À force d'étudier maintenant l'antique loi juive, il en venait à méditer sur la profonde absence de loi dans laquelle vivaient les gens de son pays, lui y compris. En fait, la loi générale était une absence de loi pire que la loi de Canaan, à laquelle étaient soumises à la fois l'innocence et l'insolence, l'intelligence et la bêtise... Et la seule personne, il s'en rendait compte à présent, à vivre réellement selon une loi qui lui était propre, était sa femme Médée. Cette tranquille obstination avec laquelle elle avait élevé les enfants, travaillé, prié et observé ses carêmes, n'était pas une particularité de son caractère bizarre, mais un devoir librement consenti, l'observation d'une loi depuis longtemps abrogée par tous et partout.

À vrai dire, il avait connu d'autres gens comme elle : son défunt oncle Éphraïm, tué accidentellement par un soldat ivre qui avait disparu au coin de la rue sans se retourner ; et peut-être aussi Raïss, un balayeur faible d'esprit, un jeune Tatar dont le petit crâne ne contenait que deux règles : sourire à tout le monde, et nettoyer consciencieusement, avec une méticulosité idiote, les allées du parc du sanatorium...

Lui qui avait l'habitude de partager avec Médée tout ce qui lui passait par la tête, il gardait ces pensées-là pour lui, non par crainte d'être incompris, mais plutôt parce qu'il avait l'impression qu'il ne pourrait les exprimer avec précision. Médée avait deviné, à ses rares déclarations, combien sa vie intérieure avait changé, elle s'en réjouissait, mais elle était trop préoccupée par son état physique pour approfondir cette transformation. Il commençait à souffrir de douleurs dans le dos, et elle lui faisait maintenant des piqûres pour qu'il puisse s'endormir.

Le mois de décembre passa, les tempêtes se calmèrent, mais le temps restait toujours aussi sinistre et glacial. Dès la mi-janvier, ils commencèrent à attendre le printemps. Médée, qui répondait jadis scrupuleusement aux lettres de sa famille, ne se manifestait plus désormais que par de brèves cartes postales : elle avait reçu la lettre, merci, rien de changé, Médée, Samuel...

Elle n'avait pas le temps d'écrire. Durant tout l'hiver, elle n'écrivit que deux vraies lettres – une à Léna et une à Sandra.

Février se prolongea indéfiniment, et de surcroît, comme par un fait exprès, il avait vingt-neuf jours. Mais après le dix mars, le soleil, une fois revenu, ne disparut plus, même pour une heure, et tout se mit soudain à verdir. En revenant du travail, Médée grimpait sur la colline chauffée par le soleil et cueillait des violettes, des asphodèles, qu'elle posait sur une soucoupe à côté de Samuel. Il ne se levait presque pas et ne s'asseyait même plus, car la position assise semblait aggraver ses douleurs. Il mangeait à présent une seule fois par jour, le processus de la digestion était trop épuisant. Son visage continuait à se transformer, Médée le trouvait plus spirituel, superbe.

Le dernier dimanche de mars fut une journée tout à fait chaude, sans vent, et Samuel demanda à être transporté dehors. Elle lava le fauteuil, le fit sécher au soleil et le recouvrit d'une vieille couverture. Puis elle habilla Samuel, et elle eut l'impression que son manteau pesait plus lourd que lui. Il couvrit les vingt pas de son lit au fauteuil lentement, avec une extrême difficulté.

Sur la pente voisine, les tamaris se donnaient un mal fou, leurs branches se gorgeaient de tout le mauve qui s'accumulait en elles. Il regardait les montagnes plates, et elles le regardaient avec affection, d'égal à égal.

— Seigneur, comme il fait bon… Comme c'est beau ! – répétait-il, et les larmes coulaient des coins extérieurs et intérieurs de ses yeux, se perdant dans sa barbe qui avait poussé en pointe.

Médée, assise près de lui sur le banc, ne remarqua pas l'instant où il cessa de respirer, car les larmes continuèrent à couler de ses yeux pendant quelques minutes.

Il fut enterré quatre jours plus tard. Son corps émacié avait attendu patiemment l'arrivée de la famille, sans manifester de signe de décomposition. Alexandra vint avec Sergueï, Fiodor avec Guéorgui et Natacha, Dimitri arriva de Lituanie avec son fils Gvidas, et toute la famille de Tbilissi fit le voyage. Les hommes le portèrent eux-mêmes jusqu'au cimetière local, puis ils se retrouvèrent autour d'un modeste repas funèbre.

Médée avait interdit de faire des gâteaux et d'organiser un repas de fête. Il y avait du riz aux raisins secs, du pain, du fromage, des herbes d'Asie centrale et des œufs durs. Lorsque Natacha lui demanda pourquoi elle avait pris de telles dispositions, Médée répondit :

— Il est juif, Natacha. Et les Juifs ne font pas de repas de funérailles. Ils reviennent du cimetière, s'asseyent par terre, prient et jeûnent pendant plusieurs jours. Je dois avouer que cette coutume m'a semblé appropriée. Je n'aime pas nos repas de funérailles, on y mange et on y boit toujours trop. C'est mieux ainsi...

Après la mort de son mari, Médée se mit à porter des vêtements de deuil, et tout le monde fut frappé par sa beauté, par une étonnante expression de douceur que personne n'avait remarquée en elle jusque-là. C'est avec cette nouvelle expression qu'elle entra dans son long veuvage.

Toute cette année-là, ainsi qu'il est prescrit, Médée lut les Psaumes, et attendit des nouvelles d'outre-tombe de son mari avec autant d'assiduité que l'on attend le facteur devant apporter une lettre envoyée depuis longtemps. Mais elle ne recevait toujours rien. Plusieurs fois, elle eut l'impression que le rêve tant attendu commençait, que tout était rempli de la présence de son mari, mais cette attente tournait brutalement court, dans son rêve, du fait de l'apparition d'une personne hostile ou inconnue, et dans la réalité, à cause d'une forte rafale de vent qui faisait claquer la fenêtre et balayait le rêve.

Elle rêva de lui pour la première fois au début du mois de mars, peu avant l'anniversaire de sa mort. C'était un rêve bizarre qui ne lui apporta aucun réconfort. Il s'écoula plusieurs jours avant qu'il reçût une explication.

Samuel lui était apparu en blouse blanche – ce qui était une bonne chose – les mains tachées de plâtre ou de craie, le visage très pâle. Il était assis à son bureau et tapait avec un maillet sur un objet métallique déplaisant et pointu, mais ce n'était pas un dentier. Puis il s'était tourné vers elle, s'était levé. Et elle s'était aperçue qu'il avait entre les mains un portrait de Staline qu'il tenait, Dieu sait pourquoi, à l'envers. Il saisit son maillet, donna un petit coup sur le bord du verre et l'enleva avec soin. Mais tandis qu'il manipulait le verre, Staline avait disparu, et à la place, il y avait une grande photographie de Sandra jeune.

Le jour même, on annonça la maladie de Staline, et quelques jours plus tard, sa mort. Médée observait la violence du chagrin, la sincérité des larmes, et aussi les malédictions muettes de ceux qui ne pouvaient partager ce chagrin, mais elle restait parfaitement indifférente à cet événement. Elle était bien plus préoccupée par la deuxième partie du rêve : que faisait Sandra dans ce rêve, et qu'est-ce que sa présence annonçait ? Médée était en proie à une vague angoisse, et faillit même aller à la poste pour téléphoner à Moscou.

Deux semaines s'écoulèrent. L'anniversaire de la mort de Samuel arriva. Ce fut une journée pluvieuse et, le temps de rentrer du cimetière,

Médée fut complètement trempée. Le lendemain, elle décida de trier les affaires de son mari, de distribuer certaines choses, et, surtout, de mettre la main sur des instruments et une petite roulette allemande qu'elle avait promis au fils d'une amie de Féodossia…

Elle fit une pile des chemises, mit de côté pour Fiodor un costume en excellent état – cela lui servirait peut-être. Il y avait aussi deux pulls encore tout imprégnés de l'odeur vivante de son mari, et elle les prit un instant dans ses mains, ayant décidé de ne les donner à personne, de les garder pour elle… Au fond de l'armoire, en bas, elle trouva la sacoche militaire remplie de certificats de toutes sortes : un diplôme de fin d'études de l'école dentaire délivré par le commissariat du peuple à la Santé, un brevet de la faculté ouvrière, quelques attestations et des félicitations officielles.

« Je vais ranger ça dans la malle », se dit-elle, et elle ouvrit une petite poche latérale presque invisible. Il y avait là une mince enveloppe écrite de la main de Sandra. La lettre était adressée à S. I. Mendès, poste restante à Soudak. C'était bizarre.

Elle ouvrit machinalement l'enveloppe, et buta sur la première ligne.

« Samocha chéri », disait l'écriture de Sandra. Personne ne l'avait jamais appelé ainsi. Les gens plus âgés l'appelaient Samonia, les plus jeunes Samuel Iakovlévitch.

« Tu t'es avéré bien plus perspicace que je ne l'aurais cru ! lut Médée. Effectivement, c'est vrai, mais il ne s'ensuit rien du tout, et il vaudrait mieux que tu oublies sur-le-champ ta découverte, et pour toujours. Ma sœur et moi, nous sommes exactement l'inverse l'une de l'autre, elle, c'est une sainte, et moi je suis une triple garce. Mais je préférerais mourir plutôt qu'elle apprenne jamais qui est le père de cet enfant. Aussi je t'en supplie : détruis immédiatement cette lettre. Cette petite fille est à moi seule, et rien qu'à moi, s'il te plaît, ne te dis pas que tu as un enfant, elle est simplement l'une des nombreuses nièces de Médée. Elle est superbe. Toute rousse, souriante. Apparemment, elle sera très gaie, et j'espère qu'elle ne te ressemblera pas – je veux dire par là, que ce secret restera entre nous. Merci pour l'argent. Il n'était pas superflu, mais pour être franche, je ne sais pas si j'ai envie de recevoir de l'aide de toi. Le plus important, c'est que ma sœur ne se doute de rien. J'ai déjà assez de remords comme ça, qu'est-ce que ce serait si jamais elle apprenait quelque chose… Et pour elle ! Porte-toi bien, Samocha, et sois gai. Sandra. »

Médée lut cette lettre debout, très lentement, et la relut deux fois. Oui, oui. Ils étaient souvent allés à la crique cet été-là, Alexandra et Samuel. Et c'était cet été-là qu'elle avait perdu sa bague de jeune fille.

Ensuite, Médée s'assit sur le fauteuil. Une nuit de l'âme comme elle n'en avait jamais connu s'abattit sur elle. Elle resta assise dans la même position jusque tard dans la nuit. Puis elle se leva et fit ses bagages. Elle ne se coucha pas cette nuit-là.

Au matin, elle était à la station d'autobus, avec son châle noir soigneusement noué, un grand sac à dos et, au bras, un sac qu'elle avait fabriqué elle-même. Au fond du sac, dans une vieille pochette en tapisserie, il y avait sa demande de congé, qu'elle avait décidé d'envoyer une fois en route, ses papiers, de l'argent, et la lettre funeste. Elle prit le premier autobus pour Féodossia.

XII

En attendant à l'arrêt d'autobus avec son sac à dos sur les épaules, Médée se sentait pour le moins dans la peau d'Ulysse. Et sans doute pire encore, car Ulysse, sur les rives de Troie, s'il ne se doutait pas du nombre d'années qu'il mettrait à rentrer, se représentait assez exactement la distance qui le séparait de son foyer.

Tandis que Médée, habituée à mesurer les distances en heures de marche d'un bon pas, ne pouvait même pas imaginer combien le voyage qu'elle s'était inventé était long. En outre, Ulysse était un chercheur d'aventures et un homme de l'eau, il ne laissait passer aucune occasion de retarder son retour, faisant croire pour la forme que son but était son logis primitif à Ithaque, baptisé palais royal, et l'étreinte de la vieille ménagère qu'il avait pour épouse.

Jusque-là, Médée avait passé toute sa vie au même endroit sans jamais le quitter, à l'exception d'un seul et unique voyage à Moscou avec Sandra et son premier-né Sergueï, et cette vie si stable qui se transformait par ailleurs dans la violence et le tumulte – les révolutions, les changements de pouvoir, les Rouges, les Blancs, les Allemands, les Roumains, on déportait les uns et on en amenait d'autres, des nouveaux venus, sans famille – avait fini par donner à Médée la solidité d'un arbre entrelaçant ses racines dans une terre pierreuse, sous un soleil immuable accomplissant son cycle quotidien et annuel, et sous un vent immuable, avec ses odeurs saisonnières tantôt d'algues séchant sur le rivage, tantôt de fruits mûrissant au soleil, tantôt d'absinthe amère.

Mais elle était aussi un être du bord de mer : les hommes de sa famille partaient en mer dès leur enfance. C'était en mer que son père était mort, par la mer qu'étaient partis pour toujours Alexandre Aramovitch Stépanian avec Anaït et Arsène, c'était un vieux navire qui avait emporté sa tante et ses deux frères loin de Batoum, et même sa sœur Anelia, mariée à un Géorgien venu de la montagneuse Tiflis, avait un jour quitté la maison en partant de la nouvelle jetée de sa chère Féodossia.

Et, bien qu'il n'y eût aucune voie maritime menant à cette ville lointaine pour laquelle elle avait pendant des années remis le voyage qu'elle venait de décider en une nuit, elle avait résolu de faire ne fût-ce qu'une partie du trajet par mer, le début, de Kertch à Taganrog.

Les deux premières étapes de son périple, du Hameau à Féodossia et de Féodossia à Kertch, lui étaient aussi familières que la traversée de son jardin. En arrivant à Kertch vers le soir, elle se retrouva à la frontière de son territoire, dont la vieille Pantikapeïa était le point le plus oriental.

Sur le port, Médée apprit que les liaisons maritimes ne débutaient qu'en mai, les rares navires qui faisaient la traversée de Kertch à Taganrog ne transportaient que des marchandises et ne prenaient pas de passagers. Elle perdit courage, comprenant qu'elle avait commis une première erreur : elle aurait quand même dû passer par Djankoï, sans se laisser tenter par des détours maritimes.

Se détournant avec dégoût des eaux putrides et jaunâtres de la mer d'Azov, elle alla voir sa vieille amie Tacha Lavinskaïa, qui s'adonnait depuis sa jeunesse au « farfouillage », comme disait en plaisantant son mari, le vieux docteur Lavinski, un intellectuel et un bibliophile, une curiosité locale presque aussi célèbre que le caveau de Diane.

Les Lavinski habitaient dans l'enceinte du musée, dont leur appartement était pour ainsi dire une filiale : il était rempli d'éclats friables de pierre de Kertch, de poussière antique et de papiers desséchés.

Tacha ne reconnut pas tout de suite Médée, car elles ne s'étaient pas vues depuis plusieurs années, depuis la maladie de Samuel, lorsque leurs rares amis, certains par délicatesse, d'autres par égoïsme, avaient presque cessé de leur rendre visite au Hameau.

Une fois qu'elle l'eût reconnue, elle se jeta à son cou sans lui laisser le temps d'enlever son sac à dos.

— Attends, attends, ma petite Tacha, je vais d'abord me débarrasser ! dit Médée en la repoussant. Laisse-moi me laver ! Samuel disait que Kertch est le pôle mondial de la poussière.

Le printemps était humide, il ne pouvait être question de poussière, mais Médée avait une telle foi dans les paroles de son défunt mari qu'elle se sentait terriblement poussiéreuse.

Après avoir dégagé le bord de la table en écartant d'un geste familier un monceau de livres déchirés, de feuillets arrachés couverts de dessins minuscules et de rares mots indéchiffrables, Tacha étala de la nourriture sur un journal, sans essayer le moins du monde d'en maquiller l'indigence et l'aspect rebutant.

Sergueï Illarionovitch, vieil époux majestueux d'une femme jadis jeune et belle dont il se refusait généreusement à remarquer la vieillesse précoce et sans beauté, les poils drus et solitaires qui lui poussaient sur le menton et les dents en avant, avait considéré toute sa vie la profonde aversion de Tacha pour les soins du ménage comme une délicieuse singularité. Il n'avait rien perdu de ses élégantes manières archaïques, et régala Médée de poisson séché et en conserve, mets totalement déplacés dans ce port de pêche.

Le vin, en revanche, était excellent, c'était un cadeau. Bien qu'il fût à la retraite depuis longtemps, il n'en continuait pas moins à pratiquer un peu, et les proches qu'il soignait, outre les honoraires habituels, lui apportaient de la nourriture, comme du temps des années de famine presque effacées de sa courte mémoire.

Ayant appris les déboires de Médée, il avait aussitôt appelé le capitaine du port, qui avait promis de lui trouver dès le lendemain une place sur le premier bateau en partance, mais sans garantir aucun confort.

Ils restèrent attablés à bavarder tous les trois jusque tard dans la nuit, terminèrent l'excellent vin, puis burent un mauvais thé, et Tacha, sans s'être intéressée à la raison pour laquelle Médée avait besoin de se rendre à Taganrog, se mit à disserter sur une minuscule grille qu'elle avait découverte dans une couche mésolithique du mont Priazov. Pendant un certain temps, Médée ne comprit pas de quoi elle parlait avec tant de passion, jusqu'au moment où Tacha posa devant elle, sur les restes du poisson, des petits dessins pâteux tracés d'une main sûre, représentant quelque chose qui rappelait le quadrillage du jeu de morpion ; elle déclara que cette grille était l'un des symboles cultuels les plus anciens, connu depuis l'époque paléolithique, qu'il avait été découvert en Égypte, en Crète, en Amérique précolombienne, et maintenant, ici, sur le mont Priazov...

Sergueï Illarionovitch somnolait sur son fauteuil et, réveillé de temps à autre par sa courtoisie innée, hochait en signe d'assentiment sa tête endormie, marmonnait une approbation, puis retombait dans sa somnolence sénile.

Médée, qui n'éprouvait pas le moindre intérêt pour les travaux scientifiques de Tacha, attendait patiemment la fin de sa conférence en s'étonnant qu'elle n'ait pas dit un mot sur sa fille ni sur sa petite-fille, qui vivaient à Léningrad.

Acquiesçant d'un signe de tête au détour des phrases de son amie, elle méditait sur l'opiniâtreté de la nature humaine et sur la pérennité de certaines passions qui résistent à tous les changements, comme ces petites grilles, justement, ces ovales et ces points qui, tracés un jour quelque part, continuent à vivre des milliers d'années dans les coins les plus reculés du monde, dans les caves des musées et les décharges publiques, griffonnées sur la terre sèche et sur des palissades délabrées par des enfants qui jouent...

Au matin, un homme grand et corpulent en

uniforme de la marine sans galons vint la chercher chez les Lavinski endormis, et une heure plus tard, elle se trouvait au milieu de la baie de Kertch, ballottée sur un vieux cargo d'allure aussi familière que s'il avait appartenu à la vieille armada de son grand-père Kharlampi.

Se traînant lamentablement avec force crachotements séniles, le petit rafiot n'arriva à Taganrog que vers le soir. Entre-temps, la bruine s'était transformée en une petite pluie grise, et Médée, qui avait passé douze heures assise sur le pont, le dos bien droit et les genoux étroitement serrés, descendit la passerelle avec l'impression d'être un morceau du banc en bois auquel elle venait de s'arracher, plutôt qu'un être vivant.

Une fois sur le quai, elle regarda autour d'elle : à part un lampadaire solitaire et un garçon qui avait fait le trajet avec elle depuis Kertch plongé dans un gros livre tant qu'il avait fait jour, il n'y avait rien ni personne. Le garçon était dans cette période ultime de l'adolescence où l'appellation « jeune homme » fait encore rougir.

— Dites-moi, s'il vous plaît, jeune homme, quel est le meilleur moyen de se rendre à Rostov-sur-le-Don, le train ou l'autobus ?

— L'autobus ! répondit-il brièvement.

Il avait à côté de lui un panier à deux poignées enveloppé dans un vieux tissu dont l'imprimé avait quelque chose d'agréablement familier. Le regard de Médée s'attardait dessus : des pâquerettes délavées que l'on discernait à peine, rassemblées en bouquets ronds… Le garçon parut saisir son regard et, donnant un coup de pied dans le panier, prononça une phrase incohérente :

— Si ça rentre dans le coffre, il y aura assez de place pour vous.

— Qu'avez-vous dit ? demanda Médée étonnée.

— Mon frère vient me chercher de Rostov. En voiture. Je crois qu'il y aura assez de place pour vous...

— Ah bon ? C'est merveilleux...

La nuit qui avait submergé son âme et ne l'avait plus quittée depuis l'instant où elle avait lu cette lettre affreuse, hâtive et désinvolte, ne l'empêcha pas de se réjouir : « Seigneur, je te remercie de ne pas m'abandonner sur mes chemins, et de m'envoyer tes anges accompagnateurs, comme à Tobie... »

Le jeune homme qui remplissait sans le savoir les fonctions d'ange accompagnateur écarta le panier du bout carré de sa botte, et expliqua à Médée :

— Il a une grande voiture, une Pobeda, mais peut-être transporte-t-il déjà quelque chose...

Le garçon s'exprimait correctement et son intonation avait quelque chose de familier, il était d'une bonne famille. Visiblement, il tirait profit de ses gros livres.

Au bout d'un quart d'heure, un jeune homme râblé s'approcha, embrassa le garçon et lui donna une tape sur l'épaule.

— Bravo, Liocha ! Pourquoi n'as-tu pas amené la tante ?

— Elle a promis de venir cet été. Ses jambes la font souffrir.

— La pauvre... Comment se débrouille-t-elle toute seule, là-bas ?

Ce n'était pas une question en l'air, il attendait la réponse.

— J'ai l'impression que tout va bien. Elle loue une pièce. Le locataire est un type convenable, de Léningrad, il travaille à la station météo. Il lui a apporté du bois. Regarde, elle a envoyé des cadeaux. – Il désigna la corbeille d'un signe de tête. – Je ne voulais pas les prendre, mais elle a insisté...

L'homme haussa les épaules.

— Toujours la même histoire...

Il prit le panier. Le garçon l'arrêta.

— Tolia, cette dame va à Rostov, elle aussi. Il y a de la place dans la voiture ?

Tolia se tourna vers Médée, comme s'il venait juste de la remarquer, alors qu'elle était restée debout à côté d'eux pendant toute leur conversation.

— Il y a de la place. Je vous emmène. Vous allez où, à Rostov ?

— À la gare de chemin de fer.

— Donnez votre sac à dos !

Il tendit la main et passa la courroie du sac sur son épaule.

Médée continuait à murmurer en son for intérieur : « Seigneur, je te remercie pour tous tes bienfaits, pour tout ce que tu m'envoies, et donne-moi de tout accepter sans rien refuser... »

C'était là son éternelle conversation avec Dieu : un mélange de prières apprises par cœur il y a bien longtemps, et de sa propre voix, vivante et pleine de gratitude.

Ayant à peine eu le temps de se dégourdir les os après sa longue immobilité sur le pont, Médée se trouvait maintenant assise dans la voiture, d'ailleurs chaude et confortable. Très vite, ses vêtements humides, même s'ils ne séchaient pas, s'imprégnèrent de sa chaleur à elle. Elle s'était assoupie et, à travers son demi-sommeil, entendait des bribes de la conversation entre les frères : ils parlaient du mariage d'une sœur, d'un institut pédagogique où le garçon était en première année, de Simféropol, de la tante qu'il était allé voir à Stary Krym.

« Il faudrait que je rende visite à Nina », se dit confusément Médée à travers son sommeil, songeant à une ancienne voisine de Féodossia qui avait déménagé à Stary Krym après l'incendie qui avait détruit sa maison dans leur ancienne rue. Dans son demi-sommeil, Médée revoyait Nina, sa vieille mère, devenue folle cette nuit-là, sa petite sœur avec sa brûlure au bras qu'elle s'était sur-le-champ employée à soigner avec un remède de bonne femme primitif et éprouvé...

Ils débarquèrent Médée à la gare de chemin de fer en pleine nuit, dans l'obscurité la plus totale. Le conducteur prit son sac et l'accompagna jusqu'aux caisses. Une longue queue muette attendait en face d'un guichet, les deux autres étaient fermés si hermétiquement qu'on aurait dit qu'ils ne s'ouvraient jamais.

Médée s'arrêta près de l'un des guichets condamnés et remercia le conducteur. Il ôta le sac à dos de son épaule, le posa par terre et dit d'une voix hésitante :

— Je pourrais peut-être vous emmener chez nous pour l'instant, et vous partiriez demain matin. Vous voyez ce qui se passe ici...

Médée n'avait pas eu le temps de le remercier que le guichet près de son épaule s'ouvrait et, sans même songer à s'étonner, elle demanda un billet pour Tachkent.

— Il n'y a que des troisièmes, prévint la caissière. Et il faudra changer deux fois, à Saratov et à Salsk.

— Bien, dit Médée.

La foule se rua aussitôt en hurlant et en vociférant sur le guichet qui s'était ouvert à l'improviste, et une empoignade véhémente s'engagea : les uns voulaient garder l'ordre antérieur de la queue, les autres, qui étaient au bout et se trouvaient à présent plus près du but, n'en avaient pas la moindre envie.

Une minute plus tard, se faufilant à grand-peine à travers la foule qui s'affrontait dans un corps à corps frénétique au nom de la justice, Médée, son billet à la main, prit son sac à Anatoli. Il se contenta d'écarter les bras.

— Eh bien, on peut dire que vous avez de la chance !

Ils sortirent sur le quai, sans voir que le guichet qui venait de délivrer son billet à Médée s'était aussitôt refermé ; la foule, divisée à présent en deux camps, entrait en effervescence devant les deux guichets fermés, et des mains impatientes tambourinaient sur le contreplaqué muet.

Le train de Médée arriva au bout de douze minutes, quoique avec un retard de cinq heures, et c'est seulement après avoir quitté Rostov qu'elle comprit pourquoi le tissu aux pâquerettes lui avait paru si familier : c'était un de ses rideaux à elle, qu'elle avait donné à Nina après l'incendie avec bien d'autres objets indispensables, trente ans auparavant… Par conséquent, la tante de Stary Krym dont ils parlaient était son ancienne voisine Nina, et les jeunes gens, les fils de la petite fille dont Médée avait soigné la brûlure cette nuit-là…

Elle sourit en son for intérieur et se rasséréna : l'ordre du monde, en dépit de sa population croissante et de sa pagaille, était toujours le même, tel qu'elle comprenait : il se produisait de petits miracles, les gens se rencontraient, se séparaient, et tout cela formait un superbe dessin...

Elle sortit de son sac à dos deux biscottes et un grand thermos allemand muni d'un couvercle. Le thé, préparé à Kertch, était brûlant et sucré...

Elle passa près de quatre jours assise à la fenêtre du wagon, s'allongeant de temps en temps sur la couchette du bas, et s'endormant d'un sommeil intermittent et trépidant, au fond duquel reposait toujours la lie sombre d'une nuit qui ne se dissipait pas.

Le train avançait lentement, avec d'innombrables petits arrêts et d'interminables attentes absurdes aux croisées des voies. L'horaire avait déjà été décalé depuis l'instant où le train était parti avec un important retard pour sa destination finale. À toutes les gares et à tous les arrêts, il était accueilli par une foule fatiguée d'attendre. Dans ce convoi lent et crasseux, il n'y avait pas beaucoup de gens qui faisaient un aussi long voyage que Médée.

La plupart d'entre eux, chargés de paniers, de sacs et de baluchons, ne montaient que pour quelques stations, s'entassaient dans les couloirs, et quittaient le wagon en laissant derrière eux des relents nauséabonds et des débris de graines de tournesol.

Si elle avait connu tous les troubles de la Crimée et se souvenait des épidémies de typhus, de la famine et du froid, Médée n'avait jamais pris part aux énormes déplacements de population qui avaient accompagné l'histoire de sa patrie, elle ne connaissait que par ouï-dire les trains de marchandises, les wagons à bestiaux, et les queues pour l'eau chaude dans les gares.

Alors qu'elle avait déjà dépassé la cinquantaine, c'était la première fois qu'elle s'arrachait, et qui plus est, de sa propre initiative, à sa chère vie sédentaire, et elle considérait avec stupéfaction les hordes innombrables qui sillonnaient cette immense terre en jachère jonchée de fer malade et de pierres brisées. Le long des remblais de la voie ferrée, sous l'herbe fine du printemps, gisait la guerre, terminée depuis huit ans, sous forme de cratères aplatis remplis d'eau brunâtre, de décombres et d'ossements incrustés dans le sol, dont la terre était gorgée de Rostov à Salsk et de Salsk à Stalingrad.

Il semblait à Médée que la terre gardait la mémoire de la guerre plus profondément que toute cette multitude qui venait de pleurer à grands cris et à l'unisson la mort toute récente de Staline. Quelques semaines à peine s'étaient écoulées depuis cette mort, et tous ses compagnons de voyage l'évoquaient constamment dans leurs conversations.

Elle entendit bien des choses fantastiques : un vieux cheminot, qui revenait lui-même de l'enterrement de sa mère, racontait à voix basse l'hécatombe qui s'était produite à Moscou le jour des adieux à Staline, et les manigances des Juifs qui en étaient responsables ; un autre homme, lugubre, avec une jambe de bois et une poitrine bardée de décorations, parlait d'une ville souterraine bourrée d'armes américaines ultra-secrètes que l'on aurait trouvée par hasard en creusant en plein Moscou ; deux institutrices se rendant à une réunion locale discutaient entre elles sur un ton préoccupé et professionnel pour savoir qui allait maintenant conduire le pays à ce fameux communisme… Sur quoi un paysan éméché, qui n'avait pas enlevé sa chapka à oreillettes d'Ilovinskaïa à Saratov et qui, pendant tout le trajet, avait écouté en silence leur bruyant caquetage, ôta soudain sa chapka au moment de sortir, découvrant une calvitie pie, cracha par terre et déclara d'une voix forte :

— Vous êtes d'indécrottables idiotes ! Ça ne pourra jamais être pire que maintenant !

Médée, face à la fenêtre, sourit. Elle avait pris l'habitude dès son plus jeune âge de considérer les changements politiques comme les changements de temps, avec une résignation prête à tout endurer, à geler l'hiver et à transpirer l'été… Elle ne s'en préparait pas moins d'avance à chaque saison, à l'hiver avec du bois de chauffage, et à l'été avec du sucre pour les confitures, si l'on pouvait en trouver quelque part. Elle n'avait jamais rien attendu de bon du pouvoir, restait sur ses gardes, et se tenait le plus loin possible de ceux qui le touchaient de près.

Pour ce qui était du Guide, sa famille était depuis longtemps en compte avec lui. Bien avant la révolution, à Batoum, il avait détourné du droit chemin Irakli, le mari de sa tante, qui s'était trouvé mêlé à une pénible histoire d'attaque de banque, dont sa famille l'avait tiré en rassemblant une grosse somme d'argent…

Dans le Hameau, le jour de la mort du Guide, on avait accroché des drapeaux en berne et on avait organisé des meetings. Un responsable du

Parti était venu de Soudak, pas le plus important, un nouveau. Il avait prononcé un discours, puis on avait joué une musique solennelle, deux femmes du pays, Sonia, la vendeuse du magasin, et Valentina Ivanovna, l'institutrice, avaient fondu en larmes, et tout le monde avait décidé d'envoyer un télégramme de condoléances à « Moscou, Kremlin... ». Médée, plus à sa place que n'importe qui dans sa tenue de deuil, était restée le temps qu'il fallait, puis était allée dans sa vigne et l'avait désherbée jusqu'à la nuit...

Tout cela était pour elle la rumeur lointaine d'une vie qui lui était étrangère. À présent, ses compagnons de voyage, tous ces individus qui, pris un par un, constituaient le peuple, s'inquiétaient à voix haute, ils avaient peur de leur avenir d'orphelins, ils pleuraient, d'autres, silencieux, se réjouissaient discrètement de la mort du tyran, mais les uns comme les autres devaient désormais affronter quelque chose de nouveau, apprendre à vivre dans un monde qui avait changé en une nuit.

Il était bizarre que Médée aussi, pour des raisons entièrement différentes, ressentît un sentiment analogue. La lettre qui se trouvait tout au fond de son sac l'obligeait à poser un regard neuf sur elle-même, sur sa sœur et sur son mari et, surtout, à se résigner à un fait qui lui semblait totalement impossible.

Une liaison entre son mari, qui l'avait vénérée durant toutes leurs années de mariage et avait idéalisé ses qualités, en partie imaginaires, et sa sœur Alexandra, un être qu'elle connaissait à fond, n'était pas seulement impossible pour des raisons banales. Un tabou suprême avait été transgressé,

Médée le sentait bien, mais à en juger par la lettre guillerette de Sandra et par son ton léger, celle-ci n'avait même pas remarqué ce crime familial et secret. Rien que le désir d'éviter le désagrément de révélations gênantes...

Le fait que la situation présente n'exigeait ni décision ni acte avait quelque chose de particulièrement douloureux. Tous les malheurs qu'elle avait connus jusque-là dans sa vie – la mort de ses parents, la maladie de son mari – avaient exigé d'elle une tension physique et morale ; ce qui lui arrivait maintenant n'était que l'écho d'une vieille histoire, Samonia n'était plus de ce monde, mais il restait sa fille Nika, et il était impossible de s'expliquer avec lui par-delà la mort.

Son mari l'avait trompée, sa sœur l'avait trahie, même le destin s'était joué d'elle en la privant d'enfant et en plaçant celui de son mari – celui qui lui était destiné à elle – dans le corps joyeux et insouciant de sa sœur...

La nuit qui régnait dans son âme était rendue plus épaisse encore par le fait qu'elle, une femme toujours active, était obligée de passer des journées entières assise à une fenêtre, tout le mouvement se produisait uniquement à l'extérieur, dans le défilement du paysage dehors et le léger remue-ménage des gens dans le wagon.

Le voyage durait trois jours et demi, et comme l'itinéraire était assez capricieux, avec un crochet considérable vers le nord et, qui plus est, dans les profondeurs du continent, c'était comme si elle devançait le printemps : après avoir quitté une Crimée verdoyante, elle retrouva dans les contreforts de l'Oural la neige tassée dans les crevasses, la terre nue figée par les gelées nocturnes, puis de nouveau, dans les steppes du Kazakhstan, elle rattrapa le printemps dans toute la plénitude d'une chaude floraison de tulipes multicolores.

Le train arriva à Tachkent tôt le matin, elle en descendit avec un sac à dos amaigri et, sachant que sa famille habitait non loin de la gare, demanda son chemin.

La rue s'appelait « rue des Douze-Tilleuls », mais les tilleuls, s'il en avait jamais poussé, s'étaient discrètement évaporés parmi les abricotiers en fleur plantés le long de la route, au bord des canaux. C'était l'heure la plus matinale, la plus neuve, le moment préféré de Médée, et après la vie pénible et sale du chemin de fer, elle ressentait avec une acuité particulière la pureté sacrée du matin, ses effluves dans lesquels des odeurs connues se mêlaient à des senteurs inconnues : la fumée d'un bois de chauffage différent, et l'arôme âcre de la viande. Mais tout était recouvert par le parfum dense du lilas qui suspendait ses grappes lourdes et bleues, comme du raisin, sur les maisons en pisé et les palissades en bois. Même les oiseaux semblaient chanter dans une langue étrangère, leurs pépiements sonnaient différemment, on aurait dit des crépitements.

Tandis qu'elle avançait dans cette rue sans fin en savourant le plaisir de la marche, les épaules légèrement voûtées par la courroie de son sac à dos sous lequel elle avait arrimé son petit manteau, à la manière des soldats, ses yeux enregistraient, outre les numéros des maisons, le moindre menu détail, la moindre nouveauté : une tourterelle d'un gris rosé, par exemple, était tranquillement perchée sur une palissade ; Médée connaissait cet oiseau depuis qu'elle était toute petite, mais en Crimée, il était craintif, farouche, et ne venait jamais dans les villes.

L'atmosphère lourde du voyage dont elle avait l'impression d'être revêtue était balayée par les faibles vagues de cette brise matinale qui, elle le savait, se levait toujours à l'aube… Soudain, au loin, venant de l'orient, un cri arriva, porté par le vent. Il semblait lui aussi se propager par vagues, c'étaient des voix haut perchées, des voix d'enfants :

— L'eau ! L'eau est lâchée ! *Souvguia !*

Aussitôt, plusieurs gamins jaillirent des barrières et des portails, et des têtes d'enfants surgirent au-dessus des palissades. Une vieille femme corpulente en bottes de feutre, avec une chemise ukrainienne tout élimée sur la poitrine, se dirigea vers le canal.

Médée s'arrêta. Elle savait ce qui allait se passer et attendait cet instant. Le fond du canal peu profond était recouvert d'une pellicule lisse d'un brun pâle, comme de la peau sur du lait bouilli, des pétales roses tombant des abricotiers s'y posaient lentement, portés par la brise matinale, et voilà qu'on entendait déjà le murmure de l'eau, et juste devant sa petite langue brune moussait un nuage rose de poussière de fleurs.

Dans la rue, le cri s'était tu, l'eau gargouillait déjà. Les enfants et les vieillards ouvraient les rigoles amenant l'eau des canaux jusque dans leur cour. C'était l'irrigation du matin…

Près de la maison de Léna, Médée rencontra un petit garçon blond d'une dizaine d'années. Il venait de faire entrer l'eau dans la cour et lavait son visage couvert de taches de rousseur avec une eau brunâtre, d'aspect un peu suspect.

— Bonjour, Chourik ! lui dit Médée.

Il sursauta légèrement et disparut dans un buisson en criant :

— Maman ! Tu as de la visite !

Une fois dans la cour, Médée regarda autour d'elle : trois petites maisons, dont l'une avec une véranda et un perron surélevé, et deux blanchies à la chaux, plus simples, formaient un carré au milieu duquel se dressait un cognassier, et sur le côté, sortant de la cuisine d'été protégée par un auvent, se dirigeait lentement vers elle, grisonnante et replète, vêtue d'un tablier blanc avec une bavette très haute, sa chère Léna... Elle ne reconnut pas immédiatement Médée, mais dès qu'elle l'eut reconnue, elle écarta les bras et courut vers elle en poussant une exclamation joyeuse et un peu ridicule :

— L'amour de ma vie ! L'amour de ma vie est arrivé !

Des fenêtres et des portes claquèrent. Le vieux chien berger, dans sa niche, se réveilla enfin et aboya énergiquement, sentant qu'il avait failli à son devoir. La cour se remplit d'une foule innombrable – ce fut du moins l'impression de Médée. Mais c'était une foule familière, une foule familiale : Natacha, la fille de Léna, avec son Pavlik de sept ans, Guéorgui, le fils cadet de Léna, qui s'était transformé l'hiver dernier en un beau jeune homme, et une petite vieille toute maigre avec une béquille.

« La vieille nourrice Galia », devina Médée.

Sur le perron, son visage hautain de beauté orientale légèrement penché sur le côté, se tenait Choucha, la fille aînée de Natacha, âgée de treize ans, en chemise de nuit blanche, presque entièrement recouverte de ses longs cheveux brillants d'Asiatique.

Chourik, le blondinet, s'était caché derrière le tronc d'un pêcher d'où il observait la scène.

— Ah, Seigneur ! Et Fiodor qui est en voyage d'affaires, il est parti hier ! se lamentait Léna, toujours sans lâcher Médée. Pourquoi n'as-tu pas prévenu ? Guéorgui serait allé te chercher !

Toute la famille, massée autour d'elle, attendait son tour d'être embrassée. Seule Galia se précipita en bougonnant vers le fourneau délaissé où se produisait une catastrophe culinaire : une fumée noire s'élevait de la poêle.

— Vite, du thé, du thé ! Non, quelle idiote, du café, plutôt du café ! Ah, l'amour de ma vie, l'amour de ma vie est arrivé ! – caquetait Léna, répétant chaque mot deux fois et balayant l'air autour de sa tête en un geste unique au monde, qui ne lui appartenait qu'à elle.

En voyant ce geste que faisait Léna avec son poignet menu, et qui lui était complètement sorti de la mémoire, Médée éprouva un violent sentiment de bonheur.

Depuis 1920, depuis qu'elle avait accompagné à la gare de Féodossia son frère Fiodor partant pour un nouveau poste avec sa nouvelle épouse, qui lui avait été confiée la veille et qu'il avait reçue de la main ferme de Médée, les amies ne s'étaient revues que deux fois : en 1932, peu après l'installation de Médée et de Samuel au Hameau, et en 1940, quand les Sinopli de Tachkent étaient venus voir Médée en famille.

Cet été-là, le dernier avant la guerre, il y avait eu une grande réunion de famille chez Médée : Sandra avec Sérioja et la petite Lydia, son frère

Constantin, qui devait mourir un an plus tard dès les premiers jours de la guerre, Tacha Lavinskaïa… On ne pouvait pas se retourner dans la maison. Tout pétillait de voix enfantines, du soleil de juillet et du vin de Crimée.

Cette année-là, Fiodor avait reçu le prix d'État et attendait une nouvelle affectation dans un ministère, ou presque.

Médée n'avait pas pu prendre de congé, tous les jours, elle se rendait à son travail, puis elle faisait la cuisine, elle n'arrêtait pas de faire la cuisine… Sa sœur et sa belle-sœur ne demandaient qu'à l'aider, mais Médée n'aimait pas que des mains étrangères touchent à ses affaires, déplacent les objets qui avaient leurs habitudes, et chamboulent ses rangements. Ce n'est qu'avec les années, une fois devenue vieille, qu'elle s'était résignée à laisser ses jeunes nièces jouer les maîtresses de maison dans sa cuisine d'été, et à ne plus rien retrouver.

À cause de tout ce monde et de la cohue qui régnait constamment dans la cuisine, les deux amies n'avaient presque pas eu l'occasion de bavarder. Médée se souvenait seulement de la dernière nuit avant leur départ, lorsqu'elles avaient lavé ensemble la vaisselle du dîner d'adieu, et que Léna, tout en essuyant une pile d'assiettes avec un immense torchon, s'était plainte amèrement de l'insouciance de Fiodor, qui fourrait sa tête dans la gueule du loup. D'avance, elle redoutait sa brillante carrière, qui allait transformer un modeste arpenteur en responsable, ou presque, de tout le système d'irrigation de l'Ouzbékistan.

— Comment est-ce qu'il ne comprend pas ! gémissait Léna. Mon père était membre du gouvernement de Crimée, et cela ne figure dans aucune enquête ! Mais plus on s'élève, plus on se fait remarquer…

Tout de suite après le départ de Léna et de Fiodor, Anelia était arrivée de Tiflis avec sa famille, puis sa sœur cadette Nastia avec son jeune époux, et pendant une courte pause entre les invités, Médée avait écrit à Léna une lettre qui se terminait par ces mots : « Quel dommage que nous n'ayons presque pas pu nous voir ! Sans doute sommes-nous vouées à nous écrire durant le reste de notre vie… »

Ici, à Tachkent, Médée était la seule invitée, unique et bien-aimée. Tous les matins, après avoir expédié les enfants à l'école, Léna et Médée se rendaient au marché de Tchorssin, non loin de la maison, elles achetaient du mouton, les premières herbes, parfois un poulet. Deux poulets ne suffisaient pas pour un repas, mais trois, c'était beaucoup.

Dans cette famille, tous étaient de gros mangeurs, à la surprise de Médée. La fin mars était une saison peu généreuse, on était loin de la profusion estivale des marchés orientaux. Elles remplissaient pourtant leurs filets à ras bords, et faisaient le trajet du retour en tramway.

On se mettait généralement à table tard, vers huit heures, au moment où Fiodor rentrait du travail. Jusque-là, les enfants grignotaient, prenant au passage un quignon de pain ou une galette. En revanche, le repas durait deux heures et, outre les plats habituels de la région – des *samsas*[1], des *lagmans*[2] – il y avait toujours sur la table une

1. Petits pâtés à la graisse de queue de mouton.
2. Pâtes avec une sauce à la viande et aux légumes.

friandise arménienne ; même les *bakhlavas*, Léna savait encore les faire.

Tard le soir, quand le calme était revenu dans la maison, elles restaient longtemps assises toutes les deux à la table débarrassée, devant une réussite sophistiquée que Léna ne faisait guère plus d'une fois par an, passaient en revue leurs souvenirs de jeunesse, à commencer par ceux de leurs années de collège, pouffaient, soupiraient, pleuraient ceux qu'elles avaient aimés et qui avaient disparu dans les débris du passé.

La lourde pierre qui pesait au fond de l'âme de Médée bougeait lentement, mais la conversation ne prenait toujours pas le tour requis pour parler de la lettre. Quelque chose arrêtait Médée, d'ailleurs cette tragédie toute fraîche commençait à lui paraître un peu inconvenante…

Dans la fièvre de la journée, décuplée par la chaleur de la cuisinière, du brasero dans la cour, et de la vapeur des lessiveuses dans lesquelles bouillait constamment du linge dont le bleuissement et l'empesage étaient l'une des faiblesses de Léna, Médée observait leur vie, et notait d'un œil approbateur les habitudes de l'ancienne maison Stépanian, un mélange de largesse envers l'entourage, et d'une certaine ladrerie en ce qui concernait la nourriture. Léna comptait les aubergines et les noix – l'argent, jamais.

Du reste le destin, qui l'avait privée de sa famille très jeune et lui avait enlevé son fils aîné de dix-neuf ans pendant la guerre, ne lui avait jamais donné de connaître la pauvreté. C'était comme s'il était écrit qu'elle vivrait toujours dans de l'or et mangerait dans de l'argent. Chose étonnante, dès la première année de sa vie à Tachkent, elle avait été retrouvée, non sans l'aide de Médée, par la vieille Achkhen, une servante de sa tante de Tiflis, une riche veuve morte sans enfant. Achkhen était venue de Tiflis à pied, apportant les trésors de famille légués par la tante dans une musette de voyage crasseuse.

Léna, qui avait à l'époque perdu tout ce qui lui restait de sa vie passée, avait aussitôt enfilé deux bagues, l'une avec une perle, l'autre avec un diamant bleu, s'était accroché aux oreilles des pastilles d'agate noire avec une minuscule perle au milieu, et avait fourré le reste au fond de la corbeille où elle rangeait la layette destinée à son premier-né, qui promettait de venir bientôt au monde. La vieille Achkhen avait vécu encore six ans chez eux, jusqu'à sa mort.

Cette maison de Tachkent, que Fiodor avait reçue dès son arrivée, Léna l'avait aussitôt meublée selon les traditions de sa famille, adaptées à une aisance fort modeste.

Elle avait baptisé cabinet la meilleure pièce, qu'elle avait attribuée à son mari, et avait installé dans la chambre à coucher deux lits relégués dans la grange par les Ouzbeks qui avaient occupé cette maison après l'ancien propriétaire, l'adjoint du gouverneur, qui s'était tué lors d'une crise d'angoisse sénile au début de l'année 1917.

Dans cette même grange, Léna avait découvert des restes de meubles qui n'avaient pas servi de bois de chauffage. Elle avait transformé en tables de chevet deux tabourets qu'elle avait recouverts de foulards de couleur vive, avait acheté au marché une multitude d'ustensiles en cuivre, et leur logis s'était mis à ressembler de façon indéfinissable tant à leur ancienne maison de Tiflis qu'à leur villa de Soudak et à leur appartement de Genève : on sentait en toute chose le goût de la défunte Armik Tigranovna.

La seconde maison qui donnait sur leur cour, ils l'avaient achetée plus tard pour Natacha, et ils étaient maintenant en pourparlers avec leurs derniers voisins pour acheter également la troisième, qui se trouvait à droite de la maison centrale : Léna rêvait d'y installer Guéorgui.

Médée savait tout cela par les lettres dans lesquelles Léna évoquait les événements un tant soit peu importants. Mais l'essentiel, pour elles, restait la forme même de leur relation, une relation de jeunes filles, confiante, ainsi que le style de leurs lettres, leur écriture, et bien entendu, la langue française, à laquelle elles passaient facilement.

Chacune de leurs lettres était un serment secret de fidélité, bien que les trois quarts fussent consacrées à des rêves, à des pressentiments, aux descriptions d'un arbre sur la route ou d'un visage croisé.

En racontant le mariage de sa fille, Léna décrivait en détail l'étrange tempête de pluie qui avait eu lieu uniquement dans un seul quartier de la ville, à l'instant même où les jeunes mariés étaient sortis de la mairie, et la robe blanche de Natacha, dont le tissu avait rétréci à cause de l'humidité, qui s'était soulevée en découvrant ses genoux dodus, mais elle ne mentionnait pas que le mari de Natacha était un Coréen, Victor Kim, un ingénieur en télécommunications, déjà célèbre dans toute la ville pour ses dons linguistiques extraordinaires. Outre le russe, obligatoire, le coréen, sa langue maternelle, l'allemand, qu'il avait appris à l'école et l'ouzbek, facultatif, il avait aussi discrètement appris l'anglais avant l'âge de vingt-cinq ans, et étudiait le chinois, estimant qu'il lui faudrait y consacrer pas moins de cinq années.

C'est seulement six mois après le mariage, en racontant dans l'une de ses lettres son voyage dans la banlieue de Kouïliouk et en décrivant les *tcheks*, de minuscules champs inondés couverts de rangées d'un riz clair à feuilles minces, que Léna avait mentionné en passant les parents du mari de Natacha, un couple de Coréens ratatinés si semblables et si asexués qu'il était difficile de distinguer qui des deux était le mari, et qui était la femme.

En tout cas, lorsque six mois plus tard, Médée avait reçu la première photo de leur nouveau-née Choucha, elle n'avait pas été surprise par cette frimousse ronde aux yeux fendus dans laquelle on ne pressentait nullement la beauté d'aujourd'hui.

Parfois, pendant la journée, Léna installait Médée sur une chaise longue en toile sous une tonnelle presque entièrement recouverte par les vrilles d'une jeune vigne, lui fourrait dans les mains un livre français provenant de sa bibliothèque constituée ici même, chez l'unique bouquiniste de la ville, et Médée, tout en feuilletant distraitement *Les Liaisons dangereuses* ou *La Chartreuse de Parme*, savourait pour la première fois de sa vie les délices de l'oisiveté et d'une totale détente physique, comme si l'on avait soudain coupé le courant qui maintenait ses muscles sous tension, et chaque fibre de son corps s'étirait avec volupté.

Elle lisait un peu, rêvassait, surveillait vaguement les enfants. Choucha se montrait dédaigneuse et lointaine, elle avait l'air plongée dans ses pensées. Son frère cadet Pavlik passait ses journées à jouer du violon et, quand il apparaissait dans la cour, il était beaucoup trop poli. Médée cherchait en eux des signes héréditaires et n'en trouvait pas : chez ces enfants, le sang asiatique l'avait totalement emporté sur le sang gréco-arménien.

En revanche, bizarrement, le sage Chourik, le petit blondinet qu'ils avaient adopté, possédait toutes les caractéristiques des Sinopli : bien que ses cheveux fins et frisottés n'eussent pas la moindre nuance fauve de la famille, son visage étroit à la peau très blanche était abondamment criblé de taches de rousseur, et surtout – Médée ne l'avait pas remarqué tout de suite, mais une fois qu'elle s'en fut rendu compte, cela l'étonna – il avait l'auriculaire très court, c'était tout juste s'il arrivait au tiers de son annulaire. Du reste, Médée ne s'ouvrit à personne de ses observations.

— Quel gentil petit garçon ! murmura-t-elle en désignant du regard Chourik qui taillait une branche sèche de lilas pour remplacer la poignée de la cafetière qui avait brûlé.

— Je l'aime comme mon propre fils, répondit Léna. Oh, personne ne remplacera pour moi Alexandre ! Mais Chourik... Oui, c'est un bon petit garçon. Sa mère était une Allemande de la Volga déportée. Elle est morte de tuberculose juste après la guerre. Il a d'abord été envoyé dans un orphelinat, il en a bavé, là-bas. Un jour, Fédia est allé le voir. Sa mère avait travaillé à Kokanda, sur une de ses bases. Il y est allé une première fois, puis une seconde fois, et il l'a ramené à la maison. Il fait partie de la famille, maintenant...

Médée écoutait, se taisait, observait. Le cinquième jour, elle remarqua qu'après le repas, Léna emportait une assiette de soupe dans la chambre de Galia, près de l'entrée.

Ayant croisé le regard de Médée, elle expliqua :

— C'est pour Moussia, la sœur cadette de Galia, elle habite chez nous.

— Moussia ? s'étonna Médée qui n'avait jamais entendu ce nom.

— Oui, Moussia. Elle est paralysée, la pauvre, répondit Léna. Sa fille ne veut pas s'en occuper, alors Galia l'a prise.

Et Médée songea aussitôt à la nourrice paralysée d'Armik Tigranovna, que les Stépanian avaient trimbalée partout pendant dix ans, en Crimée et en Suisse, dans un fauteuil en cuivre fabriqué en Allemagne, c'était Armik Tigranovna elle-même qui nourrissait cette vieille femme muette et desséchée, car elle n'acceptait la nourriture des mains de personne d'autre.

Comme tout se répétait...

« Dieu leur enverra toujours la richesse », songea en passant Médée, bien qu'il ne fût guère possible de baptiser « richesse » l'aisance actuelle de la famille. « Personne ne sait en user comme Léna. »

Après avoir donné à manger à cette Moussia que Médée n'eut jamais l'occasion de voir, Léna s'en prit violemment à Galia : pourquoi avait-elle jeté un demi-bocal de feuilles de vigne préparées l'an dernier pour les *dolmi*[1]... De nouvelles feuilles toutes fraîches se balançaient au-dessus de la tête de Médée, qui souriait.

Fiodor, une fois menée à bien sa mission directoriale en aval de l'Amou-Daria et sur la mer d'Aral, téléphona de Noukous pour annoncer qu'il serait bientôt de retour.

1. Feuilles de vigne fourrées de riz et d'herbes.

« Parfait, je le verrai, et puis je rentrerai chez moi. Je serai à la maison pour Pâques », résolut Médée.

Mais Fiodor n'arriva que le samedi de Lazare, la veille des Rameaux, vers midi. Une voiture s'arrêta en éternuant et Chourik fonça tête baissée ouvrir le portail, mais Fiodor traversait déjà la cour. Son visage rougi par un hâle tout récent rayonnait sous la blancheur de son couvre-chef provincial. Chourik se rua sur lui et se suspendit à son cou. Fiodor embrassa sa tête blonde et se dégagea. La main posée sur sa tête, il traversa le jardin.

— Papa est arrivé ! cria Léna de la fenêtre d'une voix carillonnante, comme s'il avait été absent non deux semaines, mais deux ans.

Médée se leva de sa chaise longue, mais elle n'eut pas le temps de poser le pied par terre, il la saisissait déjà à bras-le-corps, la soulevait et la serrait contre lui comme une enfant.

— Sœurette ! Quelle bonne idée d'être venue !

Médée respirait ses cheveux, son corps, et elle reconnaissait l'odeur à demi oubliée des flanelles de travail de leur père, qui n'aurait semblé agréable à personne, mais pour sa mémoire qui gardait tout, c'était un cadeau précieux.

Tout tournait à présent autour de Fiodor, exactement comme pour Médée le matin de son arrivée. Le chauffeur qui l'avait amené ouvrit le portail et déchargea la voiture. Il en sortit des baluchons, des sacs. C'étaient de riches présents, et Léna entreprit aussitôt de s'occuper d'un énorme esturgeon salé. Chourik, debout à côté d'elle, effleurait prudemment la gueule menaçante du poisson. Léna s'était préparée à l'avance au retour de son mari, mais l'esturgeon la prenait de court, et après avoir ordonné à Natacha et à Galia de mettre la table, elle s'attaqua au poisson. Armée d'un couteau de cuisine, elle plongea son visage de myope dans les entrailles béantes.

Le chauffeur, nommé Fiodor lui aussi, un bel homme d'une quarantaine d'années aux joues criblées de mitraille, sortit du break sans fond une caisse remplie de bouteilles sans étiquette au contenu indéterminé.

À table, Fiodor mangeait peu, buvait beaucoup et, sa lourde main toujours posée sur l'épaule de Médée, racontait son dernier voyage d'une voix assurée de directeur.

L'assistant de Fiodor débarqua, ainsi que quelques amis d'un certain âge et une jeune Grecque ravissante, Maria, une émigrée politique arrivée après la guerre, la première Corinthienne en chair et en os dans la vie de Médée.

Chourik et Pavlik étaient sagement assis au bout de la table, dans le coin des enfants, et Léna faisait la navette entre la cuisine d'été et le brasero dans la cour. Les bouteilles sans étiquette contenaient quelque chose de fort et d'âpre qui rappelait le cognac bon marché, mais Médée trouva ce breuvage à son goût. Fiodor buvait dans une grande timbale en argent, et son visage échauffé par de récents coups de soleil prenait peu à peu une profonde couleur cramoisie.

Ensuite, ils reçurent la visite de deux condisciples de Guéorgui, eux aussi, on les fit asseoir à table. Léna, fidèle à ses principes, débarrassait les plats chauds dès qu'ils avaient refroidi, et en apportait de nouveaux au bout de ses bras levés.

Médée, dont le long voyage était encore tout récent et qui ne s'était nourrie pendant tout le trajet que de menues biscottes grises, se réjouissait de bon cœur de cette profusion de nourriture, mais comme Fiodor, c'était à peine si elle y touchait. On était en plein Carême, et Médée, habituée depuis sa plus tendre enfance à observer les carêmes, non seulement s'y pliait volontiers et avec plaisir, mais prenait même des forces pendant cette période. Léna, au contraire, avait souffert dans sa jeunesse de ces jeûnes imposés, et dès qu'elle était arrivée en Asie centrale, elle avait cessé d'aller à l'église et à plus forte raison d'observer les carêmes.

Tout cela, Médée le savait parfaitement, mais elle savait aussi quels accès de nostalgie irraisonnée s'abattaient parfois sur Léna, et elle les expliquait par son éloignement de l'Église.

Cela aussi, c'était un des thèmes de leur correspondance. Toutes deux étaient des esprits suffisamment éclairés pour comprendre que la vie spirituelle d'un être ne se limite pas à ses relations avec l'Église, mais Médée considérait la vie à l'intérieur de l'Église comme la seule possible pour elle.

« Étant donné mon intelligence limitée et mon caractère insoumis – avait-elle écrit à Léna longtemps avant la guerre, lorsque l'on avait fermé la petite église grecque dont le frère cadet de Kharlampi, Dyonisi, avait été le dernier prêtre, et qu'elle avait commencé à fréquenter l'église russe –, la discipline de l'Église m'est nécessaire, comme un médicament l'est à un malade chronique. C'est une chance pour moi que ce soit ma mère, une femme simple et exceptionnellement intègre, qui m'ait instruite dans la foi, elle ne connaissait pas le doute, et je n'ai jamais eu dans ma vie à me casser la tête en vain sur des problèmes philosophiques que tout le monde n'a pas besoin de résoudre, loin de là. La réponse de la tradition chrétienne aux questions de la vie et de la mort, du bien et du mal, me satisfait pleinement. On ne doit pas voler, on ne doit pas tuer, et il n'existe pas de circonstance qui transforme le mal en bien. Quant au fait que l'égarement soit chose courante, cela ne nous concerne absolument pas. »

Léna n'avait pas eu à affronter des tentations de vol et de meurtre. Elle n'avait connu que des tracas familiaux, personnels, qui auraient pu démolir une femme plus fragile, mais elle n'était pas seulement de force à les affronter, elle le faisait même de bon cœur.

Sa famille grandissait, sa maison aussi, et Léna observait avec intérêt les condisciples filles de Guéorgui, en se demandant laquelle pourrait devenir sa femme.

Si bien que les enfants à venir étaient déjà présents dans sa vie, promettant de compléter sa famille, comme la complétaient son fils adoptif Chourik et l'invisible Moussia. Sa religion, c'étaient ces gens qu'elle accueillait dans son foyer, et Médée le comprenait à merveille.

Vers minuit, les invités s'en allèrent, la table se vida, mais Fiodor gardait toujours la main sur l'épaule de Médée.

— Alors, sœurette ! dit-il en grec, elle te plaît, ma maison ?

— Beaucoup, Fiodor, beaucoup ! dit-elle en baissant la tête.

Léna débarrassait la table. Elle avait envoyé Galia se coucher depuis longtemps. Médée voulait aider, mais Fiodor l'en empêchait.

— Reste assise, elle s'en charge ! Comment trouves-tu mon petit dernier ? Tu as reconnu notre sang ?

Il avait parlé en grec, et ce sang qui leur était commun, qui se mêlait dans le garçon avec un sang étranger, monta soudain au visage de Médée, et elle baissa encore plus la tête.

— Je l'ai reconnu. Et le petit doigt…

— Tout le monde s'en est rendu compte, mais elle, cette sainte idiote, elle est comme toi, elle ne voit rien ! dit-il d'un ton soudain hargneux et amer.

Médée se leva et, pour couper court à la conversation, lui répondit en russe :

— Il est tard, frère. Bonne nuit. Bonne nuit à toi aussi, Léna !

Elle resta longtemps allongée sans trouver le sommeil entre les draps raides d'amidon, sur les oreillers croustillants, à faire le lien entre de vieilles conversations, des coups d'œil fugitifs, des silences, et une fois qu'elle eut tout réuni, elle comprit que le secret du dernier enfant de Sandra n'était un secret pour personne à part elle, et, à en juger par toutes ses observations, même Léna était au courant, mais malgré sa langue bien pendue, elle avait épargné Médée. Mais Léna elle-même était-elle aussi naïve que ça ? Savait-elle qu'elle avait recueilli chez elle le demi-frère de ses enfants ?

« Sage Léna, généreuse Léna ! songeait Médée. Elle ne veut même pas le savoir… »

Cette découverte inattendue, qui aurait pu

rapprocher encore davantage les deux amies si elles en avaient parlé, empêchait Médée de s'endormir.

L'aube se leva à la fenêtre, les oiseaux se mirent à chanter, et elle se prépara sans bruit pour aller à l'église. Elle avait toujours beaucoup aimé le dimanche des Rameaux.

Elle arriva trop tôt à l'église de la rue de l'Hôpital, une heure avant le début de l'office, les portes étaient encore fermées. Le marché, en revanche, battait déjà son plein, et elle se promena le long des étalages en regardant distraitement autour d'elle.

Il n'y avait presque pas de femmes parmi les vendeurs, c'étaient des Ouzbeks vêtus de robes épaisses qui tenaient les étals. Mais les acheteurs, eux, étaient tous des femmes, pour la plupart des Russes. De façon générale, Médée trouvait que Tachkent était une ville tout à fait russe, elle n'avait vu des Ouzbeks qu'à la gare, le jour de son arrivée, et ici, au marché. Elle habitait dans le quartier russe, et n'avait pas eu l'occasion de se rendre dans la vieille ville, qui vivait selon ces mœurs asiatiques qu'elle avait bien connues dans l'ancienne Crimée tatare, surtout à Bakhtchissaraï.

« Ils ont tous été passés au fléau, se dit-elle. C'est devenu une immense province russe. »

Elle fit le tour du marché et revint vers l'église. Elle était ouverte à présent. Près de la caisse s'affairait une petite vieille en fichu blanc qui ressemblait à un gros lapin, et sur la caisse, il y avait un verre avec quelques rameaux de saule aux chatons gris comme une gorge de pigeon.

« Ah, ici aussi, ça pousse ! » se dit Médée, toute contente.

Elle prit deux quarts de feuille, inscrivit sur l'un « Pour les défunts », et commença à écrire les noms dans l'ordre habituel, « père Dyonisi, père Bartholomée, Kharlampi, Antonida, Guéorgui, Matilda... ». L'autre partie de la famille, la partie vivante, elle l'inscrivait sur l'autre papier, sous les mots « Pour les vivants... »

En cet instant, tandis qu'elle écrivait en grosses lettres parfaites ces noms familiers, elle éprouvait toujours la même chose : c'était comme si elle voguait sur une rivière avec devant elle, flottant en triangle, ses frères et sœurs, leurs enfants, les jeunes et les petits, et derrière, formant un éventail semblable, mais beaucoup plus long et qui se fondait dans les légères ondulations de l'eau, les morts – ses parents, ses grands-parents, bref, tous les ancêtres dont elle connaissait les noms, et ceux dont les noms s'étaient évaporés dans un passé révolu. Et elle n'éprouvait aucune difficulté à contenir en elle toute cette multitude de vivants et de morts, chaque nom, elle l'écrivait avec application, évoquant dans sa mémoire le visage, la personnalité et, si l'on peut dire, la saveur de chacun.

C'est plongée dans cette patiente occupation que la trouva Léna. Elle lui effleura l'épaule. Elles s'embrassèrent. Léna regarda autour d'elle : les paroissiens avaient piètre allure, les vieilles étaient toutes affreuses.

À travers les effluves suaves de l'encens filtrait nettement une odeur de vêtements sales et usés, de corps âgés et malades. La vieille, à côté, sentait le pipi de chat...

« Est-il possible qu'à Tiflis aussi, dans la petite église arménienne de Soloulaki, à laquelle on accédait par une rue en gradins, tout soit aussi misérable, aussi sordide ? songeait Léna. Comme c'était beau et grandiose du temps de notre enfance, quand grand-mère, coiffée de son chapeau de velours mauve noué par des rubans de soie sous son menton potelé, maman, si élégante dans sa robe claire, et ma sœur Anaït se tenaient devant la foule des paroissiens, face à l'icône de Ripsimè et Gaïanè, toute seule sur le mur blanc, et cela sentait la cire, l'encens, les fleurs... »

Le début de la prière retentit : « Béni soit le royaume... » L'office avait commencé.

Léna regardait Médée qui se tenait bien droite, les yeux fermés et la tête baissée ; elle maîtrisait l'art de rester longtemps debout sans changer de pose, sans passer d'un pied sur l'autre.

« On dirait un rocher au milieu de la mer ! » songea-t-elle avec tendresse et, soudain, elle se mit à pleurer sur le destin de Médée, sur l'amertume de sa solitude, sur la malédiction de sa stérilité, sur les crimes de trahison et de tromperie... Mais Médée ne pensait à rien de tout cela. Trois voix chevrotantes de vieilles femmes chantaient les Béatitudes. Et de nouveau, Léna fondit en larmes, mais ce n'était plus sur Médée qu'elle pleurait, c'était sur la vie en général. C'était une émotion poignante, dans laquelle se mêlaient le sentiment décuplé de sa patrie perdue, et celui de la présence vivante de ses parents morts, de son fils tué à la guerre, et ce fut un instant bienheureux d'oubli total de soi-même, où son cœur fut rempli, non de ses soucis à elle, mais de lumière, la lumière de Dieu, et cette plénitude la faisait si violemment défaillir qu'elle se dit : « Seigneur, prends-moi, comme Saphire, me voilà ! »

Mais rien de semblable ne se produisit, elle ne tomba pas raide morte. Au contraire, cet instant de bonheur lancinant passa, et elle s'aperçut qu'on en était déjà au milieu de l'office. Le prêtre marmonnait des mots indistincts qu'elle connaissait par cœur depuis son enfance.

Et soudain, Léna commença à s'ennuyer, elle se sentit les jambes lourdes et l'âme lasse. Elle avait envie de sortir, mais se sentait gênée devant Médée.

Le prêtre s'avança avec le calice, « Approchez dans la crainte de Dieu et la foi... ». Mais personne n'approcha, et il retourna derrière l'autel.

Dès que Médée fut allée baiser la croix, Léna sortit de l'église. Elles se congratulèrent et s'embrassèrent, solennellement et un peu froidement.

Médée ne dit pas un mot, pas un seul mot sur la blessure de son âme, et jusqu'à leur mort, elles continueraient à s'écrire des lettres tendres, remplies de rêves, de souvenirs, de pensées fugitives, d'informations sur la naissance de nouveaux enfants, et de nouvelles recettes de confitures...

Médée partit trois jours plus tard. Fiodor avait essayé de convaincre sa sœur de rester, mais voyant dans ses yeux que rien ne saurait la fléchir, il lui avait acheté un billet d'avion, et le mercredi des Cendres, il l'avait conduite à l'aérodrome.

C'était la première fois que Médée prenait l'avion, mais cet événement la laissa parfaitement indifférente. Elle avait envie de rentrer chez elle au plus vite. Léna, qui avait senti son impatience, en avait même été un peu froissée. La lettre qui se trouvait à présent au fond de son sac à dos avait complètement cessé de la tourmenter. L'avion fit une escale à Moscou, et Médée passa huit heures à l'aéroport de Vnoukovo, à attendre le vol pour Simféropol. Elle ne téléphona pas à Sandra. Elle ne lui téléphona plus jamais.

XIII

Le 5 mai, il y eut chez Médée une permutation partielle d'invités : Nika partit le matin avec Katia et Artiom, et après le déjeuner, ce furent les Lituaniens qui arrivèrent : Gvidas, le fils de Dimitri, un frère de Médée mort trois ans auparavant d'une maladie cardiaque mal soignée, avec sa femme Aldona et Vitalis, leur petit garçon infirme.

Cet enfant paralysé, constamment noué par une crampe douloureuse, se déplaçait de travers et parlait à peine.

Gvidas et Aldona, accablés par la maladie de leur fils, s'étaient à jamais figés devant la question torturante et sans réponse : « Pourquoi ? »

Ils venaient ici chaque année au début du printemps, passaient deux semaines chez Médée, jusqu'au début de la saison des baignades, puis Gvidas les emmenait à Soudak, où il louait un appartement bien situé près de la mer, dans l'ancienne colonie allemande, chez Polia, une amie de Médée, et il repartait. Il réapparaissait à la mi-juillet pour les emmener loin des grandes chaleurs, vers la fraîcheur des pays baltes.

Vitalis avait une passion pour la mer et ne se

sentait heureux que dans l'eau. Il aimait aussi Lisa et Alik, ils étaient les seuls enfants qu'il fréquentât. Il était difficile de dire s'il se souvenait d'eux pendant les mois d'hiver, mais les retrouvailles après la séparation étaient pour lui une fête.

Les adultes avaient préparé les enfants à l'arrivée de Vitalis, et les petits débordaient de bonnes intentions. Lisa lui avait choisi comme cadeau le plus bel animal de son cheptel de chiens et d'ours. Alik avait construit dans le tas de sable un château destiné à être détruit par Vitalis – c'était un de leurs jeux : Alik construisait, Vitalis démolissait, et ils étaient ravis tous les deux.

Macha avait déménagé dans la chambre de Samonia, libérant pour les Lituaniens la chambre bleue, plus spacieuse.

Quant à elle, elle se trouvait depuis le matin dans un état d'inspiration chaotique : elle était submergée de mots, de vers, qu'elle avait à peine le temps de fixer dans sa mémoire. Cela prenait forme peu à peu : « Accepte aussi ce qui dépasse toute mesure, comme la grâce, comme le mystère de la foi, comme la pluie, comme la neige, la démesure, comme toutes ces choses qui ne s'épuisent pas… » Cela se terminait là-dessus.

En même temps, et de façon totalement distincte, elle consolait Lisa qui avait tenu bon un certain temps, mais avait quand même fini par fondre en larmes peu après le départ de sa mère, puis elle donna à manger aux enfants, les coucha et, laissant là la vaisselle sale, s'allongea en chien de fusil dans la chambre de Samonia, les rideaux tirés, revivant en pensée toute la soirée de la veille, avec le chandail doré de la barmaid et le geste de Boutonov tournant le cadran du téléphone.

Elle songeait aussi à la façon dont son corps avait réagi à son premier contact fortuit, pendant l'excursion, quand son bras l'avait brûlée et qu'elle avait été prise de fièvre.

« C'est le doigt du destin, une fois de plus ! songeait-elle. La première fois, c'était le matin où les parents sont partis sur la route de Mojaïsk, j'avais sept ans ; la seconde fois, c'est quand Alik s'est approché de moi dans cet appartement, j'avais seize ans ; et maintenant, à vingt-cinq ans... Un changement de vie. Un tournant de ma destinée. Cela faisait longtemps que je l'attendais, je le pressentais. Cher Alik, le seul entre tous qui pourrait comprendre ! Le pauvre ! Lui, il possède comme personne la compréhension du destin, le sens du destin... Il n'y a rien à faire. C'est irrévocable. Je ne peux rien y changer... »

Elle non plus, elle ne pouvait pas se changer – elle avait le sens du destin, ça oui, mais aucune expérience de l'adultère...

« ... L'amour, c'est tantôt l'hôte et tantôt l'invité, tantôt c'est le cheval, tantôt le cavalier, l'amour, c'est la fraîcheur à l'heure de midi, l'amour, c'est le feu à l'heure de minuit... » Et elle s'endormit.

Le soir, ils se retrouvèrent pour la veillée d'usage. À la place de Nika et de sa guitare, c'était Gvidas-le-costaud qui trônait, avec sa moustache rousse et sa femme Aldona au visage masculin et à la coiffure féminine, tout en boucles artificielles.

À côté de Guéorgui, Nora. Une conversation laborieuse, avec des silences. L'absence de Nika se faisait sentir, sa seule présence rendait tous les rapports naturels et faciles. Médée était satisfaite : Gvidas, comme d'habitude, avait apporté des cadeaux de Lituanie, et il lui avait en outre remis une coquette somme d'argent pour faire des travaux dans la maison.

À présent, il était en train de discuter avec Guéorgui de l'installation de l'eau courante. Le Hameau du Bas était raccordé au réseau de canalisations, mais pas le Hameau du Haut, malgré les promesses qu'on leur faisait depuis des années. Il n'y avait pas beaucoup de maisons ici, tous utilisaient de l'eau que l'on apportait, et qui était stockée dans de vieux puits ou dans des citernes. Guéorgui ne faisait pas confiance à la station de pompage, il n'était pas sûr que l'eau monterait jusqu'en haut.

Aldona sortait souvent de la cuisine pour aller écouter à la porte de la chambre bleue si Vitalis dormait. D'habitude, il se réveillait plusieurs fois dans la nuit en hurlant, mais maintenant, après les fatigues du voyage, il dormait bien.

Macha ne participait pas à la conversation. Il était un peu plus de dix heures, elle n'avait pas encore perdu l'espoir que Boutonov passerait. Elle fut toute contente quand elle vit Nora se lever.

— Je te raccompagne !

Guéorgui fut pris de court, puis se ressaisit :

— Non, c'est moi qui la raccompagne, Macha !

— De toute façon, j'ai envie de faire un tour ! dit Macha en se levant.

Ils marchèrent jusqu'à la maison des Kravtchouk sans rien dire, à la queue leu leu, et s'arrêtèrent près de l'entrée de derrière. La maisonnette de Nora était plongée dans le silence et l'obscurité, Tania dormait, et Nora regretta d'être partie si tôt. Guéorgui avait envie de lui dire quelque chose, mais il ne savait pas trop quoi, et puis Macha le dérangeait.

Macha examina la ferme des Kravtchouk avec

ses granges, ses dépendances et ses terrasses, mais elle ne vit de la lumière que chez les propriétaires.

— Je passe dire bonsoir à Ada...

Elle frappa à la porte principale et entra. Ada, sa poitrine rose étalée devant elle, était affalée devant le téléviseur dans la pose de Mme de Récamier.

— Tiens, c'est toi, Macha ? Entre. On ne te voit pas beaucoup. Nika est passée, mais toi, tu fais la fière... Oh, comme tu es maigre ! fit-elle remarquer d'un air réprobateur.

— J'ai toujours été comme ça, quarante-huit kilos !

— ... d'os ! renifla Ada.

Macha s'entendit avec elle à propos d'une chambre pour une amie de Moscou à partir du premier juin, et demanda si Mikhaïl Stépanovitch pourrait aller la chercher à Simféropol.

— Comment veux-tu que je le sache ? Il a son emploi du temps. Demande-lui toi-même ! Il est dans la grange, il fricote je ne sais quoi avec le locataire. Il est l'heure d'aller se coucher, et eux, là-bas...

Comme tous les gens du pays, Ada se couchait avec les poules.

Macha s'approcha de la grange. La porte était entrebâillée, et une lampe au bout d'un long fil, accrochée à un clou au mur, dessinait un ovale lumineux dans lequel deux têtes étaient penchées : celle de Mikhaïl Stépanovitch et celle de Boutonov.

— Qu'est-ce que tu veux encore ? demanda Mikhaïl sans se retourner.

— Micha, je viens vous demander, pour la voiture...

— Ah, c'est toi ! fit-il, surpris. Je croyais que c'était Ada...

Boutonov la regardait, mais comme elle était dans l'ombre, elle ne comprit pas s'il l'avait reconnue. Elle s'avança dans la lumière et sourit.

Il avait les lèvres serrées, deux mèches échappées de son élastique pendaient, qu'il rabattit en arrière avec le dos de sa main luisante d'huile noire. Ses yeux ne disaient rien.

Macha prit peur. Était-ce bien lui ? N'avait-elle pas rêvé cette brûlure de la lune, la veille ?

Elle avait oublié pourquoi elle était venue. Ou plutôt, elle le savait très bien : elle était venue pour le voir, le toucher et recevoir la preuve de ce qui, par nature, ne saurait avoir ni preuve ni démenti : un fait accompli.

— La voiture ? Pourquoi ? – demanda Mikhaïl Stépanovitch, et Macha redescendit sur terre.

— Pour aller chercher une amie à Simféropol.

— Quand ?

— Le premier juin. Elle va habiter chez vous, dans la chambre d'amis.

— Pfff ! siffla Mikhaïl Stépanovitch. Le premier, c'est encore loin ! Reviens me voir juste avant.

Macha s'attardait, attendant toujours que Boutonov dît quelque chose ou, au moins, regardât de son côté. Mais il fronçait les yeux devant le métal, roulait ses épaules moulées par son maillot et ne levait pas la tête, ricanant en son for intérieur : « Elle a le feu au derrière, ma parole ! »

— D'accord ! – murmura Macha, et en sortant, elle s'adossa au mur de la grange. Elle entendit la voix de Boutonov.

— Le moteur est en parfait état, Stépanytch !

— Qu'est-ce que je t'avais dit ? répondit-il. À mon avis, c'est le système électrique qui déconne.

« Il ne m'a pas reconnue ? Ou n'a pas voulu

me reconnaître ? » Macha se tourmentait, incapable d'accepter l'une ou l'autre réponse. Aucune troisième hypothèse ne lui venait à l'esprit. Il faisait nuit noire, la lune folle de la veille éclairait d'autres collines et d'autres montagnes, d'autres amants s'ébattaient à sa lumière théâtrale, dans son éclair de magnésium figé.

Ravalant ses larmes, elle rentra à la maison non par le chemin le plus court, mais en passant par le Nombril, pour se convaincre au moins de la réalité de l'endroit où tout s'était passé la veille... Tout quoi ? Était-il possible que pour l'une, cela ait représenté un tournant du destin, un précipice, les portes du ciel qui s'ouvraient, et que l'autre n'ait tout simplement pas remarqué ce qui s'était passé...

Elle s'assit au beau milieu du Nombril, les jambes croisées en tailleur. Sa main gauche était posée sur la terre, et la droite, sur son mouchoir à carreaux qui venait de passer vingt-quatre heures ici, et dont les froissures empesées constituaient justement la preuve que l'événement de la veille avait réellement eu lieu. Elle finit par fondre en larmes et, après avoir un peu pleuré, entraînée par sa vieille habitude de traduire toutes ses pensées et tous ses sentiments en vers plus ou moins rimés, murmura :

— J'abolirai tout ce qui peut être aboli, moi, toi, l'insouciance et le souci, la griserie des travaux amoureux, la léthargie d'une vie sans ivresse...

Cela ne collait pas très bien, c'était un peu bancal : « J'abolirai tout ce qui s'abolit, la distraction, la mémoire et l'oubli... »

Les choses n'étaient pas plus claires, mais elle se sentait un peu mieux. Fourrant le mouchoir dans sa poche, elle rentra à la maison. Tout le monde dormait depuis longtemps. Elle entra dans la chambre d'enfants toute frémissante d'ondoiements d'ombre et de lumière à cause des rideaux rayés. Les enfants dormaient. Alik demanda distinctement dans son sommeil :

— Macha ? – Et il marmonna quelque chose d'incohérent.

Macha se coucha dans la chambre de Samonia, à côté, sans se laver les pieds ni allumer la lumière. Elle n'arrivait pas à dormir, et les vers ne s'agençaient pas. Tout en regrettant que Nika fût partie et qu'il n'y eût personne avec qui partager ses nouvelles émotions, elle alluma la lampe de chevet et prit sur une pile de livres le plus abîmé : c'était le réconfortant Dickens.

Quelques instants plus tard, elle entendit frapper légèrement à la fenêtre. Elle écarta le rideau sombre : Boutonov se détachait dans l'embrasure.

— Tu m'ouvres la porte ou la fenêtre ?

— Tu n'arriveras pas à entrer par la fenêtre ! répondit Macha.

— La tête passe, le reste suivra bien ! rétorqua Boutonov d'une voix qui semblait contrariée.

Macha fit claquer le loquet.

— Attends, je pousse la table.

Boutonov se faufila à l'intérieur. Il était renfrogné, ne prononça pas un mot, et elle se contenta de gémir faiblement quand il la prit dans ses bras et la serra contre lui.

Au toucher, elle était exactement comme Rosa. De nouveau, les cieux s'ouvrirent pour Macha, et leurs portes ne se trouvaient pas du tout là où elle les avait cherchées laborieusement et consciemment, en feuilletant tantôt Pascal, tantôt Berdiaev, tantôt les pages d'une sagesse orientale aux odeurs de cannelle.

Cette fois, elle parvenait aisément, sans le moindre effort, en un lieu où le temps n'existait plus, où il n'y avait qu'un espace céleste, celui des hauts sommets, rayonnant d'une vive lumière, une ascension délivrée de toute sujétion aux lois physiques, un essor, un envol, et l'oubli total de tout ce qui restait en deçà de la seule réalité, celle de la surface, extérieure et intérieure, de son corps qui fondait de bonheur.

Elle redescendait lentement du haut du dernier sommet en pinçant entre ses lèvres la peau du bras de Boutonov, quand elle entendit une question d'une simplicité toute plébéienne :

— Tu n'aurais pas de quoi fumer ?

— Si ! répondit-elle en atterrissant, posant ses pieds fragiles sur le plancher en bois.

Elle tâtonna du bout du pied, il y avait un paquet de cigarettes quelque part par terre. Elle trouva le paquet, tendit le bras, alluma une cigarette et la lui donna.

— En fait, je ne fume pas ! déclara-t-il comme s'il lui confiait là quelque chose d'intime.

— Je ne pensais pas que tu viendrais. Tu ne m'as même pas regardée ! répondit-elle en allumant une seconde cigarette.

— J'étais furieux que tu sois venue me relancer, je ne supporte pas ça ! expliqua-t-il en toute simplicité. J'ai sommeil. Je m'en vais.

Il se leva et enfila ses vêtements, elle écarta le rideau. Le jour se levait.

— Tu me fais sortir par la porte, ou il faut que je passe par la fenêtre ? demanda-t-il.

— Par la fenêtre ! dit Macha en riant. C'est plus près.

... Les distractions de Vitalis étaient des plus puériles : il jetait par terre tout ce qui lui tombait sous la main, aussi Aldona lui donnait-elle toujours de la vaisselle en émail, et non en verre. Il prenait plaisir à casser ses jouets, à déchirer ses livres, et, ce faisant, gloussait toujours légèrement. Il avait parfois des crises d'agressivité, agitait ses poings serrés et poussait des cris hargneux.

Cet enfant avait suscité en naissant bien des discordes dans son entourage. Gvidas s'était brouillé à mort avec sa mère Aouchra, déjà opposée à son mariage précoce avec cette Aldona bien plus âgée qui, de surcroît, avait un enfant d'un premier mariage, et Gvidas, sur les instances de sa mère, avait attendu longtemps pour se marier. Mais il avait épousé Aldona le jour même où elle était sortie de la maternité avec cet enfant incurable, ce qui avait été déterminé dès la première minute. Aouchra n'avait même pas vu le bébé.

Donatas, le fils aîné d'Aldona, avait supporté deux ans les douteux privilèges d'un enfant en bonne santé sur un enfant malade, était passé peu à peu d'une secrète jalousie à une franche hostilité envers son frère, qu'il n'appelait que le « crabe maudit », et avait déménagé chez son père. Au bout de quelque temps, n'arrivant pas à s'habituer à la nouvelle famille de son père, il s'était installé chez sa grand-mère paternelle à Kaunas.

Cela aussi, c'était une épreuve pour la pauvre Aldona. Une fois par semaine, le dimanche, ayant préparé d'avance des sacs remplis de provisions et de jouets, elle partait pour Kaunas par le premier train, et revenait par le dernier. Son ex-belle-mère, qui avait eu son content de malheurs personnels avec sa ferme en Lituanie, la déportation et le veuvage, recevait les provisions sans rien dire. Donatas, un beau garçon aux larges épaules, acceptait de ses mains des jouets coûteux en cachant la lueur de joie ou de convoitise qui brillait dans ses yeux, lui montrait ses cahiers impeccables remplis de fastidieux quinze mitigés de douze, elle lui faisait faire ses devoirs de mathématiques et de lituanien, puis il la raccompagnait jusqu'à la barrière, car sa grand-mère ne le laissait pas aller plus loin.

C'était la mort dans l'âme qu'Aldona avait quitté Vilnius en laissant le bébé à Gvidas, et c'était le cœur lourd qu'elle repartait de Kaunas, mais le plus amer était le sentiment de n'être qu'un instrument : tous avaient besoin de ses soins et de ses peines, de ses efforts, et personne de son amour, d'elle-même. Pour le plus jeune, elle continuait à n'être qu'une source de nourriture et de chaleur, quant à l'aîné, il semblait ne la supporter qu'à cause de ses cadeaux.

Gvidas, qui l'avait épousée à la suite d'un grand amour malheureux survenu ici même, sur la terre de Crimée, se montrait envers elle d'humeur égale et douce, sans lui manifester de véritable intérêt.

— On est trop lituaniens ! lui avait-elle dit dans une rare minute d'agacement.

— Comment veux-tu faire autrement, Aldona ? Sinon, nous ne tiendrions pas le coup. Il n'y a que comme ça que c'est possible – à la lituanienne ! – avait-il assuré, et elle qui était une Lituanienne de souche avec une goutte de sang teuton s'était sentie soudain brûler d'une flamme insolite : « Si seulement j'étais géorgienne, ou arménienne, ou même juive ! »

Mais il ne lui était pas donné le bonheur des

sanglots qui soulagent, des mains que l'on se tord, ni de la prière qui libère, juste l'endurance, l'endurance paysanne, dure comme la pierre. Elle était d'ailleurs agronome et, jusqu'à la naissance de Vitalis, avait dirigé une entreprise de cultures en serre. Pendant la première année de la vie du bébé, elle avait affreusement dépéri sans le réconfort familier de sa verdure, s'appliquant à devenir la mère d'un infirme incurable, ne lâchant pas une seconde son bébé qui louchait et émettait un léger couinement lorsqu'elle le posait sur un lit.

L'année suivante, au début du printemps, elle avait fabriqué des pots en carton dans lesquels elle avait fait des plantations, et s'était installé un potager sous sa fenêtre. Elle enfonçait ses doigts dans la terre, et toute la mauvaise électricité sécrétée par une patience et une tension surhumaines s'écoulait dans le terreau friable mêlé de sable brun, garni des flèches des oignons et du feuillage en rosette des radis. Les légumes amers poussaient particulièrement bien sur ses plates-bandes.

À l'époque, ils avaient déjà emménagé dans une maison encore en construction dans les faubourgs de Vilnius. Avant même le début des travaux, Gvidas avait construit une haute palissade : les regards des voisins braqués sur le petit infirme étaient insupportables.

Gvidas avait mis toute son ardeur dans la construction de cette maison, elle était superbe, et dedans, la vie était devenue un peu plus facile ; c'est ici que Vitalis avait appris à se redresser. On ne pouvait pas dire qu'il sût marcher. Il avait plutôt commencé à se déplacer, à quitter la position assise.

Des progrès se produisaient également chez lui à

la suite de séjours au bord de la mer, aussi Gvidas et Aldona, après la fin des travaux, continuèrent-ils à faire leur pèlerinage annuel en Crimée, bien qu'il leur fût pénible d'abandonner la maison pour des vacances absurdes.

Des dizaines d'enfants étaient passés entre les mains de Médée, y compris Dimitri, le défunt grand-père du petit invalide. Ses bras connaissaient bien la sensation du poids d'un corps d'enfant qui change au fil du temps, depuis les trois kilos du nouveau-né, quand s'ajoute au contenu l'amas de langes, de couvertures et de couches, jusqu'au bébé potelé d'un an qui ne marche pas encore et qui, en une journée, vous tire les bras comme un sac de vingt kilos. Ensuite, le bébé dodu grandissait, il apprenait à marcher et à courir, et au bout de trois ans, ayant pris quelques kilos insignifiants, il se suspendait à votre cou et, de nouveau, il semblait aussi léger qu'une plume.

Mais à dix ans, quand il tombait malade et gisait tout fiévreux, inconscient et couvert de boutons, et qu'il fallait le changer de lit, il redevenait impossible à soulever.

Médée avait fait encore une autre découverte en s'occupant des enfants des autres : jusqu'à quatre ans, ils étaient tous intéressants, dégourdis et extrêmement inventifs, mais de quatre à sept ans, il se produisait quelque chose d'imperceptible et d'important, et l'été qui précédait leur entrée à l'école, lorsque les parents amenaient invariablement le futur écolier en Crimée, comme pour rendre des comptes à Médée, les uns s'avéraient indubitablement et à jamais intelligents, les autres – pas très futés.

Parmi les enfants de Sandra, Médée considérait

comme intelligents Sérioja et Nika, pour Macha, la question restait en suspens ; parmi les enfants de Léna, il y avait eu Alexandre, mort sur le front, qui avait en plus un charme fou. Ni Guéorgui ni Natacha, selon Médée, ne possédaient cette qualité. Du reste, elle n'appréciait pas moins la bonté et la gentillesse. Elle avait un dicton que Nika citait continuellement : « L'intelligence rachète tous les défauts. »

Cette saison-là, le cœur de Médée était tout particulièrement tourné vers Vitalis. C'était le plus jeune des Sinopli ; le fils de Chourik, l'enfant adopté, qui devait venir au monde deux semaines plus tard sous le nom d'Afanassi Sinopli, ne comptait pas pour l'instant.

Le soir, Médée gardait souvent Vitalis dans ses bras, pressant son dos contre sa poitrine, caressant sa petite tête et son cou avachi. Il aimait qu'on le caresse, sans doute les contacts physiques remplaçaient-ils en partie les échanges verbaux.

« Je vais les envoyer à Yalta ce week-end, décida Médée en son for intérieur. Aldona se promènera un peu dans le Jardin botanique, et ils pourront passer la nuit chez Castello. »

Castello était un vieil ami de Médée chargé depuis bientôt vingt ans d'un chantier qui n'en finissait pas dans le Jardin botanique de Nikita. Médée aurait aussi aimé qu'Aldona, s'accordant un répit dans son éternel esclavage de mère, passât une soirée avec elle, qu'elle bût de l'eau-de-vie d'airelle ou de pomme de ses réserves, et soupirât : « Je suis lasse à en mourir... » Elle se serait plainte, et peut-être aurait-elle fondu en larmes, alors Médée, après avoir bu plusieurs fois en silence dans sa tasse épaisse, lui aurait fait comprendre que les souffrances et le malheur nous sont envoyés justement pour que la question « À cause de quoi ? » se transforme en « Dans quel but ? ». Cessent alors les efforts stériles pour trouver un coupable, se justifier, obtenir la preuve de sa propre innocence, et l'on voit s'écrouler la loi, inventée par des gens sans cœur et sans pitié, qui associe le poids du châtiment à celui du péché, parce que Dieu n'envoie jamais de châtiment qui retombe sur les enfants innocents.

Et Médée lui aurait peut-être parlé, avec des mots calmes et sans prétention, des divers événements de l'existence qui découlent, non d'une injustice, mais de la nature même de la vie, elle aurait évoqué Alexandre, le plus brillant des enfants de Léna, mort sur le front, Pavlik qui s'était noyé, et la petite fille nouveau-née qui s'en était allée avec sa mère à elle, et peut-être qu'au bout de quelque temps les choses se seraient arrangées d'elles-mêmes pour Aldona, simplement parce que le temps s'écoule dans la bonne direction, et grâce à l'habitude, calleuse comme un, durillon…

Mais jamais Médée n'engageait la conversation la première, il lui fallait une invite, un encouragement et, cela va de soi, une oreille disposée à écouter.

Quelques jours plus tard, après la sieste qui divisait la journée des enfants en deux moitiés inégales, une équipe de promeneurs constituée de trois mères – Macha, Nora et Aldona – et de quatre enfants arriva, non sans de légères fluctuations d'itinéraire, jusqu'à l'hôpital. On promenait généralement Vitalis dans une poussette, face à sa mère et dos à la route. Cette fois, c'étaient Lisa et

Alik qui poussaient la poussette. Médée, qui les avait vus de son guichet, sortit sur le perron.

Lisa, accroupie devant Vitalis, pliait ses doigts en disant :

— Le premier l'a vu, le deuxième l'a attrapé, le troisième l'a fait cuire...

Et, secouant légèrement son auriculaire, elle piaula :

— Et le petit dernier lèche le plat !

Il poussa un hurlement strident, il était impossible de comprendre s'il pleurait ou s'il riait.

— Il est ravi ! expliqua Aldona avec son sourire éternellement gêné.

Médée considéra les enfants, rajusta le châle qui enveloppait sa tête, regarda encore une fois Lisa et dit à Aldona :

— C'est bien que vous ameniez Vitalis, Aldona. Notre Lisa est une enfant gâtée et capricieuse, et elle joue si bien avec lui ! Il faut qu'ils passent plus de temps ensemble, c'est excellent pour tout le monde.

Elle poussa un soupir et déclara d'une voix pleine d'un chagrin très ancien, ou peut-être de pitié :

— Le malheur, c'est que tout le monde veut aimer des gens beaux et forts... Allez, retournez à la maison, mes enfants, je ne vais pas tarder à rentrer.

Ils repartirent en direction de la maison. Macha cueillit une grosse herbe verte à la tige sucrée et la mâchonna. Que voulait dire Médée en parlant des gens beaux et forts ? Serait-ce une allusion à son visiteur nocturne ? Non, cela ne lui ressemblait pas, Médée ne s'exprimait pas par allusions. Soit elle parlait, soit elle se taisait.

Boutonov venait retrouver Macha chaque nuit,

il frappait à la fenêtre, introduisait ses épaules d'athlète l'une après l'autre dans l'ouverture exiguë, remplissait de sa personne tout l'espace de la petite chambre, tout le corps de Macha, toute son âme, et s'en allait à l'aube, la laissant chaque fois en proie à une sensation intense de renouvellement de tout son être, de renouveau de la vie... Elle s'endormait d'un sommeil profond et bref, dans lequel sa présence persistait, se réveillait deux heures plus tard, et se levait dans un état illusoire de force illimitée et de faiblesse tout aussi illimitée. Elle levait les enfants, faisait la cuisine, la lessive, et tout s'accomplissait de soi-même, aisément, seulement les verres se brisaient plus souvent que d'habitude, et les cuillères argentées tombaient sans bruit sur le sol en terre battue de la cuisine.

Des vers inachevés fusaient dans l'espace pétillant, tournoyaient et s'envolaient en agitant leurs petites queues biscornues...

Boutonov ne prononçait pas un seul mot, sinon les plus simples : « Viens ici... Pousse-toi... Attends... Donne-moi une cigarette... »

Pas une seule fois il n'avait dit qu'il reviendrait le lendemain.

Un soir, il entra dans la cuisine de Médée. Il but du thé et bavarda avec Guéorgui, qui repoussait son départ de jour en jour, mais avait enfin fini par faire ses bagages. Macha, assise dans le coin le plus sombre de la cuisine, cherchait le regard de Boutonov, mais l'air stagnait autour de son cher visage, de ses épaules immobiles, et aucun signe d'intimité n'émanait de lui. Elle était au désespoir : était-ce bien le même homme qui venait la retrouver la nuit ? L'idée d'un double nocturne lui traversa l'esprit...

Après avoir pris congé de Guéorgui, et sans

même lui avoir adressé quelques mots banals, il sortit, mais revint pendant la nuit, en cachette, et tout se passa comme d'habitude ; au moment où ils se reposaient tous deux, échoués sur les hauts-fonds de leur passion, il déclara :

— Ma première vraie maîtresse te ressemblait... Elle était écuyère.

Macha lui demanda de lui parler de cette écuyère. Il sourit.

— Que veux-tu que je te raconte ? C'était une bonne écuyère. Maigre, avec des jambes tordues. Avant elle, je me disais : qu'est-ce que cela peut être barbant, de faire des enfants ! Elle a disparu. Mais je crois que son mari l'a assassinée.

— Elle était belle ? demanda Macha presque avec vénération.

— Bien sûr qu'elle était belle !

Il posa sa paume sur le visage de Macha, palpa ses pommettes et son menton pointu.

— Toutes mes femmes sont belles, Macha. Sauf mon épouse.

Après son départ, pendant longtemps, elle s'imagina tantôt l'écuyère, tantôt sa femme, tantôt elle-même – en écuyère...

Trois nuits passèrent, aussi énormes que trois vies, et trois jours sans consistance. Le quatrième jour, Boutonov passa à une heure indue, alors qu'Aldona était dans la cuisine en train de laver la vaisselle du déjeuner, et que Macha suspendait le linge des enfants près du puits. Il descendit et s'assit en silence sur la pierre plate.

— Qu'y a-t-il ? demanda Macha, inquiète, en reposant dans la cuvette un pyjama essoré.

— Je m'en vais, Macha. Je suis venu te dire adieu, déclara-t-il tranquillement.

Elle fut épouvantée.

— Pour toujours ?

Il éclata de rire.

— Tu ne reviendras plus jamais me voir ?

— Peut-être que c'est toi qui viendras me voir un jour à Rastorgouïevo, hein ?

Il se leva lentement, essuya son pantalon blanc et embrassa les lèvres pincées de Macha.

— Qu'est-ce que tu as ? Tu es déçue ?

Elle se taisait. Il jeta un coup d'œil à sa montre et dit :

— Bon, allons-y ! J'ai un quart d'heure.

Pour la première fois, ils entrèrent dans la chambre de Samonia en plein jour, réussissant à éviter Aldona qui essuyait consciencieusement les assiettes, et il s'en alla effectivement au bout d'un quart d'heure.

« Comme s'en vont les dieux… Comme s'il n'avait jamais existé… », se dit Macha en serrant dans ses bras la serpillière rayée qui avait traversé la pièce avec elle. « Si seulement Alik pouvait arriver… »

À présent que tout s'était terminé aussi soudainement que cela avait commencé, et qu'il ne lui restait plus qu'une mince liasse de feuilles de brouillon grises noircies par un stylo à bille qui coulait, elle avait hâte de lire à Alik ses nouveaux vers, et de lui raconter tout ce qui venait de lui arriver.

À ce moment-là, Alik approchait déjà de Soudak, tandis que Boutonov roulait en sens inverse en direction de Simféropol dans la vieille Moskvitch de Mikhaïl Stépanovitch, afin de s'envoler le soir même pour Moscou par l'avion qui avait amené Alik.

Médée, qui revenait du travail, fut la première à voir Alik arrivant à pied du Hameau du Bas, avec une visière bleue pour se protéger du soleil et des lunettes noires sur son visage blanc de citadin. Macha l'aperçut tout de suite après, elle se promenait avec les enfants parmi les herbes folles du Nombril.

Ils dévalèrent la pente en hurlant : « Alik ! Alik ! Papa est arrivé ! » Il s'arrêta, posa par terre son petit sac à dos bourré à craquer, et ouvrit les bras pour embrasser tout le monde. Macha se jeta à son cou la première avec la joie la plus sincère. Lisa et Alik sautillaient en poussant des cris d'excitation.

Le temps que Médée arrive à leur hauteur, le sac à dos était à moitié défait, Macha ouvrait une des lettres qu'il avait apportées, et Lisa serrait contre elle un paquet de caramels et une poupée blonde de la taille d'une souris, un cadeau de Nika, tandis que le petit Alik ouvrait une boîte contenant un nouveau jouet. Alik-le-grand, lui, essayait de faire rentrer dans le sac à dos tout ce qui en avait été sorti.

Il embrassa Médée et lui fourra aussitôt dans les mains une boîte en carton, son offrande habituelle de professionnel.

— De la part de notre Croix-Rouge pour votre Croix-Rouge !

Il y avait là des médicaments déficitaires, quelques rouleaux de sparadrap, et des gants en caoutchouc, qu'on ne trouvait pas à Soudak l'année précédente.

— Merci, Alik. Je suis contente que vous soyez venu !

— Ah, Médée Guéorguievna, je vous ai apporté

un de ces livres ! coupa-t-il. C'est une surprise ! Quelle mine superbe vous avez ! – Il posa la main sur la tête de son fils. – Alik, tu as encore grandi d'une bonne tête... – Il l'ébouriffa... – Une tête de moustique !

Macha trépignait d'impatience et sautillait sur place :

— Allons-y, Alik ! Enfin tu es là !

Médée passa devant. « C'est incroyable, Macha est vraiment contente de l'arrivée de son mari, elle n'est pas gênée, elle n'a pas l'air coupable. Est-il possible que pour eux, la fidélité conjugale ne signifie rien ? Comme si ce sportif ne venait pas la retrouver toutes les nuits... Et moi, vieille bête..., sourit Médée. Mais en quoi cela me regarde-t-il ? Simplement, j'aime bien Alik. Il ressemble à Samuel – pas de visage, mais par la vivacité de ses yeux sombres, sa pétulance, et ils ont le même humour bon enfant... Visiblement, j'ai une tendance aux Juifs, comme on a une tendance aux rhumes ou à la constipation ! Surtout les sauterelles de ce genre, maigres, qui ne tiennent pas en place... Mais tout de même, je me demande bien comment Macha va se dépêtrer de son histoire, maintenant. »

Médée ignorait que Boutonov était déjà parti, et elle songeait avec chagrin qu'elle allait encore assister à des drames nocturnes, à des rendez-vous, à des tromperies...

« Quelle chance que j'aie été moi-même complètement aveugle à cet élément quand il me concernait ! Et trente années ont déjà passé, Dieu merci, depuis cet été-là... Tout de même, dans les Béatitudes, on a oublié de dire "Bienheureux les imbéciles...". »

Elle leva les yeux : Alik portait Lisa sur ses épaules, il tenait le sac à dos à la main, et souriait de toutes ses dents blanches. Il n'avait pas l'air d'un imbécile.

XIV

On appelait Alik-le-mari « Alik-le-grand », pour le différencier d'Alik-le-fils. Grand, il ne l'était pourtant guère. Le mari et la femme étaient de la même taille, et si l'on considérait que Macha était la plus menue de sa famille, la taille d'Alik ne comptait pas au nombre de ses qualités.

Il achetait ses vêtements au *Monde des enfants* et, en trente ans, il n'avait pas possédé une seule paire de chaussures correctes, car on ne vendait pour sa pointure que des bottines d'enfant à gros bouts carrés.

Mais en dépit de sa taille miniature, il était bien bâti et avait un beau visage. Il appartenait à cette race de garçons juifs au démarrage précoce, qui apprennent à lire par osmose et émerveillent leurs parents en lisant déjà couramment au moment où ceux-ci commencent à se demander s'il ne serait pas temps de leur apprendre l'alphabet.

À sept ans, il avalait d'une traite les lourds volumes de l'*Histoire mondiale*, à dix ans, il se passionna pour l'astronomie, puis pour les mathématiques. Il se destinait déjà aux sciences dures, fréquentait le cercle de mathématiques de la faculté de mathématiques, et son cerveau fonctionnait à une telle altitude que le responsable du cercle ne pouvait que se désoler en prévoyant le mal qu'aurait ce jeune génie à franchir la barrière du pourcentage imposé[1] à l'université d'État.

En quelques jours, la mort inattendue d'un père adoré, due à un enchaînement absurde de hasards médicaux, fit dévier Alik vers une autre voie. Son père avait survécu à la guerre, il avait été blessé trois fois, et fut emporté à la suite d'une opération de l'appendicite mal faite. Tandis qu'il se mourait d'une péritonite, Alik acquit chemin faisant quelques rudiments de souffrance et de compassion, matières qui n'entraient pas dans le programme des enfants prodiges.

Après l'enterrement précipité de son père sous une petite pluie pourrie de novembre, aux sons d'un orchestre militaire et des gémissements de sa mère à moitié folle, les anciens camarades de régiment et les collègues actuels avaient quitté la gadoue marécageuse du cimetière de Vostriakovo pour se retrouver dans la grande pièce de la rue Miasnitskaïa, on avait bu une caisse de vodka, et on s'était séparé. Ce soir-là, le sensible Alik avait changé de religion, renonçant à ses projets ambitieux et à la biographie qu'il s'était inventée – un hybride de ses deux héros préférés, Évariste Galois et René Descartes – au profit de la médecine.

À dater de ce jour, son cerveau lucide avait commencé à absorber les disciplines dans lesquelles il lui faudrait passer des examens : la physique qui, après les injections de mathématiques, lui paraissait une science éclectique et dénuée de rigueur,

1. Pourcentage de Juifs.

et la biologie, qui le décourageait terriblement par la faiblesse de sa base théorique, ainsi que par les multiples niveaux de ses processus, et l'absence d'un langage commun.

Par chance, il acheta chez un bouquiniste près de chez lui un manuel pratique de génétique de Thomas Morgan, paru dans les années trente, et se rendit compte que la génétique, maudite et honnie à l'époque en même temps que ses adeptes, était en fait le seul domaine de la biologie dans lequel on pouvait poser une question de façon intelligible, et recevoir une réponse qui ne soit pas ambiguë.

La médaille qu'il avait reçue n'étant pas d'or, mais seulement d'argent, son admission à l'institut s'annonçait comme un combat contre un dragon à cinq têtes. Le seul vingt qu'il obtint sans coup férir fut en dissertation – Alexandre Sergueïevitch Pouchkine lui avait tendu une main amicale. Le sujet, « Le lyrisme dans les premières œuvres de Pouchkine », parut à Alik un cadeau personnel du ciel.

Pour les autres examens, il fit appel devant une commission, car il savait parfaitement qu'il était impossible qu'il ait eu moins de vingt, et les professeurs savaient tout aussi parfaitement à qui il leur était impossible de mettre des vingt.

Il commença par contester son premier quinze, en mathématiques. Les membres de la commission étaient des professeurs détachés de la Faculté de mathématiques, car il n'y avait pas de chaire de mathématiques à l'Institut de médecine. Ces futurs docteurs, qui n'étaient pas des imbéciles, comprirent vite que le garçon était très fort. Il manifesta de surcroît une résistance exceptionnelle, répondit pendant quatre heures d'affilée, et quand on lui posa enfin une question à laquelle il fut incapable de répondre, il éclata de rire et déclara à la commission, constituée de cinq personnes :

— La question n'est pas posée correctement, mais je vous prie quand même de remarquer que pas une seule des questions que vous m'avez posées ne figure au programme de l'école !

Comprenant qu'il n'avait rien à perdre, il joua son va-tout :

— Je sens que la question suivante va concerner le théorème de Fermat !

Les examinateurs échangèrent des regards, et l'un d'eux demanda :

— Vous pourriez le formuler ?

Alik écrivit une simple équation et soupira :

— Pour *n* supérieur à deux, il n'y a pas de solution en entiers positifs, mais je ne me risquerai pas à le démontrer...

Avec un profond sentiment de dégoût envers le garçon, envers lui-même, et envers la situation dans laquelle ils se trouvaient tous, le président de la commission inscrivit un vingt sur le bulletin.

Ses notes finales en chimie et en biologie furent les mêmes, mais sans effet aussi sensationnel. Il avait eu un quinze en anglais, mais c'était le dernier examen, il était évident qu'il avait réuni le nombre de points suffisant, et il ne fit pas appel. Il était fatigué.

L'histoire de son admission était devenue légendaire à l'institut, tout cela faisait penser au conte de Cendrillon. Ses années de scolarité avaient été empoisonnées par une absence totale d'aptitudes physiques : il était le plus petit de sa classe – en âge aussi, du reste. Ses mérites intellectuels, si on les remarquait, ne lui épargnaient nullement les humiliations en gymnastique. D'ailleurs, de façon générale, toute son enfance n'avait été qu'une suite d'humiliations : la domestique qui l'accompagnait à l'école et qui lui nouait sous le menton les oreillettes en mouton doré d'une chapka de fille ; son angoisse devant le trajet du retour, alors qu'il avait lui-même insisté pour qu'elle ne l'accompagnât plus ; la récréation, source de grands déboires, l'impossibilité d'aller aux toilettes à l'école. Quand cela devenait intenable, il allait à l'infirmerie, se plaignait de maux de tête, se faisait dispenser des cours et, après avoir fourré entre les mains de sa chère institutrice l'attestation « dispensé », fonçait chez lui pour se soulager…

Il souffrait avec acuité de cet ostracisme, devinant confusément qu'il tenait à ses mérites plutôt qu'à ses défauts. Son père, rédacteur aux Éditions de l'armée, avait rougi toute sa vie de son infériorité de Juif, et était incapable d'aider son fils, sinon par de magnifiques conseils de lecture. Isaac Aronovitch était un littéraire très cultivé, mais la vie l'avait relégué dans un coin où il était reconnaissant de rédiger les mémoires de maréchaux à demi illettrés sur leurs campagnes passées.

Quelque bizarre que cela pût paraître, l'instauration de la mixité dans les écoles contribua à alléger le sort d'Alik. Ses premiers amis furent des filles, et, devenu adulte, il ne cessait de déclarer que les femmes constituent sans aucun doute la meilleure part de l'humanité.

À l'Institut de médecine, cette meilleure part de l'humanité était également majoritaire. Dès les premiers mois de ses études, Alik se retrouva entouré d'une atmosphère d'admiration respectueuse. La moitié de ses condisciples, des provinciales avec derrière elles deux années de médecine et des expériences de la vie assez diversifiées, se bousculaient dans la grande pièce de la rue Miasnitskaïa. À la fin de l'année, la mère d'Alik reçut un appartement de deux pièces dans le quartier de Novye Tchériomouchki. C'est dans ce nouvel appartement, pas encore aménagé et encombré de paquets de livres non déballés, que deux condisciples d'Alik, Véra Voronova de Sormov et Olia Anikina de Krioukov, des aides-médecins délurées et fort sympathiques nanties de diplômes rouges, enlevèrent à Alik ses illusions romantiques, et le soulagèrent du même coup du fardeau de la virginité.

À partir de la troisième année, époque où débutèrent les stages pratiques et les gardes, ces unions hâtives et faciles, dans la lingerie, la salle des internes et le cabinet de consultation, devinrent chose aussi courante que les casse-croûte nocturnes, et portaient la marque d'une simplicité toute médicale. Alik n'accordait guère d'importance à ces coïts effectués sur le linge de l'hôpital, à l'époque, il était beaucoup plus intéressé par la science, tant les sciences naturelles que la philosophie.

Le trajet de Novye Tchériomouchki à l'institut Pirogov devint pour lui un véritable Göttingen. Le point de départ fut les œuvres du camarade Lénine, lecture obligatoire pour les cours d'histoire du P.C. Puis il se plongea dans Marx, se faufila dans Hegel et dans Kant et, faisant marche arrière, remonta jusqu'aux sources : il tomba amoureux de Platon.

Il lisait vite, d'une façon très particulière, en serpent : plusieurs lignes à la fois constituaient pour lui une seule grande ligne qu'il lisait d'une traite. Bien des années plus tard, il expliqua à Macha que tout tenait à la vitesse à laquelle fonctionnent les structures d'assimilation, il lui dessina même une sorte de schéma.

Laissant toute liberté à son ingénieux cerveau, il se bâtit une image de l'homme-cosmos et, en plus de l'Institut de médecine, se mit à fréquenter l'université, où il suivait des cours spéciaux de biochimie à la chaire de Bélozersk, ainsi que les cours de biophysique de Taroussov. Il était passionné par le problème du vieillissement biologique. Il n'était pas fou, il ne courait pas après l'immortalité, mais il avait calculé que selon certains paramètres biologiques, cent cinquante ans étaient la limite naturelle de la vie humaine. Il était en quatrième année lorsqu'il fit paraître son premier article scientifique, en collaboration avec un savant sérieux et un autre jeune prodige.

Un an plus tard, il parvint à la conclusion que le niveau cellulaire était primitif et que, pour travailler au niveau moléculaire, il manquait de connaissances. Il trouva ce qui lui manquait dans un périodique étranger.

Bien des années plus tard, alors qu'il occupait une position exceptionnellement élevée dans la science américaine, Alik disait que l'époque la plus intense de sa vie avait été ces années-là, et qu'il se nourrissait depuis des idées qui lui étaient venues durant sa dernière année d'études.

C'est aussi cette année-là qu'il rencontra Macha. Une ancienne condisciple, Liouda Linder, amateur de poésie non officielle, le traînait parfois chez des particuliers et dans des clubs littéraires où s'épanouissait le samizdat, et où Brodski lui-même, de passage à Moscou, ne dédaignait pas de lire parfois ses vers destinés à recevoir un jour le prix Nobel.

Cette fois, Liouda l'avait emmené à une soirée où on lisait les poèmes de quelques jeunes auteurs dont l'un, fort prometteur, commença à se piquer avant tout le monde, et devait bientôt y laisser la vie.

Macha, étant la cadette des plus jeunes, avait été la première à lire. Il y avait peu de monde, comme on dit dans ces cas-là, rien que des intimes et le mouchard de service, qui cumulait cet emploi avec celui d'économe.

On était au plus fort de l'époque de transition, en 1967 : si le pain ne coûtait rien, en revanche les paroles, orales ou imprimées, possédaient un poids inouï. Le samizdat menait déjà son travail de sape souterrain, Siniavski et Daniel avaient déjà été condamnés, les « physiciens » se distinguaient des « lyriques », il n'y avait guère que le zoo qui ne fût pas zone interdite.

Alik n'était pas impliqué dans ce processus : il avait toujours préféré les problèmes théoriques aux problèmes pratiques, et la philosophie à la politique.

Macha, avec ses yeux bleus et ses mains fines qui s'animaient d'une vie bien à elles et un peu absurde autour de sa tête brune aux cheveux courts, lisait ses vers avec un pathétisme tranquille.

Pendant la demi-heure qui lui était impartie, Alik ne la quitta pas des yeux et, lorsqu'elle eut terminé et sortit dans le couloir, il murmura à l'oreille de Liouda :

— Je reviens tout de suite...

Mais il ne réapparut plus. Il arrêta Macha sur le chemin des toilettes.

— Vous ne me reconnaissez pas ?

Macha le dévisagea avec attention, mais ne le reconnut pas.

— Ce n'est pas étonnant ! Nous ne nous connaissons pas encore. Je m'appelle Alik Schwartz. Je veux vous faire une proposition.

Macha le regarda d'un air interrogateur.

— Je vous propose ma main et mon cœur ! déclara-t-il avec le plus grand sérieux.

Macha éclata d'un rire joyeux. Voilà que débutait ce qu'elle connaissait si bien par Nika. Une histoire d'amour… Et elle y était parfaitement préparée.

— « Maria[1] Miller-Schwartz », cela ne sonne pas très bien, mais il faut voir ! répondit-elle d'un ton léger, follement contente justement de la légèreté de cette conversation.

Un sentiment de triomphe déferlait sur elle. Enfin, elle allait se retrouver à égalité avec Nika ! Ce soir même, elle lui dirait au téléphone : « Nika, aujourd'hui, il y a un homme qui m'a sauté dessus, sympathique, une bonne tête, pas très bien rasé, un type intelligent, cela se voit au premier coup d'œil… »

— Seulement il faut que vous sachiez, dit-il pour l'avertir, que je n'ai absolument pas le temps de vous faire la cour. Mais ce soir, je suis libre. Sortons d'ici.

Macha avait l'intention de retourner écouter un binoclard qui froissait ses feuillets en attendant son tour, mais elle changea immédiatement d'avis.

1. Macha est le diminutif de Maria.

— Bon, attendez-moi.

Elle entra dans les toilettes, et il l'attendit devant la porte.

Macha s'habilla à toute vitesse, elle avait l'impression qu'il ne fallait surtout pas perdre de temps ; Alik, sans le savoir, lui avait déjà communiqué sa précipitation. Il l'aida à enfiler son manteau mince et élégant, œuvre de Sandra.

La rue était sombre et déserte, l'hiver avait son visage le pire, sans neige, féroce. Macha, selon la mode d'avant les bottes, portait des chaussures légères et n'avait pas de chapeau. Alik prit dans ses mains les os glacés de ses doigts.

— Nous aurons toujours peu de temps, or nous avons beaucoup de choses à nous dire. Pour en terminer avec le moins intéressant : par un temps pareil, il vaut mieux mettre des bottes de feutre et un fichu de grand-mère, je vous dis cela en tant que médecin. En ce qui concerne tes vers – il était insensiblement passé au tutoiement –, certains sont à mettre à la poubelle, mais il y en a quelques-uns qui sont remarquables.

— Lesquels faut-il mettre à la poubelle ? demanda Macha, piquée au vif.

— Non, je préfère dire lesquels il faut garder.

Il lui récita un poème qu'il venait d'entendre, et qu'il avait retenu par cœur avec exactitude : « Tels des exilés, nous vivons sans abri, dans le superbe enfer d'une terre délaissée, mais l'automne est gorgé de lumière, baigné d'un froid pénétrant. Sur le cimetière, comme un nuage, flotte un éclat de silence, présage de mélodies qui semblent planer tout près, là où mûrissent les crues de l'avenir. Et les feuilles effilées des érables brûlent en bruissant d'une flamme chétive. Les tombes flambent comme des feux de bois, mais le temps n'est pas encore aboli. » Je trouve que ce sont de très bons vers.

— C'est en mémoire de mes parents. Ils se sont tués il y a dix ans, déclara Macha, tout étonnée qu'il lui soit aussi facile de dire à cet homme ce dont elle ne parlait d'habitude à personne.

— Ils ont vécu heureux et sont morts le même jour ? dit Alik en la regardant d'un air grave.

— Maintenant, il ne reste rien d'autre à faire que de se dire ça...

Il y a des couples qui se forgent au lit, il y en a qui s'épanouissent dans la cuisine, au tintement des couteaux et du fouet pour battre les œufs, on rencontre des époux-bâtisseurs, qui font des travaux, qui achètent au rabais pour leur maison de campagne des scies, des clous, de l'huile de lin et de la laine de verre ; d'autres se nourrissent de scènes exaltées.

Le mariage de Macha et d'Alik, lui, s'accomplissait dans les conversations. Cela faisait huit ans qu'ils vivaient ensemble, mais quand ils se retrouvaient chaque soir, à son retour du travail, ils laissaient la soupe refroidir et la viande brûler en se racontant ce qui leur était arrivé d'important pendant la journée.

Chacun d'eux vivait sa vie deux fois : la première, sur le moment, et la seconde, à travers une narration en termes choisis. Cette narration transposait un peu les événements, écartant ce qui était insignifiant et donnant aux incidents une coloration personnelle, mais cela, ils le savaient tous deux, et même, allant au-devant du désir de l'autre, ils racontaient justement ce qui devait présenter pour lui un intérêt particulier.

— Tiens, j'ai quelque chose pour toi ! disait Alik en remuant sa soupe brûlante dans son assiette. J'y ai pensé toute la journée pour ne pas l'oublier…

Et il enchaînait sur la description d'une altercation matinale dans le métro, d'un arbre dans une cour, ou d'une conversation avec une collaboratrice. Macha, de son côté, apportait dans la cuisine un vieux bouquin hérissé de marque-pages, ou une brochure du samizdat, et l'ouvrait au passage voulu.

— Tiens, j'ai noté ça spécialement pour toi…

Ces dernières années, ils avaient partiellement échangé leurs rôles : avant, c'était lui qui lisait le plus, qui se plongeait le plus à fond dans les problèmes culturels, tandis qu'à présent, ses travaux scientifiques ne lui laissaient plus de loisir pour les distractions intellectuelles, d'autant qu'il ne pouvait se résoudre à abandonner son ancien travail aux urgences qui, outre qu'il l'intéressait d'un point de vue professionnel, lui laissait suffisamment de temps pour ses recherches en laboratoire. Il avait préparé sa thèse par correspondance, ce qui l'avait beaucoup arrangé.

Macha passait ses journées à la maison avec son fils, un enfant unique en son genre, capable de s'occuper tout seul du matin au soir à des activités enrichissantes, elle rédigeait de petits articles pour une revue de références, lisait une multitude de livres avec attention et voracité, et écrivait tantôt des vers, tantôt des textes de nature indéfinie, qu'on aurait dits tirés d'auteurs divers. Sa propre voix ne perçait pas encore, et elle était ballottée entre des directions différentes – tantôt vers Rozanov, tantôt vers Kharms.

Ses poèmes, écrits eux aussi à plusieurs voix, avaient été publiés deux fois dans des revues, dans la rubrique « poésie », mais cela avait quelque chose d'accessoire, de dérisoire. Imprimés, ils avaient l'air étranger, ils paraissaient ratés, et en plus, il y avait deux coquilles. Mais Alik en était terriblement fier, il avait acheté tout un tas d'exemplaires de la revue et en faisait cadeau à tout le monde ; Macha, elle, avait décidé en son for intérieur qu'elle ne publierait plus par petits bouts, mais ferait carrément paraître un recueil.

Leur intimité était si rare et si totale qu'elle se manifestait aussi dans une communauté de goûts, dans leur façon de parler et dans la tonalité de leur humour. Avec les années, même les expressions de leurs visages commençaient à se ressembler, et ils promettaient de devenir dans leur vieillesse des époux-perroquets. Parfois, lisant dans les yeux de l'autre une pensée encore inexprimée, ils citaient en chœur leur cher Brodski : « Ils avaient vécu si longtemps ensemble que le deux janvier retomba un mardi… »

Pour désigner cette affinité si spéciale, Macha avait trouvé un mot allemand spécial qu'elle avait déniché dans un manuel de linguistique – le mot *Geschwister*. Aucun terme analogue n'existait dans aucune autre langue connue, il signifiait « frère et sœur », mais en allemand, la combinaison recelait une nuance supplémentaire.

Ils ne s'étaient pas fait de serments de fidélité. Au contraire, la veille de leur mariage, ils avaient convenu que leur union serait celle de deux êtres libres, que jamais ils ne s'abaisseraient à la jalousie et au mensonge, car ils conserveraient chacun leur droit à l'indépendance. La première année de leur mariage, Macha, légèrement préoccupée par le fait qu'Alik était le seul homme qu'elle eût jamais connu, avait procédé à quelques expériences sexuelles – avec un ancien condisciple, avec un employé d'une revue littéraire pour la jeunesse qui avait publié quelque chose d'elle, et avec un parfait inconnu – afin de se convaincre qu'elle n'avait rien laissé passer.

Elle n'en avait pas discuté avec son mari, mais lui avait lu un poème écrit cette année-là :

La fidélité est méprisable
On y sent le souffle du devoir,
L'attrait des trahisons possibles.
Seul l'amour ne connaît pas de changement
Il n'est pas tissé de fables ni de serments,
Et n'exige rien en échange.

Alik avait deviné, il n'avait rien dit, et il y avait beaucoup gagné : Macha s'était complètement calmée. Quant à lui, pendant leurs années de mariage, il avait eu quelques aventures occasionnelles. S'il ne les avait pas cherchées, il ne les avait pas non plus refusées.

Mais avec le temps, ils ne faisaient que s'attacher davantage l'un à l'autre et découvraient de plus en plus de mérites à la vie de couple.

En observant ses camarades de classe et ses amis qui se mariaient, divorçaient, et s'adonnaient allégrement à la fornication en célibataires, Alik se disait, comme le pharisien qu'il ne connaissait pas : « Nous, nous ne sommes pas comme ça, nous vivons comme il faut, dignement, c'est pour cela que nous sommes heureux... »

Ses travaux scientifiques marchaient très bien.

À tel point que rares étaient ceux de ses collègues qui étaient à même d'apprécier ses résultats à leur juste valeur. Sa nature d'élite, qui avait été un fardeau si pénible durant son enfance, encore accru par la honte de ce judaïsme encombrant qui lui était tombé du ciel, prenait avec les années une autre coloration, mais sa bonne éducation ainsi qu'une bienveillance innée camouflaient son sentiment de supériorité, qui allait en se renforçant, sur les cerveaux pataudes de la plupart de ses collègues.

Lorsqu'une prestigieuse revue scientifique américaine publia pour la première fois un de ses articles, il examina la composition du comité de rédaction sur la couverture et dit à Macha :

— Il y a quatre lauréats du prix Nobel...

Macha, en observant son visage au teint mat, plus indien que sémite, comprit qu'il était en train d'endosser à titre d'essai les suprêmes honneurs scientifiques. Lisant dans ses pensées, elle demanda à Nika, qui avait gardé un four datant de l'époque de sa passion pour la céramique, de recopier un poème sur une tasse en porcelaine, et cette année-là, Alik reçut comme cadeau d'anniversaire de sa femme une grande tasse blanche sur laquelle était écrit en grosses lettres bleu foncé : « Tu seras en queue-de-pie, moi en robe du soir, le roi donnera le prix, et puis nous irons boire. »

Les invités avaient admiré la tasse, mais à part Alik, personne n'avait saisi l'allusion.

Tous deux tiraient un grand plaisir du fait que la présence des autres ne gênait jamais leur complicité tacite : un coup d'œil leur suffisait pour échanger leurs pensées...

Ils ne s'étaient pas vus depuis deux semaines,

et Alik arrivait avec une nouvelle époustouflante à annoncer à sa femme. L'Académie des sciences avait reçu la visite d'un célèbre scientifique américain, un spécialiste en biologie moléculaire, venu faire une intervention lors d'un colloque et donner une conférence. Il était allé au Bolchoï et à la galerie Trétiakov, comme c'était prévu dans le programme, et avait demandé à son interprète de lui organiser une rencontre avec mister Schwartz.

L'interprète s'était empressée d'aller faire son rapport, et avait reçu pour instruction d'informer le visiteur que mister Schwartz était justement en vacances.

Mais mister Schwartz n'était absolument pas en vacances, au contraire, il était venu à la conférence afin de poser à l'Américain une question scientifique. Ils avaient eu une conversation de cinq minutes. L'Américain, un homme perspicace – ce n'était pas pour rien qu'il avait un grand-père originaire d'Odessa –, avait vite compris de quoi il retournait, il avait pris le téléphone personnel d'Alik et était venu le voir chez lui un soir tard, versant au chauffeur de taxi, lui aussi un homme perspicace dans son genre, l'équivalent du salaire mensuel d'Alik.

Tout cela s'était passé en l'absence de Macha. Déborah Lvovna, la mère d'Alik, se reposait dans un sanatorium. Les montagnes de vaisselle sale et les monceaux de livres ouverts avaient définitivement convaincu l'Américain qu'il avait affaire à un génie, et il lui avait aussitôt fait une proposition : venir travailler avec lui à Boston. Au M.I.T. Il ne restait plus qu'un problème technique, mais de taille – celui de l'émigration. C'était avec cette nouvelle qu'Alik venait retrouver sa femme. Tous les deux bouillaient d'impatience de raconter à l'autre…

Le thème de l'émigration, dans les milieux intellectuels de ces années-là, était l'un des plus brûlants : être ou ne pas être, partir ou ne pas partir… Oui, mais si… Non, et pourtant… Des familles s'effondraient, des amitiés se brisaient. Les raisons étaient politiques, économiques, idéologiques, morales… Quant au processus du départ lui-même, il était compliqué et pénible, prenait parfois de longues années, exigeait de la résolution, du courage ou du désespoir. La brèche officielle, dans le rideau de fer, n'était destinée qu'aux Juifs, mais des non-Juifs en profitaient aussi. De nouveau, les eaux de la mer Noire s'ouvraient pour laisser passer le Peuple élu, sinon vers la Terre promise, du moins loin d'une autre Égypte.

— Il est dit dans l'Exode – s'exclamait Liova Gotlib, un ami intime d'Alik, le « principal juif d'Union soviétique », comme il l'appelait – que Moïse a fait sortir six cent mille Juifs d'Égypte à pied. Mais il n'est dit nulle part combien sont restés en Égypte. Ceux-là ont tout simplement cessé d'exister. Et ceux qui n'ont pas quitté l'Allemagne en 33, où sont-ils ?

Mais Alik ne s'intéressait absolument pas à sa vie personnelle du point de vue national, pour lui, le plus précieux, c'était son œuvre scientifique. Bien sûr, il entendait toutes ces conversations, il y prenait même part, y introduisant une note théorique et réfrigérante, mais en réalité, la seule chose qui l'intéressait, c'était le vieillissement cellulaire.

La proposition de l'Américain signifiait pour lui un accroissement du rendement effectif de son travail.

— De trois cents pour cent, je pense ! dit-il en racontant tout cela à Macha. Le meilleur équipement du monde, aucun problème pour les réactifs, des laborantins, et puis, de façon générale, aucun problème matériel pour nous. Alik fera ses études à Harvard. Hein ? Moi, j'y suis parfaitement prêt. Tout dépend de toi, Macha. Et de maman, bien sûr, mais elle, je la convaincrai.

— Quand ? demanda seulement Macha, absolument pas préparée à un tel retournement de la situation.

— Dans le meilleur des cas, d'ici six mois. Si nous faisons la demande d'émigration immédiatement. Mais cela peut aussi durer longtemps. C'est ce que je redoute le plus, parce qu'il va falloir que je quitte aussitôt mon travail. Pour ne pas causer d'ennuis à mon directeur.

Il avait déjà tout prévu.

« Il y a deux semaines, une telle proposition m'aurait fait sauter de joie, songeait Macha. Mais aujourd'hui, je ne peux même pas y penser. »

Au fond de son âme, Alik avait espéré que Macha se réjouirait de cette nouvelle perspective, et son hésitation le rendait perplexe. Il ne savait pas encore que leur univers familial, raisonnable et sensé, s'était fendu de haut en bas, depuis son sommet cristallin jusqu'à ses soubassements les plus vils. Et Macha elle-même n'en était pas pleinement consciente.

Ensuite, elle lui lut ses nouveaux poèmes. Il la complimenta, remarqua leurs nouvelles qualités. Il reçut ses confidences exaltées sur la révélation que lui avait procuré une relation neuve et fulgurante, sur la forme particulière d'absolu qu'elle avait trouvée chez un étranger, sur sa nouvelle expérience de la vie : c'était comme si on avait enlevé un voile qui couvrait le monde entier, les paysages, les visages, les sentiments familiers...

— Je ne sais pas quoi faire de tout cela ! se plaignait Macha à son mari. Peut-être que du point de vue commun – le mot « petit-bourgeois » n'appartenait pas à leur lexique –, de ce point de vue-là, c'est affreux, que je te raconte tout cela justement à toi. Mais j'ai une telle confiance en toi, tu es l'être qui m'est le plus proche, la seule personne avec qui cela ait un sens d'en parler. Nous ne formons qu'un seul être, pour autant que c'est possible. Mais quand même, je ne sais plus que faire à présent. Tu parles de partir... Peut-être...

Elle frissonnait légèrement, son visage était en feu et ses pupilles dilatées.

« Comme cela tombe mal ! » se dit Alik, et il alla chercher une demi-bouteille de cognac dans la cuisine. Il servit deux verres et conclut, magnanime :

— Que veux-tu, c'est une expérience qui t'est nécessaire ! Tu es un poète, et en fin de compte, n'est-ce pas justement le matériau dont la poésie est faite ? À présent, tu sais qu'il existe des formes de fidélité plus hautes que la fidélité sexuelle. Moi, je le savais déjà. Nous sommes tous deux des chercheurs, ma petite Macha. Dans des domaines différents, c'est tout. En ce moment, tu es en train de faire une découverte qui t'est personnelle, je suis capable de le comprendre. Et je ne te dérangerai pas.

Il servit encore deux verres.

Le cognac était le remède indiqué. Macha ne tarda pas à se blottir contre son épaule en bredouillant :

— Alik, tu es l'être le plus parfait de la terre... Le meilleur... Tu es ma forteresse... Si tu veux, nous irons où tu voudras...

Et ils se consolèrent en s'étreignant. Et ils se confortèrent dans leur certitude d'être des natures d'élite, s'assurèrent de leur supériorité sur tous les autres couples de leur connaissance, avec leurs minables malentendus quotidiens, leurs accouplements furtifs dans la salle de bains fermée à clé, leurs mensonges sordides et leurs bassesses – alors que chez eux, Macha et Alik, c'était une franchise totale, la vérité pure.

Alik repartit au bout de trois jours, laissant Macha aux enfants, à la lessive et à ses poèmes. Elle devait encore passer un mois et demi en Crimée, puisque Alik lui avait apporté l'argent nécessaire.

Deux jours après son départ, Macha écrivit une première lettre. À Boutonov. Puis une deuxième et une troisième. Entre les lettres, elle écrivait aussi des poèmes courts et désespérés qui lui plaisaient beaucoup.

Pendant ce temps, Boutonov trouvait ponctuellement les lettres dans sa boîte aux lettres. Il avait laissé à Macha son adresse de Rastorgouïevo, car pendant que sa femme et sa fille passaient leurs vacances dans la datcha d'académicien d'une amie d'Olga, il s'installait habituellement pour l'été à Rastorgouïevo, au lieu de rester dans l'appartement de sa femme à Khamovniki. Les considérations liées aux cachotteries conjugales étaient le dernier de ses soucis. Olga n'était pas curieuse et n'aurait pas ouvert des lettres qui ne lui étaient pas destinées.

Les lettres de Macha remplirent Boutonov de

stupéfaction. Elles étaient écrites d'une écriture menue penchée en arrière, avec des dessins dans les marges, des histoires tirées de son enfance qui ne rimaient à rien, des allusions à des noms d'écrivains inconnus, et contenaient beaucoup de sous-entendus obscurs. Il y avait en outre dans les enveloppes des feuillets de papier gris et rêche couverts de poèmes. C'étaient des vers qu'elle avait composés elle-même, Boutonov le devinait. Il montra l'un de ces poèmes à Ivanov, qui s'y connaissait en tout. Ce dernier le lut à voix haute avec une expression bizarre.

« L'amour est œuvre de l'esprit, mais les corps y ont aussi leur part. Mettre sa main dans une main, quelle histoire ! La chaleur de l'esprit, comme la blanche fièvre des passions de la chair, se mesure en degrés elle aussi… »

— D'où sors-tu cela, Valéry ? dit Ivanov, étonné.

— C'est une jeune fille qui me l'a écrit, répondit Boutonov en haussant les épaules. C'est bon ?

— Oui. Elle a sans doute pris ça quelque part, dit Ivanov, donnant un avis qualifié. Je me demande où…

— Certainement pas ! protesta Boutonov avec conviction. Ce n'est pas son genre de recopier les poèmes des autres. C'est elle qui l'a écrit, c'est sûr !

Il avait déjà oublié sa banale aventure méridionale, mais cette charmante petite lui donnait vraiment une importance exagérée. Jusqu'ici, Boutonov n'avait jamais reçu de lettres de personne, lui-même n'en écrivait pas, et cette fois non plus, il n'avait pas l'intention de répondre, mais elles continuaient à arriver.

Macha se rendait régulièrement à la poste de Soudak, et était très chagrinée de ne pas avoir de réponse. Finalement, n'y tenant plus, elle téléphona à Nika à Moscou et lui demanda de faire un saut à Rastorgouïevo pour savoir s'il n'était pas arrivé quelque chose à Boutonov. Pourquoi ne lui répondait-il pas ? Nika refusa avec agacement : elle était débordée. Macha le prit très mal.

— Qu'est-ce qui t'arrive, Nika ? C'est la première fois que je te demande un service ! Toi, tu as une aventure par trimestre, mais moi, je n'ai jamais rien connu de pareil !

— Oh, tu me casses les pieds ! Bon, d'accord, j'irai demain ! répondit Nika.

— Nika, je t'en supplie ! Aujourd'hui ! Ce soir ! implora Macha.

Le lendemain matin, Macha se trimbala de nouveau à Soudak avec les enfants. Ils se promenèrent, allèrent au café, mangèrent des glaces. Elle ne put joindre Nika au téléphone : il n'y avait personne chez elle.

Ce soir-là, Alik tomba malade, il eut une poussée de fièvre et se mit à tousser – sa bronchite asthmatique chronique, c'était d'ailleurs la raison pour laquelle Macha venait deux mois par an avec lui en Crimée.

Elle passa toute la semaine à son chevet, et c'est seulement au bout de huit jours qu'elle réussit à se rendre à Soudak. Il n'y avait pas de lettre pour elle. Ou plutôt si, une lettre d'Alik. Elle arriva tout de suite à joindre Nika, qui lui fit son rapport d'un ton assez sec.

— Je suis allée à Rastorgouïevo. J'ai trouvé Boutonov, il a bien reçu tes lettres, mais il n'y a pas répondu.

— Il va le faire ? demanda bêtement Macha.

— Comment veux-tu que je le sache ? répondit Nika avec agacement.

Entre-temps, Nika s'était rendue plusieurs fois à Rastorgouïevo. La première fois, Boutonov avait été surpris. Leurs retrouvailles avaient été faciles et joyeuses. Nika avait vraiment l'intention de se contenter de remplir la mission confiée par Macha, mais les choses avaient tourné autrement, et elle était restée passer la nuit dans sa grande maison en travaux.

Il avait commencé ces travaux deux ans plus tôt, après la mort de sa mère, mais les choses avaient traîné, et la partie rénovée de la maison offrait un contraste frappant avec l'autre, à moitié en ruine, où s'entassaient des coffres en bois et des meubles rustiques taillés à la hache qui lui venaient de son arrière-grand-père ; des étoffes tissées main traînaient un peu partout. C'était là, dans la partie en ruine, que Nika avait aménagé en vitesse leur nid d'amour. Au matin, en s'en allant, elle lui avait effectivement demandé :

— Pourquoi ne réponds-tu pas à ses lettres ? Cela lui fait de la peine.

Boutonov se moquait bien d'être démasqué, mais il n'aimait pas qu'on lui fasse des réflexions.

— Je suis médecin, pas écrivain !

— Tu pourrais faire un effort ! avait conseillé Nika.

Elle trouvait la situation assez cocasse : Macha, cette fille supérieurement intelligente, amoureuse d'un bûcheron aussi primaire ! Pour Nika, il tombait à pic : elle était en train de divorcer, son mari se conduisait de façon épouvantable, il manifestait des exigences, en particulier à propos du partage de l'appartement, son amant épisodique venait de terminer ses études de mise en scène et avait quitté Moscou, et son amant en titre, Kostia, lui portait sur les nerfs, car depuis qu'il avait appris son divorce, il se montrait sérieusement disposé à se lancer sans plus tarder dans la vie conjugale.

— Si tu y tiens, tu n'as qu'à lui écrire toi-même ! avait grommelé Boutonov.

Nika avait éclaté de rire : cette proposition lui paraissait comique. Ah, comme elles riraient toutes les deux de cette histoire, une fois que la passion de Macha serait calmée !

XV

Médée prit sa retraite en automne, au moment des fêtes de novembre. Les premiers temps, elle se proposait de meubler cette période d'oisiveté en raccommodant les couvertures molletonnées qui se dégradaient à une vitesse incroyable pendant la saison d'été.

Elle avait préparé d'avance du satin neuf et toute une boîte de bobines de fil bien solide, mais dès le premier soir, après avoir déployé sur la table une couverture effilochée, elle s'aperçut que les fleurs étaient en train de disparaître du fond mauve, remplacées par d'autres, en relief et frétillantes.

« J'ai de la fièvre », devina-t-elle, et elle ferma les yeux pour arrêter ce flot de fleurs. Heureusement, Nina était justement arrivée de Tbilissi la veille.

On aurait dit la même maladie que celle dont elle avait souffert juste avant son mariage, quand Samuel s'était occupé d'elle le cœur si défaillant, avec tant de tendresse et d'amour palpitant qu'il avait pu ensuite déclarer à bon droit : « Les autres ont leur lune de miel, Médée et moi, nous avons eu notre maladie de miel ! »

Entre des crises de tremblements convulsifs et

des moments de profonde léthargie, Médée sentait fondre sur elle une paix bienheureuse : elle avait l'impression que Samuel était dans la pièce voisine et qu'il allait entrer, tenant maladroitement un verre dans ses deux mains, les yeux un peu écarquillés par la douleur, car le verre était plus brûlant qu'il ne l'avait cru.

Mais au lieu de Samuel, c'était Nina qui émergeait de la pénombre dans des effluves de millepertuis et de miel fondant, un verre à facettes entre ses maigres mains lisses, avec ses yeux d'un noir mat, profonds, comme ceux de Samuel, et il venait à Médée un soupçon qu'il lui semblait nourrir depuis longtemps, et qui lui tombait enfin du ciel comme une révélation : Nina était leur fille, à Samuel et à elle, leur enfant, elle l'avait toujours su, mais Dieu sait pourquoi, l'avait oublié pendant longtemps, et maintenant, voilà qu'elle s'en souvenait, quel bonheur… Nina la soulevait sur l'oreiller, lui faisait boire un breuvage parfumé, disait quelque chose, mais le sens de ses paroles ne parvenait pas tout à fait jusqu'à Médée, comme si elle parlait une langue étrangère. « Ah oui, c'est du géorgien ! » se souvenait-elle.

Mais son intonation était si riche, si claire, que l'on comprenait tout rien qu'aux mouvements de son visage, de ses mains, et au goût du breuvage. Ce qu'il y avait d'étonnant aussi, c'était que Nina devinait ses désirs, et même, elle ouvrait et fermait les rideaux une seconde avant que Médée songeât à le lui demander…

Sa famille de Tbilissi descendait de deux de ses sœurs, Anelia, l'aînée, et Anastasia, la cadette, qu'Anelia avait élevée après la mort de leurs parents. Anastasia n'avait laissé qu'un fils, Robert, un célibataire apparemment un peu détraqué. Médée n'avait aucune relation avec lui.

Anelia n'avait pas eu d'enfants. Nina et Timour étaient des enfants adoptés, si bien que toute cette famille de Tbilissi était une branche greffée. Ces enfants étaient les neveux de Lado, le mari d'Anelia. Grigol, le frère de Lado, et sa femme Suzanna, avaient formé un couple mal assorti et malheureux : lui était un défenseur passionné de la cause des petits artisans, et elle, une citadine folle obsédée par le Parti.

Lado Alexandrovitch, un musicien, professeur au conservatoire de Tbilissi où il enseignait le violoncelle, n'avait rien de commun avec son frère, et avait cessé toute relation avec lui dès le milieu des années vingt.

Lado et Anelia avaient vu leurs neveux pour la première fois un matin de mai 1937 ; ils avaient été amenés chez eux par une tante éloignée, après l'arrestation de leurs parents en pleine nuit.

La fameuse loi des paires, qui n'est qu'un cas particulier de la loi générale de la répétition d'un seul et même événement, que ce soit dans le but de forger les caractères ou d'accomplir une destinée, avait fonctionné dans la vie d'Anelia avec une précision parfaite. Dix ans pile s'étaient écoulés depuis qu'Anastasia s'était mariée et avait quitté leur foyer, et voilà que le destin leur envoyait de nouveaux orphelins – deux, cette fois.

Anelia avait déjà dépassé la quarantaine, et Lado était de dix ans plus âgé qu'elle. Ils avaient eu le temps de se flétrir et de se dessécher, et se préparaient à une paisible vieillesse, non à une vie de jeunes parents. La vieillesse dont ils rêvaient n'arriva jamais. Les enfants délaissés commençaient à peine à se remettre quand la guerre avait commencé. Lado n'avait pas survécu à ces années difficiles et était mort d'une pneumonie en 1944.

Anelia avait fini d'élever les enfants en grignotant les restes d'une maison jadis riche. Elle était morte en 1957, peu après le retour de déportation de Suzanna, devenue complètement folle. Nina, déjà une jeune femme à l'époque, avait reçu, en échange d'une belle-mère adorée, sa mère naturelle, une harpie borgne pleine de rancune et d'un dévouement paranoïaque envers le Guide. Cela faisait à présent vingt ans que Nina s'occupait d'elle.

Les trois ou quatre jours qu'elle se proposait de passer chez Médée se transformèrent en huit, et dès qu'elle eut remis Médée sur pied, elle retourna à Tbilissi.

La maladie de Médée n'était pas complètement terminée, elle s'était portée sur les articulations, et Médée se soignait à présent selon des remèdes de bonne femme. Vêtue d'épaisses genouillères en vieille laine, sous lesquelles elle appliquait des feuilles de chou, de la cire d'abeille ou de grosses têtes d'oignons ébouillantées, elle se déplaçait tant bien que mal dans sa maison, ayant complètement perdu son agilité, et passait la plupart de son temps assise à rapiécer des couvertures.

Elle pensait à Nina ; à sa mère démente, à Nika, qui avait passé tout le mois de septembre à Tbilissi avec un théâtre en tournée et qui, à en juger par les récits circonspects de Nina, transformait son voyage en virée personnelle…

« Ce sont là de vaines pensées ! » Elle se reprenait, et faisait ce que le vieux Dyonisi lui avait appris dans sa jeunesse : si des pensées mondaines te hantent et ne te laissent pas de répit, ne lutte pas contre elles, mais transforme-les en prières et offre-les à Dieu...

« Pauvre Suzanna, pardonne-lui, Seigneur, les horreurs et les bêtises qu'elle a commises, attendris son cœur, fais-lui comprendre combien Nina souffre à cause d'elle... Et Nina, aide-la, elle est douce et patiente, donne-lui les forces, Seigneur... Quant à Nika, garde-la de tout mal, elle suit une voie dangereuse, alors qu'elle est si bonne, si lumineuse, éclaire-la, Seigneur... »

Et elle songeait de nouveau à ce que lui avait raconté Nina, comment Nika avait semé la zizanie dans la famille d'un célèbre acteur de Tbilissi, avec lequel elle avait noué une liaison tapageuse au vu et au su de toute la ville, tourbillonnant, riant, brillant de tous ses feux ; et la pauvre femme de l'acteur, tout en noir, dévorée de jalousie, débarquait en pleine nuit chez les amis de son mari, frappait en vain aux portes dans l'espoir de surprendre l'infidèle sur les lieux de son crime, ce qui avait fini par arriver. Il y avait eu de la vaisselle cassée, des sauts par la fenêtre, des cris, des passions, bref, quelque chose de parfaitement indécent.

Le plus étonnant, c'était qu'au mois d'octobre, Médée avait reçu de Nika une toute petite lettre dans laquelle elle lui décrivait son voyage, l'immense succès remporté par le théâtre, et se vantait même d'avoir eu un article spécialement consacré à ses costumes.

« Cela faisait longtemps que je ne m'étais autant amusée, que je n'avais été aussi gaie ! disait-elle en terminant sa lettre. À Moscou, il fait un temps épouvantable, le divorce avec mon mari traîne, je donnerais tout au monde pour vivre ailleurs, dans un endroit plus ensoleillé. »

Pour ce qui était du temps, Nika avait parfaitement raison : l'été avait pris fin dès le mois d'août, et on s'était retrouvé d'emblée à la fin de l'automne. Les arbres n'avaient pas eu le temps de jaunir comme il se doit, et les feuilles, emportées par de violentes pluies glacées, étaient tombées complètement vertes. À ce joyeux septembre à Tbilissi avait succédé l'insupportable octobre moscovite. En novembre, le temps ne s'arrangea pas, mais l'humeur de Nika s'améliora : elle était débordée de travail.

Elle préparait un nouveau spectacle pour son théâtre, disparaissait dans les ateliers où, sans elle, les costumières faisaient tout bien trop approximativement, et en même temps, mettait la dernière main à un travail bâclé pour le théâtre Romen.

Tout ce qui était tzigane l'attirait beaucoup, mais travailler dans ce théâtre s'avéra extrêmement compliqué : cette liberté tzigane, si pleine de charme sur les places publiques, dans les trains et sur les scènes de théâtre, se transformait dans le travail en véritable chaos : les rendez-vous fixés par le metteur en scène n'avaient lieu qu'au bout de la cinquième fois, la moindre actrice faisait des esclandres, exigeait l'impossible. Ce fut le jour où une actrice d'un certain âge, dotée d'une superbe voix de gorge, avait flanqué à la figure de Nika sa robe rouge bordeaux – au lieu de la robe en dentelle blanche qu'elle voulait – et que Nika la lui avait renvoyée tout aussi prestement en la lestant de jurons artistiques, comme ce poids que les Géorgiennes cousaient autrefois dans l'ourlet de leurs robes, que se produisit l'incident désagréable que Nika attendait depuis longtemps, et qu'elle avait essayé d'éviter par tous les moyens.

Macha débarqua chez elle à minuit. Dès qu'elle ouvrit la porte, Nika comprit que l'incident désagréable s'était produit. Macha se jeta à son cou.

— Nika, dis-moi que ce n'est pas vrai ! Que c'est faux ! Dis-le !

Nika caressa ses cheveux tout glissants de pluie. Elle se taisait.

— Je sais bien que ce n'est pas vrai ! assura Macha en froissant dans ses mains un bandeau en crêpe de chine à carreaux obliques mauves, gris et noirs. Alors pourquoi était-il là-bas ?

— Chut ! Parle moins fort, les murs ont des oreilles !

Nika fit un geste en direction de la chambre des enfants.

Cela faisait si longtemps, depuis juillet, qu'elle attendait cet orage inéluctable, qu'elle en éprouva même du soulagement. Cet imbroglio ridicule avait duré tout l'été. Quand elle avait quitté le Hameau en mai, Nika était sincèrement décidée à faire secrètement ce cadeau à Macha, à lui laisser Boutonov. Mais les choses avaient tourné autrement.

Pendant tout le temps que Macha avait passé à promener les enfants en Crimée, Nika était allée retrouver Boutonov en se disant qu'elle verrait plus tard. Leur relation avait pris un tour étonnamment agréable. Boutonov admirait en Nika la merveilleuse simplicité avec laquelle elle parlait de tout et de rien, et son absence totale de possessivité ; quand il avait un jour essayé d'exprimer cela dans sa langue raboteuse, elle l'avait arrêté :

— Mon Boutonov chéri, cette petite tête, là, n'est vraiment pas ce que tu as de plus réussi ! Je sais ce que tu veux dire. Tu as raison. En fait, j'ai une psychologie masculine. Je suis comme toi, j'ai peur de m'empêtrer dans une histoire interminable, dans des obligations, dans le mariage – au diable le mariage ! Aussi, sache que c'est toujours moi qui quitte les hommes !

Ce n'était pas tout à fait vrai, mais cela avait l'air vraisemblable.

— Bon, eh bien tu m'enverras un préavis deux semaines avant ! avait-il répondu avec humour.

— Valéra, si tu te mets à faire de l'esprit, je vais tomber follement amoureuse de toi, et c'est dangereux !

Rejetant la tête en arrière et secouant sa chevelure, elle avait éclaté d'un rire qui faisait tressauter sa poitrine.

Elle riait sans arrêt, dans le tramway, à table, à la piscine, où ils étaient allés un jour, et le morose Boutonov était gagné par sa gaieté, il était pris de fous rires à en pleurer, à en avoir mal au ventre, à en perdre la voix. Au lit aussi, ils riaient jusqu'à épuisement.

— Tu es un amant unique ! disait Nika, admirative. D'habitude, le rire fait tomber les érections.

— Je ne sais pas, peut-être que tu ne m'as pas fait assez rire…

Dès son retour, au début du mois de juillet, Macha avait déposé en vitesse les enfants chez Sandra, et s'était précipitée à Rastorgouïevo. Elle avait eu doublement de la chance : elle avait trouvé Boutonov, mais pas Nika. Celle-ci était partie la veille.

L'arrivée de Macha était tombée au plus fort des

travaux abandonnés deux ans plus tôt. La veille, Boutonov avait nettoyé la partie de la maison où avait vécu sa grand-mère, restée inhabitée depuis vingt ans, et les deux ouvriers qu'il avait engagés pour lui donner un coup de main venaient d'arriver. Nika l'avait convaincu de ne pas couvrir les murs de lambris, comme il voulait le faire, mais au contraire, de mettre le bois à nu, de le nettoyer, de le calfater, et de réparer les meubles rustiques qui lui restaient des temps anciens.

— Crois-moi, Boutonov, tu vas faire du bois de chauffage avec ces meubles, mais dans vingt ans, ce seront des pièces de musée !

Boutonov avait été surpris, mais il avait accepté, et maintenant, aidé des deux ouvriers, il enlevait les multiples couches de papier peint. Un cri de femme lui parvint de la rue.

— Boutonov ! Valéra !

Il sortit dans un nuage de poussière, coiffé d'une vieille toque de médecin. Macha était à la barrière. Il ne la reconnut pas tout de suite. Elle était hâlée par le soleil de Crimée, très attirante, et un immense sourire lui mangeait son visage étroit.

Glissant la main dans une fente entre les lattes, elle leva le loquet et, tandis qu'il reprenait lentement ses esprits, elle fonçait déjà sur l'allée tortueuse et se jetait sur lui comme un chiot, enfouissant son visage dans sa poitrine.

— Quelle horreur ! Je me disais déjà que jamais plus je ne te reverrais !

Ses cheveux sentaient la mer. Et de nouveau, comme alors, en Crimée, il entendit nettement les battements de son cœur.

— Ça alors ! On dirait un stéthoscope !

Elle irradiait de la chaleur et de la lumière, comme la spirale incandescente d'unc ampoule. Et Boutonov se souvint de tout ce qu'il avait oublié : l'ardeur et le désespoir avec lesquels elle bataillait contre lui dans la petite chambre de la maison de Médée ; et il oublia ce dont il se souvenait : ses longues lettres remplies de poèmes, de réflexions sur des choses qui étaient pour lui non tant incompréhensibles que totalement dénuées d'intérêt...

Elle pressa sa bouche contre sa blouse poussiéreuse, et poussa un soupir brûlant. Elle leva son visage, un visage sans sourire, pâle au point que ses taches de rousseur dessinaient deux croissants de lune sombres depuis ses pommettes jusqu'à son nez.

— Me voilà...

Si la partie de la grand-mère était dévastée par les travaux, le grenier, où ils montèrent, était un véritable dépotoir. Ni sa grand-mère ni sa mère n'avaient jamais rien jeté. Des cuves percées, des bacs, des vieilleries accumulées depuis un siècle. Cette maison avait été construite par son arrière-grand-père à la fin du siècle dernier, alors que Rastorgouïevo était encore un village de commerçants, et la poussière, dans le grenier, était véritablement séculaire ; il était impossible de s'allonger.

Boutonov fit asseoir Macha sur une étagère branlante, on aurait vraiment dit une chatte en argile, une tirelire, mais très maigre et sans fente dans la tête.

Tout était si violent et si précipité qu'il était impossible de résister, alors Boutonov la porta sur un fauteuil défoncé, et de nouveau, son étroitesse, l'étroitesse extrême de ce corps d'enfant, lui fit l'effet d'une brûlure. Les larmes ruisselaient sur son visage décomposé, et il les léchait, elles avaient un goût d'eau de mer. Oh, Seigneur…

Macha s'en alla, et Boutonov retourna enlever le papier peint avec les ouvriers qui semblaient n'avoir même pas remarqué son absence. Il était tout vide, comme le tuyau d'un poêle, ou plutôt comme une noix pourrie, parce que son vide était fermé et rond, rien ne passait à travers… Il avait l'impression d'avoir donné plus qu'il ne le voulait.

« Ah, ces deux sœurs ! » – Il n'approfondissait pas les nuances de leur parenté. – « Exactement l'inverse l'une de l'autre. L'une rit, l'autre pleure. Elles se complètent. »

Pendant trois jours, Macha ne parvint pas à joindre Nika chez elle, bien qu'elle lui téléphonât sans arrêt. Elle savait par Sandra qu'elle était en ville. Elle finit enfin par l'avoir au téléphone.

— Nika ! Mais où étais-tu passée ?

Il ne lui venait pas à l'esprit que Nika l'évitait : elle n'était pas prête à la voir.

— Devine ! renifla Nika. Tu as droit à trois essais !

— Un nouvel amour ! gloussa Macha en mordant à l'hameçon.

— Vingt sur vingt ! dit Nika, appréciant son intuition.

— Qui vient chez qui ? Mieux vaut que ce soit moi qui passe chez toi ! J'arrive ! s'écria Macha, grillant d'impatience.

— Si on se retrouvait plutôt ruelle Ouspenski ? proposa Nika. Maman doit en avoir par-dessus la tête, ça fait trois jours qu'elle les a sur le dos.

Depuis que les enfants avaient été déposés chez Sandra le premier jour, personne ne s'était plus occupé d'eux. Sandra et Ivan Issaïevitch célébraient avec leurs petits-enfants la fête de l'amour, et leur présence ne leur pesait pas du tout. Ivan Issaïevitch avait seulement envie d'aller à la campagne – pourquoi laisser les enfants moisir en ville...

— Non, non, il vaut mieux que je vienne chez toi ! Là-bas, on ne pourra pas bavarder ! – supplia Macha, et Nika céda : il n'y avait aucune échappatoire, elle avait toujours su qu'il lui faudrait subir cette confession.

Depuis, elle s'était retrouvée dans le rôle de confidente. Sa situation était plus qu'ambiguë, mais il était un peu tard pour dire qu'elle était mêlée à cette histoire. Dans sa fièvre amoureuse, Macha s'empressait de lui raconter chacun de ses rendez-vous, c'était extrêmement important pour elle.

Depuis des années, elle avait pris l'habitude de partager la moindre de ses émotions avec son mari, mais cette fois, Alik ne pouvait être son interlocuteur, et elle déversait tout sur Nika, ainsi que les poèmes qu'elle écrivait sans discontinuer.

« Automne à Rastorgouïevo » ! disait Nika pour plaisanter.

Durant ces mois-là, Macha, déjà familière des insomnies, dormait d'un sommeil décousu, farouche, peuplé de bruits, de poèmes et d'images bouleversantes.

Elle voyait en rêve des animaux irréels avec une multitude de pattes et d'yeux, mi-chats, mi-oiseaux, pleins d'allusions symboliques.

L'un d'eux, qui lui semblait terriblement familier, se frottait contre elle, et son nom aussi lui était familier, il se composait d'une série de chiffres et de lettres. À son réveil, elle se souvint de ce nom bizarre : J4836... Et elle éclata de rire. C'était le numéro inscrit en lettres grasses et noires sur la bande de tissu qu'elle avait cousue sur les draps avant de les donner à la blanchisserie.

Toutes ces broutilles avaient de l'importance. Une fois, elle rêva d'un poème parfaitement achevé qu'elle nota dans un demi-sommeil. Au matin, elle le lut avec émerveillement. « Ce n'est pas de moi, je n'aurais pas pu écrire ça moi-même... »

À travers le « vous » vers le « toi »,
Et plus loin, dans une envolée
De pronoms qui n'existent pas,
J'emplirai ta bouche de mes mots à moi,
Je servirai de cible à tes efforts,
Et dans l'éclair d'une détonation,
Dans les sombres profondeurs du corps,
Tous les ponts s'écrouleront :
Entre nous il n'est pas de frontières...

— Je l'ai tout simplement écrit sous la dictée, regarde, il n'y a pas une seule rature ! dit-elle en montrant à Nika son texte nocturne.

Mais ce poème n'avait pas du tout réjoui Nika, il lui avait plutôt fait peur.

En revanche, informée par Macha de chaque mot prononcé par Boutonov, de chacun de ses gestes, elle trouvait très drôle de savoir minute par minute comment il avait passé la journée de la veille.

— Il ne reste pas de pommes de terre sautées ? – demandait-elle candidement à Boutonov, parce que Macha lui avait dit que, la veille, elle s'était coupé le doigt en épluchant des pommes de terre chez lui.

Boutonov ne parlait pas de Macha avec Nika, elle non plus n'évoquait pas sa rivale, et il avait l'impression que toutes deux étaient parfaitement au courant de la situation et se partageaient même les jours de la semaine : Macha venait le week-end, Nika pendant la semaine.

Mais bien entendu, elles ne se concertaient pas, simplement le week-end, Nika allait voir les enfants à la campagne : tantôt Lisa, qui se trouvait à la datcha de Sandra, tantôt Katia, en vacances chez son autre grand-mère. Alik-le-petit était lui aussi chez Sandra.

Alik-le-grand s'arrangeait pour être de garde aux urgences le week-end afin de ne pas perdre le temps qu'il pouvait passer dans son laboratoire, et Macha, préférant ne pas mentir, mais garder un silence digne, sortait quand il était absent. D'ailleurs ces dernières semaines, il ne passait plus que très peu de temps à la maison.

Alik était d'humeur égale, parfait, il ne posait pas de questions superflues, et leurs conversations tournaient autour du départ. Ils avaient déjà déposé la demande d'invitation en Israël. Mais, bien que Macha en discutât, ce départ lui paraissait irréel.

En septembre, lorsque Nika partit pour Tbilissi, Macha se languit terriblement d'elle, elle essayait de l'appeler à Tbilissi, mais il était impossible de la joindre à son hôtel. Elle n'arrivait pas non plus à la trouver par l'intermédiaire de Nina.

Boutonov termina les travaux en septembre et retourna vivre chez sa femme à Khamovniki, mais depuis qu'elle était rénovée, sa maison de Rastorgouïevo l'attirait de plus en plus, et il y dormait deux ou trois nuits par semaine.

Parfois, il passait prendre Macha en voiture, et ils faisaient le trajet ensemble. Un jour, ils étaient même allés cueillir des champignons à Rastorgouïevo, ils n'en avaient pas trouvé et s'étaient fait tremper jusqu'aux os, puis avaient mis leurs affaires à sécher sur le poêle, et une des chaussettes de Macha avait brûlé. Cela aussi, c'était un petit événement dans leur vie, comme sa coupure au doigt, comme les meurtrissures et les suçons que laissait à Macha leur labeur d'amour.

Soit la maison de Boutonov lui était hostile, soit elle suscitait en lui une certaine brutalité sexuelle, toujours est-il que ces petites blessures étaient très nombreuses, et elle tirait même une certaine fierté de ces témoignages de leur passion.

Quand Nika revint enfin de Tbilissi, Macha lui raconta longuement tous ces menus incidents et, à la fin, en passant, lui annonça que l'invitation était arrivée.

Nika n'en revenait pas de voir à quel point Macha avait perdu la tête : mais c'était l'arrivée de cette invitation, l'événement primordial !

Partir, cela voulait dire quitter sa famille, pour toujours peut-être, et elle était là, à montrer ses bleus et à réciter des vers ! Cette fois, Nika aussi avait quelque chose à raconter. Elle était effectivement très prise par sa nouvelle passion, et avait décidé en son for intérieur que c'était le bon moment pour mettre un point final à l'histoire de Boutonov.

Pendant toute une semaine, telle Pénélope, elle attendit l'arrivée de ce Vakhtang qui devait venir faire un bout d'essai à Mosfilm, mais son voyage était constamment ajourné et, pour ne pas perdre la forme, elle passa voir Boutonov. Étant donné que Macha la tenait constamment au courant de ses faits et gestes, il n'était pas difficile de choisir le moment opportun.

Boutonov fut ravi de la voir. Il avait envie de lui montrer la moitié de maison terminée, Nika était quand même sa décoratrice personnelle ! L'idée de mettre le bois à nu lui avait beaucoup plu, mais Nika fut horrifiée quand elle vit que les rondins avaient été vernis. Elle le couvrit longuement d'injures cocasses et lui intima d'enlever tout ce vernis avec du dissolvant. Elle déplaça les meubles, lui montra ce qu'il fallait réparer et ce qu'il ne fallait pas toucher. Elle avait tout de même vécu de longues années sous le même toit qu'un ébéniste, et comme elle était douée en tout, dans ce domaine aussi, elle avait vite appris. Elle promit de lui apporter du verre de couleur pour remplacer celui du buffet qui avait été perdu, et de lui coudre des rideaux à l'atelier du théâtre.

À un certain moment, son bandeau avait glissé, il s'était faufilé comme un serpent entre le drap et le matelas, et elle ne l'avait pas retrouvé, bien qu'elle l'eût cherché longuement le lendemain matin. C'était un bandeau qu'elle avait fabriqué elle-même, l'un de ceux sur lesquels elle s'était exercée à la peinture sur soie du temps où elle était à l'école...

Quand Macha, agitant ce bandeau, lui lança, encore sur le seuil : « Ce n'est pas vrai, hein ? » Nika lui coupa sèchement la parole :

— Que dit Boutonov ?

— Que vous êtes ensemble depuis longtemps, depuis la Crimée... Ce n'est pas possible, ce n'est pas possible... Je lui ai dit que c'était impossible !

— Et lui ? insista Nika.

— Lui, il dit : « Accepte ça comme un fait ! »

Macha continuait à froisser ce bandeau qui était la matérialisation d'un fait. Nika le lui prit des mains et le jeta sous le miroir.

— Alors accepte !

— Je ne peux pas, je ne peux pas ! geignit Macha.

— Ma petite Macha ! fit Nika, soudain radoucie. Que veux-tu, c'est arrivé tout seul. Qu'est-ce que tu veux qu'on fasse ? Qu'on se pende ? On ne va pas en faire une tragédie. On se croirait dans... Je ne sais pas moi, dans *Les Liaisons dangereuses !*

— Nika, ma chérie, mon cœur ! Mais qu'est-ce que je vais faire ? Il faut que je m'y habitue, c'est ça ? Moi-même je ne comprends pas pourquoi cela fait si mal. Quand j'ai trouvé ce bandeau, j'ai failli en mourir ! – Elle recommença à s'agiter. – Non, non, c'est impossible !

— Mais pourquoi est-ce impossible ? Pourquoi ?

— Je ne peux pas l'expliquer ! Apparemment, c'est vrai, n'importe qui peut aller avec n'importe qui, rien n'est obligatoire, un choix, c'est approximatif, et tout est interchangeable. Mais là, je le sais, il y a quelque chose d'unique, quelque chose devant quoi tout le reste ne compte pas. Quelque chose d'unique...

— Mon ange ! la coupa Nika. Tu ne crois pas que tu te fais des idées ? Chaque fois, c'est quelque chose d'unique, crois-moi ! Boutonov est un amant parfait, et cela se mesure en centimètres, en minutes, en heures, en quantité d'hormones dans le sang ! Ce sont simplement des paramètres ! Il a de bonnes ressources, voilà tout ! Ton Alik est un homme remarquable, intelligent, talentueux, Boutonov ne lui arrive pas à la cheville ! Alik, tout simplement, ne...

— Ferme-la ! hurla Macha. Tais-toi ! Tu n'as

qu'à te le garder, ton Boutonov, avec tous ses centimètres !

Et Macha se rua dehors, non sans reprendre devant le miroir, Dieu sait pourquoi, le bandeau qu'elle venait de rapporter.

Nika ne l'arrêta pas. Cela lui passerait... Quand on a des illusions idiotes, il faut bien s'en débarrasser un jour. Finalement, il avait raison, Boutonov : « Accepte ça comme un fait. » Et là, Nika songea avec agacement au poème de Macha : « Accepte aussi ce qui dépasse toute mesure, comme la grâce, comme le mystère de la foi... » Eh bien justement, accepte !

« Cher Boutonov, je sais que les lettres, ce n'est pas ton genre, que de toutes les formes de relations entre les êtres, la plus essentielle pour toi, c'est la relation tactile. Même ta profession est comme ça : tout dans les doigts, dans les frôlements, les gestes délicats. Et si l'on reste dans cette dimension plane et superficielle, au sens propre et au sens figuré, alors tout ce qui s'est passé est parfaitement normal. Le contact n'a pas de visage ni d'yeux, seuls les récepteurs fonctionnent. Nika aussi a essayé de me l'expliquer : tout se définit en centimètres, en minutes, en doses d'hormones.

« Mais ce n'est qu'une question de foi. En pratique, il s'avère que je professe une autre foi, ce qui compte pour moi, c'est l'expression d'un visage, l'élan intérieur, la tournure d'une phrase, la tournure du cœur. Et si cela n'existe pas, alors nous ne sommes l'un pour l'autre que des objets dont on se sert. En fait, c'est cela qui me tourmente le plus : n'y a-t-il rien d'autre que les relations physiques ? Est-il possible que rien ne nous lie, toi et moi, que des étreintes à en perdre l'univers ? Est-il possible que là où disparaît la sensation des limites du corps, il ne se produise pas une relation qui transcende la relation charnelle ?

« C'est Nika, ta maîtresse, celle qui est pour moi plus qu'une sœur, qui me le dit : il n'y a que des centimètres, des minutes, des hormones. Dis-moi que non. Dis-le ! Ne s'est-il donc rien produit entre nous que l'on ne saurait définir par aucun paramètre ? Mais alors nous n'existons pas, ni toi ni moi, il n'y a rien ni personne, et nous sommes tous des jouets mécaniques, non des enfants de Dieu. Voici un petit poème pour toi, mon Boutonov chéri, et je te le demande : dis-moi non !

Joue, centaure, joue,
chimère de deux races,
brûle, flamme, sur la ligne de partage
entre l'âme immortelle de l'homme
et le corps débridé du cheval.
Le destin reçu en héritage, c'est l'art du passage.
Deux rivages qui ne se savent plus frères
et de nouveau te voilà dans le flot des eaux sans mémoire,
là où je ne suis rien, ni pour le monde, ni pour toi.

Macha Miller »

En lisant cette lettre, Boutonov se contenta de grommeler. Connaissant le caractère de Macha, il s'attendait à ce qu'elle prît très mal la découverte d'une rivale. Mais il ne pouvait prévoir une jalousie s'exprimant de façon aussi compliquée, aussi retorse. La petite souffrait, cela se sentait...

Dix jours plus tard, ayant laissé les choses décanter, il appela Macha et lui demanda si elle ne voulait pas venir à Rastorgouïevo. Avec quelques silences, quelques rares « oui » et « non » – bien que même au bout du fil, Boutonov sentît qu'elle ne demandait que cela –, Macha accepta.

À Rastorgouïevo, tout était autre, parce qu'il était tombé une vraie neige, et tant d'un seul coup que le sentier de la barrière au perron était recouvert, et, pour approcher la voiture, Boutonov dut racler la neige avec une pelle en bois et la mettre en tas.

La maison était glaciale, on avait l'impression qu'il faisait plus froid dedans que dehors. Boutonov secoua aussitôt Macha avec une telle ardeur qu'ils se réchauffèrent tous les deux. Elle gémissait à travers ses larmes et n'arrêtait pas de supplier :

— Dis non !

— Comment veux-tu que je te dise « non » alors que c'est « oui » « oui » « oui » ! répondait Boutonov en riant.

Ensuite, il alluma le poêle, ouvrit une de ses innombrables boîtes de conserve, des anchois à la sauce tomate, et la mangea tout seul. Macha n'y toucha pas. Il n'y avait rien d'autre dans la maison.

Ils décidèrent de ne pas retourner à Moscou, et allèrent jusqu'à la gare à pied ; Macha téléphona chez elle d'un téléphone public et dit à Déborah Lvovna qu'elle ne rentrerait pas coucher, car elle était allée voir des amis à la campagne et ne voulait pas faire le trajet de nuit. Sa belle-mère se mit en colère :

— Bien sûr ! Tu te moques bien de ton mari et de ton enfant ! Si tu veux savoir comme cela s'appelle...

Macha raccrocha.

— Tout va bien, j'ai prévenu.

Ils rentrèrent par la route toute blanche, Boutonov lui montra les fenêtres de la maison dans laquelle habitait Vitia Kravtchouk.

— Tu veux qu'on passe le voir ? proposa-t-il.

— Dieu m'en préserve ! dit Macha en riant.

Chez Boutonov, il faisait froid, la maison ne gardait pas la chaleur.

« Maintenant, la prochaine chose à faire, c'est le poêle, je le changerai l'année prochaine », décida Boutonov.

Ils s'installèrent dans la cuisine, il y faisait tout de même un peu plus chaud. Ils allèrent chercher des matelas dans toute la maison. Ils commençaient à peine à se réchauffer quand Boutonov fut pris de maux d'estomac, et il fonça aux toilettes, dans la cour. Il revint, se coucha. Macha, lui caressant le visage du bout du doigt, se mit à parler de la spiritualité du sexe, de la personnalité qui s'exprime par le contact...

Les conserves de poisson l'obligèrent à se lever toute la nuit, il avait mal au ventre ; Macha, qui ne dormait pas, gazouillait de sa voix tendre sur un ton interrogateur et déchirant.

Il faut rendre justice à Boutonov, il se montra poli et ne demanda pas à Macha de la fermer, simplement, de temps en temps, quand les douleurs se calmaient un peu, il sombrait dans le sommeil. Le lendemain matin, alors qu'ils étaient en route pour Moscou, il lui dit :

— Il y a une chose dont je te suis reconnaissant, c'est que pendant que j'avais la colique, au moins, tu ne m'as pas récité de poèmes...

Macha le considéra avec étonnement :

— Valéra ! Mais je t'en ai récité ! Je t'ai récité le « Poème sans héros[1] » du début à la fin…

Les relations de Macha avec son mari ne s'étaient pas détériorées, mais ils se parlaient moins ces derniers temps. Ils n'avaient pas encore commencé les démarches pour émigrer, car Alik voulait d'abord quitter son travail et, avant de démissionner, il tenait à terminer une série d'expériences.

Il disparaissait dans son laboratoire jusque tard dans la nuit, avait renoncé à ses gardes aux urgences. De temps en temps, il emportait un sac à dos bourré de livres chez les bouquinistes, de toute façon, il serait obligé de se séparer de la bibliothèque de son père. Il voyait que Macha était agitée, nerveuse, et il la traitait avec tendresse, comme une malade.

En décembre, Boutonov partit en Suisse – pour deux semaines, avait-il dit, mais naturellement, il connaissait parfaitement la date de son retour. Il aimait la liberté. Nika remarqua à peine son absence. Elle devait présenter un spectacle pour enfants avant les vacances scolaires, et puis Vakhtang était enfin arrivé, et elle passait tout son temps libre avec lui et ses amis, des Géorgiens de Moscou. Elle hantait les restaurants, tantôt celui de la Maison du cinéma, tantôt celui de la Société russe de théâtre.

Macha se morfondait, elle essayait au moins de joindre Nika, pour parler de Boutonov. Mais Nika était introuvable. Parler de Boutonov avec d'autres amies n'était pas intéressant, et même impossible.

L'insomnie, qui s'était contentée jusque-là de se

1. Très long poème d'Anna Akhmatova.

faire les griffes, s'abattit sur Macha en décembre. Alik lui apportait des somnifères, mais le sommeil artificiel était pire que l'insomnie : des rêves obsédants débutaient à partir de n'importe quoi, et se terminaient toujours de la même façon : elle cherchait Boutonov, le rattrapait, mais il s'esquivait, s'écoulait comme de l'eau, se métamorphosait en objets divers, comme dans les contes, se dissolvait, se transformait en fumée...

Deux fois, elle se rendit à Rastorgouïevo, juste pour faire le trajet depuis la gare Paveletski, pour prendre le train et descendre à cette station familière, aller à pied jusque chez lui, rester un instant plantée devant sa barrière, regarder la maison sous la neige, les fenêtres obscures, et rentrer chez elle. Tout cela lui prenait trois heures et demie, et le trajet de l'aller était particulièrement agréable.

Les deux semaines s'étaient déjà écoulées, mais il ne se manifestait pas. Macha lui téléphona à Khamovniki. Une voix de femme âgée et fatiguée lui répondit qu'il serait là à dix heures. Mais à dix heures, il n'était pas là, ni à onze, et le lendemain matin, la même voix lui dit :

— Téléphonez vendredi !

— Il est rentré ? demanda timidement Macha.

— Je vous dis de téléphoner vendredi ! répondit la femme avec agacement.

On était seulement lundi.

« Il est arrivé, et il n'appelle pas ! » se dit tristement Macha. Elle téléphona à Nika, lui demanda si elle avait des nouvelles de Boutonov. Mais Nika ne savait rien.

Elle retourna à Rastorgouïevo, cette fois vers le soir. La neige devant sa maison avait été déblayée, le portail était fermé et cadenassé. Macha resta dans la cour. Dans la partie de la grand-mère brillait une petite lumière. Elle poussa la barrière glacée. Le sentier menant à la maison était recouvert de neige. Elle avançait en enfonçant presque jusqu'aux genoux. Elle appuya longtemps sur la sonnette ; personne n'ouvrit.

Elle avait envie de se réveiller, tellement cela ressemblait à un de ses rêves. C'était aussi net, aussi douloureux, et elle sentait aussi la présence de Boutonov à certains indices, comme sa voiture beige, avec son manteau de neige sur le capot. Ici aussi, Boutonov lui échappait.

Elle resta une quarantaine de minutes, et s'en alla.

« Nika est là », décida-t-elle.

Dans le train, elle pensa non à Boutonov, mais à Nika. Nika faisait partie de son destin depuis son plus jeune âge. Elles étaient liées, en plus de tout le reste, par une attirance physique. Les lèvres charnues de Nika, striées de ridules transversales, ses provisions de sourires, les fossettes de son rire nichées aux coins de sa bouche, ses cheveux roux et crépitants, tout cela plaisait à Macha depuis qu'elle était toute petite, de même que Nika aimait l'extrême délicatesse de Macha, ses pieds menus, la vivacité et la finesse de toute sa personne.

Macha, pour sa part, n'aurait pas hésité une seconde à préférer Nika à elle-même. Nika, elle, ne se posait pas ce genre de questions, elle avait tout ce qu'il lui fallait...

Et voilà que Boutonov les avait mystérieusement réunies. Comme Jacob épousant les deux sœurs... On aurait pu les appeler des coépouses, comme on parle de confrères. Jacob était entré dans la tente, il avait pris les sœurs, il avait pris leurs servantes, et ils formaient une seule famille... Qu'est-ce que la jalousie, sinon une forme d'avarice... On ne peut pas posséder un autre être... Si tout le monde était frère et sœur, mari et femme... Cela la fit sourire : on aurait dit le grand bordel de Tchernychevski, un rêve de Véra Pavlovna[1].

Rien d'unique ni d'irremplaçable, rien de personnel. Tout était banal et médiocre. Sommes-nous libres ou non ? D'où venait ce sentiment de honte et d'inconvenance ? Pendant le trajet jusqu'à Moscou, elle écrivit un poème pour Nika :

Quelque part entre la soif et la gorgée,
Quelque part entre l'arbre et son ombre,
Le pont d'un poème est jeté,
Franchissons donc le gouffre ensemble.
D'une lampe prise à l'ennemi, j'éclaire
Les couloirs de l'enfance et la nuit du sommeil.
Oui, il faut bien l'avouer, rien à faire,
Nous ne tuons pas, nous ne volons pas de petites cuillères,
Nous ne chantons pas des chansons censurées,
Nous ne pataugeons pas dans les flaques d'eau,
Mais en proie à un effroi sacré,
Nous faisons des horreurs toutes deux.

Elle arriva chez elle vers minuit. Alik l'attendait dans la cuisine avec une bouteille d'excellent vin géorgien. Il avait terminé ses expériences et pouvait donner sa démission dès le lendemain. C'est

1. Dans *Que faire ?*, livre du socialiste Tchernychevski qui eut une grande influence sur la jeunesse russe du début du siècle, Véra Pavlovna fait des rêves utopiques qui font partie de la mythologie révolutionnaire.

seulement là que Macha comprit définitivement qu'elle allait bientôt partir pour toujours.

« Parfait, parfait, cet imbroglio sordide va prendre fin ! » se dit-elle. Ils passèrent ensemble une longue soirée qui dura jusqu'à quatre heures du matin. Ils bavardèrent, firent des projets, puis Macha s'endormit d'un sommeil sans rêve en tenant Alik par la main.

Elle se réveilla tard. Déborah Lvovna était absente depuis plusieurs jours, il lui arrivait souvent ces derniers temps de coucher chez sa sœur malade. Les deux Alik avaient déjà pris leur petit déjeuner et faisaient une partie d'échecs. C'était le tableau le plus paisible qui fût, avec même le chat sur les coussins du divan.

« Comme je me sens bien ! J'ai l'impression que je commence à guérir ! » se disait Macha en tournant la manivelle rétive du moulin à café.

Puis ils prirent la luge et allèrent tous les trois sur la colline. Ils se roulèrent dans la neige, ils étaient trempés, heureux.

— Il y a de la neige à Boston ? demanda Macha.

— Comme ici, non. Mais on ira dans l'Utah pour faire du ski, ce sera aussi bien ! promit Alik.

Et tout ce qu'il promettait, il le faisait toujours.

Boutonov lui téléphona ce soir-là.

— Je ne te manque pas ?

La veille, il avait vu Macha piétiner devant la barrière, mais il ne lui avait pas ouvert parce qu'il était avec une dame, une charmante petite boulotte, l'interprète qui avait fait le voyage avec lui. Ils avaient passé deux semaines à se lancer des œillades expressives, mais l'occasion ne s'était pas présentée. Cette femme molle et indolente qui, comme il s'en rendit compte plus tard, ressemblait beaucoup à son épouse Olga, s'était tortillée dans ses bras comme une chatte endormie au crépitement des coups de sonnette de Macha, et Boutonov avait éprouvé une violente irritation contre elle, contre Macha et contre lui-même. C'était Macha dont il avait besoin, cette Macha pointue, piquante, avec ses larmes et ses gémissements – et non cette petite boulotte.

Il lui avait téléphoné dès le matin, mais au début, cela ne répondait pas, le téléphone était débranché, ensuite, à deux reprises, il était tombé sur Alik et avait raccroché, et c'est seulement le soir qu'il arriva enfin à lui parler.

— Ne téléphone plus, s'il te plaît ! demanda Macha.

— Tu viens quand ? Ne tarde pas trop..., dit Boutonov, qui n'avait pas entendu.

— Non, je ne viendrai pas ! Et ne m'appelle plus, Valéra. – Elle ajouta d'une voix traînante et pleurarde : – Je n'en peux plus !

— Macha, tu me manques terriblement ! Qu'est-ce que tu as ? Tu débloques ou quoi ? Tu es fâchée ? C'est un malentendu, Macha. Je serai en bas de chez toi dans vingt minutes. Sors.

Et il raccrocha.

Macha était dans tous ses états. Elle qui avait si bien, si fermement décidé de ne plus le voir ! Elle qui éprouvait, sinon un sentiment de délivrance, du moins du soulagement, et cette journée avait été si belle, avec la colline, le soleil... « Je n'irai pas ! » résolut-elle.

Mais une demi-heure plus tard, elle enfila sa veste et lança à Alik :

— Je reviens dans dix minutes !

Et elle dévala l'escalier sans même appeler l'ascenseur.

La voiture de Boutonov était devant l'entrée. Elle tira sur la poignée et s'assit à côté de lui.

— Je dois te dire...

Il l'empoigna, glissa les mains sous sa veste :

— Oui, oui, mon bébé, on va discuter...

Il démarra.

— Non, non, je ne vais nulle part ! Je suis descendue te dire que je n'irai nulle part !

— Mais on est déjà en route ! fit Boutonov en riant.

Cette fois, Alik le prit mal.

— C'est vraiment moche de ta part ! Non, mais tu te rends compte ? dit-il en lui faisant la leçon lorsqu'elle rentra tard ce soir-là. Tu sors pour dix minutes, et tu reviens au bout de cinq heures ! Qu'est-ce que je dois croire, moi ? Que tu as été renversée par une voiture ? Que tu t'es fait assassiner ?

— Pardonne-moi, je t'en prie, tu as raison ! C'est moche de ma part.

Elle se sentait profondément coupable. Et profondément heureuse...

Ensuite, Boutonov disparut pendant un mois, et Macha essaya de toutes ses forces d'accepter sa disparition « comme un fait », mais ce fait lui dévorait les entrailles. Elle ne mangeait presque rien, buvait du thé sucré et s'adonnait à un interminable monologue intérieur adressé à Boutonov. Ses insomnies prirent une forme plus aiguë.

Alik commença à s'inquiéter : il était évident qu'elle faisait une dépression nerveuse. Il se mit à lui proposer des tranquillisants, augmenta les doses de somnifères. Macha refusait les remèdes psychotropes.

— Je ne suis pas folle, Alik, je suis idiote, et ça, ça ne se soigne pas...

Il n'insistait pas. Il estimait que c'était une raison de plus pour hâter leur départ.

Nika vint la voir deux fois. Macha ne lui parla que de Boutonov. Nika la sermonna, lui assura qu'elle regrettait et jura qu'elle l'avait vu pour la dernière fois en décembre, avant son départ pour la Suisse. Elle lui dit aussi que c'était un type sans intérêt et que toute cette histoire n'avait de valeur que parce qu'elle, Macha, avait écrit tant de magnifiques poèmes. Macha lui récitait docilement ses vers et se demandait si Nika lui mentait, si c'était elle qui se trouvait avec Boutonov quand elle avait sonné à sa porte…

Alik passait ses journées à courir les administrations. Il rassembla un monceau d'attestations. Ce n'était pas seulement à cause de Macha qu'il était pressé, il avait aussi hâte d'arriver à Boston pour son travail, sans lequel, lui aussi, il commençait à tomber malade. Le processus de l'émigration n'était pas simple : d'abord Vienne, par le canal juif, et de là, l'Amérique. Il n'était pas exclu qu'entre Vienne et l'Amérique, il y ait un intermède à Rome, cela dépendait de la vitesse à laquelle les formalités seraient réglées, cette fois par les fonctionnaires étrangers.

À toutes les difficultés du départ s'ajouta la rébellion inopinée de Déborah Lvovna : « Je n'irai nulle part, ma sœur est malade, elle est ma seule famille et jamais je ne l'abandonnerai ! » Ensuite, c'était l'éternelle rengaine de la mère juive : « Dire que je me suis dévouée pour toi toute ma vie, et toi, espèce d'ingrat… Cet Israël de malheur, toute notre vie, il ne nous a causé que des ennuis… Cette Amérique de malheur, si elle pouvait s'écrouler ! »

Face à ce genre d'arguments, Alik se taisait et prenait sa mère par les épaules :

— Ma petite maman ! Tu sais jouer au tennis ? Faire du patin à glace ? Y a-t-il une chose au monde que tu ne saches faire ? Il y a peut-être quelque chose que tu ignores ? Une toute petite chose ? Tais-toi, je t'en supplie ! Personne ne t'abandonne, nous partirons tous ensemble, et ta Fira, nous l'aiderons depuis l'Amérique. Je vais gagner beaucoup d'argent là-bas...

Déborah Lvovna se calmait un instant, puis reprenait de plus belle :

— Je n'ai pas besoin de ton argent ! Je n'en ai rien à faire, de ton argent ! Ton père et moi, nous nous sommes toujours moqués de l'argent ! Vous allez causer la perte du petit, avec votre argent !

Alik se prenait la tête et sortait de la pièce.

Lorsque tous les papiers furent réunis, Déborah Lvovna refusa catégoriquement de partir, mais elle leur donna son autorisation[1]. On déposa enfin la demande d'émigration, et Boutonov réapparut. C'était un matin. Macha habilla Alik-le-petit, le déposa chez Sandra, et se rendit à Rastorgouïevo pour lui faire ses adieux.

Elle lui dit adieu. Elle lui déclara que c'était la dernière fois qu'elle venait, qu'elle allait bientôt partir pour toujours, et qu'elle avait envie de tout emporter avec elle jusqu'au moindre détail. Boutonov fut très ému :

— Pour toujours ? À vrai dire, tu as bien raison, Macha. Notre vie est minable comparée à la vie en Occident, je m'en suis rendu compte par moi-même. Mais pour toujours...

1. À l'époque, les Juifs qui souhaitaient émigrer et dont les parents restaient en U.R.S.S. ne pouvaient partir que si ces derniers ne s'y opposaient pas.

Macha fit le tour de la maison, la gravant dans sa mémoire, car la maison aussi, elle avait envie de s'en souvenir. Puis ils montèrent ensemble au grenier. Il était toujours aussi poussiéreux et encombré. Boutonov trébucha sur le siège cassé d'une chaise en rotin et le ramassa :

— Regarde !

Le centre du siège était criblé de coups de couteau avec, autour, des traces de coups ratés. Il l'accrocha à un clou.

— C'était la principale occupation de mon enfance.

Il arracha le couteau, alla à l'autre bout du grenier, et le lança. La lame se ficha dans le mur en plein milieu du rond, dans un vieux trou.

Macha sortit le couteau du mur et s'approcha de Boutonov. Il crut qu'elle voulait elle aussi planter le couteau dans la cible, mais elle se contenta de le soupeser et le lui rendit.

— Maintenant, je sais tout de toi...

Après cette visite, elle commença tranquillement les préparatifs du départ. Elle sortit tous ses papiers des tiroirs de son bureau et tria ce qu'elle voulait jeter et garder.

Les douaniers ne laissaient pas sortir les manuscrits, mais Alik connaissait quelqu'un à l'ambassade, et il avait promis d'envoyer les papiers de Macha par la voie diplomatique. Assise par terre au milieu d'un monceau de feuilles, elle relisait chacune d'elles, rêvassait dessus un instant, s'attristait. Elle se rendait compte soudain que tout ce qu'elle avait écrit n'était que le brouillon de ce qu'elle voulait écrire maintenant, ou un jour...

— Je ferai un recueil que j'intitulerai *Insomnie*...

Les poèmes l'assaillaient comme des bêtes

surgissant d'une forêt, parfaitement prêts, mais toujours avec un défaut quelconque, ils boitaient de la patte arrière, de la dernière strophe. « Il est une voyance nocturne, quand l'ombre cache les détails, parmi les rayures du mur, la blanche seule se détache. Mon fardeau de nuit se désagrège, les riens sans queue ni tête, les soucis. Sur la médiocrité du jour se lève le génie de la nuit. J'ai aimé les lointains des nuits blanches, les clartés de leurs horizons. Au fond, un tendre dépôt de sel, et le sommeil qui se dérobe… »

Elle avait beaucoup maigri et s'amenuisait de plus en plus, comme s'amenuisait cet univers diurne qui, à la différence de l'univers nocturne, lui semblait médiocre.

Un ange apparut. Au début, elle ne le voyait pas vraiment, mais elle sentait sa présence et, parfois, se retournait brusquement parce qu'elle avait l'impression que d'un coup d'œil rapide, elle pourrait le surprendre.

Quand il venait dans ses rêves, ses traits étaient plus nets, et la partie du rêve dans laquelle il apparaissait était comme une séquence en couleurs dans un film en noir et blanc.

Il était toujours un peu différent, il savait prendre une apparence humaine, une fois, il lui était apparu sous l'aspect d'un professeur en costume blanc, comme celui d'un escrimeur, et il avait commencé à lui apprendre à voler. Ils se trouvaient sur le flanc d'une montagne vivante qui respirait légèrement, et participait elle aussi confusément à cette leçon.

Il lui avait montré une certaine région de sa colonne vertébrale, plus bas que les épaules et plus profond, où se nichait un petit organe, ou un muscle, et Macha avait senti qu'elle s'envolerait dès qu'elle aurait appris le mouvement léger et précis qui faisait fonctionner cet organe. Elle se concentra, et ce fut comme si elle appuyait sur un bouton : son corps commença à s'élever très lentement au-dessus de la montagne, et la montagne l'aidait un peu dans son mouvement. Macha s'envola pesamment, lentement, mais elle avait déjà parfaitement compris ce qu'il fallait faire pour maîtriser la vitesse et la direction de son vol – où elle voulait, et sans fin.

Elle leva la tête : au-dessus d'elle flottaient des gens translucides, leur vol était aisé, puissant, et elle comprit qu'elle aussi, elle pouvait voler comme eux. Alors elle redescendit lentement, sans avoir éprouvé cette volupté dans toute sa plénitude.

Ce vol n'avait rien de commun avec celui des oiseaux : pas de battements d'ailes ni de palpitation, rien d'aérodynamique – juste un effort de l'esprit.

Une autre fois, l'ange lui enseigna les méthodes d'une forme de lutte particulière, avec les mots et la pensée, comme il n'en existe pas ici-bas. C'était comme si on tenait un mot dans sa main et que c'était une arme, il lui en donna un qui était lisse, bien adapté à sa paume, fit pivoter son poignet, et le sens fulgura en un faisceau de lumière vive. Aussitôt surgirent deux adversaires, l'un à droite, plus haut, et l'autre à gauche, un peu plus bas. Tous deux étaient des ennemis dangereux et expérimentés, des spécialistes de l'art du combat. L'un lui lança un éclair – elle répondit. L'autre lui porta un coup rapide d'assez près, et elle réussit à l'esquiver par miracle.

Il y avait dans ces attaques un dialogue plein de verve intraduisible, mais dont le sens était parfaitement clair. Tous les deux se moquaient d'elle, lui montraient son insignifiance et son infériorité face à la haute maîtrise de leur art.

De plus en plus émerveillée, elle esquivait chaque coup, à chaque nouveau mouvement, elle se rendait compte que l'arme dans sa main devenait de plus en plus intelligente et précise, et cette lutte évoquait vraiment de plus en plus un combat d'escrime. Celui de droite était plus méchant et plus railleur, mais il reculait. L'autre aussi recula… Ils disparurent. Cela voulait dire qu'elle avait gagné.

Alors, en larmes, sanglotant, elle se jeta au cou du professeur, et il lui dit :

— Ne crains rien. Tu vois, personne ne peut nous faire de mal…

Et Macha pleura encore plus fort sur cette terrible faiblesse qui était la sienne, parce que toute la force intelligente grâce à laquelle elle avait remporté la victoire ne lui appartenait pas, c'était une force d'emprunt, celle de son professeur…

Cette nouvelle expérience, les dimensions et les espaces que lui révélait l'ange, procuraient à Macha une liberté surhumaine et un bonheur divin, mais malgré toute la nouveauté et le caractère hallucinant de ce qui lui arrivait, elle devinait que le bonheur démesuré qu'elle avait connu auprès de Boutonov avait la même racine, qu'il était de même nature.

Elle avait envie de poser la question à l'ange, mais il ne lui laissait pas le loisir de l'interroger : quand il apparaissait, elle se soumettait à sa volonté avec ravissement et ferveur.

Mais quand il disparaissait, parfois pour plusieurs jours, elle se sentait très mal, comme s'il fallait obligatoirement payer le bonheur de sa présence par des ténèbres intérieures, un vide obscur et de tristes monologues adressés à un Boutonov presque inexistant. « C'est à peine si nous supportons la lumière du mont Thabor, mais combien plus terrible est la sombre lueur du disque vide de tous les jours à venir… »

Macha hésitait à raconter cela à Alik. Elle avait peur qu'avec son esprit rationnel, il le considère non d'un point de vue spirituel, mais d'un point de vue médical. Or, dans son cas, entre le spirituel et le médical s'étendait le champ de la poésie, et là, elle était chez elle.

C'est donc par là qu'elle commença. Un soir tard, alors que toute la maison dormait déjà, elle lui lut un de ses derniers poèmes :

Mon ange, mon gardien, j'ai vu,
J'ai vu comme tu veillais sur moi.
Contre un éclat chaud de granit,
J'appuie ma tête, vois,
Quand de la nuit et des fourrés du rêve
Quand du fond des terres freudiennes,
Tel un débris jeté par les crues sur la grève,
Dans ma demeure la vague m'a portée,
Comme dans du béton, comme dans du métal,
Se nichent les bulles de vide,
Dans un coin, étirée et ovale,
S'arrondit la courbure de l'aile.
Il me semble que mon ange a pleuré,
Se couvrant les yeux de ses doigts,
Sur le signe convenu de la proximité,
Qu'il a pleuré sur moi, et sur toi.

— À mon avis, Macha, ce sont de très bon vers !

Alik était sincèrement admiratif, à la différence des fois où il considérait la manifestation de son approbation comme un devoir conjugal.

— C'est vrai, Alik ! Je veux parler du poème... Ce n'est pas une métaphore ni une image. C'est unc présence réelle...

— Cela va de soi, Macha, sinon, je ne vois pas comment on pourrait parler de création. Cet espace métaphysique... – commença-t-il, mais elle l'interrompit :

— Mais non ! Il vient me voir, comme toi... Il m'a appris à voler et encore bien d'autres choses impossibles à raconter, impossibles à mettre en mots. Tiens, écoute :

Vois comme le vol est dur pour la mouette
Ses ailes ne sont pas parfaites,
Vois son cou, comme elle le tord,
Comme sont humiliants ses efforts
Pour ne pas sombrer dans les flots
Écumants qu'elle frôle...
Comment admettre que le moindre mendiant
Recevra des yeux, un front et des ailes,
En échange de ses sous, de ses haillons,
Et dansera dans l'air des montagnes,
Directement, au propre, et sans répétition...

« C'est un poème tout simple, on ne dirait pas qu'il veut dire que j'ai volé, que je suis vraiment allée là-bas, là où le vol est quelque chose de naturel... Comme tout...

— Tu veux parler d'une hallucination ? fit Alik, inquiet.

— Mais non, il n'est pas question d'hallucination ! C'est comme toi, comme cette table... quelque chose de réel... Mais un peu autre. Je ne peux pas t'expliquer. Je suis comme Minette. – Elle caressa la chatte. – Je sais tout, je comprends tout, mais je ne peux pas le dire. Seulement elle, elle ne souffre pas, moi si.

— Eh bien, Macha, je dois dire que c'est une réussite ! C'est vraiment excellent...

Il parlait doucement et tranquillement, mais il était extrêmement perplexe. « Une schizophrénie, une psychose maniaco-dépressive ? Demain, j'appellerai Volobouïev, il verra ça. »

Volobouïev, un médecin-psychiatre, était un de ses condisciples, et, en ce temps-là, l'esprit de corps, cet héritage de temps et de traditions meilleurs, ne s'était pas encore perdu.

Mais Macha continuait à réciter, elle ne pouvait plus s'arrêter :

Lorsqu'il m'aura enfin traduite
Mon traducteur aux ailes d'ange,
Et que tous mes mots de hasard
Prendront leur force véritable,
Je dirai : laisse-moi m'en aller à présent
À la fleur de mon orgueil,
Vêtue de l'arc-en-ciel de mes péchés
Dans la maison céleste, la demeure de mon père.

... Boutonov continuait à poursuivre Macha. Trois fois, elle alla le voir à Rastorgouïevo. La note qu'ils avaient atteinte était si élevée qu'il semblait impossible de monter plus haut, la voix se briserait, tout se briserait... C'était seulement maintenant, alors que chacune de leurs rencontres pouvait être la dernière, que Boutonov s'avouait que Macha avait totalement éclipsé son archétype, cette Rosa à demi oubliée ; il ne pouvait même pas se rappeler le visage de l'écuyère disparue, et ce n'était plus Macha qui paraissait une copie de Rosa, mais au contraire, cet amour éphémère qui avait été la promesse de celui d'aujourd'hui, et le départ inéluctable décuplait la passion.

Les deux ou trois femmes présentes simultanément et accidentellement dans sa vie, il les avait quittées. L'une d'elles, qui lui était même un peu utile dans son travail, une secrétaire au Comité des sports, lui fit comprendre qu'elle était blessée par sa négligence ; la deuxième, une cliente, une jeune danseuse pour laquelle il avait fait une exception, car il considérait la table de massage comme une surface de travail et non un lieu de plaisir, disparut d'elle-même en déménageant à Riga. Quant à Nika, il ne l'avait effectivement pas revue depuis décembre, ils s'étaient téléphoné plusieurs fois, avaient émis poliment le désir de se revoir, mais aucun d'eux n'avait fait le pas.

Boutonov traversait à l'époque l'une de ses multiples crises professionnelles. Il en avait assez de la médecine du sport, des traumatismes, toujours les mêmes, auxquels il avait constamment affaire, et des intrigues féroces autour des voyages à l'étranger. Une proposition était arrivée à point nommé : on créait auprès du Quatrième département un centre de rééducation, et Boutonov était l'un des prétendants au poste de directeur. Cela laissait augurer diverses possibilités intéressantes. Sa femme Olia qui, à trente-cinq ans, avait atteint un plafond professionnel, comme cela arrive chez les mathématiciens, le poussait de l'avant : un nouveau travail, un équipement moderne, on ne pouvait tout de même pas pianoter toute sa vie sur le corps des autres...

Ivanov, desséché et jauni, qui, avec les années, ressemblait de plus en plus à un moine bouddhiste, le mettait en garde : « Ce n'est pas dans tes cordes ni dans ton caractère... »

Cette remarque contenait à la fois une reconnaissance pleine de respect, et un léger dédain.

Boutonov, qui avait une grande estime pour Nika, surtout après son intervention si réussie pendant les travaux, décida de lui demander son avis. Il la retrouva près du théâtre, et ils se rendirent dans un petit restaurant minable de la place Taganka, commode parce qu'il se trouvait au croisement de leurs trajets respectifs.

Nika avait une mine superbe, bien que tout en elle pêchât un peu par excès : sa longue pelisse, sa jupe courte, ses grosses bagues et son opulente crinière. Ils bavardèrent joyeusement et en toute simplicité de choses et d'autres, et Boutonov lui exposa son dilemme ; elle prit inopinément un air sérieux, fronça les sourcils, et déclara sèchement :

— Tu sais, Valéra, dans notre famille, nous avons une excellente tradition : garder le plus possible nos distances avec le pouvoir. J'avais un proche parent, un dentiste juif qui avait une boutade merveilleuse : « J'aime le pouvoir soviétique de tout mon cœur, seulement voilà, mon corps, lui, ne l'accepte pas ! » Or toi, dans ce travail, tu vas passer ton temps collé contre lui...

Elle ajouta négligemment quelques gros mots bien sentis d'une grande valeur artistique.

Boutonov se sentit aussitôt soulagé : avec ses jurons cocasses, Nika avait résolu son problème.

Il renonçait au Quatrième département. Ce dont il l'informa sur-le-champ avec gratitude.

Leurs dispositions amicales atteignirent un tel degré qu'après avoir terminé leurs brochettes, ils montèrent dans la Moskvitch beige, et Boutonov, sans poser de questions superflues, tourna rue Taganka et partit en direction de Rastorgouïevo.

… Macha souffrait de la forme d'insomnie la plus insupportable, quand tous les somnifères ont déjà été avalés, que tout dort – les bras, les jambes, le dos – sauf un petit foyer à l'intérieur du crâne, qui envoie tout le temps le même signal : « Je n'arrive pas à m'endormir, je n'arrive pas à m'endormir… »

Elle se glissa hors du lit où dormait Alik-le-grand, les genoux sous le menton, si petit dans cette pose enfantine. Elle entra dans la cuisine, fuma une cigarette, mit ses mains sous l'eau froide, se lava, et s'allongea sur le divan de la cuisine. Elle ferma les yeux, et de nouveau : « Je n'arrive pas à m'endormir… Je n'arrive pas à m'endormir… »

Il était debout sur le seuil, toujours le même ange, vêtu de pourpre, l'air sombre, son visage était brouillé, mais ses yeux bleu nuit luisaient comme à travers les trous d'un masque de théâtre. Macha remarqua que le seuil n'était pas à sa place, la vraie porte se trouvait plus à droite. Il tendit les mains vers elle, les posa sur ses oreilles, et appuya même un peu.

« Il va m'enseigner la voyance », devina-t-elle, et elle comprit qu'elle devait enlever sa robe de chambre. Elle se retrouva vêtue de sa longue chemise de nuit.

Il était à présent derrière elle ; il appuya sur ses oreilles et sur ses yeux, et, avec les doigts du milieu, se mit à lui palper le front, descendant jusqu'à la racine du nez. De légères ondes colorées affluaient et refluaient, des arcs-en-ciel qui s'étiraient en une multitude de nuances. Il attendait qu'elle l'arrête.

— Ça suffit, dit-elle.

Les doigts s'immobilisèrent. Dans une bande de lumière jaune pâle avec une nuance verdâtre déplaisante, elle vit deux personnes, un homme et une femme. Très jeunes et très sveltes. Ils se rapprochaient comme dans des jumelles, jusqu'à ce qu'elle les reconnût : c'étaient ses parents. Ils se tenaient par la main, absorbés l'un par l'autre, sa maman portait une robe qu'elle connaissait, bleu pâle avec des rayures plus foncées. Et elle était plus jeune que Macha. C'était dommage qu'ils ne la voient pas.

« C'est interdit ! » comprit Macha. Il recommença à lui caresser le front et appuya sur un bouton.

« La science de Boutonov, le massage chinois », songea-t-elle.

Elle arrêta la bande de lumière jaune, et vit la maison de Rastorgouïevo, la barrière fermée, et elle-même près de la barrière. Et la voiture derrière le portail, et une petite lumière dans la pièce de la grand-mère. Elle franchit la barrière sans l'ouvrir, s'approcha de la fenêtre éclairée ou, plutôt, la fenêtre s'approcha d'elle et, s'élevant aisément en l'air, elle pénétra à l'intérieur en douceur, plongeant la tête la première.

Ils ne la virent pas, bien qu'elle se trouvât tout près d'eux. Elle aurait pu toucher de sa main le long cou de Nika rejeté en arrière. Nika souriait, elle riait même, mais le son était coupé. Macha promena son doigt sur la poitrine velue de Boutonov, mais il ne s'en rendit pas compte. Sa lèvre frémit, se retroussa, et ses dents de devant, dont l'une était un peu de travers, s'ouvrirent...

— Fais demi-tour, s'il te plaît, on rentre ! dit doucement Nika à Boutonov en regardant par la fenêtre la route de Riazan.

— Ah bon ? – fit Boutonov, un peu étonné, mais il ne discuta pas, mit son clignotant et fit demi-tour.

Il s'arrêta rue Oussatchova. Ils se dirent au revoir affectueusement, avec un bon baiser bien tendre. Boutonov ne lui en voulait pas du tout. Non, eh bien tant pis ! Dans ce domaine, personne n'est tenu à rien. Il n'était pas tard, il tombait une petite neige rare, Katia et Lisa attendaient leur mère et n'étaient pas couchées.

« Tant pis pour Rastorgouïevo ! » se dit Nika, et elle grimpa les deux étages d'un pas léger.

Macha était debout dans le couloir entre la cuisine et la chambre, dans un courant d'air glacial, et soudain, elle prit conscience – ce fut comme une illumination – qu'il lui était déjà arrivé d'être debout comme ça, en chemise de nuit, dans ce même flot d'air glacé... La porte derrière elle allait s'ouvrir d'une seconde à l'autre, et il y avait quelque chose d'affreux derrière... Elle se palpa le front du bout des doigts, jusqu'à la racine du nez, le frotta : attends, arrête...

Mais l'horreur derrière la porte grandissait, elle s'obligea à regarder : la fausse porte s'ouvrait sans bruit...

Macha se rua dans la chambre et ouvrit la porte-fenêtre donnant sur le balcon ; elle céda sans grincer. Le froid qui soufflait du dehors était joyeux et frais, et l'autre, le froid glacial, oppressant, était dans son dos.

Elle sortit sur le balcon, la neige tombait doucement et il y avait en elle une musique, des milliers de voix, comme si chaque flocon émettait un son bien à lui, et cet instant aussi, elle l'avait déjà vécu. Cela s'était déjà passé. Elle se retourna : derrière la porte de la chambre, il y avait quelque chose d'horrible qui approchait.

— Ah, je sais, je sais...

Elle grimpa sur la caisse du téléviseur, puis sur la longue jardinière accrochée au balcon, et exécuta le mouvement intérieur qui fait monter dans l'air...

Son mari Alik dormait, couché en chien de fusil. Dans la pièce voisine, exactement dans la même posture, dormait son fils Alik. C'était le début de l'équinoxe de printemps, la lumineuse fête du ciel.

XVI

Médée reçut le télégramme deux jours plus tard. Klava, la postière, le lui apporta le matin. On envoyait des télégrammes à trois occasions : pour l'anniversaire de Médée, pour l'arrivée de quelqu'un de la famille, et pour une mort.

Le télégramme à la main, Médée alla dans sa chambre et s'assit sur le fauteuil qui se trouvait à présent à l'endroit où elle priait autrefois debout, face aux icônes.

Elle resta assez longtemps assise là en remuant les lèvres, puis elle se leva, lava sa tasse et prépara son sac. Elle gardait de sa maladie de l'automne une lourdeur désagréable dans le genou gauche, mais elle s'y était déjà accoutumée et se mouvait à peine plus lentement que d'habitude.

Puis elle ferma la maison et alla porter la clé aux Kravtchouk.

L'arrêt d'autobus était tout près. Le trajet était celui que faisaient d'habitude ses visiteurs : du Hameau à Soudak, de Soudak à la gare routière de Simféropol, et de là, à l'aérodrome.

Elle arriva à temps pour le dernier vol, et ce soir-là très tard, elle sonna à la porte de

Sandra, ruelle Ouspenski, où elle n'était jamais venue.

Ce fut sa sœur qui lui ouvrit. Elles ne s'étaient pas revues depuis 1952, depuis vingt-cinq ans. Elles s'embrassèrent, versèrent des larmes. Lydia et Véra venaient de partir. Nika, le visage bouffi, sortit dans le vestibule et se suspendit au cou de Médée.

Ivan Issaïevitch alla mettre de l'eau à chauffer ; il devinait que c'était la sœur aînée de sa femme qui arrivait de Crimée. Il se souvenait vaguement d'une vieille brouille entre elles. Médée enleva son foulard d'angora noué à la façon des paysannes, elle portait dessous un fichu noir, et Ivan Issaïevitch fut émerveillé par ce visage d'icône. Il trouva une grande ressemblance entre les deux sœurs.

Médée s'assit à la table, embrassa du regard cette maison inconnue, et donna son approbation : on était bien ici.

La mort de Macha, cet immense chagrin, avait aussi apporté à Alexandra Guéorguievna une immense joie, et elle se demandait à présent comment un être humain pouvait contenir deux sentiments aussi contradictoires.

Quant à Médée, assise à sa gauche, elle n'arrivait pas à comprendre comment il avait pu se faire qu'elle n'ait pas vu pendant un quart de siècle l'être qui lui était le plus cher au monde, et elle en était horrifiée. Comme s'il n'y avait aucune raison, aucune explication.

— Elle était malade, Médée, gravement malade, et personne n'avait rien compris ! Un ami d'Alik, un psychiatre, l'avait examinée une semaine plus tôt. Il avait dit qu'il fallait l'hospitaliser d'urgence : une forme aiguë de psychose maniaco-dépressive. Il avait prescrit un médicament… Tu comprends, ils attendaient l'autorisation de partir d'un jour à l'autre... Et voilà ! Mais moi, j'avais bien vu qu'elle n'allait pas. Et je ne lui ai pas tenu la main, comme autrefois... Jamais je ne me le pardonnerai ! s'accusait Alexandra.

— Maman, pour l'amour du ciel, arrête ! Ça au moins, ne le prends pas sur toi ! Cette fois, c'est moi la coupable... Médée, Médée, comment vais-je vivre avec cela ? Je n'arrive pas à y croire... – sanglotait Nika, mais ses lèvres, naturellement prédisposées au rire, semblaient continuer à sourire.

Les funérailles eurent lieu non le troisième jour, comme cela se fait d'habitude, mais le cinquième. Il y eut une expertise médicale. Alik se rendit à la morgue du tribunal quelque part dans le quartier Frouzenski, avec deux amis et Guéorgui.

Nika était déjà là. Elle avait enveloppé la tête aux cheveux courts de Macha et son cou, sur lequel on voyait la couture grossière de la plaie laissée par le scalpel, d'un morceau de crêpe de Chine blanche, et l'avait noué d'un nœud bien serré sur la tempe, comme le faisait Médée. Le visage de Macha était intact, d'une pâleur de cire, et sa beauté inaltérée.

Le prêtre de la place Préobrajenskaïa, que Macha voyait de temps en temps ces dernières années, avait eu beaucoup de peine, mais avait refusé de célébrer l'enterrement. Une suicidée.

Médée demanda qu'on l'accompagnât à l'église grecque. La plus grecque des églises de Moscou dépendait du patriarcat d'Antioche. Là, dans l'église Fiodor Stratilate, elle demanda le prêtre, mais la femme de service lui fit subir un interrogatoire, et tandis que, les lèvres pincées et les yeux baissés, elle expliquait à cette femme qu'elle était une Grecque du Pont et n'avait pas fréquenté l'église grecque depuis de nombreuses années, un vieux moine approcha et dit en grec :

— Une Grecque, je vois ça d'ici... Comment t'appelles-tu ?

— Médée Sinopli.

— Sinopli... Ton frère est moine ? demanda-t-il vivement.

— Un de mes frères est entré au monastère dans les années vingt, en Bulgarie, je ne sais rien de lui.

— Agaphon ?

— Afanassi...

— Dieu est grand ! s'écria-t-il. Il est moine sur le mont Athos.

— Gloire à toi, Seigneur ! dit Médée en s'inclinant.

Ils ne se comprirent pas sans difficulté. Le vieillard n'était pas grec, mais syrien. Son grec et celui de Médée étaient très différents. Ils bavardèrent plus d'une heure, assis sur un banc près du tronc pour les cierges. Il lui dit d'amener la petite, et promit de célébrer l'office lui-même.

Lorsque l'autobus transportant le cercueil arriva devant l'église, il y avait déjà foule. Toutes les branches de la famille Sinopli étaient représentées : celle de Tachkent, celle de Tbilissi, celle de Vilnius, celle de Sibérie... Au chatoiement doré des icônes de l'église, des candélabres et des chasubles, se mêlaient les diverses tonalités cuivrées des têtes Sinopli...

Ivan Issaïevitch se tenait entre Médée et Alexandra, avec ses larges épaules, son visage rose un peu pâteux et sa ride asymétrique en travers du front. Devant le cercueil décoré de jacinthes blanches et mauves, les deux sœurs pensaient la même chose : « C'est moi qui devrais être là, parmi ces belles fleurs disposées par Nika, et non cette pauvre Macha... »

Durant leurs longues vies, elles s'étaient faites à la mort, elles étaient devenues intimes avec elle : elles avaient appris à l'accueillir chez elles en couvrant les miroirs, à vivre deux jours dans un silence austère auprès du cadavre, au son des psaumes que l'on murmure, à la palpitation lumineuse des cierges... Elles connaissaient les fins paisibles, sans douleur et sans reproche, elles connaissaient aussi le triomphe déloyal et inique de la mort, quand les jeunes partent avant leurs parents...

Mais le suicide, c'était intolérable. Il était impossible de se résigner à cette minute enfuie où une jeune femme parfaitement vivante s'était volontairement envolée dans le hululement sourd d'un lent tourbillon de flocons, hors de la vie...

Le moine s'approcha du cercueil, et l'on entendit résonner ces mots mélodieux, les plus beaux de tous, que l'on prononce à l'heure de la séparation... À l'heure de se quitter.

L'office était en grec, même Médée n'en comprenait que des bribes. Mais tous sentaient clairement que ce chant triste et indistinct recelait un sens plus grand que tout ce que peut contenir même le plus sage des hommes.

Ceux qui pleuraient pleuraient en silence. Aldona essuyait ses larmes avec un mouchoir d'homme à carreaux. Gvidas-le-costaud passait nerveusement son gant en cuir sous ses yeux. Déborah Lvovna, la belle-mère, avait essayé de gémir à tue-tête, mais Alik avait fait un signe de tête à ses amis médecins, et on l'avait fait sortir de l'église.

Macha fut enterrée dans le cimetière allemand, dans la tombe de ses parents, puis on se rendit ruelle Ouspenski. Alexandra Guéorguievna avait insisté pour organiser le repas de funérailles chez elle. Il y avait beaucoup de monde, seuls les plus âgés et les parents venus de loin s'assirent à table. Les jeunes étaient tous debout, avec des verres et des bouteilles.

Le petit Alik guetta le moment propice, et demanda à son père à voix basse :

— Papa, tu crois qu'elle est morte pour toujours ?

— Les choses vont bientôt changer, et tout va s'arranger ! lui répondit son père en pédagogue.

Alik-le-petit lui lança un long regard froid.

— Moi, je ne crois pas en Dieu...

Leur visa de sortie était arrivé ce matin-là. Ils avaient vingt jours pour faire leurs bagages, c'était même beaucoup. Dans les souvenirs de leurs amis, la célébration de leur départ resta liée à l'enterrement, bien qu'Alik eût organisé la soirée d'adieu à Tchériomouchki.

Déborah Lvovna resta avec sa sœur, Alik partit avec son fils et une valise bulgare en toile de taille moyenne.

Les douaniers lui confisquèrent une feuille de papier, le dernier poème de Macha écrit peu avant son suicide. Bien entendu, il le savait par cœur :

Les recherches incitent le savant
À plonger dans les douces profondeurs
De la carte des vins des restaurants,
De l'illustre science des pigeons voyageurs.

Mais l'expérience, plus subtile qu'un fil,
Lui enseignant d'invisibles nuances
Il deviendra gorgée de vin, pigeon,
Et tout cela à quoi son âme aspire,

Et incarnés dans nos propres pensées,
Les plus insoucieux de ces hommes en troupeau,
Nous inclinerons nos têtes résignées
Devant qui se fond dans l'éternité.

ÉPILOGUE

La dernière fois que nous sommes allés au Hameau, mon mari et moi, c'était en été 1995. Médée n'était plus de ce monde depuis longtemps. Sa maison était habitée par une famille tatare, et nous n'avons pas osé entrer. Nous sommes allés voir Guéorgui. Il a construit sa maison encore plus haut que celle de Médée, et creusé un puits artésien. Sa femme Nora a toujours sa silhouette de petite fille, mais de près, on voit que le tour de ses yeux est strié de fines rides : c'est ainsi que vieillissent les blondes délicates.

Elle a eu deux filles avec Guéorgui.

Il y avait beaucoup de monde chez eux. J'ai eu du mal à reconnaître dans ces jeunes gens les enfants des années soixante-dix devenus grands. Une fillette de cinq ans aux boucles rousses, qui ressemblait beaucoup à Lisa, faisait un caprice à propos de je ne sais quelle broutille d'enfant.

Guéorgui était content de retrouver mon mari, qu'il n'avait pas vu depuis longtemps. Mon mari aussi est un Sinopli, mais pas de la branche de Kharlampi, de celle de sa sœur cadette Polixène.

Ils ont mis longtemps à déterminer leur degré de parenté : ils sont cousins au quatrième degré.

Guéorgui nous a emmenés au cimetière. La croix de Médée se dresse auprès de l'obélisque de Samonia et se laisse humblement dépasser par lui. Sur le chemin du retour, Guéorgui nous a raconté combien les neveux de Médée avaient été désagréablement surpris quand, après sa mort, on avait trouvé un testament d'après lequel la maison revenait à un certain Ravil Ioussoupov que personne ne connaissait.

On n'avait pas cherché à retrouver ce Ioussoupov, et Guéorgui s'était installé dans la maison de Médée avec Nora, Tania, et ses petites filles. Il avait trouvé du travail au centre de biologie.

Quelques années plus tard, ce Ravil avait débarqué, exactement comme il avait autrefois débarqué chez Médée, un soir tard, au début du printemps ; alors Guéorgui était allé chercher le testament dans la malle et le lui avait montré. Mais plusieurs années s'étaient encore écoulées avant que Ravil héritât de la maison. Il avait fallu deux années d'un procès sordide pour la mettre à son nom, et cela avait fini par aboutir uniquement grâce à l'obstination de Guéorgui, qui était allé jusqu'aux instances de la République pour faire entériner le testament de Médée. Après cela, tous les habitants du village l'avaient tenu pour fou.

Il a soixante ans à présent, il est toujours aussi solide et aussi vigoureux. Ravil et son frère l'ont beaucoup aidé pour la construction de sa maison. Une fois qu'elle a été terminée, les villageois ont changé d'avis, maintenant, ils disent que Guéorgui est un sacré malin : au lieu de la maison vétuste de Médée, il en a une toute neuve, deux fois plus grande.

Nous avons passé la soirée dans cette maison. La cuisine d'été ressemble beaucoup à celle de Médée, il y a les mêmes brocs en cuivre, la même vaisselle. Nora a appris à récolter les herbes de la région, et des bouquets d'herbes séchées sont accrochés aux murs, comme dans l'ancien temps.

Bien des choses ont changé entre-temps, la famille s'est dispersée encore davantage de par le monde. Nika vit depuis longtemps en Italie, elle a épousé un homme fortuné, bedonnant, intelligent et plein de charme, elle a l'air d'une matrone et adore quand sa famille de Russie vient lui rendre visite dans sa riche demeure de Ravenne.

Lisa aussi vit en Italie, mais Katia, elle, ne s'y est pas habituée. Comme cela arrive parfois avec les sang-mêlé, elle est terriblement russophile. Elle est retournée à Moscou et habite rue Oussatchova, la petite rousse qui faisait des caprices était sa fille.

Alik-le-grand est devenu un académicien américain, et j'ai bien peur qu'il ne comble l'humanité de remèdes contre la vieillesse, quant à Alik-le-petit, après avoir terminé ses études à l'université de Harvard, il s'est piqué de judaïsme, il a étudié l'hébreu, s'est mis une *kippa* sur la tête, s'est laissé pousser des favoris, et, maintenant, il recommence des études à Bneï Brak, l'académie juive de Tel-Aviv.

Quelques années après leur installation en Amérique, il a publié un recueil des poèmes de Macha.

Guéorgui nous a montré cette plaquette, sur la première page, il y a son portrait, une photo d'amateur prise lors de son dernier été en Crimée. Elle se retourne et regarde l'objectif avec un étonnement joyeux. Je ne me risquerai pas à juger ses vers, ils font partie de ma vie, parce que cet été-là, moi aussi, je l'ai passé avec mes enfants au Hameau, dans la maison de Médée.

Boutonov s'est implanté dans sa maison de Rastorgouïevo ; après de longues discussions, il y a déménagé sa femme et sa fille, et il a eu un fils dont il est éperdument amoureux. Il y a longtemps qu'il n'exerce plus la médecine du sport, il a changé de branche et s'occupe des dos brisés qu'on lui envoie sans arrêt tantôt d'Afghanistan, tantôt de Tchétchénie.

Toute la vieille génération est partie, à part Alexandra Guéorguievna, Sandra. Elle est de la race des centenaires, elle a déjà près de quatre-vingt-dix ans. Après la mort de Macha, elle est venue en Crimée tous les étés, elle a passé la dernière année de la vie de Médée ici, avec Ivan Issaïevitch, et a accompagné sa sœur jusqu'à la fin.

Ces deux dernières années, elle n'est pas venue en Crimée : cela devient un peu difficile.

Ivan Issaïevitch considère les deux sœurs comme des justes, mais Sandra sourit, de son sourire que la vieillesse ne flétrit pas, et corrige son mari :

— Nous n'avons eu qu'une seule juste…

Je suis très heureuse d'être alliée à cette famille par mon mari, et que mes enfants aient un peu de sang grec, le sang de Médée. Ses descendants continuent toujours à venir au Hameau, les Russes, les Lituaniens, les Géorgiens, les Coréens. L'an prochain, si nous avons assez d'argent pour cela, mon mari rêve de faire venir ici notre petite-fille, dont la mère, la femme de notre fils aîné, est une Noire américaine native d'Haïti.

C'est un sentiment merveilleusement agréable d'appartenir à la famille de Médée, une famille si immense que l'on ne connaît pas personnellement tous ses membres, ils se perdent dans la perspective de ce qui a été, de ce qui n'a pas été, et de ce qui sera.

1996

DE LA MÊME AUTRICE

Aux Éditions Gallimard

LES PAUVRES PARENTS (« Folio », *n° 4172*).

SONIETCHKA. Prix Médicis étranger 1996 (« Folio », *n° 3071*).

MÉDÉE ET SES ENFANTS (« Folio », *n° 6899*).

DE JOYEUSES FUNÉRAILLES (« Folio », *n° 3489*).

UN SI BEL AMOUR et autres nouvelles (« Folio », *n° 3921*).

LE CAS DU DOCTEUR KOUKOTSKI

LA MAISON DE LIALIA et autres nouvelles. Extraites des *pauvres parents* (« Folio », *n° 4045*).

SINCÈREMENT VÔTRE, CHOURIK (« Folio », *n° 4421*).

SONIETCHKA (« Folio Bilingue », *n° 145*).

MENSONGES DE FEMMES (« Folio », *n° 4814*).

DANIEL STEIN, INTERPRÈTE.

LES SUJETS DE NOTRE TSAR.

LE CHAPITEAU VERT (« Folio » *n° 6175*).

À CONSERVER PRÉCIEUSEMENT.

CONFITURE RUSSE, théâtre.

L'ÉCHELLE DE JACOB (« Folio », *n° 6674*).

MON PETIT-FILS BENJAMIN, *théâtre*.

LA SOUPE D'ORGE PERLÉ et autres nouvelles (« Folio », *n° 6694*).

Aux Éditions Gallimard Jeunesse

LE MIRACLE DES CHOUX et autres histoires russes, illustré par Vladimir Lubarov.

CONTES RUSSES POUR ENFANTS, illustré par Svetlana Filippova, 2006.

COLLECTION FOLIO

Dernières parutions

6876. Kazuo Ishiguro	*2 nouvelles musicales*
6877. Collectif	*Fioretti. Légendes de saint François d'Assise*
6878. Herta Müller	*La convocation*
6879. Giosuè Calaciura	*Borgo Vecchio*
6880. Marc Dugain	*Intérieur jour*
6881. Marc Dugain	*Transparence*
6882. Elena Ferrante	*Frantumaglia. L'écriture et ma vie*
6883. Lilia Hassaine	*L'œil du paon*
6884. Jon McGregor	*Réservoir 13*
6885. Caroline Lamarche	*Nous sommes à la lisière*
6886. Isabelle Sorente	*Le complexe de la sorcière*
6887. Karine Tuil	*Les choses humaines*
6888. Ovide	*Pénélope à Ulysse* et autres lettres d'amour de grandes héroïnes antiques
6889. Louis Pergaud	*La tragique aventure de Goupil* et autres contes animaliers
6890. Rainer Maria Rilke	*Notes sur la mélodie des choses* et autres textes
6891. George Orwell	*Mil neuf cent quatre-vingt-quatre*
6892. Jacques Casanova	*Histoire de ma vie*
6893. Santiago H. Amigorena	*Le ghetto intérieur*
6894. Dominique Barbéris	*Un dimanche à Ville-d'Avray*
6895. Alessandro Baricco	*The Game*
6896. Joffrine Donnadieu	*Une histoire de France*
6897. Marie Nimier	*Les confidences*
6898. Sylvain Ouillon	*Les jours*
6899. Ludmila Oulitskaïa	*Médée et ses enfants*

6900. Antoine Wauters	*Pense aux pierres sous tes pas*
6901. Franz-Olivier Giesbert	*Le schmock*
6902. Élisée Reclus	*La source* et autres histoires d'un ruisseau
6903. Simone Weil	*Étude pour une déclaration des obligations envers l'être humain* et autres textes
6904. Aurélien Bellanger	*Le continent de la douceur*
6905. Jean-Philippe Blondel	*La grande escapade*
6906. Astrid Éliard	*La dernière fois que j'ai vu Adèle*
6907. Lian Hearn	*Shikanoko, livres I et II*
6908. Lian Hearn	*Shikanoko, livres III et IV*
6909. Roy Jacobsen	*Mer blanche*
6910. Luc Lang	*La tentation*
6911. Jean-Baptiste Naudet	*La blessure*
6912. Erik Orsenna	*Briser en nous la mer gelée*
6913. Sylvain Prudhomme	*Par les routes*
6914. Vincent Raynaud	*Au tournant de la nuit*
6915. Kazuki Sakuraba	*La légende des filles rouges*
6916. Philippe Sollers	*Désir*
6917. Charles Baudelaire	*De l'essence du rire* et autres textes
6918. Marguerite Duras	*Madame Dodin*
6919. Madame de Genlis	*Mademoiselle de Clermont*
6920. Collectif	*La Commune des écrivains. Paris, 1871 : vivre et écrire l'insurrection*
6921. Jonathan Coe	*Le cœur de l'Angleterre*
6922. Yoann Barbereau	*Dans les geôles de Sibérie*
6923. Raphaël Confiant	*Grand café Martinique*
6924. Jérôme Garcin	*Le dernier hiver du Cid*
6925. Arnaud de La Grange	*Le huitième soir*
6926. Javier Marías	*Berta Isla*
6927. Fiona Mozley	*Elmet*
6928. Philip Pullman	*La Belle Sauvage. La trilogie de la Poussière, I*

6929. Jean-Christophe Rufin — *Les trois femmes du Consul. Les énigmes d'Aurel le Consul*
6930. Collectif — *Haikus de printemps et d'été*
6931. Épicure — *Lettre à Ménécée* et autres textes
6932. Marcel Proust — *Le Mystérieux Correspondant* et autres nouvelles retrouvées
6933. Nelly Alard — *La vie que tu t'étais imaginée*
6934. Sophie Chauveau — *La fabrique des pervers*
6935. Cecil Scott Forester — *L'heureux retour*
6936. Cecil Scott Forester — *Un vaisseau de ligne*
6937. Cecil Scott Forester — *Pavillon haut*
6938. Pam Jenoff — *La parade des enfants perdus*
6939. Maylis de Kerangal — *Ni fleurs ni couronnes* suivi de *Sous la cendre*
6940. Michèle Lesbre — *Rendez-vous à Parme*
6941. Akira Mizubayashi — *Âme brisée*
6942. Arto Paasilinna — *Adam & Eve*
6943. Leïla Slimani — *Le pays des autres*
6944. Zadie Smith — *Indices*
6945. Cesare Pavese — *La plage*
6946. Rabindranath Tagore — *À quatre voix*
6947. Jean de La Fontaine — *Les Amours de Psyché et de Cupidon* précédé d'*Adonis* et du *Songe de Vaux*
6948. Bartabas — *D'un cheval l'autre*
6949. Tonino Benacquista — *Toutes les histoires d'amour ont été racontées, sauf une*
6950. François Cavanna — *Crève, Ducon !*
6951. René Frégni — *Dernier arrêt avant l'automne*
6952. Violaine Huisman — *Rose désert*
6953. Alexandre Labruffe — *Chroniques d'une station-service*
6954. Franck Maubert — *Avec Bacon*
6955. Claire Messud — *Avant le bouleversement du monde*
6956. Olivier Rolin — *Extérieur monde*
6957. Karina Sainz Borgo — *La fille de l'Espagnole*
6958. Julie Wolkenstein — *Et toujours en été*
6959. James Fenimore Cooper — *Le Corsaire Rouge*

Tous les papiers utilisés pour les ouvrages des collections Folio sont certifiés et proviennent de forêts gérées durablement.

Composition Nord Compo
Impression Maury Imprimeur
45330 Malesherbes
le 15 mars 2022
Dépôt légal : mars 2022
1er dépôt légal dans la collection : janvier 2021
Numéro d'imprimeur : 261464

ISBN 978-2-07-288221-0 / Imprimé en France.

542331